D1858744

In einer Kleinstadt in Maine zu leben mag romantisch klingen, aber die Wirklichkeit sieht meist anders aus. Die Brüder Jim und Bob Burgess sind deswegen so bald wie möglich nach New York gezogen. Als ihre Schwester Susan, die zu Hause geblieben ist, sie um Hilfe bittet, weil ihr 19-jähriger Sohn sich in ernste Schwierigkeiten gebracht hat, kehren ihre Brüder widerstrebend in die Heimatstadt zurück. Mit ungeahnter Macht holt sie dort jedoch die Vergangenheit wieder ein …
Eine aufwühlende Familiengeschichte, vollkommen unsentimental und dabei tief berührend – eine echte Strout eben.

Elizabeth Strout, geboren 1956 in Portland, Maine, wuchs in Kleinstädten in Maine und New Hampshire auf. Nach dem Jurastudium begann sie zu schreiben. Ihr erster Roman »Amy & Isabelle« wurde für die Shortlist des Orange Prize und den PEN/Faulkner Award nominiert, für »Mit Blick aufs Meer« bekam sie 2009 den Pulitzerpreis. Alle ihre Romane waren Bestseller. Elizabeth Strout lebt in Maine und in New York City.

Elizabeth Strout bei btb

Amy & Isabelle. Roman (74249)
Mit Blick aufs Meer. Roman (74203)

Elizabeth Strout

Das Leben, natürlich

Roman

Aus dem Amerikanischen
von Sabine Roth und Walter Ahlers

btb

Die Originalausgabe erschien 2013 unter dem Titel
»The Burgess Boys« bei Random House, New York.

MIX
Papier aus verantwortungsvollen Quellen
FSC® C083411

Verlagsgruppe Random House FSC® N001967
Das für dieses Buch verwendete FSC®-zertifizierte
Papier *Lux Cream* liefert Stora Enso, Finnland.

1. Auflage
Genehmigte Taschenbuchausgabe Dezember 2014
btb Verlag in der Verlagsgruppe Random House GmbH, München
Copyright © der Originalausgabe 2013 Elizabeth Strout
Copyright © der deutschsprachigen Ausgabe 2013 Luchterhand
Literaturverlag, München, in der Verlagsgruppe Random House GmbH
Umschlaggestaltung: semper smile München
Umschlagmotiv: © plainpicture / Rudi Sebastian
Druck und Einband: CPI – Clausen & Bosse, Leck
CP · Herstellung: sc
Printed in Germany
ISBN 978-3-442-74840-2

www.btb-verlag.de
www.facebook.com/btbverlag
Besuchen Sie auch unseren LiteraturBlog www.transatlantik.de

Für Jim Tierney, meinen Mann

Prolog

Wir redeten oft von den Burgess-Geschwistern, meine Mutter und ich. »Die Burgess-Kinder«, so hießen sie bei ihr. Für gewöhnlich redeten wir am Telefon über sie, weil ich in New York lebte und meine Mutter in Maine. Aber wir sprachen über sie auch, wenn ich zu Besuch kam und im Hotel wohnte. Meine Mutter ging nicht oft ins Hotel, und das war immer etwas ganz Besonderes für uns: in einem Hotelzimmer zu sitzen – die Wände grün mit rosa Rosenborte – und über die Vergangenheit zu reden, darüber, wer aus Shirley Falls weggegangen und wer geblieben war. »Gerade musste ich wieder an die Burgess-Kinder denken«, sagte sie dann und schob den Vorhang zur Seite, um auf die Birken hinauszuschauen.

Die Burgess-Kinder beschäftigten sie vor allem deshalb so, glaube ich, weil alle drei am Pranger gestanden hatten; dazu kam, dass meine Mutter sie vor Jahren als Viertklässler in der Sonntagsschule unterrichtet hatte. Die Jungen waren ihr lieber. Jim, weil er schon damals diesen Zorn in sich hatte, den er aber im Zaum hielt, und Bob, weil er so gutherzig war. Für Susan hatte sie nicht viel übrig. »Aber das ging allen so.«

»Als kleines Mädchen war sie sehr hübsch«, erinnerte ich mich. »Mit ihren Locken und den großen Kulleraugen.«

»Und dann hat sie diesen gestörten Sohn bekommen.«

»Traurig«, sagte ich.

»Vieles im Leben ist traurig«, sagte sie. Meine Mutter und ich waren da schon beide verwitwet, und der Feststellung folgte regelmäßig ein Schweigen. Dann fügte meist eine von uns hinzu, wie sehr es uns freute, dass Bob Burgess am Ende doch eine nette Frau gefunden hatte. Die Frau, Bobs zweite und, so hofften wir, letzte, war eine unitarische Pastorin. Meine Mutter hielt nicht viel von den Unitariern; für sie waren es Atheisten, die trotzdem Weihnachten feiern wollten, aber Margaret Estaver stammte aus Maine, das machte es wieder wett. »Schließlich hätte es auch eine New Yorkerin werden können, so lange, wie Bob da gewohnt hat. Denk nur an Jim mit seiner hochnäsigen Miss aus Connecticut«, sagte meine Mutter.

Denn Jim war natürlich schon immer Thema zwischen uns gewesen – Jim, der nach seiner Zeit bei der Generalstaatsanwaltschaft aus Maine weggegangen war, Jim, den wir schon alle als Gouverneur gesehen hatten, aber dann hatte er aus irgendeinem Grund doch nicht kandidiert –, und erst recht redeten wir über ihn in dem Jahr, als der Prozess gegen Wally Packer lief und Jim jeden Abend in den Nachrichten zu sehen war. Der Packer-Prozess wurde als einer der ersten im Fernsehen übertragen; ein knappes Jahr später sollte ihn O. J. Simpson aus dem Gedächtnis der Mehrheit verdrängen, aber damals schauten Jim-Burgess-Fans landesweit voller Faszination zu, wie er einen Freispruch für den rehäugigen Soulsänger Wally Packer erwirkte, dessen schmelzende Stimme (*Take this burden from me, the burden of my love*) so viele aus unserer Generation ins Erwachsenenalter begleitet hatte. Wally Packer, dem vorgeworfen wurde, den Mord an seiner weißen Freundin in Auftrag gegeben zu haben. Jim beließ den Prozess in Hartford, wo die Hautfarbe eine entscheidende Rolle spielte, und seine Auswahl der Geschworenen, das sagten alle, war brillant. Dann legte er wortgewaltig und mit gnadenloser Geduld dar, wie brüchig das Gewebe sein konnte, das die beiden Komponenten kriminellen Handelns, Vorsatz und Durchführung, miteinander verknüpfte – oder in diesem Fall, so er, eben nicht verknüpfte. In den großen Zeitschriften erschienen sogar Cartoons darüber; bei einem starrte eine Frau auf ihr chaotisches Wohnzimmer, und darunter stand: »Ich hatte mir doch so doll gewünscht, dass es hier ordentlich wird!« Den Umfragen zufolge glaubten die meisten so wenig an Wally Packers Unschuld wie meine Mutter und ich. Aber Jim machte seine Sache großartig und wurde dadurch berühmt. (Ein paar Magazine wählten ihn unter die *Sexiest Men of 1993*, und selbst meine Mutter, der jede Erwähnung von Sex ein Gräuel war, lastete es ihm nicht an.) Angeblich fragte O.J. Simpson ihn für sein »Dream-Team« an, was in den Medien kurzzeitig für Wirbel sorgte, bevor ohne Kommentar aus dem Burgess-Lager das Fazit gezogen wurde, dass Jim sich »auf seinen Lorbeeren« ausruhe. Der Packer-Prozess hatte mir und meiner Mutter zu einer Zeit Gesprächsstoff geliefert, als zwischen uns nicht alles zum Besten stand. Aber das war Vergangenheit. Wenn ich jetzt aus Maine wegfuhr, küsste ich meine Mutter zum Abschied und sagte ihr, dass ich sie liebte, und sie sagte mir das Gleiche.

»Seine Mutter hat Bob zu diesem Therapeuten geschickt, erinnerst du dich?«, fragte ich sie eines Abends am Telefon. Ich saß in meiner Wohnung im sechsundzwanzigsten Stock und sah durchs Fenster zu, wie sich die Dämmerung über New York herabsenkte und auf den weiten Häuserwiesen, die sich vor mir ausbreiteten, Lichter zu glimmen begannen wie Glühwürmchen. »Die Kinder haben auf dem Pausenhof darüber geredet: ›Bobby Burgess muss zum Irrenarzt.‹«

»Kinder sind grässliche Geschöpfe«, sagte meine Mutter. »Bei aller Liebe.«

»Es ist ewig her«, wandte ich ein. »Damals ging bei uns kein Mensch zum Psychiater.«

»Das hat sich geändert«, sagte meine Mutter. »Die Leute bei mir in der Square-Dance-Gruppe – da sind die Kinder alle beim Therapeuten und nehmen irgendwelche Pillen. Und glaub nicht, dass jemand was dabei findet.«

»Erinnerst du dich denn an den Vater?« Es war nicht das erste Mal, dass ich sie das fragte. Wir wärmten gern alte Geschichten auf.

»Doch, ja. So ein Großer war das. Hat in der Ziegelei gearbeitet. Als Aufseher, glaube ich. Und dann saß sie plötzlich allein da.«

»Und sie ist allein geblieben.«

»Ja, sie ist allein geblieben«, sagte meine Mutter. »Die besten Chancen hatte sie sicher nicht, damals. Drei kleine Kinder. Jim, Bob und Sue.«

Das Haus der Burgess lag nur eine Meile vom Stadtzentrum entfernt. Ein kleines Haus, aber die meisten Häuser in diesem Teil von Shirley Falls waren klein oder jedenfalls nicht groß. Das Haus war gelb und stand auf einem Hügel, und die Wiese daneben leuchtete im Frühling in einem so satten Grün, dass ich mir als Kind immer wünschte, eine Kuh zu sein und den ganzen Tag dieses feuchte Gras mampfen zu dürfen, so köstlich sah es aus. Kühe gab es keine auf der Wiese neben dem Burgess-Haus, nicht einmal Gemüsebeete, dennoch überkam einen bei dem Anblick dieses Gefühl von Land. Im Sommer war im Vorgarten manchmal Mrs. Burgess zu beobachten, wie sie einen Schlauch zwischen den Büschen herumschleifte, aber da das Haus auf einem Hügel lag, wirkte sie immer weit weg und klein, und sie erwiderte auch das Winken meines Vaters nicht, wenn wir unten vorbeifuhren; wahrscheinlich sah sie es einfach nicht.

Die Menschen stellen sich Kleinstädte gern als Gerüchteküchen vor, aber als Kind hörte ich die Großen selten über andere Familien reden, und das Burgess-Drama wurde aufgenommen wie alle anderen Tragödien, die arme Bunny Fogg etwa, die ihre Kellertreppe hinunterfiel und erst nach drei

Tagen gefunden wurde, oder Mrs. Hammond, bei der man einen Gehirntumor feststellte, kaum dass die Kinder aus dem Haus waren, oder die verrückte Annie Day, die vor den Jungs den Rock hochzog, dabei war sie schon fast zwanzig und immer noch in der Schule. Die Kinder waren es – vor allem wir Kleineren –, die sich die Mäuler zerrissen. Die Erwachsenen griffen in solchen Fällen hart durch, und wenn einer von ihnen mitbekam, wie ein Kind auf dem Pausenhof einem anderen zutuschelte, Bobby Burgess habe »seinen Vater auf dem Gewissen« oder müsse »zum Irrenarzt«, wurde der Übeltäter zum Direktor zitiert, die Eltern wurden verständigt, und es gab Nachtischentzug. Sehr oft kam das nicht vor.

Jim Burgess war zehn Jahre älter als ich, was ihn so unerreichbar erscheinen ließ wie eine Berühmtheit, und in gewisser Weise war er auch eine, selbst damals schon. Er spielte Football, und er war Klassensprecher und ein gutaussehender Bursche mit seinen dunklen Haaren, aber er wirkte auch ernst, ich kann mich nicht erinnern, dass seine Augen je lächelten. Bobby und Susan waren jünger und kamen manchmal zum Babysitten zu uns. Susan kümmerte sich nicht groß um meine Schwestern und mich, nur einmal war sie der Meinung, wir würden uns über sie lustig machen, und konfiszierte die Zoo-Kekse, die meine Mutter uns immer hinlegte, wenn meine Eltern ausgingen. Daraufhin schloss sich eine von meinen Schwestern aus Protest im Bad ein, und Susan schrie durch die Tür, dass sie die Polizei holen würde. Mehr passierte nicht, jedenfalls kam keine Polizei, und meine Mutter wunderte sich, dass die Zoo-Kekse noch da waren, als sie heimkam. Ein paarmal passte auch Bobby auf uns auf, und er trug uns abwechselnd huckepack durch die Gegend. Man merkte gleich, dass man auf dem Rücken von jemand Nettem, Gutmütigem saß, so wie er ständig den Kopf nach hinten reckte und fragte: »Sitzt du gut? Alles in Ordnung?« Als eine von meinen Schwestern einmal in der Einfahrt hinfiel und sich das Knie aufschlug, war Bobby ganz unglücklich. Er wusch die Wunde mit seinen großen Händen sauber. »So ein tapferes Mädchen. Gleich hast du's überstanden.«

Als Erwachsene zogen meine Schwestern nach Massachusetts. Aber ich ging nach New York, und das war bitter für meine Eltern: Sie sahen es als Verrat an unserer neuenglischen Abstammung, die bis ins siebzehnte Jahrhundert zurückreichte. Meine Vorfahren waren harte Hunde, so mein Vater, die einiges überlebten, aber in den Sündenpfuhl New York hatte keiner je einen Fuß gesetzt. Ich heiratete einen New Yorker, einen extrovertierten, wohlhabenden Juden, und das war ihnen noch suspekter. Meine Eltern besuchten uns nicht oft. Ich glaube, New York machte ihnen Angst. Ich glaube, mein Mann wirkte ausländisch auf sie, und auch das machte ihnen Angst, und meine Kinder waren ihnen erst recht unheimlich; frech und verzogen müssen sie ihnen vorgekommen sein mit ihren unaufgeräumten Kinderzimmern voller Plastikspielzeug und später mit ihren Nasenpiercings und blauen und lila Haaren. Entsprechend angespannt war unser Verhältnis lange Zeit.

Aber als mein Mann im selben Jahr starb, in dem mein jüngstes Kind aufs College ging und wegzog, kam meine Mutter, die schon ein Jahr vorher Witwe geworden war, zu mir nach New York und strich mir über die Stirn wie früher, wenn ich als kleines Mädchen krank im Bett lag, und sagte, wie leid es ihr tue, dass ich in so kurzer Zeit meinen Vater und meinen Mann verloren hatte. »Kann ich dir irgendwie helfen?«

Ich lag auf meinem Sofa. »Erzähl mir eine Geschichte«, sagte ich.

Sie setzte sich in den Sessel am Fenster. »Hmm, mal überlegen. Susan Burgess' Mann hat sie verlassen und ist nach Schweden gezogen – dem Ruf seiner Vorfahren gefolgt, was weiß ich. Er kam doch aus dieser winzigen Stadt ganz im Norden, New Sweden, erinnerst du dich? Bevor er dann auf die Universität ging. Susan lebt noch in Shirley Falls, mit diesem einen Sohn.«

»Ist sie noch so hübsch?«, fragte ich.

»Überhaupt nicht.«

Und so fing es an. Wie bei einem Fadenspiel, das meine Mutter mit mir verband und mich mit Shirley Falls, reichten wir Erinnerungen, Neuigkeiten und Tratsch über die Burgess-Kinder zwischen uns hin und her. Wir berichteten und wiederholten. Ich erzählte meiner Mutter nochmals von meiner einzigen Begegnung mit Helen Burgess, Jims Frau, damals in unserer Zeit in Park Slope; die Burgess waren nach dem Packer-Prozess von Hartford nach Park Slope in Brooklyn gezogen, und Jim hatte bei einer Großkanzlei in Manhattan angeheuert.

Mein Mann und ich hatten zufällig im selben Café in Park Slope zu Abend gegessen wie Helen, die mit einer Freundin da war, und beim Gehen blieben wir an ihrem Tisch stehen. Ich hatte Wein getrunken – sonst hätte ich sie wohl kaum angesprochen –, und ich sagte ihr, dass ich in derselben Stadt aufgewachsen war wie Jim. Ein Ausdruck huschte über Helens Gesicht, den ich nicht wieder vergaß. Etwas wie Furcht. Sie fragte nach meinem Namen, und ich sagte ihn ihr, und sie sagte, Jim habe mich nie erwähnt. Nein, ich war jünger, sagte ich. Und mit einem kleinen Schütteln strich sie ihre Stoffserviette glatt und sagte: »Ich war ewig nicht mehr dort. Nett, Sie beide kennenzulernen. Schönen Abend noch.«

Meine Mutter war empört über Helens Reaktion. »Gelddadel, was erwartest du? Natürlich hält sie sich für was Besseres als jemand aus Maine.« Ich hatte gelernt, über solche Spitzen hinwegzugehen; der Eifer, mit dem meine Mutter über ihr Maine wachte, regte mich mittlerweile nicht mehr auf.

Aber nach der Sache mit Susan Burgess' Sohn – nachdem

in den Zeitungen, selbst der *New York Times*, darüber berichtet worden war und im Fernsehen auch – sagte ich bei einem unserer Telefonate zu meiner Mutter: »Ich glaube, ich schreibe die Geschichte der Burgess-Kinder auf.«

»Gut ist sie«, stimmte sie zu.

»Die Leute werden wahrscheinlich sagen, es gehört sich nicht, über jemanden zu schreiben, den man kennt.«

Meine Mutter war müde an diesem Abend. Sie gähnte. »Du kennst sie doch gar nicht«, sagte sie. »Wen kennt man schon richtig.«

ERSTES BUCH

I

Es war ein windiger Oktobernachmittag in Park Slope im Westen von Brooklyn, und Helen Farber Burgess packte für ihren Urlaub. Ein großer blauer Koffer lag aufgeklappt auf dem Bett, die Kleider, die ihr Mann am Abend zuvor herausgesucht hatte, warteten sauber zusammengelegt auf dem Clubsessel gleich daneben. Das Sonnenlicht, das sich immer wieder zwischen den schnell ziehenden Wolken hindurch ins Zimmer stahl, blitzte auf den Messingknäufen des Bettes und ließ den Koffer tiefblau aufstrahlen. Helen ging zwischen dem Ankleideraum – riesige Spiegel, weiße Rosshaartapete, hohes, dunkel gerahmtes Fenster – und dem Schlafzimmer hin und her, dessen gläserne Flügeltüren auf eine Terrasse mit Blick über den Garten führten. Jetzt waren sie geschlossen. Helen empfand diese seltsame Lähmung, die sie beim Packen fast immer befiel, darum kam ihr das Klingeln des Telefons gar nicht ungelegen. UNBEKANNT, meldete das Display, also konnte es nur die Frau eines der Firmenpartner ihres Mannes sein – er arbeitete in einer renommierten Kanzlei mit lauter berühmten Anwälten – oder ihr Schwager Bob, der seit Jahren eine unterdrückte Nummer hatte, aber nicht berühmt war und es auch niemals sein würde.

»Gut, dass du's bist«, sagte sie. Sie zog einen bunten Schal aus der Kommodenschublade, hielt ihn hoch, ließ ihn aufs Bett fallen.

»Ja?« Bob klang überrascht.

»Ich hatte schon Angst, es ist Dorothy.« Helen stellte sich ans Fenster und sah hinaus in den Garten. Der Pflaumenbaum bog sich im Wind, und vom Bittersüß rissen sich gelbe Blätter los und trieben über den Boden.

»Was ist so schlimm an Dorothy?«

»Ich finde sie zurzeit ein bisschen anstrengend«, sagte Helen.

»Und da fahrt ihr eine Woche mit ihnen in Urlaub?«

»Zehn Tage. Ich weiß.«

Kurze Pause, dann ein »Tja« von Bob, in einem Ton so prompten, so restlosen Verstehens ... Das war Bobs ganz große Stärke, dachte Helen, diese Punktgenauigkeit, mit der er es immer wieder schaffte, in irgendeiner kleinen Nische eines anderen Lebens zu landen. Es hätte ihn zu einem guten Ehemann machen müssen, genügte aber offenbar nicht: Bobs Frau hatte ihn schon vor Jahren verlassen.

»Wir waren schon öfter mit ihnen im Urlaub«, erinnerte Helen ihn. »Es wird sicher ganz harmlos. Alan ist eigentlich eine Seele von Mensch. Ein Langweiler eben.«

»Und Seniorpartner der Kanzlei«, sagte Bob.

»Das auch.« Helen trällerte die Worte spielerisch. »Ein *bisschen* schwer, da zu sagen: ›Ach, wir fahren diesmal lieber allein.‹ Jim sagt, ihre Älteste baut gerade ziemlichen Mist – sie geht auf die Highschool –, und die Familientherapeutin hat Dorothy und Alan geraten, mal wegzufahren. Ich weiß zwar nicht, warum man wegfährt, wenn ein Kind Probleme hat, aber bitte ...«

»Komisch, ja«, sagte Bob aufrichtig. Dann: »Helen, was ich gerade erlebt habe ...«

Sie hörte zu, faltete dabei eine Leinenhose. »Komm doch einfach rüber«, unterbrach sie ihn. »Dann gehen wir was essen, wenn Jim heimkommt.«

Danach packte sie ganz souverän fertig. Der bunte Schal wanderte in den Koffer, zusammen mit drei weißen Leinenblusen, schwarzen Ballerinas und der Korallenkette, die ihr Jim letztes Jahr geschenkt hatte. Wenn sie mit Dorothy auf der Terrasse einen Whiskey Sour trank, während ihre Männer nach dem Golf duschten, würde Helen sagen: »Bob ist schon ein komischer Heiliger.« Vielleicht würde sie sogar den Unfall erwähnen – dass es der vierjährige Bob gewesen war, der mit den Gängen herumgespielt hatte, so dass das Auto ihren Vater überrollt und getötet hatte; der Mann war die abschüssige Einfahrt hinuntergegangen, um etwas am Briefkasten zu reparieren, und hatte seine drei kleinen Kinder so lange im Auto gelassen. Eine schreckliche Geschichte. Und ein absolutes Tabuthema. Jim hatte in den dreißig Jahren nur ein einziges Mal darüber gesprochen. Aber Bob war ein Mann voller Ängste, Helen beschützte ihn gern ein bisschen.

»Du hättest als Engel zur Welt kommen sollen«, würde Dorothy möglicherweise sagen und sich zurücklehnen, die Augen von ihrer riesigen Sonnenbrille verdeckt.

Helen würde den Kopf schütteln. »Ich kümmer mich einfach gern. Und jetzt, wo die Kinder groß sind …« Nein, die Kinder würde sie nicht erwähnen. Nicht, wenn die Tochter der Anglins die Schule schwänzte und sich bis zum Morgen herumtrieb. Wie sollten sie zehn Tage miteinander verbringen, ohne die Kinder zu erwähnen? Sie musste Jim fragen.

Helen ging nach unten, steckte den Kopf in die Küche. »Ana«, sagte sie zu ihrer Haushälterin, die mit der Gemüsebürste Süßkartoffeln abschrubbte. »Ana, wir essen heute auswärts, Sie können heimgehen.«

Die Herbstwolken, grandios in ihrer vielfach abgestuften Schwärze, wurden vom Wind auseinandergezerrt, so dass breite Sonnenstreifen auf die Gebäude der Seventh Avenue herabschossen. Hier waren die Chinarestaurants, die Papeterien, die Juweliergeschäfte, die Lebensmittelläden mit ihren Obst- und

Gemüseauslagen, den Reihen von Schnittblumen. Bob Burgess ging an allem vorüber und weiter zum Haus seines Bruders.

Bob war ein großer Mann, einundfünfzig Jahre alt, und das wohl Bezeichnendste an ihm: Es war leicht, ihn gern zu mögen. Bei ihm fühlte sich jeder sofort angenommen. Wäre Bob das klar gewesen, hätte sein Leben möglicherweise anders ausgesehen. Aber es war ihm nicht klar, und oft ergriff ihn eine unbestimmte Furcht. Außerdem mangelte es ihm an Konstanz. Seine Freunde waren sich einig, dass er die Herzlichkeit in Person sein konnte, und beim nächsten Mal wirkte er in Gedanken weit weg. Darüber *war* Bob sich im Klaren, seine Exfrau hatte es ihm gesagt. Sich im Kopf davonstehlen, hatte Pam es genannt.

»Das passiert Jim aber auch«, hatte Bob sich verteidigt.

»Von Jim reden wir nicht.«

Während er jetzt am Bordstein auf Grün wartete, erfasste ihn eine Welle der Dankbarkeit für seine Schwägerin, die gesagt hatte: »Wir gehen was essen, wenn Jim heimkommt.« Denn eigentlich wollte er zu Jim. Was er vorhin aus seinem Fenster im dritten Stock beobachtet hatte, was er aus der Wohnung unter seiner gehört hatte – es verstörte ihn, und als er weiterging, über die Straße und vorbei an einem Coffeeshop, in dessen höhlenartigem Dämmer junge Leute auf Sofas saßen und gebannt in ihre Laptops starrten, fühlte Bob sich all dem Vertrauten rings um ihn entfremdet. Als würde er nicht sein halbes Leben schon in New York leben und es lieben, wie man einen Menschen liebt, als wäre er nie fortgegangen von den weiten struppigen Wiesen Neuenglands, hätte nie etwas anderes gekannt und ersehnt als den düsteren Himmel dort.

»Eure Schwester hat angerufen«, sagte Helen, als sie Bob die Gittertür vor dem Backsteinhaus öffnete. »Wollte Jim sprechen und klang recht grimmig.« Sie hängte Bobs Jacke in den Garderobenschrank und fügte dann hinzu: »Ich weiß. Das ist einfach ihre Art. Obwohl, einmal habe ich Susan tatsächlich lächeln sehen.« Helen setzte sich aufs Sofa und zog die schwarzbestrumpften Beine unter sich. »Das war, als ich mit Mainer Akzent zu sprechen versucht habe.«

Bob saß im Schaukelstuhl. Seine Knie wippten auf und ab.

»Niemand sollte jemals versuchen, vor jemandem aus Maine mit Mainer Akzent zu sprechen«, fuhr Helen fort. »Ich weiß nicht, warum die Südstaatler da so viel netter sind, aber es ist so. Wenn man zu einem Südstaatler ›*Hi, ya'll*‹ sagt, erntet man nicht diesen süßsäuerlichen Blick. Bobby, du hältst keine Sekunde still.« Sie beugte sich vor, tätschelte die Luft. »Nein, egal. Du brauchst nicht stillzuhalten, solange es dir dabei gut geht. Geht's dir gut?«

Sein Leben lang hatte Freundlichkeit Bob schwach gemacht, und auch jetzt spürte er es fast körperlich, dieses seltsam flüssige Gefühl in der Brust. »Nicht besonders«, gab er zu. »Aber das mit dem Akzent stimmt schon. Wenn Leute sagen, ›Hey, du kommst aus Maine, *you can't get they-ah from he-yah*‹, dann tut das weh. Richtig weh.«

»Das habe ich gemerkt«, sagte Helen. »Jetzt erzähl, was passiert ist.«

Bob sagte: »Adriana und ihr Schnösel hatten mal wieder Streit.«

»Moment«, sagte Helen. »Ach so, ja. Das Ehepaar unter dir. Mit diesem übergeschnappten kleinen Hund, der immer so kläfft.«

»Genau.«

»Erzähl weiter«, sagte Helen, zufrieden, dass sie sich erinnert hatte. »Nein, warte eine Sekunde. Weißt du, was ich gestern in den Nachrichten gesehen habe? Diesen Beitrag, der ›Starke Männer mögen kleine Hunde‹ hieß. Da wurden lauter irgendwie – pardon – tuntig aussehende Männer interviewt, die alle diese winzig kleinen Hunde in karierten Regenmäntelchen und Gummistiefelchen auf dem Arm hatten, und ich dachte:

Das nennen die Nachrichten? Der Irakkrieg dauert jetzt schon fast vier Jahre, und so was nennen die Nachrichten? Das kommt, weil sie keine Kinder haben. Deshalb ziehen die ihre Hunde so an. Bob, bitte entschuldige. Erzähl deine Geschichte weiter.«

Helen nahm ein Kissen auf den Schoß und streichelte es. Ihr Gesicht war ganz rosa, und Bob, der es für eine Hitzewallung hielt, sah taktvoll auf seine Hände hinab und merkte gar nicht, dass Helen deshalb errötete, weil sie über Leute sprach, die keine Kinder hatten – wie Bob.

»Sie streiten«, sagte Bob. »Und wenn sie streiten, brüllt der Schnösel immer dasselbe. ›Du hast wohl den Arsch offen, Adriana!‹ In einer Tour brüllt er das.«

Helen schüttelte den Kopf. »Was für ein Leben. Möchtest du einen Drink?« Sie stand auf und trat an den Mahagonischrank, wo sie Whiskey in ein Kristallglas goss. Sie war eine kleine Frau; in ihrem schwarzen Rock und beigefarbenen Pullover machte sie immer noch eine gute Figur.

Bob nahm einen großen Schluck. »Wurscht«, sagte er und sah Helen das Gesicht verziehen. Sie hasste es, wenn er »wurscht« sagte, aber das vergaß er jedes Mal; auch jetzt hatte er es wieder vergessen, weil er nur daran dachte, dass er es nicht schaffte. Dass er ihr nicht deutlich machen konnte, wie traurig das Ganze gewesen war. »Sie kommt heim«, sagte Bob. »Und schon geht das Gezanke los. Er lässt sein übliches Gebrüll vom Stapel. Dann geht er mit dem Hund raus. Aber diesmal holt sie die Polizei, während er weg ist. Das hat sie vorher noch nie gemacht. Er kommt zurück, und sie nehmen ihn fest. Seine Frau hätte gesagt, er hätte sie geschlagen. Das konnte ich die Cops sagen hören. Und er hätte ihre Kleider aus dem Fenster geschmissen. Also haben sie ihn festgenommen. Und er war absolut *baff*.«

Helen schien nicht recht zu wissen, was sie sagen sollte.

»Er ist so ein schnieker Typ, ganz cool in seinem Reißverschlusspulli, und er stand da und weinte. ›Baby, ich hab dich doch nie geschlagen, Baby, in sieben Jahren Ehe nicht, was tust du da, Baby, bitte!‹ Aber sie haben ihm Handschellen angelegt und ihn am helllichten Tag über die Straße zu ihrem Streifenwagen geführt, und jetzt darf er die Nacht im Knast verbringen.« Bob stemmte sich aus dem Schaukelstuhl hoch, trat an den Mahagonischrank und schenkte sich Whiskey nach.

»Was für eine traurige Geschichte«, sagte Helen. Sie war enttäuscht. Sie hatte sich etwas Dramatischeres erhofft. »Aber das hätte er sich überlegen sollen, bevor er sie schlägt.«

»Ich glaube nicht, dass er sie geschlagen hat.« Bob kehrte zum Schaukelstuhl zurück.

»Ob sie wohl verheiratet bleiben?«, sagte Helen nachdenklich.

»Ich kann's mir nicht vorstellen.« Bob war jetzt müde.

»Was hat dir daran so zugesetzt, Bobby?«, fragte Helen. »Die zerrüttete Ehe oder die Verhaftung?« Sie nahm es persönlich – dieses Unerlöste in seinem Blick.

Bob wippte vor und zurück. »Alles.« Er schnippte mit den Fingern. »Dass so was einfach so passieren kann. Ich meine, es war doch ein ganz normaler Tag, Helen.«

Helen schüttelte das Kissen auf, schob es wieder an seinen Platz. »Ich weiß nicht, was normal an einem Tag sein soll, an dem man seinen Mann verhaften lässt.«

Bob wandte den Kopf und sah durch die Gitterfenster seinen Bruder den Weg entlangkommen, und ein Hauch von Furcht befiel ihn bei dem Anblick: der forsche Schritt seines älteren Bruders, sein langer Mantel, die dicke Ledermappe. Der Schlüssel drehte sich im Schloss.

»Hallo, Schatz«, sagte Helen. »Dein Bruder ist da.«

»Das sehe ich.« Jim zog den Mantel aus und hängte ihn in den Garderobenschrank. Bob hatte es nie gelernt, seinen Mantel aufzuhängen. Was ist das bei dir?, hatte Bobs Frau, Pam, ihn immer gefragt. Was ist das, was ist das, was ist das? Ja, was war es? Bob konnte es selbst nicht sagen. Aber wann immer er irgendwo hereinkam und keiner ihm den Mantel abnahm, erschien ihm die Vorstellung, ihn aufzuhängen, überflüssig und … ja, zu schwierig.

»Ich sollte gehen«, sagte Bob. »Ich muss noch einen Schriftsatz fertig machen.« Bob war Rechtshelfer am Berufungsgericht, wo er Akten für die Verhandlung bearbeitete. Irgendeine Berufung, für die ein Schriftsatz fertig gemacht sein wollte, gab es immer.

»Unsinn«, sagte Helen. »Ich habe gesagt, wir gehen zusammen was essen.«

»Runter von meinem Stuhl, Goofy.« Jim winkte vage in Bobs Richtung. »Lange nicht gesehen. Wie viele Tage waren das jetzt – vier?«

»Hör auf, Jim. Dein Bruder musste vorhin zuschauen, wie dieser Nachbar aus der Wohnung unter ihm in Handschellen abgeführt wurde.«

»Randale im Studentenwohnheim?«

»Jim, nicht.«

»Mein großer Bruder kann nicht anders«, sagte Bob. Er wechselte aufs Sofa hinüber, und Jim ließ sich in den Schaukelstuhl fallen.

»Dann schieß los.« Jim verschränkte die Arme. Er war groß und muskulös, und wenn er die Arme verschränkte, was er oft tat, ließ ihn das massig erscheinen, angriffslustig. Er hörte reglos zu. Dann lehnte er sich vor, um seine Schuhe aufzubinden. »Hat er ihre Kleider aus dem Fenster geworfen?«, fragte er.

»Ich habe nichts gesehen«, sagte Bob.

»Familien«, sagte Jim. »Ohne sie wäre die Hälfte aller Strafrechtler arbeitslos. Ist dir klar, Helen, dass du einfach nur die Polizei holen und behaupten müsstest, ich hätte dich geschlagen, und schon säße ich bis morgen früh hinter Gittern?«

»Ich habe nicht vor, dich einsperren zu lassen.« Helen sagte es im Plauderton. Sie stand auf und zog den Bund ihres Rocks glatt. »Aber wenn du dich noch umziehen willst, dann mach. Ich habe Hunger.«

Bob beugte sich nach vorn. »Jimmy, irgendwie hat mich das fertiggemacht. Wie sie ihn abgeführt haben. Keine Ahnung, wieso.«

»Werd erwachsen«, sagte Jim. »Mann! Was erwartest du von mir?« Er zog einen Schuh aus, rieb seinen Fuß. »Wenn du willst«, fügte er hinzu, »kann ich nachher ja mal anrufen. Mich vergewissern, dass ihm nichts fehlt. Dem hübschen weißen Knaben im Knast.«

Nebenan klingelte das Telefon, mitten hinein in Bobs: »Ja? Würdest du das tun, Jim?«

»Das wird deine Schwester sein«, sagte Helen. »Sie hat's vorhin schon probiert.«

»Sag, ich bin noch nicht da, Hellie.« Jim warf seine Socke vor sich auf den Parkettboden. »Wann hast du das letzte Mal mit Susan gesprochen?«, fragte er Bob und zog auch den anderen Schuh aus.

»Vor Monaten«, sagte Bob. »Als wir diese Diskussion über die Somali hatten, von der ich dir erzählt hab.«

»Warum sind überhaupt Somalier in Maine?«, fragte Helen, während sie nach drüben ging. Und über die Schulter: »Warum geht *irgend*wer nach Shirley Falls, es sei denn in Fesseln?«

Es überrumpelte Bob jedes Mal, wenn Helen so redete, als sei es unnötig, aus ihrer Abneigung gegen die Herkunft der Burgess ein Hehl zu machen. Aber Jim rief zurück: »Sie sind in Fesseln. Armut ist eine Fessel.« Er warf die zweite Socke der ersten hinterher; sie blieb an der Ecke des Couchtischs hängen.

»Susan hat gesagt, es wäre eine richtige Invasion«, fuhr Bob fort. »Die Somali würden in Schwärmen einfallen. Vor drei Jahren wären nur ein paar Familien da gewesen, und inzwischen wären es zweitausend, und kaum dreht man sich um, wird schon die nächste Busladung herangekarrt. Ich habe gesagt, sie soll nicht hysterisch sein, und sie sagte, Frauen bekämen immer gleich Hysterie unterstellt, und bei den Somali könnte ich sowieso nicht mitreden, weil ich schließlich seit Ewigkeiten nicht mehr in Shirley Falls war.«

»Jim.« Helen kam ins Wohnzimmer zurück. »Sie muss dich unbedingt sprechen. Sie klingt völlig aufgelöst. Ich konnte nicht lügen. Ich habe gesagt, du bist gerade erst heimgekommen. Tut mir leid, Liebling.«

Jim berührte im Vorbeigehen ihre Schulter. »Schon gut.«

Helen bückte sich und hob Jims Socken auf, und Bob, der ihr zusah, fragte sich, ob Pam, wenn er wie Jim seinen Mantel aufgehängt hätte, vielleicht weniger wütend über die Socken gewesen wäre.

Nach einem langen Schweigen hörten sie Jim in ruhigem Ton Fragen stellen. Worte konnten sie keine verstehen. Darauf noch ein langes Schweigen, noch mehr ruhige Fragen, Kommentare. Immer noch war nichts zu verstehen.

Helen fingerte an ihrem zierlichen Ohrring herum und seufzte. »Schenk dir noch einen Drink ein. Da es ja offenbar länger dauern wird.« Aber die Anspannung blieb. Bob lehnte sich auf dem Sofa zurück und beobachtete durchs Fenster die Leute, die draußen von der Arbeit heimgingen. Das Haus lag nur sechs Straßen von Bobs Wohnung entfernt, auf der anderen Seite der Seventh Avenue, aber Witze über Studentenwohnheime verboten sich hier von selbst. In Jims und Helens Straße lebten Erwachsene. Banker und Ärzte und Reporter, Menschen, die Aktenmappen und eine erstaunliche Vielfalt an schwarzen Taschen bei sich trugen, besonders die Frauen. Die Bürgersteige hier waren gepflegt und die kleinen Vorgärten mit Ziersträuchern bepflanzt.

Helen und Bob wandten beide den Kopf, als sie Jim auflegen hörten.

Jim stand in der Tür. Die rote Krawatte hing lose um seinen Hals. »Wir können nicht fahren«, sagte er. Helen setzte sich gerader hin. Mit einem wütenden Ruck riss Jim sich die Krawatte ganz herunter und sagte zu Bob: »Unser Neffe wird verhaftet.« Er war blass im Gesicht, seine Augen waren schmale Schlitze. Er ließ sich aufs Sofa fallen und legte den Kopf in die Hände. »O Mann. Das wird für Schlagzeilen sorgen. Neffe von Jim Burgess unter Anklage …«

»Hat er jemanden umgebracht?«, fragte Bob.

Jim schaute auf. »Hast du sie nicht mehr alle?«, fragte er im selben Moment, als Helen vorsichtig sagte: »Eine Prostituierte?«

Jim schüttelte den Kopf, heftig, als wäre ihm Wasser ins Ohr gekommen. Er sah Bob an und sagte: »Nein, er hat niemanden umgebracht.« Er sah Helen an und sagte: »Nein, die Person, die er nicht umgebracht hat, war keine Prostituierte.« Dann richtete er den Blick zur Decke, schloss die Augen und sagte: »Unser Neffe Zachary Olson hat einen tiefgefrorenen Schweinekopf durch die Tür einer Moschee geworfen. Zur Gebetszeit. Mitten im Ramadan. Susan sagt, Zach hätte keine Ahnung, was Ramadan ist, was ich ihr unbesehen glaube – Susan wusste es auch nicht, bevor sie es in der Zeitung gelesen hat. Der Schweinekopf war blutig, halb aufgetaut, er hat ihnen den Teppich besudelt, und sie haben kein Geld, um einen neuen zu kaufen. Sie müssen ihn siebenmal reinigen lassen, so schreibt es das heilige Gesetz vor. Noch Fragen?«

Helen sah Bob an. Verwirrung schlich sich in ihre Züge. »Warum soll das für Schlagzeilen sorgen, Jim?«, fragte sie schließlich leise.

»Kapierst du's nicht?«, fragte Jim genauso leise, indem er sich zu ihr drehte. »Es fällt unter Hassverbrechen, Helen. Genauso gut könntest du am Sabbat rüber nach Borough Park gehen, in eine jüdisch-orthodoxe Synagoge eindringen und alle dort zwingen, Eiscreme und Speckschwarten zu essen.«

»Ach so«, sagte Helen. »Das war mir nicht klar. Das wusste ich nicht über die Moslems.«

»Sie verfolgen es als Hassverbrechen?«, fragte Bob.

»Sie wollen es offenbar in jeder nur denkbaren Weise verfolgen. Das FBI ist schon eingeschaltet. Die Generalstaatsanwaltschaft erwägt eine Klage wegen Verletzung der Bürgerrechte. Susan sagt, es kommt landesweit in den Nachrichten, aber sie ist so durch den Wind, dass ich darauf nicht unbedingt viel gebe. Offenbar war irgendein CNN-Reporter zufällig in der Stadt, hat die lokale Berichterstattung gehört und fand die Geschichte so prickelnd, dass er sie aufgegriffen hat. Wie kommt jemand *zufällig* nach Shirley Falls?« Jim nahm die Fernbedienung, richtete sie auf den Fernseher, warf sie dann neben sich aufs Polster. »Das hat mir jetzt grade noch gefehlt. O Mann, das hat mir noch gefehlt.« Er fuhr sich mit beiden Händen übers Gesicht, durch die Haare.

»Behalten sie ihn in U-Haft?«, fragte Bob.

»Sie haben ihn noch gar nicht festgenommen. Sie wissen nicht, dass es Zach war. Sie fahnden nach irgendwelchen Rowdys, dabei war es nur der hirnamputierte kleine neunzehnjährige Zach. Zach, Sohn von Susan.«

»Wann ist es passiert?«, fragte Bob.

»Vorgestern Abend. Laut Zach, also laut Susan, hat er es allein gemacht, als ›Gag‹.«

»Als Gag?«

»Als Gag. Nein, entschuldige, als ›blöder Gag‹. Ich berichte nur, Bob. Er rennt weg, keiner sieht ihn. Angeblich. Dann hört er es heute in sämtlichen Nachrichten, kriegt es mit der Angst und beichtet es Susan, als sie von der Arbeit heimkommt. Sie ist ausgerastet, verständlicherweise. Ich habe ihr gesagt, sie soll jetzt gleich mit ihm zur Polizei, er muss sich auch zu nichts äußern, aber sie traut sich nicht. Sie hat Angst, dass sie ihn über Nacht einsperren. Sie sagt, sie unternimmt gar nichts, bevor ich nicht da bin.« Jim ließ den Oberkörper nach hinten sacken, beugte sich dann gleich wieder vor. »Mann, Mann, Mann. So eine *Scheiße.*« Er sprang auf die Füße, fing an, vor den vergitterten Fenstern auf und ab zu laufen. »Der Polizeichef heißt Gerry O'Hare. Nie gehört. Susan sagt, sie ist in der Highschool mal mit ihm gegangen.«

»Er hat sie nach dem zweiten Date abserviert«, sagte Bob.

»Gut. Dann ist er jetzt vielleicht nett zu ihr. Immerhin überlegt sie, ob sie ihn morgen früh anruft und ihm sagt, dass sie mit Zach kommt, sobald ich da bin.« Jim hieb im Vorbeigehen mit der Faust auf die Armlehne des Sofas. Er setzte sich wieder in seinen Schaukelstuhl.

»Hat er schon einen Anwalt?«, fragte Bob.

»Ich muss einen suchen.«

»Kennst du denn niemanden bei der Generalstaatsanwaltschaft?«, fragte Helen. Sie zupfte eine Fluse von ihrer schwarzen Strumpfhose. »Die Fluktuation da oben wird ja wohl kaum sehr stark sein.«

»Den Generalstaatsanwalt selbst kenne ich.« Jims Stimme war laut, er schaukelte heftig vor und zurück, die Hände sehr fest auf den Armlehnen. »Wir waren vor Jahren zusammen Ankläger bei der Staatsanwaltschaft. Du hast ihn mal auf einer Weihnachtsfeier kennengelernt, Helen. Dick Hartley. Ein ziemlicher Trottel, fandest du, völlig zu Recht. Und ich werde den Teufel tun und mich an ihn wenden. Er hat seine Nase schon in dem Fall drin. Ein Interessenkonflikt hoch zehn. Und strategischer Selbstmord. Ein Jim Burgess trampelt da nicht einfach rein, Herrgott noch mal.« Helen und Bob wechselten Blicke. Gleich darauf hörte Jim zu schaukeln auf und sah Bob an. »Eine Prostituierte umgebracht? Wie kommst du auf so was?«

Bob hielt entschuldigend die Hand hoch. »Zach ist einfach ein bisschen undurchschaubar, mehr hab ich nicht gemeint. Ein Stiller.«

»Zach ist ein Arsch und sonst gar nichts.« Jim sah zu Helen. »Entschuldige, Schatz.«

»Das mit der Prostituierten kam von mir«, erinnerte Helen ihn. »Kein Grund also, wütend auf Bob zu werden. Außerdem hat er völlig recht, Zach war schon immer ein Außenseiter, und offengestanden ist das genau so eine Geschichte, wie sie in Maine passiert, so ein ganz Stiller, der bei seiner Mutter wohnt und Prostituierte umbringt und sie in irgendeinem Kartoffelacker verscharrt. Und da er das alles nicht gemacht hat, sehe ich nicht ein, dass wir deshalb unseren Urlaub absagen müssen, tut mir leid.« Helen schlug die Beine übereinander und faltete die Hände um die Knie. »Und warum er sich mit aller Gewalt selbst anzeigen soll, weiß ich auch nicht. Besorgt ihm doch einen Anwalt in Maine und lasst den darüber entscheiden.«

»Hellie, du bist sauer, und das kann ich verstehen«, sagte Jim geduldig. »Aber Susan dreht fast durch. Und ja, ich besorge ihm einen Anwalt in Maine. Aber Zach muss sich stellen, weil …« Jim hielt inne und sah im Zimmer umher. »Weil er es getan hat. Das ist der Hauptgrund. Und außerdem, wenn er gleich hingeht und sich an die Brust schlägt, fassen sie ihn wahrscheinlich sanfter an. Aber die Burgess sind keine Drückeberger. Das ist nicht unser Stil. Wir laufen nicht davon.«

»Aha«, sagte Helen. »Wenn das so ist.«

»Ich hab ihr das erklärt und noch mal erklärt: Sie erledigen die Formalitäten, setzen eine Kaution fest, und dann darf er wieder nach Hause. Es ist ein Vergehen, mehr nicht. Aber stellen muss er sich. Der öffentliche Druck auf die Polizei ist enorm.« Jim wölbte die Hände vor sich, als umfassten sie einen Basketball. »Das Wichtigste ist jetzt, die Sache *kleinzuhalten.*«

»Ich fahre hin«, sagte Bob.

»Du?«, sagte Jim. »Mr. Flugangst?«

»Ich nehme euer Auto. Ich breche gleich morgen früh auf. Und ihr zwei fliegt … wohin fliegt ihr gleich wieder?«

»St. Kitts«, sagte Helen. »Jim, warum kann das nicht Bob machen?«

»Weil …« Jim schloss die Augen, senkte den Kopf.

»Weil ich's vermurkse?«, vollendete Bob. »Sicher, dich mag sie lieber, aber jetzt komm schon, Jimmy, lass mich fahren. Ich möchte es.« Schlagartig fühlte er sich betrunken, als zeigte der Whiskey von vorhin seine Wirkung erst jetzt.

Jim ließ die Augen geschlossen.

»Jim«, sagte Helen. »Du brauchst diesen Urlaub. Du bist völlig überarbeitet.« Es war eine Dringlichkeit in ihrer Stimme, die Bob mit einem frischen Einsamkeitsgefühl erfüllte: Für Helen stand Jim an erster Stelle, da blieb kein Raum für die Bedürfnisse einer Schwägerin, die Helen nach all den Jahren kaum kannte.

»Also gut«, sagte Jim. Er nahm den Kopf wieder hoch, sah Bob an. »Du fährst. Gut.«

»Wir sind schon ein verkrachter Haufen, was, Jimmy?« Bob setzte sich neben seinen Bruder und legte ihm den Arm um die Schulter.

»Lass das«, sagte Jim. »Lässt du das bitte? Himmelarsch!«

Bob ging durch die dunklen Straßen heimwärts. Als er sich seinem Haus näherte, sah er, dass in der Wohnung unter seiner der Fernseher lief. Undeutlich machte er den Umriss von Adriana aus, die allein vor dem Bildschirm saß. Hatte sie niemanden, der die Nacht bei ihr verbringen konnte? Sollte er bei ihr klopfen, sie fragen, ob sie etwas brauchte? Aber dann sah er sich bei ihr auf der Türschwelle stehen, der große grauhaarige Mann aus dem oberen Stock, und dachte, dass ihr das wahrscheinlich nicht recht wäre. Er stieg die Treppe bis zu seiner Wohnung hinauf, warf seinen Mantel auf den Boden und griff zum Telefon.

»Susie«, sagte er. »Ich bin's.«

Sie waren Zwillinge.

Jim hatte von klein auf seinen eigenen Namen gehabt, aber Susie und Bob waren *die Zwillinge*. Geh die Zwillinge suchen. Sag den Zwillingen, wir essen jetzt. Die Zwillinge haben Windpocken, die Zwillinge können nicht schlafen. Aber Zwillinge sind auf ganz eigene Weise verbunden. Zwischen sie passt, mit etwas Glück, kein Blatt. »… ihn umbringen«, sagte Susan gerade am Telefon. »Ihn an den Zehennägeln aufhängen.«

»Komm, komm, Susan, er ist doch dein Sohn.« Bob hatte die Schreibtischlampe angeknipst; er stand da und sah auf die Straße hinaus.

»Ich rede von dem Rabbiner. Und dieser komischen Trulla von den Unitariern. Die haben eine Erklärung abgegeben. Nicht nur die *Stadt* ist durch diese Sache beschädigt, sondern der ganze Staat. Nein, was sage ich da, das ganze *Land*.«

Bob rieb sich den Nacken. »Hör mal, Susan. Wieso macht Zach so was?«

»Warum er so was macht? Wann hast du zum letzten Mal ein Kind großgezogen, Bob? O ja, ich weiß, wir müssen taktvoll sein und deine trägen Spermien oder nicht-existenten Spermien oder was auch immer nicht erwähnen, und ich hab's ja auch nie gemacht, nicht ein Wort hab ich drüber verloren, dass Pam dir vielleicht den Laufpass gegeben hat, um mit einem anderen Kinder zu kriegen … Mist, jetzt bringst du mich auch noch dazu, solche Sachen zu sagen, wo ich weiß Gott andere Sorgen hab!«

Bob wandte sich vom Fenster ab. »Susan, hast du irgendwelche Tabletten, die du nehmen kannst?«

»Zyankali, meinst du?«

»Valium.« Bob fühlte eine bodenlose Traurigkeit in sich aufwallen, und er ging mit dem Telefon ins Schlafzimmer zurück.

»Ich nehme nie Valium.«

»Dann fang jetzt damit an. Dein Arzt kann dir telefonisch

welches verschreiben. Damit du heute Nacht wenigstens schläfst.«

Susan antwortete nicht, und Bob wurde klar, dass seine Traurigkeit in Wahrheit Sehnsucht nach Jim war. Denn letztlich (und Jim wusste das ganz genau) hatte Bob keine Ahnung, was er tun sollte. »Dem Jungen kann nichts passieren«, sagte Bob. »Niemand will ihm etwas anhaben. Oder dir.« Bob setzte sich aufs Bett, stand wieder auf. Er hatte wirklich nicht die leiseste Ahnung, was er tun sollte. Für ihn würde es heute Nacht keinen Schlaf geben, nicht mal mit Valium, und er hatte reichlich. Nicht, während sein Neffe in der Tinte saß und diese arme Frau unter ihm einsam vor ihrem Fernseher und ihr Schnösel im Kittchen. Und Jimmy sich davonmachte auf irgendeine Insel. Bob wanderte wieder in den vorderen Teil seiner Wohnung, knipste die Schreibtischlampe aus.

»Eine Frage«, hörte er seine Schwester sagen.

In der Dunkelheit draußen hielt auf der anderen Straßenseite ein Bus. Eine alte schwarze Frau sah mit steinerner Miene aus dem Fenster, ein Mann weiter hinten wippte mit dem Kopf, vielleicht zu irgendwelchen Rhythmen aus seinen Ohrstöpseln. Sie wirkten unfassbar arglos und fern …

»Bildest du dir ein, das hier ist ein Film?«, fragte seine Schwester. »So ein gottverlassenes Nest am Arsch der Welt, wo die Farmer zum Gefängnis marschieren und seinen Kopf auf einer Stange fordern?«

»Was redest du da?«

»Ich bin ja so froh, dass Mommy nicht mehr da ist. Sie würde gleich noch mal sterben, das sag ich dir.« Susan weinte jetzt.

Bob sagte: »Der Sturm legt sich auch wieder.«

»Verflixt und zugenäht, wie kannst du das sagen? Es kommt auf allen Sendern.«

»Schalt die Kiste aus«, riet Bob ihr.

»Hältst du mich für verrückt, oder was?«, wollte sie wissen.

»Ein bisschen. Vorübergehend.«

»Sehr hilfreich, danke. Hat Jimmy dir erzählt, dass ein kleiner Junge in der Moschee umgekippt ist, so hat der Schweinekopf ihn erschreckt? Er fing schon an aufzutauen, deshalb war er blutig. Ich weiß genau, was du jetzt denkst. Was ist das für eine Mutter, die nicht mal merkt, wenn ihr Sohn ihr einen Schweinekopf in die Gefriertruhe steckt und dann so was macht? Das denkst du, Bob, streite es gar nicht erst ab. Und das macht mich verrückt. Wie du selber gerade festgestellt hast.«

»Susan, *du* hast doch …«

»Man rechnet mit allem Möglichen bei seinen Kindern, weißt du? Nein, weißt du natürlich nicht. Autounfälle. Die falsche Freundin. Schlechte Noten, alles. Aber doch nicht so ein Rambazamba wegen irgendwelchen bescheuerten Moscheen.«

»Morgen bin ich da, Susan.« Das hatte er ihr gleich zu Anfang gesagt. »Wir bringen ihn zusammen hin. Wir halten das klein, mach dir keine Sorgen.«

»Nein, worum auch«, sagte sie. »Gute Nacht.«

Wie Hund und Katze! Bob öffnete das Fenster einen Spalt, klopfte eine Zigarette aus der Packung, schenkte sich ein Wasserglas mit Wein voll und setzte sich auf den metallenen Klappstuhl beim Fenster. In dem Haus gegenüber brannte in mehreren Wohnungen Licht. Er bekam seine ganz private Vorführung geboten hier oben: das junge Mädchen, das nur mit der Unterhose bekleidet im Zimmer herumlief. Die Möbel in dem Zimmer standen so, dass er nie ihre Brüste sah, immer nur ihren nackten Rücken, aber ihm gefiel dieses Unbekümmerte, Freie an ihr. Es war einfach da – wie eine Glockenblumenwiese im Juni.

Zwei Fenster weiter war das Paar, das so viel Zeit in seiner weißen Küche verbrachte. Der Mann langte gerade zu einem der Schränke hoch; er schien derjenige zu sein, der kochte. Bob kochte nicht gern. Er aß gern, aber – Pam hatte ihn darauf aufmerksam gemacht – lauter Sachen, wie Kinder sie mochten, farblosen Pampf wie Kartoffelbrei oder Käsenudeln. Die New Yorker interessierten sich sehr für Essen. Essen war eine ernste Angelegenheit für sie. Essen war wie Kunst. Köche wurden in New York gefeiert wie Rockstars.

Bob schenkte sich Wein nach, kehrte an seinen Platz am Fenster zurück. *Geschenkt*, wie man heutzutage so gern sagte.

Ob jemand Chefkoch war oder Bettler oder millionenfach geschieden, danach fragte in dieser Stadt keiner. Und wenn man sich am offenen Fenster zu Tode rauchte, wenn man seine Frau erschreckte und dafür ins Gefängnis wanderte – geschenkt. Es war das Paradies, hier zu leben. Susie hatte das nie begriffen. Arme Susie.

Bob wurde langsam betrunken.

Im Stockwerk unter ihm ging die Tür auf, Schritte erklangen auf der Treppe. Er spähte aus dem Fenster. Adriana stand unter einer Straßenlaterne, die Leine in der Hand; ihre hochgezogenen Schultern zitterten, und das winzige Hündchen stand neben ihr und zitterte mit. »Ach, ihr armen Dinger«, sagte Bob leise. Niemand, so schien ihm in seinem betrunkenen Überschwang, niemand – egal wo – hatte auch nur den blassesten Schimmer.

Sechs Straßen weiter lag Helen neben ihrem Mann und hörte ihm beim Schnarchen zu. Durchs Fenster sah sie am schwarzen Nachthimmel die Flugzeuge im Anflug auf La Guardia, alle drei Sekunden eins (ihre Kinder hatten mitgezählt, als sie klein waren), wie Sternschnuppen in unendlicher Folge. Heute Nacht schien das Haus erfüllt von Leere, und sie dachte an früher, als ihre Kinder noch in ihren Zimmern schliefen, an diese Sicherheit, die sanfte Leichtigkeit der Nächte damals. Sie dachte an Zachary in Maine, aber sie hatte ihn seit Jahren nicht mehr gesehen und hatte nur ein dünnes blasses Bübchen vor Augen, ein mutterlos wirkendes Kind. Und eigentlich mochte sie nicht an ihn denken, und auch nicht an tiefgefrorene Schweineköpfe oder ihre grimmige Schwägerin; schon jetzt beeinträchtigte der Vorfall den Familienfrieden, und sie spürte die kleinen Nadelstiche der Unruhe, die die Vorboten der Schlaflosigkeit sind.

Sie stemmte die Hand gegen Jims Schulter. »Du schnarchst«, sagte sie.

»'tschuldige.« Das konnte er im Schlaf sagen. Er wälzte sich auf die Seite.

Helen, hellwach, hoffte, dass die Blumen ihre Abwesenheit überleben würden. Ana hatte keine glückliche Hand bei Blumen. Es war ein Gespür, das man entweder besaß oder nicht. Einmal, Jahre vor Ana, war die Familie in Urlaub gefahren, und die Lesben von nebenan hatten die violetten Petunien in Helens Blumenkästen vertrocknen lassen. Helen hatte diese Petunien gehegt und gepflegt, hatte jeden Tag die klebrigen welken Blüten abgeschnitten, sie gewässert, sie gedüngt; wie ein Wasserfall hatten sie sich von den vorderen Fenstern des Hauses ergossen, und Leute auf der Straße hatten ihr dafür Komplimente gemacht. Helen hatte den Frauen erklärt, wie viel Zuwendung blühende Pflanzen im Sommer brauchten, und sie hatten gesagt, ja, das wüssten sie. Und dann, bei ihrer Rückkehr: nur noch verdorrtes Gestrüpp! Helen hatte geweint. Die Frauen waren bald darauf weggezogen, und Helen war froh gewesen. Sie hatte nicht mehr freundlich zu den beiden sein können, nicht von Herzen, nachdem sie ihre Petunien getötet hatten. Zwei Lesben, Linda und Laura. Die dicke Linda und Lindas Laura, so hatten sie bei ihnen geheißen.

Die Burgess wohnten im letzten einer Reihe von Backsteinhäusern. Das Gebäude links von ihnen war ein hoher Kalksteinbau, das einzige Mehrfamilienhaus in diesem Abschnitt der Straße, inzwischen Eigentumswohnungen. Die Linda-Lauras hatten in der Erdgeschosswohnung gewohnt und sie dann an eine Bankerin verkauft, Deborah-mit (kurz für Deborah-mit-dem-Durchblick, im Unterschied zu Debra-ohne im selben Haus, die nicht durchblickte), und an Deborahs Mann William, der so nervös war, dass er sich als »Billiam« vorgestellt hatte. Die Kinder nannten ihn manchmal so, aber dann bat Helen sie, netter zu sein, weil Billiam seinerzeit in Vietnam gedient hatte und auch, weil seine Frau, Deborah-mit, eine furchtbare Nervensäge war und Helen sich vorstellte, dass es schrecklich sein musste, mit ihr zusammenzuleben. Nie konnte man in seinen Garten hinausgehen, ohne dass Deborah-mit in ihrem erschien, und innerhalb von zwei Minuten hatte sie einen darüber belehrt, dass die Stiefmütterchen, die man gerade pflanzte, auf dieser Seite des Gartens keine Chance hatten, dass die Lilien mehr Sonne brauchten, dass der Fliederbusch, den Helen einsetzte, eingehen würde (leider wahr), weil der Boden nicht kalkhaltig genug war.

Debra-ohne dagegen war eine liebenswerte Frau, schlaksig und bemüht, eine Psychiaterin, leicht konfus in ihrer Art. Aber, und das war das Traurige: Ihr Mann betrog sie. Das hatte Helen entdeckt, als sie tagsüber allein zu Hause gewesen war und durch die Wand das haarsträubendste Lustgestöhne gehört hatte. Sie hatte durch das Dielenfenster hinausgespitzt, und da war Debras Mann zur Haustür herausgekommen, gefolgt von einer Frau mit lockigen Haaren. Später hatte sie die beiden zusammen in einer Bar ganz in der Nähe gesehen. Und einmal hatte sie Debra-ohne ihren Mann fragen hören: »Warum hackst du denn heute so auf mir rum?« Debra-ohne fehlte es also tatsächlich an Durchblick. Diese Dinge fand Helen immer ein bisschen problematisch am Stadtleben. Bei Basketballübertragungen brüllte Jim wie ein Irrer. »Du blöde Drecksau!«, brüllte er den Fernseher an, und Helen hatte jedes Mal Angst, die Nachbarn könnten denken, er meinte damit Helen. Sie hatte schon überlegt, ob sie es irgendwann mit einem Lachen ins Gespräch einflechten sollte, sich dann aber gesagt, dass man sich auf solch dünnes Eis besser nicht begab. Obwohl es ja nur die Wahrheit wäre.

Trotzdem.

Ihre Gedanken rasten und rasten. Was hatte sie zu packen vergessen? Es wäre zu dumm, wenn sie sich irgendwann fürs Essen mit den Anglins umzog und plötzlich feststellte, dass sie nicht die richtigen Schuhe dabeihatte – ihr ganzes Outfit wäre verdorben. Sie zog die Decke fester um sich; sie meinte Susans Anruf noch immer im Haus zu spüren, dunkel, gestaltlos, drohend. Sie setzte sich auf.

Mit so etwas musste man rechnen, wenn man nicht schlafen konnte und einem das Bild eines tiefgefrorenen Schweinekopfs durch die Hirnwindungen spukte. Sie ging ins Bad und nahm eine Schlaftablette, und das Bad war sauber und vertraut. Wieder im Bett, rückte sie dicht an ihren Mann heran, und schon nach wenigen Minuten fühlte sie die Schläfrigkeit wie einen sanften Sog, und sie war so froh, dass sie nicht Deborah-mit oder Debra-ohne war, so froh, dass sie Helen Farber Burgess war, so froh, dass sie Kinder hatte und Freude am Leben …

Aber am Morgen dann, welche Hektik!

Bei all dem bunten Treiben, mit dem sich der Samstag in Park Slope anließ – Kinder mit Fußbällen in Netzen auf dem Weg zum Park, von ihren Vätern bei Grün über die Straßen gescheucht, junge Liebespaare, die in den Coffeeshops eintrudelten, die Haare noch nass vom Duschen, Leute, die für den Abend Essenseinladungen planten und auf dem Bauernmarkt auf der Grand Army Plaza am Ende des Parks nach den besten Äpfeln und Backwaren und Schnittblumen suchten, die Arme beladen mit Körben und papierumwickelten Sonnenblumen –, bei allem Trubel war man nicht gefeit vor Kümmernissen, wie sie überall im Land vorkamen, selbst in diesem Viertel, wo nahezu jeder seinen Platz in der Welt für genau den richtigen zu halten schien. Da war die Mutter, deren kleine Tochter sich so dringend eine Barbiepuppe wünschte, und die Mutter sagte, nein, die Barbiepuppen sind schuld, dass so viele Mädchen abgemagert und krank sind. Auf der Eighth Street versuchte ein Stiefvater verbissen, einem linkischen Jungen das Fahrradfahren beizubringen, hielt den Gepäckträger fest, während das Kind, bleich vor Angst, Schlangenlinien fuhr und auf ein Lob wartete. (Die Frau des Mannes bekam ihre letzte Chemotherapie gegen Brustkrebs, ihnen blieb nichts erspart.) In der Third Street stritt ein Paar darüber, ob sie ihren pubertierenden Sohn an diesem sonnigen Herbsttag aus seinem Zimmer scheuchen sollten oder nicht. Verstimmungen allerorten, und auch bei den Burgess lief nicht alles nach Plan.

Das Auto, das Helen und Jim zum Flughafen bringen sollte, war nicht gekommen. Ihre Koffer standen auf dem Gehsteig, und Helen wurde zu ihrer Bewachung abgestellt, während Jim zwischen ihr und dem Haus hin- und herrannte und mit dem Autoverleih telefonierte. Deborah-mit kam aus ihrer Tür und fragte, wo es denn hingehen solle an diesem schönen sonnigen Morgen, es müsse wunderbar sein, so oft in den Urlaub fahren zu können. Helen blieb keine Wahl, als zu sagen: »Seien Sie nicht böse, aber ich muss schnell noch jemand anrufen« und ihr Handy aus der Handtasche zu holen und einen Anruf bei ihrem Sohn vorzutäuschen, der (in Arizona) unter Garantie noch tief und fest schlief. Aber Deborah-mit wartete auf Billiam, und so musste Helen immer weiter in ihr stummes Handy sprechen, weil Deborah in einem fort in ihre Richtung lächelte. Endlich erschien Billiam, und die beiden wanderten davon, händchenhaltend, was Helen übertrieben fand.

Derweil fiel dem in der Diele auf- und abtigernden Jim auf, dass am Schlüsselbrett neben der Haustür noch beide Autoschlüssel hingen. Bob hatte den Schlüssel nicht mitgenommen! Wie wollte er nach Maine kommen ohne den Scheißschlüssel? Diese Frage brüllte Jim Helen entgegen, als er wieder auf die Straße herauskam, und Helen sagte in beherrschtem Ton, wenn er weiter so herumbrülle, werde sie nach Manhattan ziehen. Jim wedelte mit dem Schlüssel vor ihrem Gesicht. »Wie will er hinkommen?«, zischte er.

»Wenn du deinem Bruder einen Schlüssel zu unserem Haus geben würdest, hätten wir dieses Problem nicht.«

Um die Ecke bog in gemessenem Tempo eine schwarze Limousine. Jim schwenkte den Arm wie ein Rückenschwimmer beim Anschlag, und wenig später saß Helen wohlbehalten auf dem Rücksitz, wo sie ihr Haar glattzupfte, und Jim rief vom Handy aus Bob an. »Nun geh schon ran, Bob ...« Dann: »Wie klingst du denn? Du bist jetzt erst aufgewacht? Du solltest längst auf dem Weg nach Maine sein. Wie, du warst die ganze Nacht wach?« Jim beugte sich vor und sagte zu dem Fahrer: »Halten Sie kurz Ecke Sixth und Ninth.« Er lehnte sich wieder zurück. »Dreimal darfst du raten, was ich hier in der Hand halte. Rat einfach, Goofy. Meinen Autoschlüssel, bingo! Und hör zu – hörst du zu? Charlie Tibbetts. Der Anwalt für Zach. Montagvormittag bei ihm im Büro. Natürlich kannst du den Montag dranhängen, tu doch nicht so. Die Rechtshilfe tangiert das einen feuchten Furz. Charlie ist das Wochenende über nicht da, aber er fiel mir gestern noch ein, und wir haben schon telefoniert. Er ist der Richtige. Guter Mann. Alles, was du bis dahin zu tun hast, ist, die Sache kleinhalten, kapiert? Und jetzt bequem dich runter, unser Flieger wartet nicht.«

Helen ließ das Fenster nach unten gleiten und hielt das Gesicht in die frische Luft.

Jim lehnte sich zurück, griff nach ihrer Hand. »Wir werden einen fabelhaften Urlaub haben, Schatz. Genau wie diese Kitschpaare in den Prospekten. Es wird großartig.«

Bob wartete in Trainingshose, T-Shirt und schmutzigen Sportsocken vor seinem Haus. »Achtung, Spasti«, rief Jim. Er warf den Autoschlüssel durchs offene Fenster, und Bob fing ihn mit einer Hand.

»Viel Spaß.« Bob winkte einmal.

Helen war beeindruckt, wie mühelos Bob den Schlüssel gefangen hatte. »Und dir viel Erfolg«, rief sie.

Die Limousine bog um die Ecke und entschwand dem Blick, und Bob wandte das Gesicht Richtung Hauswand. Als Junge war er in den Wald gelaufen, um dem Auto, das Jim ins College brachte, nicht nachsehen zu müssen, und am liebsten hätte er es jetzt genauso gemacht. Stattdessen stand er auf dem rissigen Asphalt, neben sich die eisernen Müllcontainer, und Sonnenscherben stachen ihm in die Augen, während er mit seinen Schlüsseln herumstocherte.

Vor Jahren, in Bobs erster Zeit in New York, hatte er eine Therapeutin namens Elaine gehabt, eine grobknochige Frau mit schlaksigen Bewegungen, etwa so alt wie er jetzt, was ihm damals natürlich uralt vorgekommen war. Eingebettet in ihre wohlwollende Aufmerksamkeit, hatte er an einem Loch in der Armlehne ihrer Ledercouch herumgebohrt und immer wieder zu dem Feigenbaum in der Ecke hinübergeschielt (der künstlich aussah, sich aber mit ans Herz gehender Zielgerichtetheit zu dem schmalen Lichtstreif des Fensters hinneigte und in sechs Jahren immerhin *ein* neues Blatt hervorgebracht hatte). Wenn Elaine jetzt neben ihm gestanden hätte, dann hätte sie ihn ermahnt: »In der Gegenwart bleiben, Bob.« Denn vage war sich Bob ja bewusst, was in ihm ablief, als Jims Auto um die Ecke verschwand, *ihn zurückließ*, vage wusste er es, aber – oh, arme Elaine, inzwischen an irgendeiner furchtbaren Krankheit gestorben, sie hatte sich solche Mühe mit ihm gegeben, war so lieb gewesen – es half nichts. Das Sonnenlicht gab ihm den Rest.

Bob, der vier war, als sein Vater starb, erinnerte sich an nichts als an die Sonne auf der Kühlerhaube und an die Decke, die sie über seinen Vater gebreitet hatten, und – immer – Susans anklagende Kleinmädchenstimme: »Alles nur wegen dir, du Dummer.«

Und jetzt stand er in Brooklyn, New York, auf dem Gehsteig, sah wieder den Autoschlüssel durch die Luft geflogen kommen, sah die Limousine mit seinem Bruder darin um die Ecke verschwinden, dachte an die Aufgabe, die vor ihm lag, und alles in ihm schrie: *Lass mich nicht allein, Jimmy.*

Adriana trat aus der Tür.

2

Susan Olson bewohnte ein schmales zweistöckiges Haus nicht weit vom Zentrum. Seit ihrer Scheidung vor sieben Jahren vermietete sie die oberste Etage an eine alte Frau namens Drinkwater, die dieser Tage eher selten aus dem Haus ging, sich nie über die Musik aus Zachs Zimmer beschwerte und immer pünktlich die Miete bezahlte. An dem Abend, bevor Zach sich der Polizei stellen sollte, stieg Susan die Treppe hinauf, klopfte bei der alten Dame und erzählte ihr, was passiert war. Mrs. Drinkwater, die auf dem Stuhl vor ihrem kleinen Schreibtisch saß, nahm es erstaunlich gelassen. »So was, so was«, sagte sie. Sie trug einen Bademantel aus rosa Kunstseide und hatte sich die Nylonstrümpfe bis zum Knie heruntergerollt; ihre grauen Haare waren nach hinten gesteckt, aber zum Großteil aus den Nadeln gerutscht. So sah sie aus, wenn sie daheimblieb, was jetzt meistens der Fall war. Ihre Arme und Beine waren dürr wie Stöcke.

»Ich wollte es Ihnen doch lieber sagen« – Susan setzte sich aufs Bett –, »weil die Reporter Sie ab morgen vielleicht fragen werden, was für ein Mensch er ist.«

Die alte Dame schüttelte bedächtig den Kopf. »Ein Stiller ist er.« Sie sah Susan an. Ihre Brille hatte riesige Trifokalgläser, hinter denen ihr Blick nicht recht zu orten war; er waberte herum. »Immer höflich zu mir«, fügte sie hinzu.

»Ich kann Ihnen nicht vorschreiben, was Sie antworten.«

»Nett, dass Ihr Bruder kommt. Ist das der berühmte?«

»Nein. Der berühmte macht Urlaub mit seiner Frau.«

Ein langes Schweigen folgte. Mrs. Drinkwater sagte: »Zacharys Vater – weiß er Bescheid?«

»Ich hab ihm eine E-Mail geschickt.«

»Lebt er immer noch in … Schweden?«

Susan nickte.

Mrs. Drinkwater sah auf ihren kleinen Schreibtisch, dann an die Wand darüber. »Wie sich's da wohl lebt, in Schweden?«

»Ich hoffe nur, Sie können jetzt schlafen«, sagte Susan. »Es tut mir leid.«

»Ich hoffe, *Sie* können schlafen, Kindchen. Haben Sie was, was Sie einnehmen können?«

»Ich nehme keine Schlafmittel.«

»Ja, dann …«

Susan stand auf, fuhr sich über ihr kurzes Haar, sah um sich, als wäre noch etwas zu tun, und sie wüsste nicht, was.

»Gute Nacht, meine Liebe«, sagte Mrs. Drinkwater.

Susan ging einen Stock tiefer und klopfte leise an Zachs Tür. Er lag auf dem Bett, riesige Kopfhörer über den Ohren. Sie tippte an ihr eigenes Ohr, damit er sie abnahm. Sein Laptop lag neben ihm auf der Bettdecke. »Hast du Angst?«, fragte sie.

Er nickte.

Es war fast völlig dunkel im Zimmer. Nur über einem Bücherbrett, auf dem sich Zeitschriften stapelten, brannte ein Lämpchen. Darunter lagen ein paar verstreute Bücher. Die Jalousien waren heruntergelassen, und an den Wänden, die seit mehreren Jahren schwarz gestrichen waren – Susan war eines Tages von der Arbeit heimgekommen und hatte sie so vorgefunden –, hing kein einziges Poster oder Foto.

»Hat sich dein Vater gerührt?«

»Nein.« Seine Stimme war belegt und tief.

»Ich hatte ihn gebeten, dir zu mailen.«

»Wieso machst du so was?«

»Er ist dein Vater.«

»Er soll mir nicht schreiben, weil du ihn darum bittest.«

Nach ein paar langen Sekunden sagte sie: »Schau, dass du ein bisschen schläfst.«

Am nächsten Tag machte sie Zach mittags Tomatensuppe aus der Dose und einen überbackenen Käsetoast. Er beugte den Kopf tief über die Suppentasse und aß den halben Toast mit seinen dünnen Fingern, dann schob er den Teller weg. Seine dunklen Augen schauten zu ihr hoch, und einen Moment lang meinte sie das kleine Kind von früher zu sehen, als das volle Ausmaß seiner sozialen Unbeholfenheit noch nicht offenbar war, als seine absolute Unsportlichkeit ihn noch nicht unrettbar isoliert hatte, als seine Nase noch keine höckrige Erwachsenennase gewesen war und seine Augenbrauen noch kein durchgezogener dunkler Strich – als er einfach ein schüchterner, überbraver kleiner Junge zu sein schien. Ein schlechter Esser, das immer.

»Geh duschen«, sagte sie. »Und zieh dir was Ordentliches an.«

»Wie, ordentlich?«, fragte er.

»Ein richtiges Hemd. Und keine Jeans.«

»Keine Jeans?« Es klang nicht bockig, sondern beunruhigt.

»Dann wenigstens Jeans ohne Löcher.«

Susan nahm das Telefon und rief im Polizeirevier an. Polizeichef O'Hare war da. Sie musste dreimal sagen, wer sie war, bevor man sie zu ihm durchstellte. Sie hatte sich ihren Text aufgeschrieben. Ihr Mund war so trocken, dass die Lippen aneinanderklebten, und sie bewegte sie stärker als sonst, um die Worte herauszubringen.

»… schon unterwegs«, schloss sie und hob den Blick von dem Blatt, von dem sie abgelesen hatte. »Ich warte nur noch auf Bob.« Sie sah Gerrys große Hand vor sich, die den Hörer hielt, sein Pokerface. Er hatte stark zugenommen über die Jahre. Manchmal, nicht oft, kam er in das Brillengeschäft im Einkaufszentrum auf der anderen Flussseite, in dem Susan arbeitete, und wartete, während die Brille seiner Frau repariert wurde. Dann nickte er Susan zu. Er war weder freundlich noch unfreundlich; etwas anderes hätte sie auch nicht erwartet.

»Hmm. Susan. Wir dürfen hier nichts falsch machen, Susan.« Sein Ton war müde, routiniert. »Sobald wir wissen, wer der Täter ist, wäre es unkorrekt von mir, ihn nicht abholen zu lassen. Da hängt eine Menge Publicity dran.«

»Gerry«, sagte sie. »Lieber Gott. Bitte schick keinen Streifenwagen. Tu mir das nicht an.«

»Ich sag dir, was ich denke. Ich denke, dieses Telefonat hat nie stattgefunden. Alte Freunde. Sind wir doch, oder? Ich denke mir, dass ich dich ziemlich bald sehe. Ehe der Tag um ist. Also dann.«

»Danke«, sagte sie.

Bob fuhr den Wagen seines Bruders ohne Hast, getragen vom Fluss seiner Bewegung. Durchs Fenster sah man Schilder, die Outlet-Zentren oder Seen anzeigten, aber hauptsächlich sah man die Bäume Connecticuts, die herankamen, vorüberwischten, verschwanden. Der Verkehr strömte zügig dahin, mit einer Einträchtigkeit, als wären alle Autofahrer Teil ein und derselben mobilen Daseinsform. Vor Bobs innerem Auge erschien das Bild Adrianas in ihrem kastanienbraunen Trainingsanzug. Ich habe Angst, hatte sie zu ihm gesagt, draußen vor dem Hauseingang, wo der Wind ihr strähniges blondes Haar zauste. Ihre Stimme war kehlig, das hatte er nicht gewusst – sie hatten vorher nie miteinander geredet. Ohne ihr Make-up sah sie viel jünger aus; ihre Wangenknochen waren blass, ihre grünen Augen, rotgerändert, blickten groß und ratlos. Aber die Fingernägel waren abgekaut, und das schnitt ihm ins Herz. Er dachte: Sie könnte fast meine Tochter sein. Seit vielen Jahren nun schon begleiteten Bob die Schatten seiner nie geborenen Kinder durchs Leben. Früher mochte das etwa ein Kind auf einem Spielplatz sein, blond wie Bob selbst in dem Alter, das zögerlich auf einem Bein hüpfte. Später dann ein Teenager (Junge oder Mädchen, es konnte bei beiden passieren), der auf der Straße mit ein paar Freunden herumalberte, oder dieser Tage ein Jurastudent, der bei ihm im Büro ein Praktikum machte – alle konnten sie plötzlich etwas in ihrem Ausdruck haben, was Bob auf den Gedanken brachte: Das hätte mein Kind sein können.

Er fragte sie, ob ihre Familie in der Nähe lebte.

Eltern in Bensonhurst, die Mietshäuser verwalteten. Dies kopfschüttelnd, sie standen sich nicht nahe. Aber sie hatte eine Stelle in Manhattan, Sachbearbeiterin in einer Kanzlei. Nur, wie sollte sie arbeiten, wo sie sich so … Sie machte eine kreiselnde Gebärde auf Ohrhöhe, um anzudeuten, wie sie sich fühlte. Ihre Lippen waren sehr blass. Arbeiten hilft, sagte er ihr. Sie werden staunen.

Ich werde mich nicht immer so fühlen?, fragte sie.

O nein. Nein. (Aber er wusste: Das Ende einer Ehe war eine höllische Zeit.) Sie packen das, sagte er ihr. Er sagte es ihr viele Male, während das zitternde Hündchen am Boden herumschnupperte; sie wollte es immer wieder von ihm hören. Gut möglich, dass sie ihre Stelle verlieren würde, sagte sie; eine Kollegin kam aus dem Mutterschaftsurlaub zurück, und es war eine sehr kleine Kanzlei. Er nannte ihr Jims Firma, eine Großkanzlei, viel Wechsel, da fand sich bestimmt etwas. Letztlich fügte sich im Leben alles irgendwie, versicherte er ihr. Aber glauben Sie das wirklich?, fragte sie, und er sagte ja.

Draußen glitten die rötlichen Häuser von Hartford vorbei, und Bob musste vom Gas gehen und sich konzentrieren. Der

Verkehr wurde dichter. Er überholte einen Lastwagen; ein Lastwagen überholte ihn. Und kaum passierte er die Grenze nach Massachusetts, wandten sich seine Gedanken, wie aufs Stichwort, Pam zu. Pam, seiner über alles geliebten Exfrau, deren Intelligenz und Wissbegierde nur von ihrer Überzeugung überboten wurden, dass ihr beides abging. Pam, mit der er vor über dreißig Jahren auf dem Campus der University of Maine ins Gespräch gekommen war. Sie stammte aus Massachusetts, das einzige Kind ältlicher Eltern, die schon, als Bob ihnen bei der Abschlussfeier vorgestellt wurde, gründlich aufgerieben wirkten von ihrer chaotischen Tochter (wobei die Mutter, bettlägrig zwar, immer noch am Leben war, in einem Pflegeheim gar nicht weit von dieser Straße, wo sie weder Pam erkannte noch, bei seinen gelegentlichen Besuchen in der Vergangenheit, Bob). Pam, vollschlank damals noch, temperamentvoll, unsicher, immer zum Lachen aufgelegt, immer Feuer und Flamme für irgendetwas. Wer wusste schon, welche Ängste sie umtrieben? Als sie frisch nach New York gezogen waren, hatte sie sich im West Village einmal zum Pinkeln zwischen zwei parkende Autos gehockt, betrunken und kichernd: Auf die Frauenbewegung!, die Faust in die Luft gereckt. Gleiches Pissrecht für alle! Pam, die fluchen konnte wie ein Fuhrknecht. Seine über alles geliebte Pam.

Vor ihm tauchte das Schild nach Sturbridge auf, und Bobs Gedanken wanderten zu seiner Großmutter und ihren Geschichten von seinen englischen Vorfahren, die vor zehn Generationen ins Land gekommen waren. Bob in seinem Kinderstuhl: »Erzähl die Geschichte mit den Indianern.« Oh, da wurden Skalpe genommen, und ein kleines Mädchen wurde entführt, bis hinein nach Kanada verschleppten sie sie, und ihr Bruder zog aus und befreite sie, auch wenn er viele Jahre nach ihr suchen musste in seinen zerlumpten Kleidern, aber er brachte sie zurück in die Küstenstadt. Damals, so seine Großmutter, kochten die Frauen ihre Seife aus Asche. Gegen Ohrenschmerzen half Gänseblümchenwurzel. Eines Tages erzählte sie ihm, wie Diebe durch die Stadt getrieben wurden. Wenn ein Mann einen Fisch gestohlen hatte, sagte sie, dann musste er durch die ganze Stadt laufen, den Fisch in der Hand, und laut rufen: »Ich habe diesen Fisch gestohlen, und ich schäme mich!« Und der Ausrufer zog hinter ihm her und schlug seine Trommel dazu.

Nach dieser Geschichte war es vorbei mit Bobs Interesse an seinen Vorfahren. Durch die Stadt laufen müssen und schreien: »Ich habe diesen Fisch gestohlen, und ich schäme mich«?

Nein. Finito.

Und als Nächstes New Hampshire, mit seinem staatlichen Spirituosenladen gleich hinter der Ausfahrt und den niedrig ziehenden Herbstwolken, New Hampshire mit seinem archaischen, Hunderte von Abgeordneten zählenden Parlament und dem Spruch FREI LEBEN ODER STERBEN auf dem Nummernschild. Die Straßen waren voll; am Kreisverkehr ging es ab zu den White Mountains, die mit ihrem Herbstlaub die Wochenendausflügler anlockten. Er legte eine Kaffeepause ein und rief seine Schwester an. »Wo steckst du?«, fragte sie. »Ich werde noch wahnsinnig. Wieso bist du so spät dran – ach, wozu frag ich das.«

»Oi. Susan. Ich bin bald da.«

Die Sonne stand nicht mehr im Zenit. Er fuhr weiter, durch Portsmouth hindurch, das von Jahr zu Jahr geschleckter wurde wie so viele Küstenstädte hier; die Stadtverschönerungsprogramme reichten zurück bis in die späten Siebziger, als die ersten Altbauten saniert wurden und die Straßen wieder Kopfsteinpflaster bekamen, dazu Laternenpfosten von anno dazumal und jede Menge Kerzenläden. Aber Bob hatte Portsmouth noch als verschlafene Hafenstadt in Erinnerung, und voll Wehmut dachte er an die holperigen, schmucklosen Straßen und an das inzwischen längst abgerissene Kaufhaus mit seinen großen Fenstern, die nur zwischen Sommer- und Winterdekoration zu wechseln schienen: winkende Schaufensterpuppen, denen die immer gleiche Handtasche am gebrochenen Handgelenk baumelte, eine augenlose Frau neben einem glücklichen augenlosen Mann, zu dessen Füßen sich ein Gartenschlauch ringelte – das war die Zeit, als die Schaufensterpuppen noch lächelten. All das wusste Bob deshalb so gut, weil Pam und er hier Station gemacht hatten, als sie mit dem Greyhound nach Boston gefahren waren, Pam wie ein wandelndes Fragezeichen in ihrem Wickelrock.

Eine Million Jahre schien das her.

»In der Gegenwart bleiben«, würde Elaine mahnen, und so war er nun auf dem Weg zu der ungeliebten Susan. Familie ist Familie, und er sehnte Jimmy herbei. Bob war wieder der alte Bob.

Sie saßen auf einer Betonbank im Vorraum des Polizeireviers. Gerry O'Hare hatte Bob zugenickt, als hätten sie sich gestern zum letzten Mal gesehen – dabei waren es Jahre –, und Zach dann durch eine Tür in einen Vernehmungsraum geführt. Ein Beamter brachte Bob und Susan zwei Pappbecher mit Kaffee; sie bedankten sich und umfassten die Becher zaghaft. »Hat Zach irgendwelche Freunde?«, fragte Bob, als sie allein waren. Er sprach leise. Seit über fünf Jahren war er nicht mehr in Shirley Falls gewesen, und der Anblick seines Neffen – so lang und dünn, das Gesicht leer vor Angst – hatte ihn erschreckt. Wie auch der Anblick seiner Schwester. Sie war mager, ihr kurzes welliges Haar fast völlig grau; sie sah frappierend unweiblich aus. Ihre unscheinbaren Züge wirkten so viel älter, als er erwartet hatte, dass er kaum glauben konnte, dass sie Zwillinge waren. Zwillinge!

»Ich weiß es nicht«, antwortete Susan. »Er räumt bei Walmart Regale ein. Manchmal – aber nur ganz selten – fährt er rüber nach West Annett und trifft sich mit einem Kumpel aus der Arbeit. Aber er bringt nie wen mit nach Hause.« Sie fügte hinzu: »Ich dachte, sie würden dich mit ihm reingehen lassen.«

»Ich bin in Maine nicht zugelassen, Susan. Das hatten wir doch schon.« Bob sah über die Schulter. »Wann haben die das hier gebaut?« Das alte Polizeirevier war im Rathaus von Shirley Falls untergebracht gewesen, einem großen, weitläufigen Bau am anderen Ende des Parks, und Bob hatte die Atmosphäre als offen in Erinnerung: Man kam herein und sah die Polizeibeamten schon hinter ihren Schreibtischen sitzen. Davon konnte hier keine Rede sein. Hier gab es einen kleinen Vorraum mit zwei verdunkelten Schaltern, und sie hatten einen Klingelknopf drücken müssen, bevor überhaupt jemand dahinter erschien. Bob fühlte sich vom bloßen Dasitzen schuldig.

»Vor fünf Jahren vielleicht«, sagte Susan vage. »Keine Ahnung.«

»Wozu brauchen sie ein neues Polizeirevier? Der Staat Maine verliert an Bevölkerung, er wird täglich ärmer, und was macht er? Neue Schulen und Amtsgebäude bauen.«

»Bob. Verschon mich. Dafür hab ich jetzt wirklich keinen Nerv. Für deine Betrachtungen über Maine. Außerdem wächst in Shirley Falls die Einwohnerzahl, wegen der« – Susans Stimme senkte sich zu einem Flüstern – »*du weißt schon.*«

Bob trank seinen Kaffee. Er schmeckte miserabel, aber Bob nahm es nicht so genau mit seinem Kaffee – oder seinem Wein –, wie das heutzutage so viele taten. »Du sagst ihnen, dass es nur als blöder Gag gemeint war«, hatte er Zachary mit auf den Weg gegeben, »und dass du am Montag einen Anwalt haben wirst. Und mehr musst du nicht sagen, ganz egal, was.« Zachary, so viel größer, als Bob ihn von früher im Gedächtnis hatte, so mager, so *verängstigt* aussehend, hatte ihn nur angestarrt.

»Hast du irgendeine Vorstellung, warum er es gemacht haben könnte?« Bob versuchte möglichst behutsam zu klingen.

»Keinen Schimmer.« Und kurz darauf sagte Susan: »Ich dachte, du könntest ihn das fragen.«

Das erschreckte Bob. Er verstand nichts von Kindern. Manche seiner Freunde hatten Kinder, die er gern mochte, und Jims Kinder liebte er sehr, aber selbst keine Kinder zu haben schuf eine Kluft. Er wusste nicht, wie er Susan das erklären sollte. Er fragte: »Hat Zach Kontakt zu seinem Vater?«

»E-Mail. Manchmal kommt Zach mir – na ja, nicht direkt glücklich vor, aber weniger unglücklich als sonst, und ich glaube, das hat mit dem zu tun, was Steve ihm schreibt, aber Zach redet mit mir nicht darüber. Steve und ich haben uns nicht mehr gesprochen, seit er weg ist.« Susans Wangen färbten sich rosa. »Und dann ist Zach wieder richtig deprimiert, und ich vermute, dass das auch mit Steve zu tun hat, aber ich *weiß* es nicht, Bob, okay?« Sie kniff sich in den Nasenrücken, schniefte vernehmlich.

»He, ist ja gut.« Bob sah sich nach einer Papierserviette oder einem Kleenex um, fand aber nichts. »Welchen Spruch Jimmy jetzt machen würde, weißt du, oder? Beim Baseball wird nicht geweint.«

»Was *redest* du da, Bobby?«, sagte Susan.

»Dieser Film über Frauenbaseball. Eine Superszene.«

Susan beugte sich vor und stellte ihren Kaffeebecher unter die Bank. »Für Baseballspieler vielleicht. Aber hier wird gerade mein Sohn verhaftet.«

Eine Metalltür öffnete sich, fiel krachend zu. Ein Polizist trat in den Vorraum hinaus, klein und jung, das Gesicht von dunklen Muttermalen gepunktet. »So, hier sind wir fertig. Jetzt geht's rüber ins Gefängnis. Sie können gleich hinterherfahren. Da wird er aufgenommen, die Kaution wird festgesetzt, und dann kriegen Sie ihn wieder mit nach Hause.«

»Danke.« Die Zwillinge sagten es wie aus einem Mund.

Draußen dämmerte es schon, die Stadt wirkte grau und düster in dem Zwielicht. Zachs Kopf war durch die Heckscheibe des Streifenwagens kaum zu erkennen. Sie näherten sich der Brücke, über die es zum Bezirksgefängnis ging. »Wo sind die ganzen Menschen?«, fragte Bob. »Samstagnachmittag, und die Stadt ist wie ausgestorben.«

»Das ist sie schon seit Jahren.« Susan fuhr mit vorgebeugtem Oberkörper.

Bob erhaschte einen Blick auf einen dunkelhäutigen Mann, der langsam eine Seitenstraße entlangschritt, die Hände in den Taschen seines offenen Mantels, der ihm zu groß zu sein schien. Unter dem Mantel trug er etwas Weißes, das bis zu seinen Füßen herabreichte. Auf seinem Kopf saß eine viereckige Stoffmütze. »Da!«, sagte Bob.

»Was?« Susan sah ihn scharf an.

»Ist das einer?«

»*Ist das einer!* Du redest wie so ein Spastiker. *Du* bist doch der New Yorker – hast du noch nie einen *Neger* gesehen?«

»Susan, entspann dich.«

»Mich entspannen. Gut, dass du's mir sagst.« Susan stieß in eine Parklücke in der Nähe des Polizeiautos, das auf einen großen Parkplatz hinter dem Gefängnis eingebogen war. Jetzt konnten sie erkennen, dass Zach Handschellen trug. Beim Aussteigen schien er kurz gegen den Wagen zu stolpern, dann führte der Beamte ihn zum Eingang.

»Wir sind gleich hinter dir, Partner«, rief Bob aus seiner geöffneten Tür. »Wir geben dir Rückendeckung!«

»Bob, hör auf«, sagte Susan.

»Wir geben dir Rückendeckung«, rief er noch einmal.

Wieder saßen sie in einem kleinen Vorraum. Nur einmal kam ein Mann in dunkelblauer Uniform zu ihnen heraus, um ihnen mitzuteilen, dass Zach die Fingerabdrücke abgenommen bekam und dass der Kautionsbeauftragte verständigt worden war. Es könne eine Weile dauern, bis er eintraf, sagte er. Wie lange? Schwer zu sagen. Und so saßen Bruder und Schwester da und warteten. Es gab einen Bankomaten und einen Verkaufsautomaten. Und wieder die verdunkelten Schalter.

»Meinst du, die beobachten uns?«, flüsterte Susan.

»Kann schon sein.«

Sie behielten ihre Mäntel an und sahen geradeaus. Nach einer Weile flüsterte Bob: »Was macht Zach, wenn er keine Regale einräumt?«

»Du meinst, ob er durch die Gegend fährt und Raubüberfälle verübt? Oder sich Kinderpornos aus dem Internet runterlädt? Nein, Bob. Er ist – Zach.«

Bob zog seinen Mantel unter sich zurecht. »Glaubst du, er hat nähere Verbindungen zu irgendwelchen Rassisten? Skinheads, so was in der Art?«

Susans Augen weiteten sich überrascht und wurden dann schmal. »Nein.« Und in verhaltenerem Ton setzte sie hinzu: »Ich glaube nicht, dass er zu irgendwem eine nähere Verbindung hat. Aber du siehst ihn falsch, Bob.«

»Ich frag ja nur. Es wird schon nicht so schlimm werden. Möglich, dass er zu ein paar Stunden Sozialdienst verdonnert wird. Toleranzunterricht.«

»Glaubst du, dass er immer noch Handschellen anhat? Das war furchtbar.«

»Ich weiß«, sagte Bob, dem es Jahre her zu sein schien, dass sein Schnösel-Nachbar über die Straße abgeführt worden war. Selbst seine Unterhaltung mit Adriana heute Morgen kam ihm nun surreal vor, so weit war sie weggerückt. »Jetzt hat Zach sicher keine Handschellen an. Das ist reine Routine. Für die Fahrt hierher.«

»Ein paar von den Geistlichen hier am Ort wollen eine Kundgebung veranstalten«, sagte Susan mit müder Stimme.

»Eine Kundgebung? Wegen dieser Sache?« Bob rieb sich die Oberschenkel. »Oi«, sagte er.

»Könntest du mit diesem ›oi‹ aufhören?«, wisperte Susan zornig. »Warum *sagst* du das?«

»Weil ich seit zwanzig Jahren bei der Rechtshilfe arbeite, Susan, und bei der Rechtshilfe arbeiten viele Juden, und sie sagen ›oi‹, und jetzt sage ich auch ›oi‹.«

»Es klingt affig bei dir. Du bist kein Jude, Bob. Du bist so weiß, wie's nur geht.«

»Stimmt«, gab Bob zu.

Schweigend saßen sie da. Schließlich sagte Bob: »Wann soll diese Kundgebung sein?«

»Weiß ich nicht.«

Bob ließ den Kopf nach vorn fallen, schloss die Augen.

Nach einer Weile fragte Susan: »Betest du, oder bist du tot?«

Bob öffnete die Augen wieder. »Erinnerst du dich, als wir mal mit Zach und Jims Kindern im Freilichtmuseum in Sturbridge waren? Diese grauenhaft bigotten Frauen mit den blöden Hauben auf dem Kopf, die einen herumführen? Ich bin ein selbstverachtender Puritaner.«

»Ein selbstverachtender Spinner bist du«, erwiderte Susan. Sie wurde immer unruhiger, mit gerecktem Hals versuchte sie durch das verdunkelte Fenster der Eingangstür zu spähen. »Was dauert denn da so lange?«

Es dauerte in der Tat. Sie saßen fast drei Stunden im Vorraum. Bob ging einmal vor die Tür, um eine Zigarette zu rauchen. Es war längst dunkel. Als der Kautionsbeauftragte endlich eintraf, fühlte sich Bob von seiner Erschöpfung umschlossen wie von einem schweren nassen Umhang. Susan zahlte zweihundert Dollar in Zwanzigern, und Zach kam in den Vorraum, kalkweiß im Gesicht.

Sie gingen schon zum Ausgang, als ein Uniformierter sagte: »Da draußen ist ein Fotograf.«

»Wie kann das sein?« Panik klang in Susans Stimme auf.

»Ganz ruhig. Komm, Partner, auf in den Kampf.« Bob schob Zach zur Tür. »Dein Onkel Jim liebt Fotografen. Das wird ein harter Schlag für ihn – du als die neue Rampensau der Familie!«

Und vielleicht fand Zach es tatsächlich komisch, vielleicht war es nur die weichende Anspannung, jedenfalls lächelte der Junge Bob zu, als er über die Schwelle trat. Aus der kalten Dunkelheit zuckte ein Lichtblitz.

3

Dieses erste sanfte Anbranden der Tropenluft – Helen spürte es in dem Moment, als sich die Flugzeugtür öffnete. Schon während ihr Gepäck ins Auto geladen wurde, umschmeichelte die Wärme sie wie ein Bad. Sie fuhren vorbei an Häusern, aus deren Fenstern sich Blütenkaskaden ergossen, an gestriegelten grünen Golfplätzen, und vor ihrem Hotel rauschte ein Springbrunnen, dessen Wasser in weichem Bogen zum Himmel stieg. Auf dem Tisch in ihrem Zimmer stand eine Schale mit Zitronen. »Jimmy«, sagte Helen, »ich fühle mich wie eine Braut.«

»Das ist schön.« Aber er war nicht bei der Sache.

Sie kreuzte die Arme so, dass ihre Hände auf ihren Schultern zu liegen kamen (ihre geheime Zeichensprache seit vielen Jahren), und endlich reagierte ihr Mann.

In der Nacht hatte sie Alpträume. Sie waren intensiv, grauenvoll, und Helen kämpfte sich an die Oberfläche, als die Sonne erste Strahlen zwischen den langen Vorhängen hindurchschickte. Jim brach schon zum Golfspielen auf. »Schlaf weiter«, sagte er und küsste sie. Als sie das nächste Mal aufwachte, war das Glücksgefühl zurückgekehrt, so hell wie die Sonne, die nun durch die schweren Vorhänge stach. Wie geplättet vor Glück lag sie da, streckte ein Bein über das kühle Laken und dachte an ihre Kinder – auf dem College inzwischen, alle drei. Sie würde ihnen eine Mail schreiben: Meine Goldschätze, Dad spielt Golf, und eure alte Mutter wird sich jetzt gleich die Sonne auf ihre Krampfadern scheinen lassen. Dorothy ist so miesepetrig, wie ich befürchtet hatte – Dad sagt, ihre Älteste, Jessie (die du ja nie leiden konntest, Emily), macht ihnen schrecklichen Kummer. Aber gestern beim Essen wurde kein Wort darüber verloren, und ich habe mir artig verkniffen, mit *meinen* Prachtkindern anzugeben. Stattdessen haben wir über euren Cousin Zach geredet – mehr darüber später! Ich vermisse dich, und dich, und dich …

Dorothy saß lesend am Pool, die langen Beine hochgelegt. »Morgen«, sagte sie, ohne aufzublicken.

Helen drehte einen Stuhl der Sonne zu. »Hast du gut geschlafen, Dorothy?« Sie setzte sich hin und holte Sonnenmilch und ein Buch aus ihrer Strohtasche. »Ich hatte furchtbare Alpträume.«

Mehrere Sekunden verstrichen, bevor Dorothy von ihrer Zeitschrift hochsah. »Wie bedauerlich.«

Helen rieb sich die Beine ein, legte ihr Buch zurecht. »Übrigens, du musst kein schlechtes Gewissen haben, dass du nicht mehr zum Lesezirkel kommst.«

»Keine Sorge.« Dorothy ließ die Zeitung sinken und starrte auf das glitzernde Blau des Swimmingpools. Sie sagte versonnen: »Viele Frauen in New York sind gar nicht dumm, bis man sie auf einem Haufen sieht, und dann sind sie's plötzlich. Nicht zum Aushalten.« Sie sah zu Helen herüber. »Tut mir leid.«

»Muss es nicht«, sagte Helen. »Sag, was immer dir in den Sinn kommt.«

Dorothy kaute auf ihrer Lippe, den Blick wieder auf die blaue Wasserfläche gerichtet. »Das ist nett von dir, Helen«, sagte sie schließlich, »aber nach meiner Erfahrung mögen es die wenigsten, wenn man sagt, was einem in den Sinn kommt.«

Helen wartete.

»Therapeuten zum Beispiel.« Dorothy sah immer noch geradeaus. »Ich habe der Familientherapeutin gesagt, dass mir Jessies Freund leidtut, und das tut er wirklich – sie hat ihn völlig unter ihrer Fuchtel –, und die Frau hat mich angeschaut, als wäre ich die schlimmste Rabenmutter aller Zeiten. Ich dachte nur, meine Güte, wenn man nicht mal mehr beim Psychiater ehrlich sein darf, wo denn dann? In New York Kinder zu erziehen ist Hochleistungssport. Ein Kampf bis aufs Messer.« Dorothy trank durstig aus ihrem Wasserbecher und sagte: »Welches Buch haben sie euch diesen Monat aufgebrummt?«

Helen strich mit der Hand über den Einband. »Es handelt von einer Frau, die als Putzfrau gearbeitet hat, und jetzt hat sie ein Buch darüber geschrieben, was sie beim Herumschnüffeln alles gefunden hat.« Helen errötete in der Hitze. Die Verfasserin hatte Handschellen entdeckt, Peitschen, Nippelklemmen – und noch andere Dinge, von denen Helen nicht einmal gewusst hatte, dass es sie gab.

»Lies diesen Quatsch nicht«, sagte Dorothy. »Genau das meine ich – Frauen, die anderen Frauen dämliche Bücher empfehlen, aber vom Rest der Welt nichts mitkriegen. Da, lies lieber den Artikel hier. Passend zur Krise deiner Schwägerin, von der Jim gestern berichtet hat.« Sie machte den Arm lang und reichte Helen einen Teil der Zeitung herüber, die auf dem Plastiktischchen neben ihr lag. »Wobei Jim«, setzte sie hinzu, »natürlich jede Krise als sein Privateigentum sieht.«

Helen wühlte in ihrer Strohtasche. »Na ja, das musst du verstehen.« Sie sah von ihrer Tasche auf und hielt einen Finger hoch: »Jim verlässt Maine.« Sie hielt zwei Finger hoch: »Bob verlässt Maine.« Drei Finger: »Susans Mann verlässt Maine *und* Susan.« Helen wandte sich wieder ihrer Tasche zu und fand ihren Lippenbalsam. »Deshalb fühlt Jim sich verantwortlich. Jim hat ein sehr ausgeprägtes Verantwortungsbewusstsein.« Helen tupfte sich die Lippen.

»Oder Schuldbewusstsein.«

Helen dachte darüber nach. »Nein«, sagte sie. »Verantwortungsbewusstsein.«

Dorothy blätterte eine Seite ihrer Zeitschrift um und antwortete nicht. Also fühlte Helen, die gern geredet hätte – die Redelust sprudelte förmlich in ihr hoch –, sich gezwungen, nach dem Artikel zu greifen, den Dorothy ihr zu lesen aufgegeben hatte. Die Sonne gewann an Kraft, Schweiß bildete sich auf ihrer Oberlippe, egal, wie oft sie mit dem Finger darüberfuhr. »Du liebe Güte, Dorothy«, sagte sie schließlich, denn der Artikel war wirklich verstörend. Aber sie hatte Angst, wenn sie ihn weglegte, würde sie vor Dorothy als eine (dumme) oberflächliche Frau dastehen, die vom Rest der Welt nichts mitbekommen wollte. Sie las weiter.

Der Artikel handelte von Flüchtlingslagern in Kenia. Wer saß in diesen Lagern? Somali. Und wer wusste nichts davon? Helen. Gut, jetzt wusste sie es. Jetzt wusste sie, dass viele dieser neuen Einwohner von Shirley Falls, Maine, zuvor jahrelang unter den entsetzlichsten Bedingungen gelebt hatten, unfassbaren Bedingungen geradezu. Mit verengten Augen las Helen von Frauen, die beim Holzsammeln von Banditen vergewaltigt wurden, manche der Frauen hatten etliche Vergewaltigungen hinter sich. Viele ihrer Kinder verhungerten in ihren Armen. Die Kinder, die überlebten, konnten nicht zur Schule gehen. Es gab keine Schulen. Die Männer saßen herum und kauten Blätter – Kath –, die sie in einen Dauerrausch versetzten, und ihre Frauen, von denen sie bis zu vier Stück haben konnten, versuchten derweil, mit den spärlichen Zuteilungen von Reis und Bratöl, die die Behörden alle sechs Wochen ausgaben, die Familien am Leben zu halten. Das Ganze natürlich bebildert. Farbfotos von großen, abgezehrten Afrikanerinnen, die Holz und riesige Plastikwasserkrüge auf dem Kopf balancierten. Hütten aus Lehm und zerschlissenem Zeltstoff. Ein kranker kleiner Junge mit Fliegen im Gesicht. »Wie furchtbar«, sagte sie. Dorothy nickte und las weiter in ihrer Zeitschrift.

Und es war furchtbar, und Helen wusste, dass sie sich entsprechend furchtbar fühlen sollte. Aber sie verstand nicht, warum diese Menschen, die tagelange Fußmärsche auf sich nahmen, um der Gewalt in ihrem Land zu entfliehen, nach Kenia kamen und dort so grauenhafte Dinge erleben mussten. Warum wurde so etwas nicht verhindert? Das fragte sich Helen schon. Aber hauptsächlich hatte sie keine Lust, so etwas zu lesen, und das gab ihr das Gefühl, ein schlechter Mensch zu sein, und hier war sie an diesem wunderschönen (teuren) Urlaubsort, und sie hatte keine Lust, sich als schlechter Mensch zu fühlen.

Fatuma muss drei Stunden laufen, um genug Brennholz zu sammeln. Sie gehen immer in der Gruppe, aber sie wissen, dass sie nicht sicher sind. Sicherheit ist ein Fremdwort hier.

Und dann befiel Helen, während die Hitze auf sie herabglühte und die Sonne ihr vom Hellblau des Pools entgegenstach, jäh und unerwartet eine große Gleichgültigkeit. Der Verlust – denn es war ein Verlust, die Wärme und die Bougainvilleen nicht zu genießen und nur noch auf Jims Rückkehr vom Golf zu warten – ging so tief, dass das Gefühl einen Moment lang an echte Qual grenzte, bevor es wieder zurückschwang zu Gleichgültigkeit. Aber der Schaden war angerichtet (Helen verlagerte ihr Gewicht, schlug die Knöchel übereinander), denn in diesem Moment der Beinahe-Qual schienen ihre eigenen Kinder plötzlich für sie verloren; sie hatte eine Vision ihrer selbst in einem Altersheim, wo ihre erwachsenen Kinder in zackiger Fürsorglichkeit zu Besuch kamen, »es geht alles so schnell«, sagte sie zu ihnen, das Leben, meinte sie natürlich, und sie sah den anteilnehmenden Blick ihrer Kinder, während sie brav bei ihr ausharrten, bis sie wieder gehen durften, zurück zu ihrem eigenen, so viel dringlicheren Leben. Sie werden nicht bei mir sein wollen, dachte Helen, derweil dieser völlig real wirkende Moment in ihrem Kopf nachhallte. Nie zuvor hatte sie so etwas gedacht.

Sie sah empor zu den leise schwankenden Palmenzweigen.

Reiner Blödsinn, das mit dem leeren Nest, hatten die Frauen im Lesezirkel sie getröstet, als Helens Sohn – ihr letztes Kind – sein Studium in Arizona begonnen hatte. Ein leeres Nest bedeutet Freiheit, hatten sie ihr gesagt. Das leere Nest macht eine Frau stärker. Die Männer werden viel schlechter damit fertig. Männer über fünfzig tun sich schwer.

Helen schloss die Augen vor der Sonne und sah ihre Kinder in dem Planschbecken in ihrem Garten in West Hartford herumturnen, die nassen kleinen Gliedmaßen schimmernd hell; sah sie als Teenager mit ihren Freunden den Gehsteig in Park Slope entlangschlendern; spürte sie neben sich auf der Couch, wenn sie abends alle zusammen ihre Lieblingsserien sahen.

Sie öffnete die Augen. »Dorothy.«

Dorothy drehte ihr das Gesicht zu. Schwarze Brillengläser blickten sie an.

»Mir fehlen meine Kinder so«, sagte Helen.

Dorothy kehrte zu ihrer Lektüre zurück. »Das kann ich von mir leider nicht behaupten.«

4

Der Hund wartete schon an der Tür und wedelte trübselig mit dem Schwanz, eine Schäferhündin mit einem weißen Fleck am Kinn. »Na, Wauwau?« Bob kraulte ihr den Kopf und trat an ihr vorbei ins Haus. Das Haus war sehr kalt. Zach, der auf der Heimfahrt vom Gefängnis kein Wort gesagt hatte, ging sofort nach oben. »Zach«, rief Bob. »Komm, red ein bisschen mit deinem Onkel.«

»Lass ihn«, rief Susan zurück und folgte ihrem Sohn die Treppe hinauf. Als sie nach ein paar Minuten wieder herunterkam, trug sie einen Pullover mit Rentieren auf der Brust. »Er will nichts essen. Sie haben ihn in eine Zelle gesperrt, und er ist halb tot vor Angst.«

Bob sagte: »Lass mich mit ihm reden.« Und leiser: »Ich dachte, ich soll mit ihm reden.«

»Später. Lass ihn einfach. Er will jetzt nicht reden. Es war alles ein bisschen viel.« Susan öffnete die hintere Tür, und der Hund trottete mit schuldbewusstem Blick in die Küche. Susan schüttete Trockenfutter in einen Blechnapf, dann ging sie ins Wohnzimmer und setzte sich auf die Couch. Bob folgte ihr. Susan zog einen Beutel mit Strickzeug hervor.

Da saßen sie.

Bob hatte keine Ahnung, was er jetzt tun sollte. Jim hätte es gewusst. Jim hatte Kinder, Bob nicht. Jim übernahm die Regie, Bob nicht. Er saß im Mantel da und sah sich um. An den Fußleisten klebten Hundehaare.

»Hast du was zu trinken da, Susan?«

»Moxie.«

»Sonst nichts?«

»Sonst nichts.«

Der übliche Krieg also, wie immer schon. Er war ein Gefangener in seinem Mantel, durchgefroren und ohne einen Tropfen zum Trost. Sie wusste es, und sie ließ ihn leiden. Susan trank nie, wie ihre Mutter. Sie sah ihn vermutlich als Alkoholiker, und Bob sah sich beinah als Alkoholiker, aber eben nicht ganz, was aus seiner Sicht ein gewaltiger Unterschied war.

Ob er etwas essen wolle, fragte sie. Es müsse noch Tiefkühlpizza da sein. Oder Baked Beans. Hotdogs.

»Nein.« Er dachte nicht daran, ihre Tiefkühlpizza zu essen. Oder Bohnen aus der Dose.

Am liebsten hätte er ihr gesagt, dass so kein normaler Mensch lebte, auch nicht annähernd, dass er sie deshalb seit fünf Jahren nicht mehr besucht hatte: weil er es nicht aushielt bei ihr. Andere Leute, wollte er ihr sagen, kamen nach einem anstrengenden Tag nach Hause, gossen sich einen Drink ein, kochten Essen. Sie drehten die Heizung auf, redeten miteinander, riefen Freunde an. Jims Kinder waren pausenlos die Treppen rauf- und runtergepoltert: Mom, hast du meinen grünen Pulli gesehen; sag Emily, sie soll endlich den Föhn rausrücken; Dad, du hast doch gesagt, ich muss erst um elf Uhr zurück sein; sogar Larry, der Stillste von ihnen, lachte: Onkel Bob, weißt du noch den Witz mit dem Tipi, den du mir erzählt hast, als ich noch ganz klein war? (Im Freilichtmuseum in Sturbridge, als sie alle am Schandpfahl die diversen Strafen ausprobierten: Mach ein Foto, mach ein Foto! Zachary, so dünn, dass ein einzelnes Loch im Fußblock für beide Beine ausreichte, still wie eine Maus.)

»Muss er ins Gefängnis, Bobby?« Susan hatte zu stricken aufgehört und sah ihn an, plötzlich jung im Gesicht.

»Ach, Susie.« Bob zog die Hände aus den Taschen, beugte sich vor. »Ich kann's mir nicht vorstellen. Es ist ein Bagatelldelikt.«

»Er hatte eine solche *Angst* in dieser Zelle. Ich hab ihn noch nie so verängstigt erlebt. Ich glaube, er würde sterben, wenn er ins Gefängnis müsste.«

»Jim sagt, Charlie Tibbetts ist ganz große Klasse. Es wird alles gut, Susie.«

Der Hund kam ins Zimmer, wieder mit diesem schuldbewussten Blick, als erwartete er Prügel dafür, dass er sein Hundefutter auffraß. Er legte sich hin und schob den Kopf über Susans Fuß. Bob konnte sich nicht erinnern, je einen so trübsinnigen Hund gesehen zu haben. Er dachte an den kleinen Kläffer, der in New York unter ihm wohnte. Er versuchte an seine Wohnung zu denken, an seine Freunde, seine Arbeit in New York – nichts davon erschien wirklich. Er sah zu, wie seine Schwester wieder nach ihrem Strickzeug griff, dann sagte er: »Was macht dein Job?« Susan arbeitete seit vielen Jahren als Augenoptikerin, und ihm wurde klar, dass er so gut wie gar nichts darüber wusste.

Susan zog bedächtig an ihrer Wolle. »Wir Babyboomer kommen in die Jahre, da ist immer genug zu tun. Ich hatte auch schon Somalier da«, fügte sie hinzu. »Nicht viele, aber ein paar.«

Eine Pause, dann fragte Bob: »Und wie sind die so?«

Sie spähte zu ihm herüber, als vermutete sie eine Fangfrage. »Ein bisschen verdruckst für meinen Geschmack. Sie machen keine Termine aus. Und dann dieses Misstrauen. Sie wissen nicht, was ein Keratometer ist. Eine Frau hat reagiert, als ob ich sie verhexen wollte.«

»Ich weiß auch nicht, was ein Keratometer ist.«

»Niemand weiß, was ein Keratometer ist, Bob. Aber sie wissen, dass ich sie nicht verhexe.« Susans Stricknadeln nahmen Fahrt auf. »Manchmal fangen sie an, um den Preis zu verhandeln, das erste Mal war ich richtig sprachlos. Aber Feilschen gehört bei ihnen angeblich dazu. Kreditkarten lehnen sie ab. Kredit ist bei ihnen verboten. Falsch. *Zinsen* sind bei ihnen verboten. Sie zahlen alles mit Bargeld. Frag mich nicht, wo sie es herhaben.« Susan sah Bob an, schüttelte den Kopf. »Weißt du, es wurden einfach immer mehr und mehr, und die Gelder haben kaum ausgereicht, ich meine, sie *haben* nicht ausgereicht, die Stadt musste neue Mittel beim Staat beantragen, und wenn du bedenkst, wie unvorbereitet Shirley Falls war, dann wurden sie wirklich großzügig aufgenommen. Für die Liberalen ist es natürlich ein gefundenes Fressen, eine neue Mission können die immer brauchen – aber wem sag ich das, du bist ja selber einer.« Sie ließ die Nadeln sinken. Ihr Ausdruck hatte jetzt eine fast kindliche Ratlosigkeit, und auch das gab ihr etwas Junges. »Darf ich mal ehrlich sein?«, fragte sie.

Er zog die Brauen hoch.

»Was mir so auffällt, und ich verstehe es nicht, das sind die ganzen Leute hier in Shirley Falls, die allen auf die Nase binden müssen, wie *toll* sie den Somaliern helfen. Die Prescotts zum Beispiel. Die hatten früher ein Schuhgeschäft in South Market, inzwischen ist es vielleicht eingegangen, keine Ahnung. Aber Carolyn Prescott und ihre Schwiegertochter ziehen andauernd mit irgendwelchen Somalierinnen durch die Geschäfte und kaufen ihnen Kühlschränke und Waschmaschinen und komplette Topf- und Pfannengarnituren. Und ich denke: Stimmt mit mir etwas nicht, dass ich keine Lust habe, einer Somalierin einen Kühlschrank zu kaufen? Ich meine, selbst wenn ich das Geld hätte, was nicht der Fall ist.« Susan starrte ins Leere, dann beugte sie sich wieder über ihr Strickzeug. »Ich verspüre einfach keinerlei Drang, diese Frauen durch die Gegend zu schleppen und ihnen Sachen zu kaufen und es hinterher überall rumzuposaunen. Es macht mich irgendwie zynisch.« Sie schlug die Fußgelenke übereinander. »Ich habe diese Freundin«, fuhr sie fort, »Charlene Bergeron, als die Brustkrebs gekriegt hat, haben sich alle überschlagen vor Hilfsbereitschaft, passten auf die Kinder auf, brachten Charlene in die Chemotherapie. Aber dann, ein paar Jahre später, ließ ihr Mann sich von ihr scheiden. Und zack. Nichts mehr. Null. Kein Mensch hat noch einen Finger für sie gerührt. Und das tut weh, Bob. Genau wie bei mir, als Steve gegangen war. Ich wusste nicht aus noch ein vor Angst. Ich dachte, vielleicht kann ich nicht mal das Haus halten. Aber hat mir jemand einen Kühlschrank spendiert? Hat mir jemand auch nur mal einen Burger spendiert? Und mir ging's dermaßen elend! Ich war einsamer als alle diese Somalier zusammengenommen. Die haben wenigstens ihre ganze Sippe dabei.«

»Ach, Susie«, sagte Bob. »Das tut mir leid.«

»Die Menschen sind komisch, das ist alles.« Susan rieb sich mit dem Handrücken über die Nase. »Manche sagen, es wäre auch nicht anders als damals, als die Stadt voll mit Französisch sprechenden frankokanadischen Ziegeleiarbeitern war. Aber es ist doch anders, denn was alle zu erwähnen vergessen, ist, dass sie am liebsten gar nicht hier wären. Sie warten nur darauf, dass sie wieder heim dürfen. Sie haben kein Interesse daran, sich zu integrieren. Sie sitzen einfach bloß da, und dabei steht für sie fest, dass unsere Lebensweise oberflächlich und billig und mies ist. Und das kränkt mich, ganz ehrlich. Und sie öffnen sich kein bisschen nach außen.«

»Also komm, Susie. Die Frankokanadier haben sich auch erst nach Jahren geöffnet.«

»Trotzdem, Bob.« Sie ruckte an ihrer Wolle. »Und sie heißen nicht mehr Frankokanadier. Franko-Amerikaner, wenn ich bitten darf. Die Somalier mögen es nicht, wenn man sie mit ihnen vergleicht. Mit denen haben sie nichts gemein, sagen sie. Sie sind *einzigartig*.«

»Sie sind Muslime.«

»Danke für den Hinweis«, sagte sie.

Als er nach einer Zigarette ins Haus zurückkam, holte Susan gerade eine Packung Hotdogs aus der Gefriertruhe. »Sie praktizieren Frauenbeschneidung.« Sie ließ Wasser in einen Topf einlaufen.

»Oi, Susan.«

»Selber oi. Himmelherrgott. Möchtest du auch eine Wurst?«

Er setzte sich im Mantel an den Küchentisch. »Das ist bei uns illegal«, sagte er. »Seit Jahren schon. Und sie heißen Somali, nicht Somalier.«

Susan drehte sich um, die Gabel vor die Brust gehoben. »Siehst du, Bob, deshalb seid ihr Liberale so zum Kotzen. Entschuldige. Aber ihr seid zum Kotzen. Wir haben hier kleine Mädchen, die beinahe verbluten – die ins Krankenhaus eingeliefert werden, weil sie in der Schule bluten wie verrückt. Oder die Familie legt zusammen und schickt sie heim nach Afrika, um es dort machen zu lassen.«

»Meinst du nicht, wir sollten Zach fragen, ob er auch Hunger hat?« Bob rieb sich den Nacken.

»Ich bringe ihm die hier rauf.«

»Man sagt auch nicht mehr ›Neger‹, Susan, falls du das noch nicht mitgekriegt hast. Oder ›Spastiker‹. So was müsstest selbst du wissen.«

»Mein Gott, Bob, ich hab dich doch nur aufgezogen. So, wie du dir den Hals nach ihm verrenkt hast.« Susan sah in den Topf auf dem Herd, und nach einem Augenblick sagte sie: »Sei nicht böse, aber ich vermisse Jim.«

»Mir wäre es auch lieber, wenn er hier wäre.«

Sie drehte sich um, ihr Gesicht rosa vom Wasserdampf. »Einmal, kurz nach dem Packer-Prozess, habe ich dieses Paar im Einkaufszentrum über Jim reden hören – er hätte nur deshalb von Staatsanwalt auf Verteidiger umgesattelt, sagten sie, um an die großen Fälle zu kommen und reich zu werden. Ich dachte, ich spinne.«

»Ach, das sind Idioten, Susie.« Bob winkte ab. »Anwälte wechseln ständig die Seiten. Und er hatte auch in der Hartforder Kanzlei schon als Verteidiger gearbeitet. Irgendeinen verteidigt man immer. Wenn nicht den Angeklagten, dann das Volk. Der Prozess ist ihm in den Schoß gefallen, und er hat erstklassige Arbeit geleistet. Ob man Wally nun für schuldig hält oder nicht.«

Susan sagte eifrig: »Aber ich glaube, die meisten Leute, die sich an Jim erinnern, bewundern ihn auch heute noch. Sie sind große Fans von seinen Fernsehauftritten. Weil er keiner von diesen Klugscheißern ist, sagen die Leute. Und das stimmt.«

»Ja, das stimmt. Wobei er diese Fernsehauftritte hasst. Er macht das nur, weil die Kanzlei es von ihm verlangt. Während des Packer-Prozesses hat er die öffentliche Aufmerksamkeit genossen, aber ich glaube, jetzt nicht mehr. Helen legt Wert darauf. Sie startet immer einen Rundruf, wenn er wieder einen Auftritt hat.«

»Helen. Natürlich.«

Das einte sie – ihre Liebe zu Jim. Bob nutzte die Gelegenheit, um aufzustehen; er wolle kurz einen Happen essen gehen, sagte er. »Gibt es unseren Italiener noch?«

»Doch, ja.«

Die Straßen waren dunkel. Er staunte jedes Mal, wie dunkel die Nacht außerhalb der Großstadt war. Er hielt kurz bei einem kleinen Lebensmittelgeschäft und kaufte zwei Flaschen Wein – in Maine ging das. Er nahm Flaschen mit Schraubverschluss. Die Gegend kam ihm weniger vertraut vor, als er es erwartet hatte. Gezielt vermied er die Richtung, in der sein Elternhaus lag. Seit dem Tod seiner Mutter (vor Jahren, die genaue Anzahl wusste er nicht mehr) war er nicht ein einziges Mal an dem Haus vorbeigekommen. Er bremste vor einem Stoppschild, bog nach rechts, sah vor sich den alten Friedhof. Zu seiner Linken hölzerne Mehrfamilienhäuser, dreistöckig.

Er näherte sich dem Stadtzentrum. Er fuhr hinter dem alten Peck's-Gebäude vorbei; früher, als es das Einkaufszentrum auf der anderen Flussseite noch nicht gab, war Peck's das erste Kaufhaus am Platz gewesen. Hier war Bob als Kind in der Jungen-Abteilung für die Schule eingekleidet worden. Die Erinnerung war mit Scham besetzt, mit peinigender Befangenheit: der Verkäufer, der ihm die Hosenbeine umschlug, der ihm mit seinem Zentimetermaß das Bein einmal bis hoch zum Schritt vermaß; dazu rote Rollkragenpullover, dunkelblaue, die seine Mutter nickend guthieß. Das Gebäude stand jetzt leer, die Fenster waren mit Brettern vernagelt. Ein Stück weiter war früher der Busbahnhof gewesen, mit Cafeterias, Zeitschriftenläden, Bäckereien. Plötzlich tauchte unter einer Straßenlaterne ein schwarzer Mann auf. Ein hochgewachsener Mann, geschmeidig in seinen Bewegungen, mit weitem Hemd und möglicherweise einer Weste darüber, Bob war sich nicht sicher. Seine Schultern verdeckte ein schwarzweißes Umschlagtuch mit Fransen. »Cool«, sagte Bob leise. »Noch einer.« Und dann dachte Bob, der seit vielen Jahren in New York lebte, Bob, der dort für kurze Zeit (ehe ihn der Stress der Gerichtssäle in die Berufungsarbeit getrieben hatte) Kriminelle diverser Hautfarbe und Religion verteidigt hatte, Bob, der an die Unantastbarkeit der Verfassung und das Recht der Menschen, aller Menschen, auf Leben, Freiheit und das Streben nach Glück glaubte – Bob Burgess dachte, nachdem der hochgewachsene Mann mit dem Fransentuch in eine Seitenstraße von Shirley Falls eingebogen war, ganz flüchtig nur, aber er dachte es: Solange es nicht zu viele werden …

Er fuhr weiter, und da, halb verborgen hinter der Tankstelle, kam Antonio's in Sicht, das Spaghetti-Lokal. Bob brachte das Auto auf dem Parkplatz zum Stehen. An der Glastür des Lokals leuchtete ein orangeroter Schriftzug. Bob sah auf die Uhr am Armaturenbrett. Neun Uhr an einem Samstagabend, und

Antonio's hatte schon zu. Er schraubte eine Weinflasche auf. Wie ließ sich beschreiben, was er empfand? Eine Wehmut blühte in ihm auf, so brennend, dass es ans Lustvolle grenzte: ein Verlangen, ein stummes innerliches Aufseufzen wie im Angesicht unaussprechlicher Schönheit, eine Sehnsucht, den Kopf in den breiten, schlaffen Schoß dieser Stadt zu betten, Shirley Falls.

Er hielt bei einem kleinen Eckladen, kaufte eine Tiefkühlpackung Garnelenspieße und fuhr damit zurück zu Susan.

Abdikarim Ahmed wechselte vom Bürgersteig auf die Straße, um Abstand zwischen sich und die Hauseingänge zu legen, wo sich im Dunkeln leicht jemand herumdrücken konnte. Als er zum Haus seiner Nichte kam, sah er, dass das Licht über der Tür wieder nicht brannte. »Onkel«, riefen ihm Stimmen entgegen, und er ging durch den Flur in sein Zimmer, dessen Wände mit Perserteppichen bedeckt waren; Haweeya hatte sie aufgehängt, als er vor ein paar Monaten hier eingezogen war. Die Farben der Wandbehänge schienen sich zu bewegen, als Abdikarim die Finger an die Stirn presste. Schlimm genug, dass der Mann, den sie heute festgenommen hatten, keinem von ihnen bekannt war. (Alle waren davon ausgegangen, dass es jemand hier aus der Nähe war, einer von diesen Männern mit dicken tätowierten Oberarmen, die schon morgens mit ihren Bierdosen auf der Türstufe saßen und deren laut knatternde Pick-ups Aufkleber trugen wie: WEISSE KRAFT VORAUS, ALLE ANDERN RAUS!) Ja, schlimm genug, dass dieser Zachary Olson eine Arbeit hatte und in einem ordentlichen Haus wohnte, bei seiner Mutter, die ebenfalls eine Arbeit hatte. Aber was Abdikarim noch viel mehr Angst machte, was dieses Übelkeitsgefühl im Magen und den stechenden Schmerz in seinem Kopf verursachte, rührte von dem Abend her, an dem es passiert war, denn die beiden Polizisten, die auf den Anruf des Imam hin eintrafen, hatten in der Moschee gestanden, mit ihren dunklen Uniformen und ihren Pistolenhalftern, hatten dagestanden, auf den Schweinekopf hinuntergeschaut und gelacht. »Okay, Leute«, hatten sie dann gesagt. Hatten Formulare ausgefüllt, Fragen gestellt. Waren ernst geworden. Hatten Fotos gemacht. Nicht alle hatten das Lachen gesehen. Aber Abdikarim, der ganz in der Nähe stand, schwitzend unter seinem Gebetsgewand, hatte es gesehen. Heute Abend hatten ihn die Ältesten gebeten, es auch Rabbi Goldman noch einmal zu schildern, und so hatte er es nachgespielt: ihr Grinsen, das Nuscheln in die Funkgeräte, den Blick, den die beiden Polizisten gewechselt hatten, dieses leise Lachen. Rabbi Goldman hatte trauervoll den Kopf geschüttelt.

Haweeya stand in der Tür und rieb sich die Nase. »Hast du Hunger?«, fragte sie, und Abdikarim sagte, dass er bereits bei Ifo Noor gegessen hatte. »Ist noch mehr passiert?«, fragte sie leise. Ihre Kinder kamen über den Gang zu ihr gerannt, und sie spreizte die langen Finger um den Kopf ihres Sohns.

»Nein, nichts Neues.«

Sie nickte mit schaukelnden Ohrringen und trieb ihre Kinder ins Wohnzimmer zurück. Sie hatte sie den ganzen Tag über im Haus behalten, um sie ihre Ahnenreihe abzufragen, Urgroßvater, Ururgroßvater und noch weiter; den Amerikanern schienen ihre Vorfahren nicht viel zu bedeuten. Somali konnten Generation für Generation auswendig hersagen, und Haweeya wollte nicht, dass ihre Kinder das verloren. Trotzdem, es war schwer gewesen, sie den ganzen Tag drinnen zu halten. So lange den Himmel nicht zu sehen, das tat niemandem gut. Aber als Omad heimgekommen war – er arbeitete als Dolmetscher im Krankenhaus –, hatte er bestimmt, dass sie in den Park gehen sollten. Omad und Haweeya waren schon länger im Land als andere, sie ließen sich nicht so rasch einschüchtern. Sie hatten die übelsten Ecken von Atlanta überlebt, wo die Menschen Drogen nahmen und sich gegenseitig direkt vor der

Haustür ausraubten; im Vergleich dazu war Shirley Falls sicher und schön. Und so hatte Haweeya, müde vom Fasten und von der klaren Herbstluft, von der ihr – sie verstand nicht, warum – die Nase lief und die Augen juckten, spät am Nachmittag noch den Kindern zugeschaut, wie sie fallenden Blättern hinterherjagten. Der Himmel war beinahe blau.

Als die Küche aufgeräumt und der Boden geschrubbt waren, kehrte Haweeya zu Abdikarim zurück. Sie empfand große Zuneigung zu diesem Mann, der vor einem Jahr nach Shirley Falls gekommen war, nur um zu entdecken, dass seine Frau Asha – die er mit den Kindern vorausgeschickt hatte – nichts mehr von ihm wissen wollte. Sie hatte einfach die Kinder genommen und war nach Minneapolis gezogen. So etwas war eine Schmach. Haweeya verstand das, alle verstanden es. Abdikarim gab Amerika die Schuld. Amerika hatte Asha diese Unabhängigkeitsflausen in den Kopf gesetzt, meinte er, aber Haweeya dachte bei sich, dass Asha, um Jahre jünger als ihr Mann, eine Frau war, die ihren Willen durchsetzte; manche Menschen wurden so geboren. Ein zusätzlicher Kummer: Asha war die Mutter von Abdikarims einzigem überlebendem Sohn. Von seinen anderen Kindern von anderen Ehefrauen waren nur Töchter übrig. Er hatte Verluste zu beklagen, wie so viele von ihnen.

Jetzt saß er auf dem Bett, die Fäuste in die Matratze gestemmt. Haweeya lehnte sich an den Türrahmen. »Margaret Estaver hat heute Abend angerufen. Wir sollen uns keine Sorgen machen, sagt sie.«

»Ich weiß, ich weiß.« Abdikarim machte eine müde Handbewegung. »Für sie ist er ein *wiil waal* – ein verrückter Junge.«

»Ayanna will ihre Kinder am Montag nicht in die Schule lassen«, sagte Haweeya flüsternd und nieste dann. »Omad hat ihr gesagt, sie sind in der Schule so sicher wie überall sonst, und sie sagte: ›Sicher an einem Ort, wo sie getreten und geboxt werden, wenn der Lehrer nicht hinschaut?‹«

Abdikarim nickte. Bei Ifo Noor war es heute auch um die Schule gegangen, darum, dass die Lehrer größere Wachsamkeit versprochen hatten, jetzt, wo der Schweinekopf in die Moschee gerollt war. »Alle machen sie Versprechungen«, sagte Abdikarim und stand auf. »Schlaf in Frieden«, fügte er hinzu. »Und tausch die Glühbirne aus.«

»Morgen kaufe ich eine neue. Ich fahre zu Walmart.« Sie lächelte verschmitzt. »Hoffen wir, dass der *wiil waal* noch nicht wieder bei der Arbeit ist.« Ihre Ohrringe schwangen, als sie davonging.

Abdikarim rieb sich die Stirn. Heute Abend bei Ifo Noor hatte sich Rabbi Goldman mit den Ältesten zusammengesetzt und ihnen ans Herz gelegt, sich auf die wahre Friedfertigkeit des Islam zu besinnen. Das war kränkend. Natürlich würden sie das tun. Rabbi Goldman sagte, viele Einwohner unterstützten sie in ihrem Recht, hier zu sein, und nach Ramadan wolle die Stadt das mit einer Kundgebung unter Beweis stellen. Die Ältesten wollten keine Kundgebung. Viele Menschen auf einem Fleck zu versammeln war nicht gut. Aber Rabbi Goldman mit seinem geräumigen Herzen sagte, es würde heilsam für die Stadt sein. Heilsam für die Stadt! Jedes Wort war wie ein Stockhieb, der ihnen aufs Neue einbläute, dass dies nicht ihr Dorf war, nicht ihre Stadt, nicht ihr Land.

Abdikarim stand vom Bett auf und verengte zornig die Augen. Wo waren denn die Rabbi Goldmans von Amerika gewesen, als Abdikarims älteste Tochter mit ihren vier Kindern in Nashville aus dem Flugzeug gestiegen war, und keiner da, der sie in Empfang nahm, und die Treppen, die aufwärts und abwärts fuhren, hatten ihnen solche Angst gemacht, dass sie nur dastehen und sie anstarren konnten und von anderen Leuten ausgelacht und beiseitegerempelt wurden? Wo waren die Rabbi Goldmans von Amerika gewesen, als eine Nachbarin Aamuun einen Staubsauger gekauft hatte, den Aamuun nicht benutzte, weil sie nicht wusste, was das war, und die Nachbarin überall herumerzählte, dass die Somali undankbar seien? Wo waren die Rabbi Goldmans und die Pastorin Estavers gewesen, als die kleine Kalila gedacht hatte, der Ketchup-Spender bei Burger King sei zum Händewaschen da? Und Kalilas Mutter sah die Bescherung, die ihre Tochter angerichtet hatte, und gab ihr eine Ohrfeige, und eine Frau sprach sie an und sagte: Bei uns in Amerika werden Kinder nicht geschlagen. Wo war der Rabbi da? Der Rabbi konnte nicht wissen, wie es für sie war.

Nein, und erst recht konnte der Rabbi, der längst wieder in seinem sicheren Zuhause bei seiner besorgten Frau war, nicht wissen, dass in Abdikarim, als er sich nun wieder schwer auf sein Bett setzte, nicht so sehr Furcht aufstieg als vielmehr die beschämende Erinnerung an sein wildes, verstohlenes Glück heute Abend, als er ein Stück *mufa* in den Mund geschoben hatte. In den Lagern war er unentwegt hungrig gewesen; wie an der Seite einer Ehefrau hatte er sich gefühlt, zusammengespannt mit diesem unaufhörlichen, zehrenden Mangel. So dass ihn jetzt, wo er hier war, mehr als alles andere diese tierhafte Gier nach Essen schmerzte, die noch immer in ihm wohnte; sie entwürdigte ihn. Essen, sich entleeren, schlafen – das waren Bedürfnisse der Natur. Das Privileg einer solchen Naturhaftigkeit war ihnen schon lange genommen.

Er strich über die Stickerei auf seiner Bettdecke. »*Astaghfirullah*«, murmelte er, ich suche Vergebung, denn er hielt die Gewalt in seiner Heimat für die Schuld seines Volkes, das nicht das wahre Leben des Islam lebte. Als er die Augen schloss, sprach er sein letztes *alhamdulilah* für den Tag. Danke, Allah. Alles Gute kam von Allah. Das Schlechte von den Menschen, die die Saat des Bösen in ihren Herzen aufgehen ließen. Doch warum das so war, warum das Böse wuchern durfte wie eine bösartige Geschwulst – über diese Frage stolperte Abdikarim immer von neuem. Und die Antwort, jedes Mal: Er wusste es nicht.

In dieser ersten Nacht auf der Couch ließ Bob sämtliche Kleider an, sogar den Mantel, so kalt war es. Das Licht kam schon durch die Jalousien hereingekrochen, als er eindämmerte, und er wurde davon wach, dass Susan schrie: »Von wegen, du kannst nicht zur Arbeit! Du löffelst deine Suppe schön selber aus. Du gehst verdammt noch mal diese zweihundert Dollar verdienen, die ich für deine Kaution hinblättern durfte. Wird's bald!« Bob hörte Zach etwas murmeln, dann fiel die Hintertür zu, und gleich darauf fuhr ein Auto weg.

Susan erschien, schleuderte ihm quer durchs Zimmer eine Zeitung hin. Sie landete auf dem Boden neben der Couch. »Gut gemacht«, sagte sie.

Bob sah hinunter. Die Titelseite schmückte ein großes Foto von Zach, der grinsend aus dem Gefängnis kam. KEIN WITZ, lautete die Schlagzeile.

»Oi«, sagte Bob und kämpfte sich aus der Horizontalen.

»Ich muss los.« Susan rief es schon aus der Küche. Er hörte Schranktüren knallen. Und dann knallte die Hintertür, und er hörte sie wegfahren.

Er saß still, ließ nur den Blick wandern. Die heruntergelassenen Jalousien hatten die Farbe hartgekochter Eier. Die Tapete hatte mehr oder weniger die gleiche Farbe, nur mit einem Muster von langschnäbeligen fliegenden Vögeln darauf, die dünn und blau waren. Auf einem Holzschränkchen stand eine Reihe Reader's-Digest-Bände. Die Armlehnen des Ohrensessels in der Ecke waren so durchgewetzt, dass Risse darin klafften. Nichts in dem Zimmer strahlte irgendeine Behaglichkeit aus, und entsprechend fühlte sich Bob.

Eine Bewegung auf der Treppe ließ ihn zusammenschrecken. Er sah die pinkfarbenen Frotteepantoffeln, dann die magere alte Frau selbst, die ihre riesige Brille auf ihn richtete. »Warum sitzen Sie da im Mantel?«, fragte sie.

»Mir ist kalt«, sagte Bob.

Mrs. Drinkwater stieg die restlichen Stufen herunter und blieb stehen, die Hand auf dem Geländer. Sie schaute im Zimmer umher. »In diesem Haus ist es immer kalt.«

Er zögerte, sagte dann: »Wenn Sie frieren, müssen Sie Susan das sagen.«

Die alte Dame ging hinüber zum Ohrensessel. Ihr knotiger Fingerknöchel schob die große Brille höher. »Ich möchte mich ungern beschweren. Susan hat nicht viel Geld, wissen Sie. Dieser Augenladen hat ihr seit Jahren nicht mehr das Gehalt erhöht. Und dann der Ölpreis ...« Ihre Hand beschrieb eine Spirale über ihrem Kopf. »Man darf gar nicht dran denken.«

Bob hob die Zeitung vom Boden auf und legte sie neben sich auf die Couch. Zachs grinsendes Gesicht starrte ihn an, und er drehte die Zeitung um.

»Es kam auch in den Nachrichten«, sagte Mrs. Drinkwater.

Bob nickte. »Sie sind beide in der Arbeit«, sagte er ihr.

»Oh, das weiß ich. Ich wollte mir nur die Zeitung holen. Sie legt sie mir sonntags immer hin.«

Bob beugte sich vor und gab sie ihr, und die alte Frau blieb im Sessel sitzen, die Zeitung auf dem Schoß. Er sagte: »Ähm, sagen Sie, schreit Susan ihn eigentlich oft an?«

Mrs. Drinkwater sah durchs Zimmer, und Bob dachte schon, sie würde nicht antworten. »Früher. Als ich eingezogen bin.« Sie schlug die Beine übereinander und wippte mit dem Knöchel. Ihre Pantoffeln waren riesig. »Aber da war ihr natürlich auch gerade ihr Mann weggelaufen.« Mrs. Drinkwater schüttelte langsam den Kopf. »Was ich so mitgekriegt hab, hat der Junge nie etwas angestellt. Er ist einsam, nicht wahr?«

»Schon immer, soviel ich weiß. Mir kam er von klein auf so etwas, na ja, labil vor. Seelisch labil. Vielleicht auch einfach nur unreif. Keine Ahnung.«

»Wir stellen uns vor, unsere Kinder müssten so sein wie die im Sears-Katalog.« Mrs. Drinkwaters Fuß wippte heftiger.

»Und dann sind sie's nicht. Auch wenn ich sagen muss, dass Zach schon besonders einsam wirkt. Jedenfalls weint er.«

»Er weint?«

»Ich hör ihn manchmal in seinem Zimmer. Schon vor der Sache mit dem Schweinekopf. Nicht, dass ich tratschen will, aber Sie sind ja sein Onkel. Ich versuch mich möglichst nicht einzumischen.«

»Hört Susan ihn auch?«

»Das dürfen Sie mich nicht fragen.«

Der Hund kam zu ihm und steckte die lange Schnauze zwischen seine Beine. Er streichelte das raue Fell auf seinem Kopf und klopfte dann auf den Boden, damit er sich hinlegte. »Hat er irgendwelche Freunde?«

»Hier hab ich noch keine gesehen.«

»Susan sagt, er hat das mit dem Schweinekopf ganz allein gemacht.«

»Das kann schon sein.« Mrs. Drinkwater rückte an ihrer riesigen Brille. »Aber es gibt genug andere, die so was gern täten. Diese Leute, die Somalier, sind hier nicht allen willkommen. Ich persönlich hab ja nichts gegen sie. Aber dieses viele Zeug, das sie anhaben.« Mrs. Drinkwater spreizte die Hand vor dem Gesicht. »Grade mal, dass die Augen noch rausgucken.« Wieder ließ sie den Blick wandern. »Ich frag mich ja, ob das stimmt, was immer gesagt wird – dass sie in ihren Schränken lebendige Hühner halten. Du liebe Güte, was für ein Gedanke.«

Bob stand auf, tastete nach dem Telefon in seiner Manteltasche. »Entschuldigen Sie, aber ich geh mal kurz eine rauchen.«

»Ja, ja, machen Sie nur.«

Unter dem Spitzahorn, der seine gelben Blätter über ihn wölbte, zündete Bob sich eine Zigarette an und sah mit zusammengekniffenen Augen auf sein Handy.

5

Jim, sonnenverbrannt, schweißglitzernd, stand in der Zimmermitte und führte Helen vor, was seine Überlegenheit beim Golf ausmachte. »Es kommt alles aus dem Handgelenk, schau.« Er ging leicht in die Knie, winkelte beide Ellenbogen an, schwang einen unsichtbaren Golfschläger. »Siehst du das, Hellie? Siehst du, was ich mit meinem Handgelenk mache?«

»Ja«, behauptete sie.

»Es war perfekt. Das musste sogar dieser Vollpfosten von Arzt zugeben, der mit uns gespielt hat. So ein widerlicher kleiner Stumpen. Texaner. Aber was Texas Tea ist, hat er nicht gewusst. Also hab ich ihn aufgeklärt.« Jim zeigte mit dem Finger auf Helen. »Ich hab ihm gesagt, das ist das Zeug, mit dem ihr die Leutchen ins Jenseits befördert, seit ihr sie nicht mehr röstet wie Kartoffelchips. Thiopentalnatrium, Pancuroniumbromid, Kaliumchlorid. Da hat er nichts mehr gesagt. Nur gelächelt wie ein Hornochse.« Jim fuhr sich mit der Hand über die Stirn, stellte sich dann in Positur für den nächsten Schlag. Die Glastür zur Terrasse stand halb offen, und Helen ging an ihrem Mann und der Schale mit den Zitronen vorbei, um sie zu schließen. »Siehst du das? Perfekt. Ich hab dem Sackgesicht gesagt«, fuhr Jim fort, indem er sich das Gesicht mit dem Golfhemd abwischte, »wenn ihr in Texas schon an der Todesstrafe festhaltet, die ein erstklassiger Gradmesser für die Brutalisierung der zivilisierten Gesellschaft ist, warum bringt ihr eurer Neandertalertruppe dann nicht wenigstens bei, wie man's richtig macht?

Damit sie die nächste arme Sau nicht auch wieder in den Muskel spritzen und dann einfach da liegen lassen … Und rate, was für ein Arzt er war? Ein Dermatologe. Gesichtslifter. Fettabsauger. Ich geh duschen.«

»Jim, Bob hat angerufen.«

Jim, schon auf dem Weg ins Bad, blieb stehen, drehte sich um.

»Zach ist wieder in der Arbeit. Sie haben zweihundert Dollar Kaution festgesetzt. Und Susan war auch in der Arbeit. Die Anklageerhebung wird erst in ein paar Wochen sein, und Bob hat gesagt, Charlie Tibbetts dampft das zu einem Bußgeld ein. Oder so. Ich habe nicht alles verstanden, tut mir leid.« Helen zog die Kommodenschublade auf, um Jim die kleinen Geschenke zu zeigen, die sie den Kindern schicken wollte.

»So wird das da oben gehandhabt«, sagte Jim. »Es geht nach dem Alphabet. Muss Zach vor Gericht erscheinen?«

»Weiß ich nicht. Ich glaube eher nicht.«

»Wie klang Bob?«

»Wie Bob.«

»Was soll das heißen, wie Bob?«

Bei seinem Tonfall schob Helen die Schublade zu und drehte sich zu ihm um. »Wie, was soll das heißen? Du hast gefragt, wie er klang. Wie Bob. Er klang wie Bob.«

»Süße, du bringst mich gerade ein bisschen zur Verzweiflung. Ich versuche herauszufinden, was in diesem Drecksnest da oben los ist, und zu erfahren, dass er wie Bob geklungen hat, hilft nicht wesentlich weiter. Was meinst du damit, ›wie Bob‹? Klang er optimistisch? Klang er ernst?«

»Jetzt kein Kreuzverhör, bitte. *Du* hast schließlich einen angenehmen Vormittag auf dem Golfplatz hinter dir. *Ich* dagegen durfte mich mit der muffeligen Dorothy rumschlagen, die mich gezwungen hat, einen Artikel über Flüchtlingslager in Kenia zu lesen, und das ist *nicht* so lustig wie Golfspielen. Und dann klingelt mein Handy – Beethovens Fünfte, die mir die Kinder als Klingelton für Bob eingerichtet haben, so dass ich gleich wusste, dass er es ist –, und ich saß da und durfte die Sekretärin für dich spielen, weil er so schlau war, dich nicht zu behelligen.«

Jim setzte sich aufs Bett und starrte auf den Teppich. Helen kannte diesen Blick. Sie waren schon lange genug verheiratet. Jim verlor bei Helen sehr selten die Beherrschung, was sie zu schätzen wusste, denn sie wertete es als ein Zeichen von Respekt. Aber wenn er ein Gesicht machte, als müsste er sich mit aller Macht zusammenreißen, um ihr kindisches Benehmen zu ertragen, war das kein schönes Gefühl.

Sie versuchte es mit einem Scherz. »Patient zeigt keine Reaktion.« Ihre Stimme klang nicht spaßig. »Vergiss es«, fügte sie hinzu.

Jim starrte immer noch auf den Teppich. Schließlich: »Wollte er, dass ich ihn zurückrufe, ja oder nein?«

»Gesagt hat er's nicht.«

Jim wandte ihr das Gesicht zu. »Mehr muss ich gar nicht wissen.« Er stand auf und ging ins Bad. »Ich dusche jetzt, und es tut mir leid, dass du dich mit der muffeligen Dorothy rumärgern musst. Ich konnte Dorothy noch nie leiden.«

»Machst du Witze?«, sagte Helen. »Warum fahren wir dann mit ihnen in die Ferien?«

»Sie ist die Frau vom Geschäftsführer, Helen.« Die Badetür schloss sich, und gleich darauf hörte sie Wasser rauschen.

Beim Abendessen saßen sie im Freien und sahen die Sonne über dem Wasser untergehen. Helen trug ihre weiße Leinenbluse mit der schwarzen Caprihose und dazu Ballerinas. Alan lächelte und sagte: »Ihr Mädels seht hinreißend aus heute Abend. Was habt ihr morgen vor?« Dabei rieb er Dorothy, die neben ihm saß, über den Arm. Seine Hand war sommersprossig. Auch sein nahezu kahler Kopf war mit Sommersprossen gesprenkelt.

Helen sagte: »Wir dachten, wenn ihr morgen beim Golf seid, probieren wir mal das Frühstück im Lemon Drop aus.«

»Sehr gut.« Alan nickte.

Helen berührte ihren Ohrring und dachte: Eine Frau sein ist echt das Letzte. Dann dachte sie: Nein, ist es nicht. Sie nippte an ihrem Whiskey Sour. »Willst du mal von meinem Whiskey Sour kosten?«, fragte sie Jim.

Jim schüttelte den Kopf. Er starrte vor sich auf die Tischplatte und schien weit weg zu sein.

»Sind wir unter die Abstinenzler gegangen?«, fragte Dorothy ihn.

»Jim trinkt so gut wie nie, ich dachte, das weißt du«, sagte Helen.

»Bloß nicht die Kontrolle verlieren, was, Jim?«, bemerkte Dorothy, und eine nadeldünne Wut durchfuhr Helen. Aber Dorothy sagte: »Schaut mal, da«, und zeigte mit dem Finger. Ganz nah bei ihnen tauchte ein Kolibri seinen langen Schnabel in eine Blüte. »Wie goldig.« Dorothy beugte sich vor, die Hände auf die Armlehnen ihres Stuhls gestützt. Jim drückte unterm Tisch Helens Knie, und Helen spitzte die Lippen zu einem angedeuteten Kuss. Danach aßen die vier in aller Ruhe, mit friedlich klimperndem Besteck, und nach einem zweiten Whiskey Sour gab Helen sogar die Geschichte zum Besten, wie sie am Abend nach dem Wally-Packer-Prozess in einer Bowlingbahn auf dem Tisch getanzt hatte. Helen hatte einen Strike nach dem anderen geworfen – unglaublich. Und dann hatte sie zu viel Bier getrunken und auf dem Tisch getanzt.

»Dass ich das verpasst habe!«, sagte Dorothy.

Alan betrachtete Helen mit vagem Wohlwollen, eine Idee zu lang, fand sie. Dann beugte er sich herüber und berührte leicht ihre Hand. »Glücklicher Jim«, sagte er.

»Aber hallo«, sagte Jim.

6

Bob war der Tag endlos erschienen – ein einziges ödes Warten, dass Jim ihn zurückrief. Andere Leute hätten etwas unternommen. Das war Bob schon klar. Andere Leute wären einkaufen gegangen und hätten für Susan und Zach ein Abendessen gekocht. Oder sie wären das Stück bis zur Küste gefahren, um über die Wellen zu schauen. Oder auf einen Berg gestiegen. Aber Bob – von seinen Rauchpausen hinten auf der Veranda abgesehen – hatte im Wohnzimmer seiner Schwester gesessen, in Reader's-Digest-Bänden geblättert und später in einer Frauenzeitschrift, die herumlag. Er hatte sein Lebtag noch keine Frauenzeitschrift in der Hand gehabt, und es deprimierte ihn, all die Tipps, wie man neuen Schwung in das eheliche Liebesleben brachte (überraschen Sie ihn mit frechen Dessous), Tipps, wie man am Arbeitsplatz abnahm, Übungen für schwabbelige Oberschenkel.

Susan kam nach Hause und sagte: »Dass du noch hier bist. Nach deiner Heldentat mit der Morgenzeitung.«

»Ich bin hergekommen, um euch zu helfen.« Bob legte die Zeitschrift weg.

»Ich sag ja, ich hätte nicht gedacht, dass du noch hier bist.« Susan ließ den Hund hinaus und zog den Mantel aus.

»Ich treffe mich morgen mit Charlie Tibbetts. Das weißt du.«

»Er hat angerufen«, sagte Susan. »Er ist erst morgen Nachmittag wieder hier. Ihm ist irgendwas dazwischengekommen.«

»Okay«, sagte Bob. »Dann sehe ich ihn eben am Nachmittag.«

Als Zach zur Tür hereinkam, stand Bob auf. »Also, Zachary. Red ein bisschen mit deinem alten Onkel. Erzähl mir, wie dein Tag heute war.«

Zach stand da, weiß im Gesicht, verschreckt. Mit der Stoppelfrisur wirkten seine Ohren unsagbar verletzlich, aber die kantigen Gesichtszüge waren die eines Erwachsenen. »Hmm. Später vielleicht.« Er verschwand in sein Zimmer, und wie gestern brachte Susan ihm sein Essen nach oben. Diesmal blieb Bob in der Küche, wo er Wein aus einem Kaffeebecher trank und Tiefkühlpizza aus der Mikrowelle aß. Er hatte vergessen gehabt, wie früh manche Leute in Maine zu Abend aßen; es war erst halb sechs. Danach sahen Bob und Susan schweigend fern; Susan behielt die Fernbedienung in der Hand und schaltete um, sobald irgendwo Nachrichten kamen. Das Telefon klingelte nicht. Um acht ging Susan ins Bett. Bob blieb ein Weilchen auf der Veranda und rauchte, dann kehrte er nach drinnen zurück und trank die zweite Flasche Wein leer. Er fühlte sich nicht schläfrig. Er nahm eine Schlaftablette, dann noch eine. Wieder legte er sich im Mantel hin, und wieder schlief er kaum.

Das Schlagen von Schranktüren weckte ihn. Licht stach unter den Jalousien hervor. Er fühlte sich noch halb betäubt, und durch sein pelziges Elend zuckte der Gedanke, dass seine Schwester in ihrer Wut gestern auffallend nach ihrer Mutter geklungen hatte, deren Zorn sich, als die Kinder klein waren, ebenfalls in lauten Ausbrüchen entladen konnte (nie gegen Bob gerichtet freilich, sondern gegen den Hund oder ein Glas Erdnussbutter, das von der Anrichte gefallen und zerbrochen war, noch öfter aber – meistens – gegen Susan, weil sie sich krumm hielt, weil sie ein Hemd nicht glatt genug gebügelt, ihr Zimmer nicht aufgeräumt hatte.)

»Susan …« Seine Zunge war schwer.

Sie steckte den Kopf durch die Tür. »Zach ist schon zur Arbeit gefahren, und ich dusche noch schnell, und dann bin ich auch weg.«

Bob salutierte ironisch, stand auf und nahm seinen Autoschlüssel.

Er fuhr sehr vorsichtig, so als wäre er durch eine schwere Krankheit wochenlang ans Haus gefesselt gewesen. Durch die Windschutzscheibe betrachtet, wirkte die Welt weit weg. Er hielt an einer Tankstelle, zu der ein Mini-Markt gehörte. Kaum trat er über die Schwelle, sprang ihn ein solches Sammelsurium an Waren an – staubige Sonnenbrillen, Batterien, Schlösser mit Schlüsseln, Süßigkeiten –, dass Verwirrung ihn ergriff, Furcht beinahe. Hinter der Kasse stand eine junge Frau mit dunkler Haut und großen dunklen Augen. Sein wattiger Kopf konnte sie nicht recht zuordnen – kam sie aus Indien? Nein, Indien nicht. Mini-Markt-Kassierer in Shirley Falls waren ausnahmslos weiß und so gut wie ausnahmslos übergewichtig; so hatte es sein Hirn zu erwarten gelernt. Hier jedoch schien sich ein winziger Schnappschuss aus New York eingemogelt zu haben, wo die Kassierer die Bandbreite der Bevölkerung widerspiegelten. Aber die dunkeläugige junge Frau musterte Bob abweisend, und er fühlte sich fast schuldig, dass er da war. Wie ein Idiot tappte er durch die Gänge, so befangen durch ihren Argwohn, dass er sich wie ein Ladendieb vorkam, dabei hatte er in seinem ganzen Leben noch nie etwas gestohlen. »Äh, Kaffee?«, sagte er, und sie zeigte darauf. Er ließ einen Styroporbecher volllaufen, fand eine Packung Doughnuts mit Puderzucker, und dann sah er am Boden die gestrige Zeitung, von der ihn sein Neffe angrinste. Bob stöhnte innerlich auf. Als er am Kühlregal vorbeikam, fiel sein Blick auf die Weinflaschen dort, und er blieb stehen, um sich eine unter den Arm zu klemmen; sie klirrte laut gegen die anderen, als er sie herauszog. Er hatte nicht vor, nach seinem Termin mit Charlie Tibbetts noch zu bleiben, aber sollte er aus irgendeinem Grund doch einen dritten Abend bei

Susan festsitzen, fühlte er sich so besser gewappnet. Er stellte die Flasche auf den Ladentisch, zusammen mit seinem Kaffee und den Doughnuts, und fragte nach Zigaretten. Die junge Kassiererin sah ihm nicht ins Gesicht, weder, als sie die Zigaretten vor ihn hinfallen ließ, noch, als sie ihm sagte, wie viel er zu zahlen hatte. Schweigend schob sie ihm eine flache Papiertüte hin, und er verstand, dass er seine Sachen selbst einpacken sollte.

Im Auto saß er einen Moment lang einfach da, den Mund warm vom Kaffee. Von den Doughnuts stäubte ihm Puderzucker auf den Mantel, den er zu weißen Schmierstreifen verrieb. Als er zurücksetzte, den Becher jetzt in seinem Halter neben dem Schaltknüppel, drang ihm ein Geräusch ins Bewusstsein, und ein paar zähe Sekundenbruchteile verstrichen, bevor ihm klarwurde, dass da jemand schrie. Er würgte den Motor ab; der Wagen machte einen Satz.

Sein Kampf mit der Tür schien endlos zu dauern, ehe er schließlich aussteigen konnte.

Eine Frau mit langem rotem Gewand und einem schleierartigen Tuch, das ihren Kopf und den größten Teil des Gesichts bedeckte, stand hinter dem Wagen und schrie etwas in einer Sprache, die er nicht verstand. Ihre Arme wedelten auf und ab, und dann schlug sie mit der flachen Hand auf Bobs Auto. Bob ging auf sie zu, und sie fuchtelte wild. All das schien Bob stumm und in Zeitlupe zu geschehen. Er sah, dass hinter der Frau eine zweite Frau stand, die genauso gekleidet war, nur dunkler, und er sah ihren Mund, der heftige Laute ausstieß, ihre langen gelben Zähne.

»Ist Ihnen was passiert?« Bob schrie die Frage. Die Frauen schrien. Bob hatte plötzlich das Gefühl, keine Luft mehr zu bekommen, und er presste die Hände auf den Brustkorb, damit sie verstanden. Und nun war auch die Kassiererin aus dem Laden da, fasste die erste Frau bei der Hand und redete in der fremden

Sprache auf sie ein, und erst jetzt begriff Bob, dass die Kassiererin eine Somali war. Die Kassiererin drehte sich zu Bob um und sagte: »Sie wollten sie mit dem Auto überfahren. Sie sind verrückt, gehen Sie!«

»Das stimmt nicht«, sagte Bob. »Hab ich sie erwischt?« Er rang nach Atem. »Das Krankenhaus ist …« Er zeigte in die Richtung.

Die Frauen redeten untereinander, abgehackte, fremdartige Laute.

Die Kassiererin sagte: »Kein Krankenhaus. Gehen Sie weg.«

»Das darf ich nicht«, sagte Bob hilflos. »Ich muss zur Polizei und den Unfall melden.«

Die Kassiererin hob die Stimme. »Warum Polizei? Sind das Freunde von Ihnen?«

»Wenn ich die Frau angefahren habe …«

»Nicht angefahren. Nur versucht. Gehen Sie weg.«

»Aber das ist ein Unfall. Wie heißt sie?« Er beugte sich ins Auto, um etwas zum Schreiben zu suchen. Als er sich wieder aufrichtete, rannten die beiden Frauen mit den langen Gewändern und langen Kopftüchern schon die Straße entlang.

Die Kassiererin war wieder in ihrem Laden. »Weg!«, schrie sie durch die Glastür.

»Ich hab sie nicht gesehen.« Er hob die Schultern und breitete die Hände aus.

Ein Riegel rastete ein. »Weg!«, hörte er noch einmal.

Im Kriechtempo fuhr Bob zu Susan zurück. Oben rauschte noch die Dusche. Als Susan die Treppe herunterkam, war sie im Bademantel und frottierte sich die Haare. Er sah den Blick, mit dem sie ihn anstarrte. Seine Kehle war immer noch zugeschnürt, als er sagte: »Ähm, hör zu. Wir müssen Jim anrufen.«

7

Helen saß auf der Terrasse ihres Hotelzimmers, eine Tasse Kaffee in der Hand. Von unten tönte das Plätschern des Springbrunnens; Geißblatt umrankte sämtliche Terrassen, die sie von ihrem Platz aus sehen konnte. Helen streckte ihre nackten Füße in einen Sonnenfleck und wackelte mit den Zehen. Das Frühstück im Lemon Drop fiel aus. Alan hatte angerufen: Helen solle nicht böse sein, aber Dorothy wolle sich heute Morgen lieber in ihrem Zimmer ausruhen. Helen war nicht böse. Sie ließ sich das Frühstück heraufbringen und aß ihr Obst und ihren Joghurt und ihr Brötchen mit einem ganz und gar ungetrübten Wohlgefühl. Jim spielte heute nur neun Löcher, er würde nicht lange fortbleiben. Dann konnten sie zusammen sein; Helen spürte ein schwaches, süßes Ziehen, wenn sie daran dachte.

»Ganz herzlichen Dank«, sagte sie zu dem höflichen Mann, der auf ihr Klingeln erschien, um das Frühstückstablett abzuräumen. Sie nahm ihre Strohtasche und ging in die Hotelhalle hinunter, wo sie sich am Kiosk ein Magazin kaufte, eins von den Klatschblättern, mit denen sie sich früher zusammen mit ihren Mädchen aufs Sofa gekuschelt hatte, um die Kleider der Filmstars zu bewundern. »Mensch, das da wär's«, hatte dann Emily etwa gesagt und auf eins gezeigt, und Margot hatte geseufzt: »Aber schau – das hier ist so was von cooool.« Und eine Frauenzeitschrift kaufte Helen sich auch noch, weil auf dem Cover ein Artikel über »Das schöne Leben nach den Kindern« angekündigt war. »Ganz herzlichen Dank«, sagte sie zu der Frau an der Kasse und wanderte zwischen blühenden Bäumen und Steingärten hindurch zum Strand hinunter, um sich die Sonne auf die Knöchel scheinen zu lassen.

Einander in die Augen schauen, riet der Artikel, das sei ganz wichtig bei reiferen Beziehungen. Eine kesse E-Mail dann und wann. Komplimente. Schlechte Laune steckt an. Helen schloss die Augen hinter ihrer Sonnenbrille und ließ ihre Gedanken zurückwandern zu den Wally-Packer-Zeiten. Helen hatte das nie irgendwem gegenüber ausgesprochen, aber in diesen Monaten hatte sie verstanden, wie es sich anfühlen musste, die First Lady zu sein. Jederzeit konnte eine Kamera klicken. Jeder Blick, jede Geste floss ein in das öffentliche Bild. Helen hatte das intuitiv begriffen. Sie war großartig gewesen in der Rolle. Dass einige aus ihrem Bekanntenkreis in West Hartford von ihr abgerückt waren, hatte Helen nichts ausgemacht. Sie glaubte aus ganzer Seele an Jims Verteidigung von Wally und an Wallys Anrecht auf eine solche Verteidigung. Jedes einzelne Foto von ihr – sie und Jim in einem Restaurant, am Flughafen, beim Aussteigen aus einem Taxi – hatte haargenau den richtigen Akzent erhalten durch Helens jeweiliges Kostüm, Cocktailkleid oder die legere Hose, die sie trug. Was leicht in billigen Rummel hätte ausarten können, hatte Würde bekommen durch das Auftreten von Jim und Helen Burgess. Das hatte Helen damals empfunden, und sie glaubte es auch noch heute.

Was für eine aufregende Zeit es gewesen war! Helen bog die Füße vor und zurück. Ihre Gespräche mit Jim spätnachts noch, wenn die Kinder endlich in ihren Betten lagen und sie gemeinsam den Verhandlungstag rekapitulierten. Jim fragte sie nach ihrer Meinung. Sie sagte sie ihm. Sie waren Partner, sie waren Komplizen. Die Leute sagten immer, welche Belastung das für ihre Ehe sein musste, ein solcher Prozess, und Jim und Helen mussten an sich halten, um nicht laut loszulachen, sich nicht zu verraten: im Gegenteil, oh, ganz im Gegenteil. Helen streckte den Rücken, schlug die Augen auf. Sie war sein Ein und Alles. Wie oft hatte er ihr das im Lauf der letzten dreißig Jahre zugeflüstert. Sie packte ihre Sachen zusammen und bummelte zurück zum Hotel. Neben dem Krocket-Rasen plätscherte das Wasser sanft über ein paar große Steine in einem Bach. Ein Paar – die Frau in einem langen weißen Rock und einer blassblauen Bluse – spielte Krocket, und man hörte das gedämpfte Klacken, mit dem die Kugeln übers Gras getrieben wurden. Der blaue Himmel, die üppig wuchernden tropischen Blüten, alles schien den Gästen auf ihren Wegen zuzuflüstern: Seid glücklich. Seid glücklich. Seid es jetzt. Helen dachte: Genau das habe ich vor.

Seine Stimme drang bis auf den Gang hinaus. »Hast du eigentlich *nur* Scheiße im Hirn?« Ihr Mann schrie immer wieder dasselbe. »Du hast Scheiße im Hirn, Bob! Nichts als Scheiße!« Sie steckte den Schlüssel ins Schloss: »Jim, hör auf.«

Er stand neben dem Bett und wandte ihr sein puterrotes Gesicht zu; seine Hand hieb auf die Luft ein, als hätte er ohne weiteres auch sie geschlagen, wenn sie in Reichweite gewesen wäre. »Scheiße hast du im Hirn, du Psychopath! Einen Riesenhaufen Scheiße!« Dunkle Flecken hatten sich auf seinem blauen Golfhemd ausgebreitet, der Schweiß lief ihm in Bächen übers Gesicht. Er brüllte schon wieder ins Telefon.

Helen setzte sich vor die Schale mit den Zitronen. Ihr Mund war plötzlich wie ausgedörrt. Sie sah zu, wie ihr Mann das Handy aufs Bett knallte, hörte ihn weiterbrüllen: »Scheiße und nichts als Scheiße! Mein Gott, dieser Psychopath hat Scheiße im Hirn und sonst nichts!« Ein Erinnerungsfetzen blitzte in ihrem Kopf auf: Bob, wie er ihr von seinem Nachbarn erzählte, der immer dasselbe brüllte, wenn er wütend auf seine Frau war. Du hast wohl den Arsch offen, hatte er das nicht geschrien? Bevor sie ihn in Handschellen abgeführt hatten. Mit so einem Mann war sie also verheiratet.

Eine seltsame Ruhe kam über sie. Sie dachte: Das in der Schale hier vor mir sind Zitronen, aber aus irgendeinem Grund erreicht diese Tatsache meinen Verstand nicht. Und ihr Verstand fragte sie: Was soll ich tun, Helen? Einfach ruhig bleiben, antwortete sie ihrem Verstand.

Jim rammte sich die Faust in die Handfläche. Er rannte im Kreis, während Helen völlig still dasaß. Schließlich fragte er: »Möchtest du vielleicht wissen, was passiert ist?«

Helen sagte: »Ich möchte, dass du nie wieder so rumbrüllst. Das möchte ich. Sonst gehe ich durch diese Tür und fliege nach Hause.«

Er ließ sich aufs Bett fallen und wischte sich das Gesicht mit dem Hemdsaum. Mit dürrer, präziser Stimme teilte er ihr mit, dass Bob um ein Haar eine somalische Frau überfahren hätte. Dass Bob schuld daran war, dass Zachs Gesicht von der Titelseite der Zeitung grinste. Dass Bob noch nicht mal mit Zach *geredet* hatte. Und jetzt weigerte er sich, sich wieder hinters Steuer zu setzen, er wollte zurück nach New York fliegen und ihr Auto in Maine lassen, und als Jim ihn gefragt hatte, wie dann ihr Wagen zurückkommen solle, hatte Bob gesagt, keine Ahnung, ich fahre ihn jedenfalls nicht, ich setze mich in kein Auto mehr, und ich fliege heute Abend nach Hause, dieser Charlie Tibbetts wird ohne mich klarkommen müssen. »Mein Bruder Bob«, sagte Jim mit leiser Stimme, »hat nichts als Scheiße unter seiner Schädeldecke.«

»Dein Bruder Bob«, sagte Helen, »hat als Vierjähriger ein schweres Trauma erlitten. Ich bin sehr erstaunt und sehr enttäuscht, dass du nicht begreifst, warum er sich unter den gegebenen Umständen in kein Auto mehr setzen will.« Sie fügte hinzu: »Auch wenn es alles andere als intelligent von ihm war, eine Somalierin zu überfahren.«

»Somali.«

»Was?«

»Sie heißen Somali. Nicht Somalier.«

Helen lehnte sich ein Stück vor: »Hältst du das für den geeigneten Zeitpunkt, meine Wortwahl zu korrigieren?«

»Ach, Helen.« Jim schloss kurz die Augen, öffnete sie wieder; die Geste hatte etwas Abschätziges. »Bob hat Mist gebaut, und wenn wir hochfahren müssen, um das Ruder rumzureißen, solltest du wenigstens wissen, wie die Leute heißen.«

»Ich fahr da nicht hoch.«

»Ich will dich aber dabeihaben.«

Mit einem Mal erfasste Helen ein überwältigender Neid auf das krocketspielende Paar draußen, auf die Frau mit dem langen weißen Rock, der sich im Wind bauschte. Sie sah sich selbst, wie sie vor ein paar Stunden noch hier gesessen und auf Jim gewartet hatte, auf den Blick, mit dem er sie ansehen würde …

Er sah sie nicht an. Er schaute zum Fenster, und sie sah nur sein Profil, das Blau in seinem Auge, das das Licht einfing. Alle Straffheit schien aus seinen Zügen gewichen. »Weißt du, was Bob zu mir gesagt hat, nachdem der Freispruch für Wally durch war?« Er blickte flüchtig in Helens Richtung, sprach dann wieder zum Fenster hin. »Er hat gesagt: ›Jim, das war großartig. Du hast tolle Arbeit geleistet. Aber du hast den Mann um sein Schicksal betrogen.‹«

Sonnenlicht lag träge im Zimmer. Helen schaute auf die Zitronen in ihrer Schale, auf die Zeitschriften, die das Zimmermädchen auf dem Tisch aufgefächert hatte. Sie schaute auf ihren Mann, der vorgebeugt auf der Bettkante saß, auf sein nasses und verknittertes Golfhemd. Sie wollte schon den Arm nach ihm ausstrecken, ihm sagen: Ach, Liebling, versuchen wir uns doch zu entspannen, machen wir das Beste aus unserer restlichen Zeit hier. Aber sein Ausdruck, als er ihr den Kopf zuwandte, war so fremd, so verzerrt, dass sie sich unsicher war, ob sie diesen Mann auf der Straße überhaupt erkannt hätte. Ihr Arm sank herab.

Jim erhob sich. »Das hat er zu mir gesagt, Helen.« Sein Gesicht sah unnatürlich aus, flehend starrte er sie an. Und dann kreuzte er die Arme so, dass seine Hände auf seinen Schultern zu liegen kamen, ihre geheime Zeichensprache seit vielen Jahren, und Helen – ob sie es nicht konnte oder nicht wollte, wusste sie selbst nicht, jedenfalls stand sie nicht auf und ging zu ihm.

8

Es stimmte ja, es stimmte: Bob war zu nichts nütze. Reglos saß er auf Susans Couch. »Du warst noch nie zu was nütze«, hatte Susan ihn angeschrien, bevor sie weggefahren war. Der arme Hund kam und bohrte seine lange Schnauze unter Bobs Knie. »Ist ja gut«, murmelte er, und der Hund legte sich vor seine Füße. Er sah auf die Uhr – noch nicht Mittag. Mit vorsichtigen Schritten ging er hinaus auf die Veranda, wo er sich auf die Stufen setzte und rauchte. Seine Beine hörten nicht auf zu zittern. Ein Windstoß riss gelbe Blätter von den Zweigen des Spitzahorns und trieb sie über den Boden zur Veranda. Bob drückte seine Zigarette in das angewehte Laub, trat sie mit wackeligem Fuß aus und steckte sich die nächste an. Ein Auto bremste und bog in die Einfahrt ein.

Das Auto war klein und nicht neu und lag sehr tief. Die Frau am Steuer schien groß zu sein; sie musste sich erst einmal hochhieven, ehe sie aussteigen konnte. Sie war etwa in Bobs Alter, mit einer Brille, die ihr die Nase hinunterrutschte. Ihr Haar, dunkles Blond mit helleren Strähnen dazwischen, war unordentlich nach hinten gesteckt, und ihr Mantel war weit geschnitten, eine Art Pfeffer-und-Salz-Muster. Sie kam Bob auf eine Weise vertraut vor, wie es ihm mit Leuten aus Maine manchmal passierte.

»Hallo«, sagte sie. Sie ging auf ihn zu und schob dabei die Brille höher. »Ich bin Margaret Estaver. Sind Sie Zacharys Onkel? Nein, bitte, bleiben Sie sitzen.« Zu seiner Überraschung setzte sie sich neben ihn auf die Stufe.

Er drückte seine Zigarette aus und streckte ihr die Hand hin. Sie schüttelte sie, was nicht ganz einfach war, so, wie sie saßen. »Sind Sie eine Freundin von Susan?«, fragte er.

»Ich wäre es gern. Ich bin die unitarische Pastorin. Margaret Estaver«, sagte sie noch einmal.

»Susan ist in der Arbeit.«

Margaret Estaver nickte, als hätte sie es nicht anders erwartet. »Na ja, wahrscheinlich will sie mich eh nicht sehen, aber ich dachte – na ja, ich wollte einfach mal vorbeischauen. Das Ganze nimmt sie sicher ziemlich mit.«

»Ja, sehr.« Bob griff nach der nächsten Zigarette. »Stört es Sie – Entschuldigung, aber …«

Sie winkte ab. »Ich hab auch mal geraucht.«

Er zündete die Zigarette an, zog die Knie hoch und stützte die Ellenbogen darauf, damit sie das Zittern in seinen Beinen nicht sah. Er blies den Rauch von ihr weg.

»Es ist mir erst heute Morgen klargeworden«, sagte sie. »Ich sollte Zachary und seiner Mutter meine Hilfe anbieten.«

Er betrachtete sie blinzelnd. Ihr Gesicht besaß eine große Lebendigkeit. »Ich habe es nur schlimmer gemacht«, gestand er. »Eine somalische Frau glaubt, ich hätte sie überfahren wollen.«

»Davon hab ich gehört.«

»Was? Schon?« Neuerliche Furcht schoss in ihm auf. »Es war keine Absicht«, sagte er. »Wirklich.«

»Das weiß ich doch.«

»Ich habe bei der Polizei angerufen. Ein Polizist war dran, der mit mir in der Schule war, nicht Gerry O'Hare – der war auch mit mir in der Schule –, sondern Tom Levesque; er hatte gerade Dienst, als ich anrief. Er hat gesagt, ich soll mir keine Sorgen machen.« (Um genau zu sein, hatte Tom Levesque gesagt, dass die Somali alle einen Schuss hätten. »Vergiss es«, hatte Tom gesagt. »Die sind so was von fickrig. Vergiss es.«)

Margaret Estaver streckte die Füße vor sich aus und schlug

die Knöchel übereinander. Sie trug offene Clogs, dunkelblau, zu dunkelgrünen Socken. Das Bild prägte sich sacht seinem Auge ein, während er sie sagen hörte: »Die Frau sagt, Sie hätten sie nicht überfahren, sondern es nur versucht. Sie erstattet keine Anzeige, da kommt also nichts nach. Viele der Somali hier haben kein allzu großes Vertrauen in die Obrigkeit, wie Sie sich sicher vorstellen können. Und jetzt im Moment sind sie natürlich besonders empfindlich.«

Bobs Beine zitterten immer noch. Auch die Hand, mit der er sich die Zigarette in den Mund steckte, zitterte.

Margaret sprach derweil weiter. »Ich habe gehört, dass Susan den Jungen seit ein paar Jahren alleine großzieht. Meine Mutter hat mich allein großgezogen, und das ist kein Zuckerschlecken, das weiß ich.« Sie setzte hinzu: »Viele der Somali-Frauen müssen ihre Kinder auch ohne Väter großziehen. Aber sie haben in der Regel weit mehr als nur ein Kind, und sie haben Schwestern oder Tanten. Susan kommt mir sehr allein vor.«

»Ja.«

Margaret nickte.

»Sie hat mir erzählt, dass eine Kundgebung geplant ist.«

Margaret nickte wieder. »In ein paar Wochen, nach Ramadan. Eine Demonstration für Toleranz. Im Stadtpark. Wir sind der weißeste Staat im ganzen Land, das wissen Sie ja wahrscheinlich.« Mit einem kleinen Seufzer winkelte Margaret die Knie an und beugte sich vor, um die Arme darumzulegen: eine natürliche, eine junge Geste, ganz unerwartet für Bob. Sie drehte den Kopf, um zu ihm herüberzuschauen. »Wie zu erwarten, hinken wir in puncto Diversität etwas hinterher.« Einen kleinen Mainer Akzent hatte sie, eine trockene Ironie in der Stimme, die er erkannte.

»Zachary ist kein Ungeheuer«, sagte er, »aber ein bisschen verkorkst ist er schon. Ziemlich sogar. Haben Sie Kinder?«

»Nein.«

Eine Lesbe. Pastorin, was erwartest du. Das war Jim, der da in seinem Kopf redete. »Ich auch nicht.« Bob drückte seine Zigarette aus. »Obwohl ich gern welche gehabt hätte.«

»Ich auch. Immer. Ich hatte sie fest eingeplant.«

Peinlich. Jims sarkastische Stimme.

Margaret sagte, jetzt wieder in energischerem Ton: »Susan soll nicht denken, die Demonstration wäre gegen sie oder Zachary gerichtet. Ich bin nicht ganz glücklich, dass ein paar von den Geistlichen hier das so wenig trennen, Hauptsache, es geht ›gegen‹ irgendwas. Gegen Gewalt, gegen Intoleranz, gegen die Unterdrückung religiöser Unterschiede. Nicht, dass sie nicht recht hätten. Aber zum Verurteilen haben wir die Staatsgewalt. Die Geistlichkeit sollte die Menschen aufrichten. Kein Blatt vor den Mund nehmen natürlich. Aber aufrichten. Klingt schmalzig, oder?«

Schmalzig ... »Finde ich nicht«, sagte Bob.

Margaret Estaver stand auf. *Überströmend*, das war das Wort, das Bob dachte, als er zu ihrer unordentlichen Frisur und dem weiten Mantel hochblickte. Auch er stand auf. Sie war groß, aber er war größer, und er sah die grauen Wurzeln in ihrem streifigen dunkelblonden Haar, als sie den Kopf senkte, um in ihre Tasche zu greifen. Sie gab ihm eine Karte. »Rufen Sie jederzeit an«, sagte sie. »Im Ernst.«

Bob blieb lange draußen auf den Verandastufen. Dann ging er hinein und saß in dem kalten Wohnzimmer. Er dachte an Mrs. Drinkwater, die sagte, dass Zach weinte. Er dachte an Susan, die Zach anschrie. Und er dachte, dass er bleiben sollte. Aber eine Dunkelheit türmte sich in ihm auf. *Du hast nur Scheiße im Hirn.*

Als der Mann am Telefon ihm sagte, wie viel ihn ein Taxi von Shirley Falls bis zum Flughafen in Portland kosten würde, sagte Bob, es sei ihm völlig egal. »Sobald es geht«, sagte Bob. »Zur Hintertür. Ich warte draußen.«

ZWEITES BUCH

I

Der Central Park trug dezente Herbstfarben: das Gras ein ausgeblichenes Grün, die Roteichen rostiges Braun, das Laub der Linden wechselte zu zartem Gelb, die Zuckerahorne verloren bereits orangerote Blätter, eins schwebte hier, dort fiel ein anderes, aber der Himmel war tiefblau und die Luft so warm, dass die Fenster des Bootshauses so spät am Nachmittag noch offen standen; die gestreiften Markisen reichten bis über das Wasser. Pam Carlson saß an der Bar des Restaurants und sah hinaus auf die wenigen Ruderboote, die über den See glitten, alle Bewegung scheinbar verlangsamt, selbst die Barkeeper arbeiteten mit ruhiger Gelassenheit, spülten Gläser, schüttelten Martinis, wischten nasse Hände an schwarzen Schürzen ab.

Und auf einmal – wie von selbst – füllte sich das Lokal. Sie kamen zur Tür herein, Geschäftsleute legten ihre Jacken ab, Frauen warfen die Haare zurück, Touristen wagten sich vor, Bedenken im Blick, die Männer mit Rucksäcken, in deren Netztaschen Wasserflaschen steckten, als kämen sie von einer Bergtour, die Frauen mit einem Stadtplan, einem Fotoapparat in der Hand, den Insignien ihrer Unsicherheit.

»Nein, da sitzt mein Mann«, sagte Pam, als ein deutsches Paar den Hocker neben ihr verrücken wollte. Sie besetzte ihn mit ihrer Handtasche. »Sorry«, fügte sie hinzu. Die Jahre in New York hatten sie viele Dinge gelehrt: rückwärts einzuparken beispielsweise, einen Taxifahrer kleinzukriegen, der nicht im Dienst sein wollte, Ware zurückzugeben, die vom Umtausch ausgeschlossen war, mit größter Gelassenheit zu sagen: »Bitte hinten anstellen«, wenn sich im Postamt jemand vordrängelte. Das Leben in New York, dachte Pam, während sie ihre Handtasche nach dem Mobiltelefon durchsuchte, das ihr als Uhr diente, illustrierte aufs Perfekteste eine Wahrheit, die sämtliche großen Generäle der Geschichte begriffen hatten: Der mit dem stärksten Willen setzt sich durch. »Einen Jack Daniels on the Rocks mit Zitrone«, sagte sie zu dem Barkeeper und tippte neben ihrem unberührten Glas Wein auf den Tresen. »Für meinen Mann. Danke.«

Bob war nie pünktlich.

Ihr richtiger Ehemann kam erst in ein paar Stunden nach Hause, und die Jungen waren beim Fußballtraining. Zu Hause störte es keinen, dass sie sich mit Bob traf. »Onkel Bob«, wie ihre Kinder ihn nannten.

Pam kam direkt aus dem Krankenhaus, wo sie an zwei Tagen die Woche in der Aufnahme arbeitete, und eigentlich wäre sie sich gern die Hände waschen gegangen, aber wenn sie jetzt aufstand, schnappten sich die Deutschen ihren Platz. Laut ihrer Freundin Janice Bernstein – die vor Jahren ihr Medizinstudium abgebrochen hatte – konnte sie sich die Hände nach der Arbeit gar nicht schnell genug waschen; Krankenhäuser seien die reinsten Petrischalen für Bakterien, sagte Janice, und Pam gab ihr recht. Obwohl sie ständig Desinfektionslotion benutzte (die die Haut austrocknete), machte der bloße Gedanke an das riesige Arsenal lauernder Keime Pam ganz krank vor Sorge. Janice fand, dass zu viele Dinge Pam ganz krank vor Sorge machten, sie solle da ein bisschen aufpassen, nicht nur, um sich das Leben zu erleichtern, sondern weil man diese Überbesorgtheit auch als anbiedernd empfinden könne, und das sei uncool. Pam erwiderte, sie sei zu alt, sich Gedanken über ihre Coolness zu machen, dabei machte sie sich sehr wohl Gedanken darüber, und auch deshalb tat es immer wieder gut, Bobby zu sehen, der so uncool war, dass er – in Pams Vorstellung – in seinem ganz eigenen Reich der Coolness residierte.

Ein Schweinekopf. Du liebe Güte.

Pam setzte sich etwas anders hin, trank ein Schlückchen Wein. »Machen Sie einen Doppelten draus?«, bat sie nach einem prüfenden Blick auf das Whiskeyglas, das der Barkeeper neben sie hingestellt hatte. Bob hatte sich kläglich angehört am Telefon. Der Barkeeper nahm das Glas mit, stellte es wieder auf seinen Platz. »Ja, machen Sie einen Deckel«, sagte Pam.

Vor Jahren – als sie mit Bob verheiratet war – hatte Pam als Forschungsassistentin bei einem Parasitologen gearbeitet, dessen Spezialgebiet Tropenkrankheiten waren. Pam hatte ihre Tage in einem Labor verbracht, wo sie durch ein Elektronenmikroskop die Zellen von Schistosoma betrachtete, und weil sie Fakten liebte, wie ein Maler Farben liebt, und weil die Präzision, auf die Naturwissenschaften abzielen, immer ein Prickeln in ihr auslöste, hatte sie ihre Tage sehr gern in dem Labor verbracht. Als sie aus den Fernsehnachrichten von dem Vorfall in Shirley Falls erfuhr, als sie den Imam die Ladenmoschee verlassen und eine beklemmend menschenleere Straße entlanggehen sah, stürmten alle möglichen Gefühle auf sie ein, nicht zuletzt eine fast schon außerkörperliche Sehnsucht nach dieser Stadt, die sie einmal gut gekannt hatte, aber auch – und beinahe augenblicklich – Sorge um die Somali. Sie hatte sich sofort kundig gemacht: Ja, bei diesen Flüchtlingen, die aus den südlichen Regionen Somalias stammten, waren Eier von Schistosoma haematobium im Urin gefunden worden, aber das größere Problem war nicht die Bilharziose, sondern – nicht überraschend für Pam – die Malaria; bevor sie in die Vereinigten Staaten einreisen durften, bekamen sie eine einfache Dosis Sulfadoxin-Pyrimethamin gegen Malaria-Parasitämie verabreicht, außerdem Albendazol als Therapie gegen Darmparasiten. Noch weniger gefiel es Pam allerdings, dass unter den somalischen Bantu – einer dunkelhäutigeren Volksgruppe, in Somalia offenbar ausgegrenzt, weil sie vor Jahrhunderten als Sklaven aus Tansania und Mosambik gekommen waren – wesentlich mehr Menschen an Bilharziose litten und, nach allem, was Pam den Veröffentlichungen der Internationalen Organisation für Migration entnehmen konnte, auch an schweren seelischen Störungen wie Traumatisierungen und Depressionen. Die somalischen Bantu, las sie, pflegten allerlei Aberglauben: So verbrannten sie etwa erkrankte Hautpartien oder zogen durchfallgeplagten Kleinkindern die Milchzähne.

Auch jetzt, in der Erinnerung, beschlich Pam wieder das gleiche Gefühl wie beim Lesen: *Ich lebe das falsche Leben*. Ein Gedanke ohne jeden Sinn. Es stimmte, sie vermisste die Laborgerüche: Aceton, Paraffin, Alkohol, Formaldehyd. Sie vermisste das Zischen des Bunsenbrenners, die Objektträger und Pipetten, diese ganz eigene, tiefe Konzentration der Menschen um sie herum. Aber sie hatte jetzt Zwillinge – mit weißer Haut, makellosen Zähnen, ganz ohne Brandnarben –, und die Arbeit im Labor gehörte zu einem früheren Leben. Dennoch, all die Probleme, parasitologische und psychische, mit denen diese Gruppe von Flüchtlingen zu kämpfen hatte, weckte in Pam eine Sehnsucht nach irgendeinem anderen Leben, als sie es führte, einem Leben, das sich nicht so seltsam falsch anfühlte.

Ihr Leben dieser Tage, das war ihr Reihenhaus, ihre Jungen und die Privatschule ihrer Jungen, ihr Mann Ted, der in New Jersey die dortige Niederlassung einer großen pharmazeutischen Firma leitete und deshalb gegen den Strom pendeln konnte, ihr Teilzeitjob im Krankenhaus sowie ein Sozialleben, das endlose Lieferungen aus der chemischen Reinigung erforderlich zu machen schien. Trotzdem hatte Pam oft Heimweh. Wonach? Das wusste sie selbst nicht, und es beschämte sie. Pam trank noch einen Schluck, drehte sich um, und da war er, der liebe Bob, wie ein großer Bernhardiner kam er durch das

Bootshaus getrottet. Fehlte nur das Rumfass vor der Brust, und er hätte sich durchs Herbstlaub buddeln und jemanden retten können. Ach, Bobby!

»Man möchte meinen«, raunte sie und bewegte den Kopf in Richtung der Deutschen, die erst jetzt ein wenig von ihnen abrückten, »wer zwei Weltkriege vom Zaun gebrochen hat, sollte sich etwas mehr zurücknehmen.«

»So ein Blödsinn«, sagte Bob freundlich. Er inspizierte seinen Whiskey, schwenkte ihn langsam. »Wir haben jede Menge Kriege vom Zaun gebrochen, und nehmen wir uns etwa zurück?«

»Auch wahr. Und du bist erst seit gestern Abend wieder da? Erzähl.« Den Kopf zu ihm geneigt, hörte sie aufmerksam zu, ließ sich zurückversetzen in das kleine Shirley Falls, wo sie seit vielen Jahren nicht mehr gewesen war. »Ach, Bobby«, sagte sie mehrmals traurig, während er erzählte.

Schließlich setzte sie sich aufrecht hin. »Mein lieber Mann.« Noch eine Runde, zeigte sie an, als der Barkeeper herschaute. »Okay. Erst mal eine ganz dumme Frage: *Warum* hat er das getan?«

»Gar keine dumme Frage.« Bob nickte. »Ich wüsste auch gern, was dahintersteckt. Er scheint selber total überrascht, dass die Sache so ernst ist. Ehrlich, ich habe keine Ahnung.«

Pam strich sich das Haar hinters Ohr. »Gut. Zweitens, er braucht medikamentöse Behandlung. Er weint allein in seinem Zimmer? Das ist klinisch, und da muss eine Therapie her. Und drittens: Scheiß auf Jim!« Ted, Pams Mann, mochte es nicht, wenn sie fluchte, und als sie das Wort ausspie, war das ein Gefühl, als würde sie einen Tennisball schmettern. »Scheiß auf ihn. Ich würde ja sagen, der Wally-Packer-Prozess hat ihn versaut, aber im Grunde war er da schon längst ein Arschloch.«

»Stimmt schon.« Niemand sonst hätte so über Jim reden dürfen. Aber Pam konnte sich das erlauben. Pam war Familie, seine älteste Freundin. »Hast du dem Barkeeper gerade *zugeschnipst*?«

»Die Finger bewegt. Keine Panik. Du fährst also zu dieser Kundgebung wieder rauf?«

»Muss ich noch sehen. Ich mache mir Sorgen um Zach. Susan sagt, er ist fast durchgedreht vor Angst in dieser Arrestzelle, und sie weiß nicht mal, wie so ein Ding von innen aussieht. *Ich* würde sterben in so einer Arrestzelle, und Zach, diese halbe Portion ...« Bob trank, den Kopf in den Nacken gelegt.

Pam tippte mit einem Finger auf den Tresen. »Moment. Könnte er denn ins Gefängnis kommen dafür?«

Bob drehte die Handfläche nach oben. »Weiß ich nicht. Ein Problem könnte die Bürgerrechtlerin in der Generalstaatsanwaltschaft sein. Ich hab ein bisschen recherchiert heute. Die Frau heißt Diane Dodge. Arbeitet seit ein paar Jahren für den Generalstaatsanwalt, hat vorher bei allen einschlägigen Stellen Bürgerrechtsarbeit gemacht. Ein harter Knochen, vermute ich. Wenn die einen Bürgerrechtsverstoß zusammenbastelt, und Zach wird schuldig gesprochen – und dazu muss er nur eins der Kriterien erfüllen –, dann könnte er bis zu einem Jahr aufgebrummt kriegen. Völlig ausschließen kann man es jedenfalls nicht. Und wer weiß, was die Bundesanwaltschaft im Schilde führt. Ziemlich absurd, das Ganze.«

»Kann es nicht sein, dass Jim diese Frau kennt? Er muss die Leute da oben doch kennen.«

»Na ja, er kennt den Chef selbst, Dick Hartley. Diane Dodge dürfte etwas zu jung sein. Ich frag ihn, wenn er wieder da ist.«

»Jim kam doch prima zurecht in dem Laden.«

»Er war auf dem Weg nach ganz oben.« Bob ließ die Eiswürfel im Glas klingeln. »Dann ist Mom gestorben, und er konnte nicht schnell genug aus Maine abhauen.«

»Ich weiß. Es war fast schon unheimlich.« Pam schob ihr Glas nach vorn, und der Barkeeper schenkte es voll.

Bob sagte: »Aber Jim kann da nicht einfach reinspazieren und ein paar Strippen ziehen. So läuft das nicht.«

Pam durchwühlte ihre Handtasche. »Sicher. Trotzdem. Wenn sich einer aufs Strippenziehen versteht, dann Jim. Da merken die Leute nicht mal, dass sie dranhängen.«

Bob trank sein Glas leer und schob es zum Barkeeper, der ihm ein volles hinstellte. »Was machen die Jungs?«

Pam schaute hoch, ihr Blick wurde weich. »Denen geht's phantastisch, Bob. Ein Jahr noch, fürchte ich, dann hassen sie mich und kriegen Pickel. Aber im Moment sind es die süßesten, lustigsten Jungs, die du dir vorstellen kannst.«

Er wusste, dass sie an sich hielt. Er und Pam hatten bis zur Erschöpfung versucht, ein Kind zu zeugen, waren jahrelang zu keinem Spezialisten gegangen (als hätten sie geahnt, dass es das Aus für ihre Beziehung sein würde), hatten einander in ausweichenden Formulierungen versichert, dass eine Schwangerschaft von allein kommen musste und würde, bis Pam – deren Anspannung von Monat zu Monat zunahm – diese Einstellung auf einmal provinziell fand. »Es gibt einen *Grund*, dass es nicht klappt«, schluchzte sie. Und fügte hinzu: »Bestimmt liegt es an mir.« Bob, dem der wissenschaftliche Ansatz seiner Frau fehlte, widersprach nicht, weil ihm Frauen in dieser Hinsicht komplizierter erschienen als Männer; in seiner unklaren Vorstellung sah er Pam zu einer Art Inspektion gehen, sich die Eileiter durchspülen, alles andere blankputzen lassen, als könnte man Eierstöcke polieren.

Aber es lag an Bob.

Es hatte ihm eingeleuchtet, augenblicklich und in niederschmetternder Klarheit. Als kleiner Junge hatte er seine Mutter sagen hören: »Der liebe Gott weiß schon, was er tut, wenn zwei Menschen kein Kind bekommen. Denkt an die verrückte Annie Day. Von wohlmeinenden Eheleuten adoptiert« – Augenbrauen hochgezogen –, »aber zu Eltern waren sie nun mal nicht geschaffen.« Das ist doch grotesk!, hatte Pam immer wieder ausgerufen während der Monate, in denen sie versucht hatten, sich damit abzufinden: Bob zeugungsunfähig. Deine Mutter war klug, Bob, aber sie war ungebildet, und das ist magisches Denken und sonst gar nichts, es ist *grotesk*, die verrückte Annie Day war vom ersten Tag an verrückt.

Und so forderte es seinen Tribut. Unerbittlich.

Als Pam sich gegen eine Adoption sperrte – »Ich brauch keine Annie Day« –, wuchs Bobs Beklommenheit. Als sie sich gegen Insemination durch einen Spender sperrte, wuchs seine Beklommenheit noch mehr. Bis die Ausweglosigkeit ihrer Situation das Gewebe ihrer Ehe schließlich zersetzt hatte. Und als er Ted kennenlernte, zwei Jahre nach Pams Auszug (einer Zeit, während der sie ihm am Telefon oft von »schwachsinnigen« Dates mit »schwachsinnigen« Männern vorgeheult hatte), musste er erkennen, dass Pam mit ihrem starken Willen und ihren zermürbenden Ängsten es ernst gemeint hatte, als sie sagte: »Ich will einfach noch mal neu anfangen.«

Pam wickelte sich eine Haarsträhne um den Zeigefinger. »Und was ist mit Sarah? Siehst du sie noch? Ist es richtig aus zwischen euch? Oder eher nur eine Auszeit?«

»Richtig aus.« Bob trank seinen Whiskey, sah sich um. »Vermutlich geht es ihr gut, ich höre nichts mehr.«

»Sie konnte mich nie leiden.«

Denk dir nichts, besagte Bobs Achselzucken. In der Tat hatte Sarah, nachdem sie es zu Anfang angenehm und zivilisiert gefunden hatte, dass Bob und Pam (und Ted und die Jungen) auf so gutem Fuß standen – ihr eigener Exmann war ein Ekel –, eine heftige Abneigung gegen Pam entwickelt. Selbst wenn Bob und Pam wochenlang nicht miteinander gesprochen hatten, sagte Sarah: »Und wenn sie mal wieder *richtig* verstanden werden will, greift sie zum Hörer. Sie hat dich kaltblütig gegen ein neues Leben eingetauscht, Bob. Und trotzdem braucht sie dich immer noch, weil du sie ach so gut kennst.«

»Tu ich ja auch. Und sie mich.«

Schließlich war ein Ultimatum gestellt worden. Keine Ehe mit Sarah, wenn Pam nicht für immer von der Bildfläche verschwand. Diskussionen, Streit, endloser Stress – aber letzten Endes brachte Bob es nicht über sich.

Helen hatte gesagt: »Bob, bist du verrückt? Wenn du Sarah liebst, brich den Kontakt zu Pam ab. Jim, sag deinem Bruder, dass er verrückt ist.«

Erstaunlicherweise wollte Jim ihm das nicht sagen. Er hatte nur erwidert: »Pam ist Bobs Familie, Helen.«

Pam stupste ihn mit dem Ellenbogen. »Warum? Was ist passiert?«

»Es ist ausgeartet«, sagte Bob und ließ den Blick über die Leute schweifen, die sich vor der Bar drängelten. »Irgendwie ist es immer mehr ausgeartet. Es ging einfach nicht mehr.«

»Ich hab meiner Freundin Toni von dir erzählt. Sie würde gern mal mit dir essen gehen.« Pam schnipste eine Visitenkarte auf den Tisch, die sie aus der Handtasche gezogen hatte.

Bob kniff die Augen zusammen, zog die Brille heraus. »Mit einem Smiley als i-Punkt? Nein, danke.« Er schob ihr die Karte wieder hin.

»Na schön.« Sie ließ sie zurück in ihre Tasche fallen.

»Ich habe genug Freunde, die mich verkuppeln wollen, keine Sorge.«

»Dates sind ein Alptraum«, sagte Pam, und Bob zuckte die Achseln und meinte, wohl wahr.

Es war winterlich dunkel, als sie aufbrachen, und auf ihrem Weg schräg durch den Park zur Fifth Avenue kam Pam einoder zweimal ins Straucheln; sie hatte drei Gläser Wein getrunken. Ihm fiel auf, dass sie spitz zulaufende Schuhe mit flachen Absätzen trug. Und dass sie dünner als beim letzten Mal war. »Dieses Abendessen, zu dem ich zu früh gekommen bin«, sagte sie und hielt sich an ihm fest, während sie sich etwas aus dem Schuh schüttelte. »Da fingen die Leute auf einmal an, über ein

Paar zu reden, das nicht da war. Sie hätten keinen Geschmack, sagten sie. Keinen Kunstgeschmack, meinten sie wohl. Keine Ahnung. Das hat mich richtig nervös gemacht, Bobby. Stell dir vor, die Leute sagen von mir, ich biedere mich an und habe keinen Geschmack.«

Bob konnte nicht anders, als laut loszulachen. »Na und? Ist doch wurscht.«

Sie sah ihn an und brach selber in Lachen aus, dieses schallende Lachen von ganz früher. »Stimmt. Aber so was von wurscht!«

»Vielleicht sagen die Leute ja auch, Pam Carlson ist blitzgescheit und hat mit einem der besten Parasitologen zusammengearbeitet.«

»Bobby, die wissen doch nicht mal, was ein Parasitologe ist. Du solltest die mal hören. Ein was? Ach so, ja. Meine Mutter hat sich in Indien einen Parasiten geholt und hatte zwei Jahre lang Probleme, das sagen sie. Scheiß drauf.« Sie blieb stehen und sah ihn an. »Ist dir mal aufgefallen, dass Asiaten einfach in einen reinlaufen, ohne das geringste Distanzgefühl? Du glaubst gar nicht, wie mir das auf den Geist geht.«

Er fasste sie leicht am Ellenbogen. »Du solltest es bei deinem nächsten Abendessen zur Sprache bringen. Ich besorg dir ein Taxi.«

»Ich komm noch mit zur nächsten U-Bahnhalte… oh … okay.« Er hatte eins angehalten und öffnete schon die Tür, damit sie einsteigen konnte. »Tschüs, Bobby, war schön.«

»Grüß mir deine drei Jungs.« Er stand am Randstein und winkte, als das Taxi davonraste, um ihn herum die unermüdlichen Neonreklamen. Sie drehte sich um, winkte durchs Rückfenster, und er winkte ihr nach, bis das Taxi außer Sicht war.

An dem Abend, an dem Bob aus Maine zurückgekommen war, hatte die Tür der Wohnung unter ihm offen gestanden, und er war stehen geblieben, um einen Blick auf den Ort zu werfen, an dem Adriana und ihr Schnösel ihre Ehe verlebt hatten. Der Hauswirt, der einen Wasserhahn reparierte, nickte Bob zu, aber der Anblick, der sich ihm bot – leerer Raum ohne Vorhänge, Sofas, Teppiche oder sonstige Dinge, mit denen sich Menschen umgeben –, erschreckte ihn mit seiner Verlassenheit. Wollmäuse waren in der Zimmermitte zusammengekehrt, und durchs Fenster fiel ein graues, gleichgültiges Licht. Tut uns leid, schienen die kahlen Wände müde zu Bob zu sagen. Du hast es für ein Heim gehalten. Aber mehr als das hier war es nie.

Heute Abend stand die Wohnungstür wieder halb offen, als lohnte es sich nicht, Leere zu verbergen oder gar zu behüten. Der Hauswirt war nicht da, Bob zog die Tür leise zu und stieg weiter die Treppe hinauf. Sein Anrufbeantworter blinkte. Susans Stimme: »Ruf mich an, *bitte*.«

Bob schenkte sich ein Wasserglas voll Wein und ließ sich auf der Couch nieder.

Gerry O'Hare hatte alle überrascht – ganz besonders Susan, die sich persönlich verraten fühlte –, indem er am Vormittag in der Stadtkammer von Shirley Falls eine Pressekonferenz abgehalten hatte. Ein FBI-Mann stand an seiner Seite. »Dieser blöde Fettsack«, sagte Susan am Telefon zu Bob. »Steht da aufgeplustert rum und sonnt sich in seiner Wichtigkeit als Polizeichef.« Eigentlich hatte sie nie wieder mit Bob reden wollen, das schickte sie gleich voraus, aber sie wusste nicht, wie sie Jims Handy im Ausland erreichen sollte, und den Namen des Hotels kannte sie auch nicht …

Bob versorgte sie mit beidem.

Sie redete schon weiter. »Ich wollte den Fernseher ausschalten, aber ich konnte nicht, ich war wie erstarrt. Und morgen steht es in allen Zeitungen. Jeder weiß, dass die Somalier Gerry schnurzpiepegal sind, aber er steht da und plappert seine Sprüche runter … ›Das ist eine ernste Sache. Da kennen wir keine Toleranz.‹ Das soll den Somaliern anscheinend zeigen, dass sie sich sicher fühlen und Vertrauen haben können. Ich bitte dich. Aber als einer von den Reportern erwähnt hat, dass den Somaliern Reifen aufgeschlitzt und Scheiben zerkratzt worden sind, erklärt Gerry ihm hochtrabend, der Polizei wären die Hände gebunden, solange die Somalier sich nicht melden und Anzeige erstatten. Da *sieht* man doch schon, dass er sie eigentlich nicht ausstehen kann und diesen ganzen Zirkus nur macht, weil alles total aus dem Ruder läuft …«

»Susan. Sag Zach, er soll Charlie Tibbets erlauben, mit mir zu sprechen. Ich rufe ihn morgen an.« Er sah sie vor sich, trostlos in ihrem kalten Haus. Es machte ihn traurig, aber es schien ihm weit weg. Wobei er auch wusste, dass es nicht lange so bleiben würde; die Desolatheit von Susan, Zachary und Shirley Falls würde zu ihm in die Wohnung sickern, so wie die lauernde Leere ein Stockwerk tiefer, die ihn an das Schicksal seiner Nachbarn mahnte, daran, dass nichts ewig währt, dass auf nichts Verlass ist. »Alles wird gut«, sagte Bob zu Susan, bevor er auflegte.

Später saß er am Fenster und sah das junge Mädchen gegenüber in der Unterhose in ihrer gemütlichen Wohnung herumspazieren, und ein Stück weiter machte das Paar in der schneeweißen Küche gemeinsam den Abwasch. Er dachte an all die Menschen überall auf der Welt, für die die Großstadt die Rettung bedeutete. Er war einer von ihnen. Was für eine Düsternis auch hereinsickerte, in irgendwelchen Fenstern um ihn herum brannten immer Lichter, und jedes war wie eine sanfte Hand auf seiner Schulter, die ihn wissen ließ: Egal, was passiert, Bob Burgess, du bist nicht allein.

2

Es war das Lachen. Das gleichgültige Lachen der Polizisten beim Anblick des Schweinekopfs. Abdikarim wurde es einfach nicht los. Er wachte nachts auf und sah wieder die beiden uniformierten Männer, besonders den Kurzgewachsenen mit den kleinen Äuglein und dem dümmlichen Gesicht, hörte sein belustigtes Glucksen, bevor er die Schultern durchdrückte, sich im Raum umsah und mit strenger Stimme fragte: »Wer spricht Englisch? Hier spricht ja hoffentlich jemand Englisch.« Als hätten sie etwas verbrochen. Dieser Gedanke ging Abdikarim immer wieder durch den Kopf: Aber wir haben doch nichts verbrochen! Er murmelte es auch jetzt vor sich hin, am Tisch in seinem Café Ecke Gratham Street. Dass Frauen ihm auf der Straße mitten ins Gesicht blickten, dass Kinder am Arm ihrer Eltern zogen und erst aus sicherem Abstand die kleinen Köpfe nach ihm umwandten, dass die Männer mit den dicken tätowierten Armen vor seinem Café die Bremsen ihrer Trucks kreischen ließen oder dass Mädchen aus der Highschool tuschelten und kicherten, um dann von der anderen Straßenseite ein Schimpfwort zu rufen – all das quälte Abdikarim nicht so wie die Erinnerung an das Lachen. In der Moschee – eigentlich nur ein dunkler Raum eine Straße weiter, stockfleckig und schäbig (aber ihr eigen und heilig) – waren er und die anderen wie Schuljungen abgefertigt worden, die sich über einen Klassenrowdy beschweren.

Heute war Abdikarim nach dem Morgengebet durch das

graue Licht der Dämmerung zu seinem Café gegangen. In der Moschee war die Angst noch gegenwärtig; der Geruch des in den letzten Tagen so häufig benutzten Reinigungsschaums erschien ihm wie der Geruch der Angst selbst. Das Beten war ihm nicht leichtgefallen, manche Männer hatten es rasch hinter sich gebracht, um an der Tür Wache zu stehen. Der *adano* war wieder bei Walmart und ging seiner Arbeit nach, als wäre nichts geschehen – diese Nachricht machte die Runde unter ihnen, und das Einschlafen war mühsamer denn je. Auch mit der Pressekonferenz des Polizeipräsidenten verhielt es sich seltsam. Gestern war ein Reporter ins Café gekommen. »Warum waren gar keine Somali bei der Pressekonferenz?«

Weil ihnen niemand Bescheid gesagt hatte.

Abdikarim wischte den Tresen ab, fegte den Fußboden. Eine gelbe Sonne ging zwischen den Häusern gegenüber auf. Da Fastenmonat war, würde nachher nur Ahmed Hussein zum Essen kommen. Er arbeitete in der nahegelegenen Papierfabrik, und weil er Diabetes hatte, durfte er Tee trinken und ein paar Bissen gekochtes Ziegenfleisch essen. An der Rückwand des Cafés, hinter einem Perlenvorhang, verkaufte er Tücher und Ohrringe, Gewürze, Tees, Nüsse und Feigen und Datteln. Im Lauf des Tages würden Frauen in Gruppen hereinkommen und einkaufen, was ihnen zum abendlichen *maghreb* noch fehlte, und Abdikarim ging nach hinten, wischte mit dem Staubtuch über die Päckchen mit Basmatireis. Er verteilte die Päckchen ein bisschen, damit das Regal nicht zu leer aussah, dann ging er wieder nach vorne ins Café und setzte sich auf einen Stuhl am Fenster. In seiner Hosentasche vibrierte das Telefon. »Du schon wieder?«, fragte er. Seine Schwester rief aus Somaliland an.

»Ja, ich schon wieder«, sagte sie. »Warum bist du noch da, Abdi? Du bist da drüben in größerer Gefahr als hier! Hier wirft niemand mit Schweineköpfen.«

»Ich kann mir den Laden nicht auf den Rücken packen und losmarschieren«, sagte er liebevoll.

»Der Mann ist raus aus dem Gefängnis. Zachary Olson … Sie haben ihn rausgelassen! Woher willst du wissen, dass er nicht schon zu deinem Café unterwegs ist?«

Ihre Fragen impften ihm Angst ein. Aber er sagte leise: »Neuigkeiten haben schnelle Beine.« Und fügte hinzu: »Gut, ich denk drüber nach.«

Eine Stunde blieb er am Fenster sitzen und sah hinaus auf die Gratham Street. Zwei Bantu-Männer, die Haut schwarz wie der Himmel einer Winternacht, gingen am Schaufenster vorbei, ohne hereinzuschauen. Abdikarim erhob sich und ging durch seinen Laden, strich mit der Hand über Schals, die Packungen mit Bettlaken, ein paar Handtücher. Gestern Abend hatten die Ältesten wieder getagt, und auf seinem Weg zurück nach vorn ins Café kreisten ihre Stimmen in seinem Kopf.

»Er ist nicht im Gefängnis. Wo ist er? Wieder bei der Arbeit. Zu Hause bei seiner Mutter.«

»Und seinem Vater.«

»Er hat keinen Vater.«

»Als er aus dem Gefängnis kam, war ein Mann bei ihm. Ein großer Mann. Der Mann, der versucht hat, Ayanna zu überfahren, nachdem er sich zum Frühstück eine Flasche Wein gekauft hat.«

»Ich habe die Frauen in der Bücherei reden hören. Sie finden, es wird zu viel Wirbel um die Sache gemacht. Es ist ekelhaft, einen Schweinekopf zu werfen, aber mehr auch nicht, sagen sie.«

»Die haben gut reden, sie mussten nicht durch Mogadischu laufen, wo Soldaten Maschinenpistolen auf sie richten.«

»Mogadischu! Und was ist mit Atlanta? Dort hätten uns die Leute für einen Dollar getötet.«

»Die Pastorin Estaver sagt, Zachary Olson ist nicht so einer. Er ist ein einsamer Junge, sagt sie …«

»Wir wissen, was sie gesagt hat.«

Kopfschmerzen meldeten sich bei Abdikarim. Er ging zur Tür und sah hinaus auf den Gehsteig und die Häuser gegenüber. Er wusste nicht, wie er sich je daran gewöhnen sollte, hier zu leben. Nirgends richtige Farben, bis auf die Bäume im Park, wenn es Herbst war. Die Straßen so grau und langweilig, und viele Läden standen leer, mit großen nackten Schaufenstern. Er dachte an den Markt in Al Barakaat mit seinen leuchtenden Seidenstoffen und bunten *guntiino*-Kleidern, seinen Gerüchen nach Ingwer und Knoblauch und Kreuzkümmel.

Der Gedanke an eine Rückkehr nach Mogadischu war wie ein spitzer Stock, der ihn mit jedem Herzschlag stach. Vielleicht war der Friede ja wirklich da; Anfang des Jahres waren alle voller Hoffnung gewesen. Es gab jetzt die Föderale Übergangsregierung in Somaliland, nicht stabil, aber es gab sie. In Mogadischu war die Union Islamischer Gerichte, und wenn Friede herrschte, konnten sie regieren. Aber Gerüchte gingen um, und wer wusste, was man glauben sollte? Gerüchte, dass die Vereinigten Staaten Äthiopien drängten, in Somalia einzumarschieren, um die Islamischen Gerichte zu vertreiben. Es schien nicht wahr zu sein, aber es hätte gut wahr sein können. Erst vor zwei Wochen hatte es Berichte gegeben, nach denen Burhakaba von äthiopischen Truppen eingenommen worden war. Und dann andere Berichte: Nein, Regierungstruppen waren in die Stadt gekommen. Das alles, dazu alles, was davor geschehen war, erzeugte eine Schwere in Abdikarim. Eine Schwere, die mit jedem Monat wuchs – gehen oder bleiben, er konnte sich nicht entscheiden. Er sah, wie einige der jungen Leute hier zurechtkamen; sie lachten, scherzten, redeten überschwänglich. Seine älteste Tochter war halbverhungert angekommen, ohne ein Wort Englisch zu können, und wenn sie ihn jetzt aus Nashville anrief, war auch ihrer Stimme dieser Überschwang anzuhören. Er fühlte sich zu alt für einen solchen Frühling der Gefühle.

Er fühlte sich auch zu alt, um noch Englisch zu lernen. Und ohne das war es ein Leben in dauerndem Nicht-Verstehen. Im Postamt hatte er letzten Monat auf eine rechteckige weiße Schachtel gezeigt und sie mit den Händen in der Luft zu formen versucht; die Frau in der blauen Bluse hatte immer und immer wieder denselben Satz zu ihm gesagt, und er hatte nicht verstanden, was jeder im Postamt verstand, bis schließlich ein Mann hergekommen war, die Arme gegen den Boden gekreuzt und *Fini*! gesagt hatte. Abdikarim hatte gedacht, das hieße Schluss, er solle gehen, also ging er. Später erfuhr er, dass dem Postamt die weißen Schachteln ausgegangen waren, die mit Preisschild auf dem Regal ausgestellt waren. Warum stellten sie etwas aus, das nicht zu verkaufen war? Wieder dieses Nicht-Verstehen. Er merkte, dass darin eine Gefahr lag, eine ganz andere Gefahr als die im Lager. In einer Welt, in der man von ständigem Unverständnis umgeben war – sie verstanden ihn nicht, er verstand sie nicht –, atmete man die Unsicherheit mit der Luft ein, und das zermürbte etwas in ihm; er hätte nicht mehr genau zu sagen gewusst, was er wollte, was er dachte, nicht einmal, was er fühlte.

Er erschrak, als sein Telefon vibrierte. »Ja?« Es war Nahadin Ahmed, Ayannas Bruder.

»Hast du gehört? Eine rassistische Vereinigung in Montana hat von der Kundgebung erfahren. Sie schreiben darüber auf ihrer Webseite.«

»Was sagt der Imam?«

»Er ist zur Polizei gegangen und hat sie gebeten, die Kundgebung abzusagen. Sie haben nicht auf ihn gehört, die Polizei ist ganz wild auf die Kundgebung.«

Abdikarim stellte das Heizgerät aus, schloss das Café, verriegelte die Tür und ging schnellen Schrittes durch die Straßen zu seiner Wohnung. Es war niemand zu Hause. Die Kinder waren in der Schule, Haweeya bei der Arbeit für einen sozialen Dienst, Omad dolmetschte im Krankenhaus. Abdikarim blieb den ganzen Vormittag in seinem Zimmer, versäumte die Gebete in der Moschee; die Jalousien ließ er wie immer heruntergezogen. Er lag auf dem Bett, es war dunkel in ihm und dunkel im Zimmer.

Wenn Susan morgens zur Arbeit fuhr, trug sie jetzt auch bei bedecktem Himmel die Sonnenbrille. Kurz nachdem Zachs Foto in der Zeitung gewesen war, hatte sie an der roten Ampel vor der Überführung zu ihrem Einkaufszentrum gestanden, als eine Frau, die sie seit Jahren flüchtig kannte, in der Spur neben ihr hielt und sich am Autoradio zu schaffen machte – um sie nicht sehen und grüßen zu müssen, da war Susan sicher –, bis die Ampel auf Grün sprang. Susan hatte die körperliche Empfindung von Wasser, das durch sie hindurchfloss. Ein bisschen war es wie das Gefühl damals, als Steve nach Hause gekommen war und ihr gesagt hatte, dass er sie verlassen würde.

Als sie nun vor der Kreuzung wartete, den Blick durch die Sonnenbrille starr geradeaus gerichtet, und an ihren Traum vom frühen Morgen dachte, in dem sie in Charlie Tibbetts' Garten kampiert hatte, kam Susan plötzlich die Erinnerung an die Wochen nach Zachs Geburt, als sie – nur ganz kurz – heimlich in ihren Gynäkologen verliebt gewesen war. Der Arzt lebte mit vier Kindern und einer Frau, die nicht arbeitete, in einem großen Haus im Ortsteil Oyster Point. Sie stammten nicht aus Maine, das wusste Susan noch, und wenn sie sich beim Weihnachtsgottesdienst nacheinander in der Kirchenbank aufreihten, waren sie ihr immer wie eine Schar exotischer Vögel vorgekommen, fremd und verlockend. Mit Zachary in seinem festgeschnallten Tragekörbchen war Susan im Schritttempo am Haus der Familie vorbeigefahren, so tief war ihre Sehnsucht nach dem Mann, der ihr Baby auf die Welt geholt hatte.

Susan empfand keine Scham bei der Erinnerung. Es schien so lange her – es *war* lange her, der Doktor musste inzwischen sehr alt sein –, fast so, als beträfe es gar nicht sie. Eine junge Susan würde jetzt vielleicht am Haus von Charlie Tibbetts vorbeifahren, aber die Energie brachte sie nicht mehr auf. Das Leben hatte seinen sirupsüßen Sog verloren. Dafür hatte sie letzte Nacht im Traum ein Zelt auf Charlie Tibbetts' Rasen aufgeschlagen, und dieser Wunsch, ihm nah zu sein, erschien ihr logisch. Er kämpfte für ihren Sohn, also kämpfte er für sie. Für Susan war das ein ganz neues Gefühl, und es vergrößerte ihren Respekt vor Jim. Wally Packer, dachte Susan, musste Jim regelrecht vergöttert haben. Ob die beiden nach all den Jahren wohl noch in Verbindung waren?

»Nein«, sagte Bob, als Susan ihn aus der Arbeit anrief. Es waren keine Kunden im Laden.

»Aber meinst du nicht, dass Jim ihn vermisst?«

»Kann ich mir nicht vorstellen«, sagte Bob. In Susan breiteten sich kleine Wellen der Schmach aus. Sie mochte nicht denken, dass sie und Zach ein Job wie jeder andere waren.

»Jim hat kein einziges Mal angerufen«, sagte sie.

»Ach, Susie, der ist mit Golfspielen beschäftigt. Du solltest ihn sehen bei diesen Urlauben. Pam und ich sind mal mit den beiden nach Aruba gefahren. Großer Gott. Die arme Helen sitzt da und tankt Melanome, während Jim mit Spiegelbrille rumstolziert und am Pool steht wie Mr. Cool höchstpersönlich. Er hat zu tun, das will ich damit sagen. Aber keine Sorge, Charlie Tibbetts ist echt gut. Ich hab gestern mit ihm gesprochen. Er beantragt eine Nachrichtensperre und Änderung der Kautionsauflagen …«

»Ich weiß. Er hat es mir gesagt.« Trotzdem spürte sie einen

ganz sinnlosen Stich der Eifersucht. »Bevor du ans Berufungsgericht gegangen bist, Bobby, als du noch als Verteidiger gearbeitet hast, hast du deine Mandanten da gemocht?«

»Gemocht? Sicher, ein paar. Es waren eine Menge Drecksäcke dabei. Und schuldig sind sie sowieso alle, aber …«

»Wie meinst du das, alle sind schuldig?«

»Na ja, jeder hat doch irgendwas auf dem Kerbholz, Susie, wenn er erst mal an diesem Punkt angelangt ist. Oft ist es auch nicht der erste Tatvorwurf, und dann versucht man eben einen Nachlass zu erwirken, verstehst du?«

»Hast du mal einen Vergewaltiger verteidigt?«

Bob antwortete nicht gleich, und Susan machte sich klar, dass sie sicher nicht die Erste war, die ihn das fragte. Sie stellte ihn sich bei einer Cocktailparty in New York vor (ohne eine Ahnung zu haben, wie es auf so einer Cocktailparty in New York zuging, also blieb das Bild undeutlich, kinohaft), wie er von einer spindeldürren Schönheit in provokantem Ton dieselbe Frage gestellt bekam. Am Telefon antwortete Bob: »Einmal schon, ja.«

»War er schuldig?«

»Ich hab ihn nicht gefragt. Aber sie haben ihn verurteilt, und es tat mir nicht leid.«

»Nicht mal leidgetan hat er dir?« Unerwartete Tränen brannten ihr in den Augen. Sie fühlte sich wie früher, wenn sie ihre Tage bekam. Verrückt.

»Er hatte ein faires Verfahren.« Bobs Ton war geduldig und müde; genauso hatte Steve oft mit ihr geredet.

Haltlos, hilflos sah sich Susan im Laden um. Zach war schuldig. Man gab ihm ein faires Verfahren und schickte ihn für ein Jahr ins Gefängnis. Und bis dahin würde die Sache ein Vermögen gekostet haben. Und niemanden – vielleicht Bob, ein bisschen – kümmerte es.

Bob sagte: »Für den Gerichtssaal brauchst du Eingeweide aus

Stahl. Und wir hier beim Berufungsgericht, wir sind eher … na ja, sagen wir, Jim hat Eingeweide aus Stahl.«

»Bobby, ich muss Schluss machen.«

Eine Gruppe somalischer Frauen hatte den Laden betreten. In lange Umhänge gehüllt, die alles außer den Gesichtern verdeckten, erschienen sie Susan einen Moment lang als eine Einheit, ein einziger massiver Ansturm des Fremden, eine Zusammenballung verwischter Rot- und Blautöne, dunkel, dazwischen grüne Kopfbedeckungen, ein Tupfer grellen Pfirsichrots; keine Arme, nicht einmal Hände waren zu sehen. Aber ein Murmeln war zu hören, verschiedene Stimmen, bis sich eine einzelne Gestalt vom Rest absonderte, eine ältere Frau, klein und hinkend, die sich auf den Stuhl in der Ecke setzte, worauf sich Susan die Situation schon etwas klarer darstellte, denn nun hielt ihr die Jüngste von ihnen, hochgewachsen und von einer (für Susan) erstaunlichen, fast schon amerikanisch anmutenden Schönheit, mit leuchtendem Gesicht, dunklen Augen, hohen Wangenknochen, eine am Scharnier abgeknickte Brille hin und bat in schlechtem Englisch darum, sie repariert zu bekommen.

Neben dem großen jungen Mädchen stand eine dunkelhäutigere Frau, hoch und kastenförmig in ihrem Umhang, das Gesicht unbewegt, wachsam, undurchdringlich. Durch die Plastiktüten, die sie trug, sah Susan Putzmittel schimmern.

Susan nahm die Brille. »Haben Sie die hier gekauft?« Sie richtete die Frage an das junge Mädchen, dessen Schönheit sie als aggressiv empfand. Es wandte sich zu der kastenförmigen Frau um; sie wechselten rasch ein paar Worte.

»Wie?«, sagte das Mädchen. Ihr pfirsichrotes Kopftuch leuchtete grell wie Feuer.

»Haben Sie die hier gekauft?«, fragte Susan noch einmal. Sie kannte die Antwort, das Mädchen hielt eine Kaufhausbrille in der Hand.

»Ja, ja«, sagte das Mädchen, Susan solle sie ihr richten.

»In Ordnung«, sagte Susan. Als sie sich an der winzigen Schraube zu schaffen machte, zitterten ihr die Hände. »Einen Augenblick«, sagte sie und trug die Brille ins Hinterzimmer, entgegen der eisernen Regel, den Laden nicht unbeaufsichtigt zu lassen. Als sie zurückkam, hatten die Frauen sich nicht gerührt, nur das Mädchen, zu jung zum Stillstehen, befingerte die Gestelle in dem Ständer neben der Kasse. Susan legte die Brille auf den Tresen und schob sie ein Stück vor. Eine Bewegung der kastenförmigen Frau ließ sie den Kopf wenden, und verblüfft sah sie, als die Frau den Arm zurücknahm, um unter ihren Umhang zu langen, einen Kinderfuß hervorschauen. Die Frau bückte sich, stellte die Beutel mit den Putzmitteln ab, nahm sie wieder hoch, und dabei wurde die Ursache der Ausbuchtung auf ihrer anderen Seite sichtbar; an ihren Leib waren zwei Kinder gegurtet. Stille Kinder. Still wie ihre Mutter.

»Möchten Sie eine davon aufprobieren?«, fragte Susan das große junge Mädchen, das noch immer die Brillengestelle betastete, ohne eines aus dem Ständer zu nehmen. Keine der Frauen sah Susan an. Sie standen im Laden, aber sie schienen weit weg.

»Die Brille ist fertig.« Ihre eigene Stimme kam Susan zu laut vor. »Gratis.«

Die Hand des Mädchens verschwand in den Falten des Umhangs, und einen Moment lang – als hätte all ihre Angst nur auf diese Geste gewartet – dachte Susan, sie würde eine Schusswaffe ziehen. Eine kleine Handtasche kam zum Vorschein. »Nein.« Susan schüttelte den Kopf. »Kein Geld.«

»Okay?«, fragte das Mädchen; ihre großen Augen huschten flink über Susans Gesicht.

»Okay.« Susan hielt beide Hände in die Höhe.

Das Mädchen schob die reparierte Brille in die Handtasche. »Okay. Okay. Danke.«

Noch einmal kam Unruhe auf, als sie Worte in ihrer Sprache wechselten, hart und schroff in Susans Ohren. Die Babys regten sich unter dem Umhang ihrer Mutter, und die alte Frau erhob sich mühsam. Als sie zur Tür gingen, erkannte Susan, dass die alte Frau nicht alt war. Woran, das wusste sie selbst nicht, aber auf dem Gesicht der Frau lag – als sie jetzt ohne einen Blick auf Susan an ihr vorbeiging – eine tiefe Müdigkeit, die alles fortgewischt zu haben schien, was ein Gesicht lebendig macht, und nichts zurückgelassen hatte als eine tiefe gespenstische Teilnahmslosigkeit.

Susan sah ihnen von der Ladentür nach, wie sie langsam durch das Einkaufszentrum davongingen. Nicht auslachen!, dachte sie erschrocken, als sie sah, dass zwei junge Mädchen sich nach den Frauen umdrehten. Gleichzeitig sandte die absolute Fremdheit dieser verhüllten Gestalten einen Schauder durch Susan. Sie wünschte, sie hätten nie von Shirley Falls gehört, und es machte ihr Angst, zu denken, dass sie für immer bleiben könnten.

3

Das ist das Schöne an New York, vorausgesetzt, man kann es sich leisten: Wenn einem nicht danach ist, Essen zu kochen, Besteck zusammenzusuchen, Geschirr abzuwaschen, lässt man es ganz einfach bleiben. Und wenn man allein lebt, aber nicht allein sein will, muss man auch das nicht. Bob ging oft in die Grillbar in der Ninth Street, setzte sich dort auf einen Barhocker, trank Bier, aß einen Cheeseburger und redete mit dem Barkeeper oder einem Mann mit rotblonden Haaren, der seine Frau letztes Jahr durch einen Fahrradunfall verloren hatte, und manchmal hatte der Mann Tränen in den Augen, wenn er mit Bob sprach, oder sie lachten über etwas, oder er machte ein Handzeichen, und Bob wusste, dass er an diesem Abend in Ruhe gelassen werden wollte. Unter den Stammgästen herrschte ein stillschweigendes Einvernehmen, nur das preiszugeben, was man preisgeben wollte, und das war nicht viel. Die Gespräche drehten sich um politische Skandale oder Sportereignisse, wirklich Persönliches kam nur vereinzelt zur Sprache und dann flüchtig. So kannte Bob zwar alle Einzelheiten des bizarren Fahrradunfalls, aber nicht den Namen des rotblonden Witwers. An den Umstand, dass Bob nun schon seit Monaten ohne Sarah kam, war nicht gerührt worden. Das Lokal erfüllte seinen Zweck – es bot Sicherheit.

Heute schien die Bar voll besetzt zu sein, aber der Barkeeper nickte in Richtung des letzten freien Hockers, und Bob zwängte sich zwischen zwei andere Gäste an den Tresen. Der

Rotblonde saß weiter weg und grüßte in dem großen Spiegel, vor dem sie saßen, zu ihm herüber. Auf einem breiten Fernsehbildschirm liefen tonlos die Nachrichten, und während Bob darauf wartete, dass sein Bier gezapft wurde, schaute er hoch und zuckte zusammen, als er Gerry O'Hares Gesicht sah, breit, ausdruckslos, und daneben den Schnappschuss des grinsenden Zachary. Die Schrift am unteren Bildschirmrand lief zu schnell für Bobs Augen, aber er konnte die Wörter »hoffentlich«, »Einzeltat«, dann »offensichtlich« und »rassistischer Hintergrund« ausmachen.

»Verrückte Welt«, sagte ein älterer Mann neben Bob, der das Gesicht auch dem Fernseher zugewandt hatte. »Alle drehen durch.«

»He, Goofy«, rief eine Stimme, und als Bob sich umschaute, sah er Jim und Helen. Sie waren gerade zur Tür hereingekommen, und Helen nahm an einem der kleinen Tische beim Fenster Platz. Selbst in dem Schummerlicht sah Bob, wie braun sie waren. Er rutschte von seinem Hocker und ging zu ihnen.

»Habt ihr gesehen, was gerade in den Nachrichten kam?« Er zeigte hin. »Wie geht's euch? Seit wann seid ihr wieder da? War's schön?«

»Ganz herrlich, Bobby.« Helen klappte die Speisekarte auf. »Was empfiehlst du?«

»Hier kann man alles empfehlen.«

»Fisch, kann man dem trauen?«

»Absolut.«

»Ich nehme einen Burger.« Helen klappte die Karte wieder zu, schauderte leicht und rieb sich die Hände. »Seit wir wieder da sind, fröstelt mich nur noch.«

Bob zog sich einen Stuhl heran. »Keine Angst, ich bleibe nicht.«

»Gut so«, sagte Jim, »Das ist nämlich ein Versuch, meine Frau zum Essen auszuführen.«

Es sah absonderlich aus, fand Bob, so braune Gesichter um diese Jahreszeit. Er sagte: »Zach war gerade im Fernsehen.«

»Ja, schöne Scheiße.« Jim zuckte die Achseln. »Aber dieser Charlie Tibbetts ist einsame Spitze, Bob. Hast du mitgekriegt, was er gemacht hat?« Jim klappte die Speisekarte auf, schaute ein paar Sekunden hinein, klappte sie wieder zu. »Er hat auf den Tisch gehauen, gleich nach O'Hares unsäglicher Pressekonferenz, und eine Nachrichtensperre und Änderung der Kautionsauflagen gefordert. Sein Mandant sei Opfer einer unfairen, aggressiven Anklage, hat er gesagt, und wann hätte man je gehört, dass wegen einem Bagatelldelikt Pressekonferenzen abgehalten werden, aber das Stärkste war – weil es in den Kautionsauflagen doch heißt, Zach darf sich keiner somalischen Person nähern –, das Stärkste war, als Charlie zu dem Richter gesagt hat, wie war das noch, Helen? Genau: ›Der Kautionsbeauftragte scheint von der unglücklichen und naiven Prämisse auszugehen, dass alle Somali sich gleich kleiden, gleich aussehen und sich gleich verhalten.‹ Genial. Wie steht es um die Rückholung unseres Autos?«

»Jim, willst du nicht deinen Bruder seinen Abend genießen lassen, und wir genießen unseren, und ihr klärt das später?« Helen schaute zu dem Kellner auf. »Den Pinot Noir, bitte.«

»Wie geht es Zach?«, fragte Bob. »Susan hat mich ein paarmal angerufen, aber wenn ich nach ihm frage, weicht sie immer aus.«

»Wer weiß schon, wie es Zach geht? Zur Anklageerhebung, die erst am 3. November ist, muss er jedenfalls nicht erscheinen. Charlie plädiert auf nicht schuldig und hat beim Superior Court ein Geschworenengericht beantragt. Der Mann ist echt gut.«

»Ich weiß. Ich hab mit ihm gesprochen.« Nach einer Pause sagte Bob: »Zach weint allein in seinem Zimmer.«

»Großer Gott«, sagte Helen.

»Woher weißt du das?« Jim sah seinen Bruder an.

»Die alte Dame über ihnen hat's mir erzählt. Susans Mieterin. Sie sagt, sie hat Zach in seinem Zimmer weinen hören.«

Etwas veränderte sich in Jims Gesicht, die Augen schienen plötzlich kleiner.

»Vielleicht täuscht sie sich«, sagte Bob. »Sie wirkt ein bisschen schrullig.«

»Sicher, es muss nicht stimmen«, sagte Helen. »Jim, was isst du?«

»Ich hol den Wagen«, sagte Bob. »Ich fliege rauf und fahre ihn zurück. Wann brauchst du ihn?«

»Sobald du es zeitlich einrichten kannst, also praktisch jederzeit. Das ist das Schöne bei so einer starken Gewerkschaft, wie ihr sie habt. Fünf Wochen Urlaub, und man kann nicht behaupten, dass ihr euch totarbeiten müsst.«

»Das ist unfair, Jim. Wir haben ein paar richtig gute Leute.« Bob sprach leise.

»Der Barkeeper winkt dir. Geh dein Bier trinken.« Jims Ton war abfällig.

Bob ging zurück an die Bar und wusste, der Abend war im Eimer. Er war ein Versager, und sogar Helen war böse auf ihn. Er war rauf nach Maine gefahren, nur um sich dort wie ein Idiot zu benehmen, Panik zu bekommen und ihr Auto stehenzulassen. Er dachte an die freundliche grobknochige Elaine in ihrem Büro mit dem Feigenbaum, die ihm so geduldig erklärt hatte, dass die Reaktionen auf traumatische Ereignisse sich wiederholen, dass Bob gewisse masochistische Tendenzen entwickelt habe, um sich für eine Handlung in der Kindheit zu bestrafen, für die man ihn nicht verantwortlich machen konnte. Im Spiegel sah er, dass der Rotblonde zu ihm herschaute, und als ihre Blicke sich trafen, nickte der Mann ihm zu. In diesem kurzen Gruß meinte Bob das unausgesprochene Bekenntnis eines anderen Schuldigen zu lesen – der Mann mit dem rotblonden Haar hatte seiner Frau das Fahrrad gekauft, und er war es gewesen, der die Idee zu dem gemeinsamen Ausflug gehabt hatte. Bob erwiderte das Nicken und trank sein Bier.

Pam saß in ihrem Lieblingskosmetiksalon an der Upper East Side, schaute auf den Hinterkopf der über ihre Füße gebeugten Koreanerin und sorgte sich wie jedes Mal, dass die Geräte nicht ordentlich sterilisiert sein könnten – hatte man erst einmal Nagelpilz, wurde man ihn nie wieder los, und Mia, das Mädchen, das Pam normalerweise hatte, war heute nicht da; diese hier, die gerade sanft an Pams Zehen feilte, sprach kein Wort Englisch. Sie hatten sich mit Handzeichen verständigt, und Pam hatte mit zu lauter Stimme gefragt: »Sauber? Ja?«, und auf den Metallkasten gezeigt, bevor sie sich dann doch zurücklehnte und sich den Gedanken hingab, die ihr seit Tagen im Kopf herumgingen: ihr früheres Leben mit den Burgess.

Zu Anfang hatte sie Susan nicht gemocht. Aber sie waren ja auch so jung gewesen – Kinder, nicht älter als die Söhne von Pams Freundinnen, die gerade mit dem Studium anfingen –, und Pam hatte Susans ständige Geringschätzigkeit gegenüber Bob persönlich genommen. Es war eine Zeit in ihrem Leben, in der Pam wollte, dass jeder jeden mochte. (Vor allem wollte sie, dass jeder sie mochte.) Es war auch eine Zeit, in der man sich auf dem Orono Campus der Universität von Maine grüßte, wenn man sich auf den Wegen zwischen den Gebäuden begegnete, ganz egal, ob man sich kannte oder nicht. Wobei Bob sehr viele kannten, und das lag an seiner Freundlichkeit und daran, dass etliche sich noch an Jim erinnerten, der nicht nur Präsident der Studentenverwaltung gewesen war, sondern es auch als einer von ganz wenigen nach Harvard geschafft hatte – noch dazu mit einem Vollstipendium –, was seinen Ruhm zusätzlich vergrößerte. Die Burgess-Brüder gehörten so selbstverständlich dazu wie die Eichen und Ahornbäume, unter denen die Studenten mit ihren Büchern entlangspazierten. (Sogar ein paar Ulmen waren noch übrig, aber krank, mit früh welkenden Kronen.) Nie hatte sich Pam besser behütet gefühlt als zusammen mit Bob in seiner schlenkernden Unbekümmertheit, und in ihr hatte sich eine Begeisterung für das Studentenleben – das Leben überhaupt – aufgetan und entfaltet. Dieser Überschwang bekam jedes Mal einen Dämpfer, wenn Susan durch sie beide hindurchsah oder einen Umweg zu einem anderen Eingang machte, wenn sie zur selben Zeit ins Studentenwerk unterwegs waren. Dünn war Susan damals, und hübsch mit ihrem abgewandten Gesicht. In der Fogler-Bibliothek brachte sie es fertig, direkt an Bobby vorbeizugehen, ohne ihn eines Blickes zu würdigen. »Hey, Suse«, sagte Bob dann. Nichts. Nichts! Pam war entsetzt. Bob schien es nichts auszumachen. »So war sie schon immer.«

Aber nach ihren ersten Wochenenden und Ferien in Shirley Falls, wo Pams zukünftige Schwiegermutter Barbara sie mit ihrer eigenen Form der Herzlichkeit aufnahm (die sich meist in süffisanten Bemerkungen auf Kosten anderer äußerte, wobei sie mit steinerner Miene Pams Blick suchte), bekam Pam Mitleid mit Susan. Das war überraschend für Pam, eine erste Ahnung, aus wie vielen Facetten der Mensch bestand. Sie hatte nur Susans Fassade gesehen, merkte sie, und dabei das grelle weiße Licht mütterlicher Missbilligung ausgeblendet, das in ihrem Rücken schien. Susan war es, die am häufigsten als Zielscheibe der sogenannten Witze ihrer Mutter herhalten musste, es war Susan, die schweigend den Tisch deckte, während ihre Mutter Bob in den Himmel hob, der es im Gegensatz zu Susan auf die Bestenliste geschafft hatte: »Ach, Bobby, ich hab's ja gewusst, ich hab immer gewusst, wie klug du bist.« Es war Susan, die ihr langes Haar in der Mitte gescheitelt trug wie »diese albernen Hippie-Blumenkinder«, es war Susan mit ihrer schmalen

Taille und den geraden Hüften, der prophezeit wurde, sie würde noch früh genug als Schmalzfass durch die Gegend laufen wie alle anderen Frauen.

Pam war zu Hause zwar nie verspottet worden, aber dafür schien ihre Mutter ein gespaltenes Verhältnis zu ihren elterlichen Pflichten zu haben und widmete sich ihnen lieber aus sicherer Distanz, als würde ihr von Pam – die ihre halbe Kindheit in der Stadtbibliothek verbracht hatte, lesend oder in Betrachtung der Reklamefotos in den Illustrierten, die ihr vom Leben *da draußen* erzählten – immer noch zu viel abverlangt. Pams Vater, still und zurückgezogen, schien noch weniger qualifiziert, seiner Tochter über die alltäglichen Klippen des Heranwachsens zu helfen. Um dem dürren Klima daheim zu entkommen, hatte Pam den größten Teil ihrer Freizeit bei den Burgess verbracht, in dem kleinen gelben Haus auf seinem Hügel nicht weit der Stadtmitte. Es war kleiner – wenn auch nicht viel – als das Haus, in dem Pam aufgewachsen war. Aber die Teppiche waren abgetreten, das Geschirr gesprungen, und im Badezimmer fehlten Fliesen. Feststellungen, die Pam bestürzten. Und wieder dieses Gefühl einer Entdeckung: Ihr Freund und seine Familie waren arm. Pams Vater hatte seinen kleinen Schreibwarenladen, ihre Mutter gab Klavierunterricht, sie waren nicht reich; aber in ihrem Haus im Westen von Massachusetts hatte es immer frisch und sauber ausgesehen, und es stand draußen auf dem Land, sicher und offen; für Pam war das alles selbstverständlich gewesen. Als sie das Haus der Burgess sah – die verfärbten, an den Kanten aufgeworfenen Linoleumfußböden, Fensterzargen, die so alt und verzogen waren, dass man sie im Winter mit Zeitungspapier abdichten musste, das Badezimmer (eins für alle), dessen Kloschüssel ein rostroter Schmutzrand zierte und von dessen ausgebleichtem Duschvorhang man nicht wusste, ob er rosa oder rot gewesen war –, musste sie an die Familie in ihrem Heimatort denken, die einzige wirklich

»arme« Familie, die sie kannte. Ihr Garten war mit rostigen Autos vollgestellt, die Kinder kamen schmutzig zur Schule. Und Pam erschrak. Wer war dieser Burgess-Junge, in den sie sich verliebt hatte? War er wie diese Leute? Auf dem Campus unterschied er sich nicht groß von den anderen, er trug jeden Tag dieselben Bluejeans – aber das taten damals viele Jungen –, sein Zimmer im Wohnheim war unaufgeräumt, seine Hälfte dürftig eingerichtet – aber so sahen die Zimmer vieler Studenten aus. Und Bob war präsenter als andere Jungen, lockerer; sie hatte nicht damit gerechnet, dass er und seine abweisende Schwester aus so einem Haus stammen könnten.

Ihr Schrecken war nicht von Dauer. Bob brachte überallhin das mit, was ihn zu Bob machte, und das Haus wurde für sie rasch zu einem Ort der Geborgenheit. Nachts hörte sie seine unaufgeregte Stimme, wenn er leise mit seiner Mutter sprach, weil sie oft lange aufblieben, Mutter und Sohn, um sich zu unterhalten. Häufig fiel dabei der Name »Jim«, als wäre er in dem Haus immer gegenwärtig, wie er auch auf dem Orono Campus noch gegenwärtig war.

»Ah, der große Jim«, hatte Pam zu ihm sagen wollen, als sie ihn endlich kennenlernte. An einem Freitagnachmittag im November saß er am Küchentisch, draußen war es schon dunkel, und er erschien ihr zu groß für das Haus, nach hinten gelehnt auf seinem Stuhl, die Arme verschränkt. Sie sagte nur: »Hallo.« Er stand auf, gab ihr die Hand und versetzte Bob mit der freien Hand einen Stoß vor die Brust. »Na, Goofy, wie geht's?«, sagte er, und Bob sagte: »Harvard-Mann, wieder zu Hause!«

Pams erstes Gefühl war Erleichterung darüber, dass sie den älteren Bruder ihres Freunds nicht anziehend fand, denn ganz eindeutig ging es vielen Mädchen anders. Für ihren Geschmack war er auf zu konventionelle Weise attraktiv, dunkles Haar, perfekte Backenknochen; außerdem hatte er etwas Hartes. Pam sah es, und es machte ihr Angst. Keiner außer ihr schien es zu sehen. Wenn Jim sich über Bob lustig machte (so böse wie Barbara über Susan), lachte Bob und nahm es hin. »Als wir klein waren«, erzählte Jim ihr an diesem ersten Abend, »ist mir der Typ da« – er nickte zu Bob hinüber – »tierisch auf den Keks gegangen. Tierisch. Shit, du gehst mir heut noch auf den Keks.«

Bob zuckte fröhlich die Schultern.

»Wieso, was hat er gemacht?«

»Er wollte immer das essen, was ich hatte. Tomatensuppe, sagte er, wenn Mum fragte, was er zum Mittagessen will. Aber wenn er sah, dass ich Gemüsesuppe aß, rief er, nein, die will ich auch. Egal was ich angezogen habe, er wollte das Gleiche anziehen. Egal wo ich hingegangen bin, er wollte mit.«

»Nein. Wie entsetzlich.« Aber Pams Sarkasmus war bestenfalls ein Kieselstein, der gegen eine Windschutzscheibe prallt; Jim war kugelfest.

Während seiner Jahre in Harvard kam Jim oft nach Hause, um seine Mutter zu besuchen. Alle drei Kinder, stellte Pam fest, hingen an der Mutter. Susan und Bob hatten Jobs in der Mensa, aber sie tauschten ihre Schichten, nutzten jede Mitfahrgelegenheit nach Shirley Falls. Das rührte Pam, und es machte ihr ein schlechtes Gewissen, weil sie ihre eigenen Eltern so selten besuchte, aber sooft Bob und auch Susan beschlossen, nach Hause zu fahren, fuhr sie mit. Susan hatte Steve noch nicht kennengelernt, und Jim kannte Helen noch nicht, und im Rückblick kam es Pam fast vor, als wäre sie damals nicht nur Bobs Freundin, sondern irgendwie auch seine Schwester gewesen, denn es waren die Jahre, in denen sie alle zu ihrer Familie wurden. Susan verlor etwas von ihrer Kratzbürstigkeit. Sie spielten oft Scrabble am Küchentisch, oder sie hockten in dem kleinen Wohnzimmer zusammen und redeten. Manchmal gingen sie zu viert auf die Bowlingbahn, und hinterher berichteten sie Barbara, dass Bob um ein Haar gegen Jim gewonnen hätte. »Hat er aber nicht«, sagte Jim. »Hat er nie, wird er nie.« An einem klirrend kalten Samstag bügelten Pam und Susan auf dem Bügelbrett im Wintergarten vorsichtig ihre langen Haare, und Barbara kam laut schreiend angelaufen – ob sie denn partout das Haus in Brand stecken wollten? Niemand bei den Burgess schien sich Gedanken übers Kochen zu machen oder gar etwas davon zu verstehen (auf dem Speiseplan standen mit ungeschmolzenen orangeroten Käsescheiben belegte Hamburger, Dosensuppe, die mit Thunfisch überbacken wurde, oder ungewürztes, nicht einmal gesalzenes Brathuhn), aber Pam entdeckte, dass sie alle gerne Gebackenes aßen, also backte sie in der kleinen Küche Bananenbrot und Zuckerplätzchen, manchmal assistiert von Susan, und alle stürzten sich darauf, und auch das rührte Pam – als hätten diese Kinder sich ihr Leben lang nach Süße verzehrt. Süß war an Barbara gar nichts, aber Pam schätzte an ihr, dass sie von Grund auf anständig war, und bei aller Verschiedenheit schien jedes der drei Kinder etwas davon abbekommen zu haben.

Jim erzählte von seinem Jurastudium, Bob saß vorgebeugt da und stellte Fragen. Von Beginn an hatte es Jim zum Strafrecht gezogen, und er und Bob diskutierten über Beweisrecht, Ausnahmeregelungen bei mittelbaren Beweisen, verfahrensrechtliche Aspekte der Prozessführung, die Funktion der Strafe in der Gesellschaft. Pam hatte bereits ihr Interesse für die Naturwissenschaften entdeckt und sah die Gesellschaft als einen einzigen großen Organismus aus Millionen und Abermillionen sich zum Leben drängender Zellen. Kriminalität war eine Mutation, die Pam interessierte, und so diskutierte sie manchmal zaghaft mit. Jim war nie herablassend ihr gegenüber, wie er es bei Bob und Susan sein konnte; dass er sie verschonte, überraschte sie immer wieder. Überhaupt überraschte sie das oft an ihm: diese seltsame Kombination aus Arroganz und Ernsthaftigkeit. Jahre später, während des Wally-Packer-Prozesses, las Pam ein Interview, in dem ein ehemaliger Kommilitone Jims in Harvard mit den Worten zitiert wurde, Jim Burgess habe sich »immer abseits gehalten, immer etwas unergründlich gewirkt«, und da erst verstand sie, was sie damals so nicht wahrgenommen hatte – dass Jim sich in Harvard als Außenseiter gefühlt haben musste und dass er deshalb so oft nach Shirley Falls zurückgekommen war, weil ihn etwas herzog, nicht nur seine Mutter, zu der er aufmerksam und liebevoll war, sondern vielleicht auch der vertraute Akzent, die angeschlagenen Teller, die heillos verzogenen Schlafzimmertüren. Von irgendwelchen Freundinnen hatte er während der Harvard-Zeit nie gesprochen. Dafür kündigte er eines Tages an – denn seine Noten waren hervorragend und sein Talent bereits unübersehbar –, sich um eine Stelle bei der Staatsanwaltschaft in Manhattan bewerben zu wollen. Um dort Prozesserfahrung zu sammeln, sagte er, und mit nach Maine zurückzubringen.

»Autsch«, sagte Pam. Die Koreanerin, die ihr gerade die Wade massierte, schaute schuldbewusst hoch und sagte ein Wort, das Pam nicht verstand. »Sorry«, sagte Pam und wedelte mit der Hand. »Zu fest.« Ein nostalgischer Schauder durchlief sie, und sie musste die Augen schließen vor dem blassen Schleier der Langeweile – etwas anderes konnte es nicht sein –, der sie anwehte. Waren es nur die Jugend und die junge Liebe gewesen, die Shirley Falls zum magischen Ort für sie gemacht hatten? Würde sie diese Sehnsucht, dieses überdrehte Hochgefühl vielleicht nie wieder empfinden? Stumpfte man durch Alter und Erfahrung einfach nur ab?

Denn den Kitzel des Erwachsenseins hatte Pam zum ersten Mal in Shirley Falls verspürt. Das Studentenleben mochte ihr ein Reich der vielen Menschen, der Gedanken und Fakten eröffnet haben – das sie liebte, da sie Fakten liebte –, doch Shirley Falls hatte die Wunder der fremden Stadt für sie bereitgehalten, und bei ihren Besuchen dort war es Pam, als würde sie auf schwindelerregende, ekstatische Weise in den Status einer erwachsenen Frau katapultiert. Die Nonchalance etwa, mit der sie ganz allein (während Bob mit seiner Mutter die Dachrinne säuberte) in die kleine Bäckerei in der Annett Avenue ging, wo die Luft süß nach Zimt roch und an den Fenstern geraffte Rüschengardinen hingen und die molligen Bedienungen ihr mit der größten Selbstverständlichkeit ihren Kaffee an den Tisch brachten, und draußen auf dem Gehsteig eilten Männer im Anzug ins Gericht oder in ihre Büros, und Frauen in Kleidern gingen ihren unbekannten, aber nicht minder ernsthaften Geschäften nach … Pam war sich vorgekommen wie in einer der Zeitschriftenreklamen damals in der Stadtbibliothek: eine lächelnde, mitten im Leben stehende junge Frau, die Kaffee trank.

Manchmal, wenn Bob lernte oder mit Jim auf dem alten Schulparkplatz Basketball spielte, stieg Pam auf den Hügel am Rand der kleinen Stadt und sah hinunter auf die Turmspitzen der Kathedrale, den von Ziegelbrennereien gesäumten Fluss, die Brücke, die sich über das schäumende Wasser spannte, und nachdem sie wieder hinabgestiegen war, drehte sie manchmal noch eine Runde durch die Läden an der Gratham Street. Peck's hatte dichtgemacht, aber in der Stadt gab es noch zwei andere Kaufhäuser, und ein feierliches Gefühl überkam Pam, wenn sie durch sie hindurchschlenderte, die Kleider berührte, die Bügel auf den verchromten Ständern auseinanderschob. An den Make-up-Tresen besprühte sie sich mit Parfüm, und wenn Barbara hinterher zu ihr sagte: »Du riechst so französisch«, antwortete Pam: »Oh, Barbara, ich bin gerade durchs Kaufhaus spaziert!«

»Ja, das hab ich mir gedacht.«

Barbara machte es ihr immer leicht. Pams großer Vorteil gegenüber Susan, das begriff sie, bestand darin, mit Barbara nicht verwandt zu sein; so waren ihr Orte erlaubt, die für Susan tabu waren, das Blue Goose zum Beispiel, wo ein Glas Bier dreißig

Cent kostete und die Musicbox so laut spielte, dass die tiefen Bässe von Wally Packers Begleitband die Tische zum Vibrieren brachten, wenn Pam sich an Bobs Seite zu *Take this burden from me, the burden of my love* im Takt wiegte, eine Hand auf seinem Knie.

Wenn es etwas zu feiern gab, das Ende der Abschlussprüfungen oder einen Geburtstag oder dass Pam und Bob es auf die Bestenliste geschafft hatten, gingen sie – alle zusammen – ins Antonio's, das Spaghetti-Lokal an der Annett Avenue, wo der Inhaber, ein fettleibiger Mann, den alle Tiny nannten, die riesigen Spaghettiportionen höchstpersönlich servierte. Als er nach einer Magenbypass-Operation starb, war Pam richtig traurig; alle waren sie traurig.

Barbara ließ sie den Sommer über im Haus wohnen. Pam arbeitete als Bedienung, Bob in der Papierfabrik, und Susan half in der Verwaltung des Krankenhauses aus. Pam und Susan teilten sich das Zimmer, das früher das von Bob und Jim gewesen war, Bob bekam Susans Zimmer, und Jim musste auf der Couch schlafen, wenn er nach Hause kam. »Ich hab's gern, wenn das Haus voll ist«, sagte Barbara, und für das Einzelkind Pam bekamen diese Wochenenden und Feiertage und Sommer in Shirley Falls eine Bedeutung, die sie in ihrem wahren Ausmaß erst viel später verstand und die letztlich vielleicht sogar ihre Ehe mit Bob ruinierte. Weil sie einfach nicht aufhören konnte, Bob als ihren Bruder zu empfinden. Sie hatte sich seine Vergangenheit angeeignet – sein schreckliches Geheimnis, über das nie jemand sprach – und von der Tatsache profitiert, dass Bob der Liebling seiner Mutter war; Barbara liebte sie deshalb, weil Bob sie liebte. Pam fragte sich, ob Barbara Bob bewusst zu ihrem Lieblingssohn erkoren hatte, um ihn nach dem Unfall, der sie zur Witwe gemacht hatte, nicht hassen zu müssen. Jedenfalls waren Bob und seine Vergangenheit und Gegenwart auch Pams Vergangenheit und Gegenwart geworden, und sie liebte alles, was dazugehörte, sogar seine Schwester, die zu Bob nach wie vor feindselig, aber zu Pam recht freundlich war.

Die Burgess, besonders die Brüder, hatten ihre alljährlichen Rituale in Shirley Falls, und Pam begleitete sie zu den Paraden am Moxie Day, an dem eine kunterbunt gemischte Menge sich in leuchtendes Orange kleidete, um die Limonade zu feiern, die Maine zu seinem Nationalgetränk erhoben hatte – Jesus labt unsere Seelen, und Moxie erfrischt unsere Kehlen, warb eine Plakatwand vor der St.-Josephs-Kirche – und die so bitter schmeckte, dass Pam sie nicht ausstehen konnte, keiner von den Burgess mochte sie, außer Barbara, aber sie jubelten den kleinen Umzugswagen zu, wenn sie vorüberrollten, und dem Cabriolet, in dem die frisch gekürte »Miss Moxie« durch die Stadt kutschiert wurde. Diese Mädchen tauchten Jahre später des Öfteren wegen unerfreulicherer Dinge wieder in der Zeitung auf – weil sie von ihrem Mann verprügelt, von einem Drogensüchtigen ausgeraubt oder wegen Ladendiebstahls festgenommen worden waren. Aber wenn bei ihrer Triumphfahrt durch die Straßen von Shirley Falls ihre Schärpen im Fahrtwind flatterten, klatschten die Burgess-Brüder ihnen zu, sogar Jim machte mit, nur Susan zuckte mit den Schultern, weil ihre Mutter ihr vor langer Zeit verboten hatte, sich um den Titel zu bewerben.

Im Juli fand das Franko-Amerikanische Festival statt, Bobs Highlight und damit auch Pams: an vier Abenden Konzerte im Stadtpark, und alle tanzten, die alten Einwandererfrauen und ihre in den Fabriken zerschlissenen Männer schoben zu der ohrenbetäubenden Musik der C'est-Si-Bon-Band übers Parkett. Barbara war nicht dabei; mit den Frankokanadiern, die in der Ziegelei arbeiteten, in der ihr Mann Vorarbeiter gewesen war, hatte sie so wenig im Sinn wie mit Musik und Tanz und anderen Lustbarkeiten. Aber die Burgess-Kinder gingen hin; Jim zog es zu den Diskussionen über Arbeitsniederlegungen und gewerkschaftliche Organisierung, und an den Festabenden lief er herum und redete mit allen möglichen Menschen; Pam sah ihn noch vor sich, wie er mit geneigtem Kopf zuhörte, mit der Rechten knappe Grüße auf Schultern klopfte, schon jeder Zoll der Politiker, der er einmal werden wollte.

Pam hatte die falsche Farbe für ihre Zehennägel ausgewählt. Das sah sie jetzt, als sie auf sie hinabschaute. Es war Herbst, was wollte sie mit dieser Melonenfarbe? Die Koreanerin blickte hoch zu ihr, ihr winziger Pinsel schwebte über einem Zeh. »Ist gut so«, sagte Pam. »Danke.«

Barbara Burgess war schon seit zwanzig Jahren tot, machte Pam sich klar, während ein Zehennagel nach dem anderen diesen grauenhaften (»französischen«) Lack bekam. Sie hatte nicht mehr miterlebt, wie Jim berühmt geworden, Bobs Ehe geschieden und er kinderlos geblieben, Susans Ehe geschieden und ihr Sohn so sonderbar geworden war. Oder wie Pam sich die Fußnägel blassorange lackieren ließ, in dieser Stadt, in der sie nur einmal gewesen war, während Jims Zeit bei der Staatsanwaltschaft in Manhattan. Wie hatte Barbara New York gehasst! Bei der Erinnerung bewegte Pam die Lippen; sie und Bobby wohnten zu dem Zeitpunkt schon hier, und die arme Barbara war kaum einmal aus ihrer Wohnung herausgekommen. Pam hatte sie mit Sticheleien gegen Helen unterhalten, die frisch mit Jim verheiratet war und alle Register zog, um ihrer neuen Schwiegermutter zu gefallen – sich erbot, mit ihr ins Metropolitan Museum zu gehen oder in eine Matinee am Broadway oder ein ganz besonderes Café im Village. »Was *findet* er an ihr?«, hatte Barbara gefragt, auf dem Bett liegend, den Blick auf den Deckenventilator gerichtet.

»Normalität.« Pam lag neben ihr und starrte ebenfalls an die Decke.

»Sie ist normal?«

»Connecticut-normal, vermute ich.«

»Weiße Slipper tragen ist connecticut-normal?«

»Ihre Slipper sind beige.«

Im Jahr darauf war Jim mit Helen nach Maine gezogen, und Barbara hatte sich an sie gewöhnen müssen, aber da sie eine Autostunde entfernt in Portland lebten, war es nicht ganz so schlimm. Jim war inzwischen stellvertretender Generalstaatsanwalt, zuständig für die Strafkammer, und genoss einen Ruf als harter, aber fairer Mann, der hervorragend mit der Presse umgehen konnte. In der Familie redete er offen über seine politischen Ambitionen. Er wollte sich um einen Sitz im Parlament bewerben und Generalstaatsanwalt werden, später dann Gouverneur. Und es gab keinen, der es ihm nicht zutraute.

Drei Jahre später erkrankte Barbara. Die Krankheit machte sie weicher, und sie sagte zu Susan: »Du bist immer ein gutes Kind gewesen. Ihr wart alle gute Kinder.« Wochenlang weinte Susan still in sich hinein. Jim betrat und verließ gesenkten Hauptes das Krankenzimmer. Bob wirkte wie benommen, sein Gesicht oft so ratlos wie das eines kleinen Jungen. Beim Gedanken daran musste Pam sich die Nase putzen. Das Seltsamste aber war, dass Jim und Helen und ihr neugeborenes Baby einen Monat nach Barbaras Tod in ein vornehmes Haus in West Hartford zogen. Zu Bob sagte Jim, dass er Maine nie wiedersehen wollte.

»Oh, danke«, sagte Pam. Die Koreanerin hielt ihr mit erwartungsvollem Ausdruck ein Papiertaschentuch hin. »Ganz herzlichen Dank.« Ein schnelles Kopfnicken, dann steckte die Frau ein weiteres Tuch zwischen Pams Zehen.

In den baumgesäumten Straßen von Park Slope wurden schon so viele Blätter auf die Gehwege geweht, dass kleine Kinder in den raschelnden Haufen spielten; unter den Blicken ihrer geduldigen Mütter warfen sie mit vollen Händen das Laub in die Luft und ließen es vom Wind wegtragen. Aber Helen Burgess fühlte sich gestört, wenn andere stehen blieben oder sich so platzraubend bewegten, dass sie in ihrem Gehrhythmus beeinträchtigt wurde. In langen Schlangen vor dem Bankschalter konnte es vorkommen, dass sie seufzte und zu ihrem Vordermann sagte: »Da fragt man sich doch wirklich, warum sie nicht mehr Leute hinter die Schalter setzen.« Oder sie stand an der Expresskasse im Lebensmittelmarkt, zählte die Einkäufe der Kundin vor ihr und musste sich sehr zurückhalten, um nicht zu sagen: »Sie haben da vierzehn Artikel, das Schild gestattet aber nur zehn.« So wollte Helen nicht sein, es entsprach nicht ihrem Bild von sich, und als sie nach der Ursache dafür fahndete, wurde es ihr klar: An dem Tag nach ihrer Rückkehr aus St. Kitts hatte sie ihren Koffer ausgepackt, allein, und plötzlich einen ihrer schwarzen Ballerinas quer durchs Schlafzimmer gepfeffert. »Zum Teufel mit euch!«, hatte sie laut gesagt. Eine weiße Leinenbluse hätte sie um ein Haar in zwei Teile gerissen. Dann hatte sie sich aufs Bett gesetzt und zu weinen angefangen, weil sie nicht jemand sein wollte, der mit Schuhen warf oder Leute verfluchte, die gar nicht da waren. Helen fand Wut ungebührlich und hatte ihren Kindern beigebracht, nicht nachtragend zu sein und nie unversöhnt ins Bett zu gehen. Dass Jim sehr oft wütend war, irritierte Helen vergleichsweise wenig, vor allem deshalb, weil seine Wut sich selten auf sie richtete und es ihr Part war, ihn zu beruhigen, worauf sie sich sehr gut verstand. Aber sein Wutausbruch im Hotelzimmer hatte sie getroffen. Ihre Flüche beim Auspacken, erkannte sie, galten Susan, Susan und ihrem verkorksten Sohn Zach. Und auch Bobby. Sie hatten sie um ihren Urlaub betrogen. Um eine Zeit der Nähe zu ihrem Mann. Dass dieser Moment, in dem sie ihn so *unattraktiv* gefunden hatte, noch nicht verflogen war, wie es sich gehört hätte, beunruhigte Helen und schürte gleichzeitig ihre Sorge – ihre Überzeugung –, dass auch er sie unattraktiv fand.

Ein grässlicher Gedanke, beides. Sie fühlte sich alt. Alt und zickig. Und das war ungerecht, denn so war sie nicht. Zuinnerst wusste sie, dass zu einer glücklichen Ehe ein glückliches Sexualleben gehörte (das ein besonderes Geheimnis sein musste, ein ganz besonderes Band), und auch wenn sie niemals offen über das geredet hätte, was diese Putzfrau über Nippelklemmen und all ihre anderen Funde schrieb, nagte die Vorstellung an ihr. Sie und Jim hatten nie etwas anderes als sich selbst gebraucht. Zumindest glaubte Helen das. Aber woher sollte sie wissen, was andere Leute taten? Vor Jahren in West Hartford hatte es einen Mann gegeben, der seine kleinen Töchter in denselben Kindergarten brachte wie Helen ihre Mädchen, und dieser Mann hatte sie manchmal mit einer finsteren Ernsthaftigkeit im Blick angesehen. Sie wechselten nie ein Wort. Damals war sie überzeugt, dass er ihr ansah, was sie in sich zu fühlen meinte – einen Sumpf bestialischer Sexualität. Ein Sumpf, tief in ihrem Innersten verborgen, aber weil sie nun einmal Helen war, hatte sie sich ihm nie genähert. Manchmal beschäftigte sie das jetzt – die Erkenntnis, dass der Zeitpunkt verpasst war, noch irgendwelche Entdeckungen in dieser Richtung zu machen. Wobei das alles natürlich Unsinn war, denn sie hätte ihr Leben um nichts in der Welt gegen ein anderes getauscht. Aber es grämte sie – es grämte sie wirklich –, dass Jim in St. Kitts auf Distanz gegangen war; Golf, stundenlang, und hinterher ins Fitnesscenter. Und jetzt saß sie hier, wieder zu Hause, am Rand des leeren Nests, mit dem niemand ein Problem zu haben schien außer ihr.

Das Ungewohnte an dem Gefühl war, dass es nicht wieder verschwand. Während die Tage vergingen, sie ihren Kindern die Geschenke schickte – ein T-Shirt und eine Kappe für ihren Sohn in Arizona (aber dass du die Kappe auch aufsetzt, du bist die Sonne nicht gewöhnt, schrieb sie), ein Pullover für Emily in Chicago, ein paar Ohrringe für Margot in Michigan –, während sie Rechnungen bezahlte, die sich angesammelt hatten,

Winterkleider heraussuchte, die weggepackt gewesen waren, flammte ihr Zorn auf die Burgess immer wieder auf. Ihr habt mir etwas weggenommen. Ja, das habt ihr.

»Das ist lächerlich«, sagte sie eines Abends zu Jim. Er hatte ihr gerade eröffnet, dass man ihn eventuell bitten würde, auf der Kundgebung in Shirley Falls zu reden. »Wozu soll das bitte schön gut sein?«

»Was heißt, wozu soll es gut sein? Die Frage ist, ob ich es machen will, aber wenn ich es mache, dann ist es auch zu etwas gut.« Jim aß seine Grapefruit, ohne sich eine Serviette auf den Schoß zu legen, und Helen sah, dass er gekränkt war.

»Danke, Ana«, sagte sie, als die Lammkoteletts serviert wurden. »Jetzt haben wir alles. Und wenn Sie beim Rausgehen bitte das Licht etwas runterdrehen.« Die kleine Ana mit dem hübschen Gesicht nickte kurz und drehte am Dimmer, bevor sie das Zimmer verließ. Helen sagte: »Von dieser absurden Idee höre ich zum ersten Mal. Wer hat das ausgeheckt? Und warum hast du mir nichts erzählt?«

»Ich hab's heute erst erfahren. Keine Ahnung, wer das ausgeheckt hat. Die Idee stand plötzlich im Raum.«

»Ideen stehen nicht plötzlich im Raum.«

»Doch, das tun sie. Charlie sagt, in Shirley Falls ist noch viel von mir die Rede – im guten Sinn –, und die Organisatoren der Kundgebung meinen, es erhöht den Wohlfühlfaktor, wenn ich mich blicken lasse und ein paar Worte darüber sage – natürlich ohne auf Zach einzugehen –, wie stolz ich auf Shirley Falls bin.«

»Du hasst Shirley Falls.«

»*Du* hasst Shirley Falls«, sagte Jim gelassen, und als Helen nichts erwiderte, fügte er hinzu: »Mein Neffe steckt in der Bredouille.«

»In die er sich selbst reingeritten hat.«

Jim fasste ein Lammkotelett mit beiden Händen wie einen Maiskolben; er schaute sie an, während er abbiss. Als sie den

Blick abwandte, sah sie sein Spiegelbild im Fenster – inzwischen war es beim Abendessen schon dunkel.

»Tja, tut mir leid«, fuhr Helen fort, »aber so ist es nun mal. Du und Bob, ihr tut so, als wäre ein Komplott der Behörden gegen ihn im Gange, und ich kann absolut nicht verstehen, warum man ihn nicht zur Verantwortung ziehen darf.«

Jim legte sein Kotelett hin. »Er ist mein Neffe.«

»Das heißt, du fährst hin?«

»Lass uns später darüber reden.«

»Lass uns jetzt darüber reden.«

»Hör mal. Helen.« Jim wischte sich mit der Serviette über den Mund. »Die Generalbundesanwaltschaft erwägt eine Klage wegen Verletzung der Bürgerrechte gegen Zach.«

»Das weiß ich, Jim. Glaubst du, ich bin taub? Oder ich höre dir nicht zu? Glaubst du, ich höre Bob nicht zu? Ihr redet doch über nichts anderes mehr. Jeden Abend klingelt das Telefon: Hilfe! Die Änderung der Kautionsauflagen wurde verworfen. Hilfe! Die Nachrichtensperre wurde verworfen. Alles Formalien, keine Sorge, ja, Zach muss persönlich erscheinen, kauf ihm ein Sakko, bla, bla, *blaaa*.«

»Hellie.« Jim berührte kurz ihre Hand. »Ich bin ja deiner Meinung. Voll und ganz. Zach sollte zur Verantwortung gezogen werden. Aber er ist eben auch ein Junge von neunzehn Jahren, der wenige bis gar keine Freunde zu haben scheint und nachts weinend in seinem Bett liegt. Und dessen Mutter mit den Nerven am Ende ist. Wenn ich irgendetwas dazu beitragen kann, dass die Sache im Sande verläuft …«

»Dorothy sagt, du hast Schuldgefühle.«

»Dorothy.« Jim biss in das zweite Lammkotelett und kaute geräuschvoll. Helen, die diese Angewohnheit vor langem als Zeichen von Jims schlechter Kinderstube zu werten gelernt hatte (und sie nicht ausstehen konnte), wusste auch, dass er vor allem dann so geräuschvoll aß, wenn er angespannt war. »Dorothy ist eine sehr magere, sehr reiche und sehr unglückliche Frau.«

»Das ist sie«, räumte Helen ein. Und sie fügte hinzu: »Für mich ist zwischen Schuldgefühl und Verantwortungsgefühl ein himmelweiter Unterschied, für dich nicht?«

»Doch.«

»Ach, was. Der Unterschied interessiert dich kein bisschen.«

»Mich interessiert es, dich glücklich zu sehen«, sagte Jim. »Es ist meiner idiotischen Schwester und meinem lächerlichen Bruder gelungen, uns unseren schönen Urlaub zu verderben. Ich wünschte, das wäre nicht passiert. Aber *wenn* ich fahre – immer vorausgesetzt, sie fordern mich auf –, dann deshalb, weil laut Charlies Informationen die treibende Kraft hinter der Anklage diese stellvertretende Staatsanwältin ist, Diane Soundso, die für Bürgerrechtsverletzungen zuständig ist. Aber dazu bräuchte sie die Rückendeckung von Obertrottel Dick Hartley, der ihr Boss ist, und natürlich wird der auch auf der Kundgebung sprechen. Wenn ich also die Gelegenheit nutze und ihm ordentlich Honig ums Maul schmiere, mit ihm über alte Zeiten plaudere – wer weiß? Wenn alles Friede, Freude, Eierkuchen ist, zitiert er am Montagmorgen vielleicht Lady Di in sein Büro und sagt zu ihr: Lassen Sie's fallen. Und wenn das passiert, dann sagt vielleicht auch der Bundesanwalt, okay, scheiß drauf, belassen wir's bei einem Bagatelldelikt, auf Wiedersehen.«

»Warum gehen wir am Wochenende nicht mal ins Kino?«, fragte Helen.

»Können wir machen«, sagte Jim.

So schien es anzufangen: Helens Aversion gegen den Klang ihrer eigenen Stimme, diesen unangenehmen Unterton, von dem sie wegzukommen versuchte, um wieder mehr ihrem Bild von sich selbst zu entsprechen. Und wie jedes Mal hoffte sie, dass es ein einmaliger Zwischenfall war, der mit nichts in Zusammenhang stand.

4

Einen Tag vor Zachs Gerichtstermin – bei dem Charlie seine Anträge auf Nachrichtensperre und Änderung der Kautionsauflagen erneuern würde – saß Susan in ihrem Auto am Rand des Parkplatzes hinter dem Einkaufszentrum. Es war ihre Mittagspause, und das Thunfischsandwich, das sie sich am Morgen gemacht hatte, lag in einem Plastikbeutel auf ihrem Schoß. Neben ihr auf dem Beifahrersitz lag das Mobiltelefon, und sie sah viele Male unschlüssig darauf, ehe sie es in die Hand nahm und die Nummer eintippte. »Worum geht es?«, fragte eine Frauenstimme, die Susan nicht kannte.

Susan öffnete das Autofenster einen Spaltbreit. »Kann ich ihn nicht einfach kurz sprechen? Er kennt mich seit Ewigkeiten.«

»Ich muss Ihre Karte heraussuchen, Mrs. Olson. Wann sind Sie zuletzt hier gewesen?«

»Ach, Himmel, ich will keinen Termin«, sagte Susan.

»Handelt es sich um einen Notfall?«, fragte die Sprechstundenhilfe.

»Ich brauch was zum Einschlafen«, sagte Susan, kniff die Augen zusammen und presste die Faust an die Stirn, denn in ihrer Vorstellung hätte sie ebenso gut ein Megaphon nehmen und öffentlich verkünden können, dass Zachary Olsons Mutter um Schlaftabletten bat. Die wird schon immer süchtig gewesen sein, würden die Leute sagen. Kein Wunder, dass sie nicht weiß, was ihr Junge treibt.

»Das können Sie mit dem Doktor besprechen, wenn Sie hier sind. Passt es Ihnen Donnerstagmorgen?«

Susan rief Bob in seinem Büro an, und Bob sagte: »Ach, Susie, ist das nicht zum Kotzen? Ruf einen anderen Arzt an, sag ihm, du stirbst vor Halsschmerzen und hast Fieber, dann kriegst du sofort einen Termin. Mach das Fieber hoch. Erwachsene haben selten hohes Fieber. Und dann erzählst du ihm, warum du wirklich gekommen bist.«

»Ich soll *lügen*?«

»Pragmatisch sein sollst du.«

Am Abend hatte Susan ein Päckchen Beruhigungspillen und ein Päckchen Schlaftabletten. Sie war zu einer Apotheke zwei Ortschaften weiter gefahren, damit niemand erfuhr, dass sie zu so etwas griff. Aber als es Zeit wurde, eine zu schlucken, stellte sie sich den Schlaf, in den sie fallen würde, so schwarz wie den Tod vor, und sie rief wieder Bobby an.

Er hörte ihr zu. »Nimm jetzt gleich eine, während wir telefonieren«, schlug er vor. »Ich rede so lange, bis du müde wirst. Wo ist Zach?«

»In seinem Zimmer. Wir haben uns schon gute Nacht gesagt.«

»Okay. Es wird alles gut. Zach muss morgen nur das sagen, was Charlie ihm vorsagt. Keine fünf Minuten, und ihr seid wieder draußen. Entspann dich einfach, und ich rede dich in den Schlaf. Ich hab mit Jim gesprochen, und jetzt rate mal. Ich bringe ihn mit zur Kundgebung. Er wird ein paar Worte sagen. Und dann seine Politikershow abziehen, Jesus wird euch erquicken … nur ein Witz, Susie, von Jesus sagt er kein Wort, um Gottes willen, stell dir das bloß mal vor. Er redet gleich nach Dick Hartley, dieser Schlaftablette, den solltest du dir verschreiben lassen, Susie, und Jim wird sagen, Dickie, du bist der Größte, ihm ein bisschen auf die Schulter klopfen, bevor er dann versucht, ihm nicht die Schau zu stehlen, was ein ziemlich aussichtsloses Unterfangen sein dürfte, Jim wird auch den Gouverneur in die Tasche stecken, wusstest du, dass der Gouverneur kommt? Jim steckt sie alle miteinander in die Tasche. Wir bringen Zach heil und sicher da durch, Susie, und dann fahren wir mit dem Auto zurück nach New York. Hast du die Pille schon geschluckt? Trink ein halbes Glas Wasser, damit sie besser rutscht. Ja, mindestens ein halbes Glas.

Wie's aussieht«, fuhr Bob fort, »haben sie in der City Hall in Shirley Falls – he, das reimt sich beinahe, City Hall in Shirley Falls – ziemlich die Nase voll von dem Wirbel, der um die Sache gemacht wird. Jim sagt, Charlie sagt, dass bereits interne Grabenkämpfe ausgebrochen sind. Zwischen Polizei, Stadtrat und Kirche. Jedenfalls solltest du dir keine allzu großen Sorgen machen, Suse, das will ich damit sagen. Wie du gesagt hast, es ist einfach ein gefundenes Fressen für die Liberalen – so etwas brauchen sie, gerade da oben in Maine. Wie Freiübungen, einatmen, ausatmen, wir sind die Aufrechten, die ach so Rechtschaffenen … Wie fühlst du dich, Susie, wenigstens ein bisschen müde?«

»Nein.«

»Okay. Keine Sorge. Soll ich dir was vorsingen?«

»Nein. Bist du betrunken?«

»Nicht, dass ich wüsste. Soll ich dir eine Geschichte erzählen?«

Susan entschlummerte bei der Episode, als Jim in der vierten Klasse aus seinem Job als Schülerlotse geflogen war, weil er einen Schneeball geworfen hatte, und die anderen Schülerlotsen in den Streik traten, bis der Direktor ihn wieder zurückholte, wodurch Jim eine erste Ahnung von der Macht der Gewerkschaften bekam …

5

»Als ob eine Schlaftablette Heroin wäre«, sagte Helen ein paar Tage später beim Laubharken im Garten. »Das ist doch verrückt.«

»Das ist puritanisch.« Bob verlagerte sein Gewicht auf der schmiedeeisernen Bank.

»Es ist verrückt.« Helen hörte auf zu harken, warf die Harke auf den Laubhaufen.

Bob sah hinüber zu Jim, der mit verschränkten Armen vor der Hintertür stand. Neben Jim, schon in seine schwarze Plastikhülle verpackt, stand der große Gartengrill. Zusätzlich geschützt wurde dieser Grill, der erst im Sommer angeschafft worden war und der Bob so groß vorkam wie ein kleines Boot, durch die hölzerne Veranda, deren Stufen in den Garten hinunter mit Blättern bestreut waren. An der untersten Stufe lehnte eine Heckenschere. Von Bobs Platz aus sahen der mit Ziegelsteinen gepflasterte Gehweg und das kleine Rondell um das Vogelbad so ordentlich wie ein frisch geschorener Hinterkopf aus, aber der Rest des Gartens war noch übersät von den Blättern des Pflaumenbaums, und auch der Laubhaufen, in dem die Harke mit den Zinken nach oben gelandet war, harrte der Entsorgung. Aus einem Nachbargarten hörte man Kinderstimmen und das Prallen eines Balls. Es war Samstagnachmittag.

»Ja, vielleicht klingt es verrückt«, sagte Bob. »Aber es ist das Erbe unserer puritanischen Vorfahren. Gut, die *waren* ja auch verrückt, irgendwie. Zu verrückt, um in England zu bleiben.

Puritaner haben ein stark entwickeltes Schamgefühl«, fügte er hinzu. »Das muss man wissen.«

»Meine Vorfahren nicht«, sagte Helen, die den Laubhaufen prüfend betrachtete. »Ich bin zu einem Viertel deutsch, zu zwei Vierteln englisch – nicht puritanisch – und zu einem Viertel österreichisch.«

Bob nickte. »Mozart, Beethoven, eine gute Mischung, Helen. Aber Musik oder Theater waren uns Puritanern suspekt, weil das ›die Sinne erregt‹. Erinnerst du dich, Jimmy? Das hat Tante Alma uns immer gepredigt. Und Nana auch. Die waren stolz auf unsere Geschichte. Ich nicht. Im Gegenteil, man darf sagen, dass unsere Geschichte mir am Arsch vorbeigeht.«

»Und wann gehst du zurück in dein Studentenwohnheim?« Jim hatte eine Hand auf den Griff der Hintertür gelegt.

»Jim, hör auf«, sagte Helen.

»Sobald ich den Whiskey ausgetrunken habe, den deine gastfreundliche Gattin mir kredenzt hat.« Bob leerte das Glas in einem Zug. Der Whiskey brannte ihm in der Kehle, in der Brust. »Ich dachte, wir wollten feiern, dass Zach die Anhörung überlebt und Charlie mildere Kautionsauflagen und eine Nachrichtensperre erreicht hat.«

»Du hast Susan in den Schlaf gesungen?« Jim verschränkte wieder die Arme. »Ihr zwei könnt euch doch nicht riechen.«

»In den Schlaf *geredet* hab ich sie. Und ja, du hast recht, deshalb war es ja auch so etwas Schönes. Es ist schön, wenn bösen Menschen Gutes widerfährt. Oder guten Menschen. Allen Menschen.« Er stand auf, warf sich die Jacke über die Schultern.

»Danke für deinen Besuch«, sagte Jim obenhin. »Komm nächste Woche in der Kanzlei vorbei, dann planen wir die Sache mit der Kundgebung. Noch sind sie fleißig am Verschieben, aber wie's aussieht, nicht mehr lang. Außerdem brauch ich mein Auto, du Pfeife.«

»Wie oft muss ich mich noch entschuldigen«, sagte Bob. »Ich hab dir übrigens Informationen für deine famose Ansprache beschafft.«

»Ich fahre nicht mit«, sagte Helen. »Jim hätte es gern, aber ich fahre nicht.«

Bob drehte sich zu ihr um. Helen streifte die Gartenhandschuhe ab. Sie warf sie auf den Laubhaufen und strich sich das Haar nach hinten, in dem sich ein Blatt verfangen hatte. Ihre wattierte Jacke war nicht zugeknöpft und klaffte auf beiden Seiten auseinander, als sie die Hände in die Hüften stemmte.

»Sie ist nicht der Meinung, dass die Situation ihre Anwesenheit erforderlich macht«, sagte Jim.

»Richtig«, sagte Helen und ließ sie stehen, um ins Haus zu gehen. »Ich dachte, die Sache überlasse ich mal den Burgess-Boys.«

6

Polizeichef Gerry O'Hare nahm auch eine Schlaftablette. Er öffnete das Fläschchen, das neben dem Bett stand, ließ sich eine in den Mund fallen und schluckte sie herunter. Bei ihm war es nicht Angst, die ihn am Schlafen hinderte, sondern das Gefühl, zu stark unter Strom zu stehen. Am Nachmittag hatte er in der City Hall eine Besprechung mit dem Bürgermeister, der Kleinen von der Generalstaatsanwaltschaft, Mitgliedern des Stadtrats, Kirchenvertretern und dem Imam gehabt, der natürlich dabei sein musste, nachdem die Somali so empört darüber gewesen waren, dass man sie nicht zu der Pressekonferenz gleich nach dem Vorfall gebeten hatte. Und jetzt erstattete Gerry seiner Frau Bericht, die schon im Bett lag. Er hatte den versammelten Leuten klargemacht, dass er sich auf seinen Job verstand, und sein Job war es, für die Sicherheit der Bürger zu sorgen. Er hatte gesagt (und damit, mutmaßte er und nickte seiner Frau vielsagend zu, ein paar von diesen Hardcoreliberalen wie Rick Huddleston und Diane Dodge etwas Wind aus den Segeln genommen), dass laut jüngsten Studien rassistische Gewalt zurückging, wenn die Gemeinschaft darauf reagierte. Wenn Zwischenfälle nicht verfolgt wurden, ermutigte das die Bürger, die es auf rassistisch motivierte Straftaten anlegten. Jeder seiner Streifenbeamten, fügte er hinzu, habe ein Foto von Zachary Olson einstecken, damit sie ihn gleich erkannten, wenn er sich der Moschee in der Gratham Street auf weniger als zwei Meilen näherte.

Das Treffen hatte fast drei Stunden gedauert, und es waren reichlich Spannungen kreuz und quer durch den Raum geschossen. Rick Huddleston (der den Vorstandsposten des Büros gegen Rassendiffamierung nur deshalb bekleidete, weil er den Laden mit seinem vielen Geld gegründet hatte) musste sich natürlich über jeden nicht gemeldeten Zwischenfall ereifern – »Ich rede nicht von nicht gemeldeten Zwischenfällen, sondern von nicht verfolgten«, hatte Gerry ihn unterbrochen –, aber Rick, durch nichts zu bremsen oder von seinem Vorhaben abzubringen, verbreitete sich weiter über die mutwillige Beschädigung somalischer Schaufenster, aufgeschlitzte Autoreifen, rassistische Verunglimpfungen, die Frauen auf Parkplätzen nachgerufen bekamen, verbale und auch körperliche Übergriffe unter Schülern. »Ich stelle mich nicht hier hin«, hatte Gerry gesagt, »und tue so, wie vielleicht einige von Ihnen, als existierten keine Trennlinien innerhalb der somalischen Gemeinschaft. Wir wissen, dass einige dieser Verunglimpfungen von ethnischen Somali gegen Bantu-Somali gerichtet waren, oder auch gegen Landsleute anderer Clans.« Da war Rick Huddleston der Kragen geplatzt – dem piekfeinen Yale-Absolventen Huddleston, der, wie Gerry seiner Frau erklärte, die Verfolgung vorurteilsmotivierter Straftaten nur deshalb so vehement betrieb, weil es sich bei ihm, trotz einer ausgesprochen hübschen Mrs. Huddleston und dreier piekfeiner kleiner Töchterlein, eben doch um eine heimliche Schwuchtel handelte. Rick platzte also der Kragen, und er warf Gerry vor, der somalischen Gemeinschaft in der Vergangenheit keinen ausreichenden Schutz gewährt zu haben, und das sei der Grund, rief er feuerrot im Gesicht und knallte sein Glas so heftig auf den Tisch, dass es überschwappte, das sei der Grund, warum der Vorfall diese überwältigende mediale Aufmerksamkeit bekam, regional, national, ja sogar (als wäre Gerry ein Dummbeutel, der weder Zeitung las noch die Nachrichten anschaute) international.

Ein Stadtrat verdrehte die Augen. Diane Dodge, fade wie Weißbrot, quittierte das Gesagte mit wichtigem Kopfnicken. Und dann konnte Rick es sich tatsächlich nicht verkneifen, sein Taschentuch zu zücken und das verspritzte Wasser gründlichst aufzuwischen, damit bloß keine stumpfen Flecken auf dem Konferenztisch zurückblieben, obwohl der (Gerry zwinkerte seiner Frau zu) so alt wie der Sarg seines Großvaters und aus geleimtem Schichtholz gezimmert war. Ein anderer Stadtrat, Dan Bergeron, verstieg sich zu der These, die eigentlich Schuldigen an der großen Publicity seien die Leute vom Washingtoner Rat für Islamische Angelegenheiten, die sich ihre Viertelstunde im Rampenlicht holen mussten, wo sie sie kriegen konnten.

Die ganze Zeit hatte der Imam stumm dabeigesessen.

»Macht ihr euch gar keine Sorgen um Ausschreitungen bei der Kundgebung? Was ist mit dieser Rassistengruppe?« Gerrys Frau stellte die Frage vom Bett aus, wo sie saß und sich die Hühneraugen mit einer scharf riechenden Paste bepinselte.

»Das ist ein Gerücht. Niemand kommt den ganzen Weg von Montana hierher, um unsere Stadt aufzumischen. Wenn jemand auf Rabatz aus ist, geht er nach Minneapolis, wo vierzigtausend von denen rumlaufen.« Gerry knöpfte sich das Hemd auf, das nach getrocknetem Schweiß roch. Er ging ins Badezimmer und stopfte es in den Wäschekorb.

»Stimmt es, dass die Burgess-Brüder kommen?«, rief seine Frau ihm nach.

Wieder im Schlafzimmer, ein Bein schon in der Pyjamahose, sagte Gerry: »Jep. Jimmy hält eine Rede. Soll mir recht sein, solange er sich nicht zu wichtig nimmt.«

»Na, da bin ich ja mal gespannt«, seufzte seine Frau, griff zu ihrem Buch und lehnte sich zurück in die Kissen.

7

Jim hatte seine Kanzlei in einem Gebäude in Midtown Manhattan. Bob musste an der Rezeption in der Eingangshalle seinen Führerschein abgeben und wartete geduldig, bis ein Besucherausweis für ihn angefertigt war. Es dauerte eine Weile, weil Jims Büro benachrichtigt und eine Erlaubnis eingeholt werden musste, bevor Bob weitergehen durfte. Vor einer Reihe von Drehkreuzen übergab Bob den Ausweis einem Uniformierten, der ihn vor ein Gitter hielt, bis ein rotes Blinklicht auf Grün sprang. Im vierzehnten Stock schoben sich die riesigen Scheiben einer Glaswand auseinander, nachdem ein junger Mann drinnen ohne ein Lächeln auf einen Knopf gedrückt hatte. Eine junge Frau erschien und eskortierte Bob zu Jims Büro.

»Da kann einem der Spaß am Hereinschneien vergehen«, sagte Bob, nachdem ihn die junge Frau vor zwei Fotografien von Helen und den Kindern abgestellt hatte und verschwunden war.

»Genau darum geht's, Dödel.« Jim schob ein Papier zur Seite, in dem er gelesen hatte, und nahm die Brille ab. »Was spricht der Zahnarzt? Siehst ganz schön verschlabbert aus.«

»Ich hab mir eine Extradosis Novokain geben lassen. Weil wir als Kinder nie welches kriegen durften, wahrscheinlich.« Bobs Rucksack brauchte so viel Platz, dass er auf der vordersten Kante von Jims Besuchersessel kauern musste. »Heute hat der Bohrer mich richtig durchgeschüttelt, und ich dachte, hoppla, ich bin ja erwachsen, und hab nachbestellt.«

»Grandios.« Jim reckte den Hals, um die Krawatte zu justieren.

»War es auch. Wenn man ich ist.«

»Der ich, Gott sei's gedankt, nicht bin. Okay, in zwei Wochen ist es so weit, planen wir die Sache. Ich hab zu tun.«

»Susan will wissen, ob wir bei ihr wohnen.«

Jim zog die Schreibtischschublade auf. »Ich schlafe nicht auf Sofas. Schon gar nicht auf hundehaarigen Sofas in einem Haus, in dem der Thermostat auf 14 Grad gestellt ist und oben drüber eine bekloppte Alte wohnt, die tagsüber im Nachthemd durchs Haus geistert. Aber mach du nur, was du willst. Bist ja zurzeit ganz dick mit Susan. Und ausreichend Schnaps hat sie sicher auch im Haus. Da fehlt's dir an nichts.« Jim schob die Schublade wieder zu, griff nach dem Papier, in dem er gelesen hatte. Die Brille setzte er wieder auf.

Bob sah sich im Raum um und sagte: »Ich weiß, dass du weißt, dass Sarkasmus die Waffe der Schwäche ist.«

Jim ließ den Blick auf der Seite verweilen, bevor er ihn hob und seinen Bruder musterte. »Bobby Burgess«, sagte er langsam. Ein schmales Lächeln spielte um seinen Mund. »Der Meister des Tiefsinns.«

Bob ließ den Rucksack von den Schultern gleiten. »Bist du schlimmer als sonst, oder warst du immer schon so ein Riesenarschloch? Im Ernst.« Er stand auf, um auf die schlanke, niedrige Couch längs der Wand von Jims Büro zu wechseln. »Du bist schlimmer. Ist es Helen schon aufgefallen? Vermutlich.«

Jim legte den Kugelschreiber hin. Die Hände auf die Armlehnen gelegt, lehnte er sich zurück und schaute zum Fenster hinaus. Seine Züge hatten ihre Härte verloren. »Helen«, sagte er und seufzte. Er beugte sich wieder vor und stützte die Ellenbogen auf den Schreibtisch. »Helen hält mich für verrückt, weil ich da rauffahre. Mich einmische. Aber ich habe lange darüber nachgedacht, und es erscheint mir nicht ganz sinnlos.« Jim sah

Bob an und sagte, plötzlich ernst: »Weißt du, die Leute da oben kennen mich noch irgendwie. Und mögen mich noch. Irgendwie. Mich hat seit Ewigkeiten nichts mehr nach Maine geführt. Und jetzt komme ich zurück. Und ich komme zurück, um zu sagen: Hey, Leute, in diesem Staat werden die Menschen immer älter und immer ärmer, und die Firmen wandern ab, wenn sie nicht längst weg sind. Die Dynamik einer Gesellschaft beruht auf Innovation, werde ich sagen, und was für eine große Leistung es für Shirley Falls war, dieser Innovation die Tür geöffnet zu haben, und dass wir in dieser Richtung weitermachen müssen.

Tatsache ist doch, Bob, sie *brauchen* diese Immigranten. Maine hat seinen Nachwuchs verloren – du und ich, wir sind die besten Beispiele. Und Tatsache ist auch: Das ist traurig. Ich hab schon, bevor Zach sich in diesen Schlamassel reingeritten hat, jeden Tag online das *Shirley Falls Journal* gelesen, und Maine geht vor die Hunde. Es hängt am Tropf. Schrecklich ist das. Die Kids verlassen den Staat, um zu studieren, und kommen nicht zurück. Warum auch? Hier gibt es nichts für sie. So wenig wie für die, die bleiben. Und wer soll sich um all die alten weißen Menschen kümmern? Woher sollen neue Unternehmen kommen?«

Bob lehnte sich auf der schmalen Couch zurück. Er hörte die Sirene eines Feuerwehrwagens und das leise Hupen der Autos tief unten auf der Straße. »Ich wusste nicht, dass du noch so an Maine hängst.«

»Ich hasse Maine.«

Die Sirene des Feuerwehrautos wurde lauter, dann langsam leiser. Bob sah sich in dem Büro um: eine Pflanze mit dürren Wedeln, die aufstrebten wie ein kleiner Springbrunnen, ein Ölgemälde, auf dem sich blaue und grüne Farbwürste ineinanderschlängelten. Er sah wieder Jim an. »Du liest täglich das *Shirley Falls Journal*? Seit wann?«

»Seit Ewigkeiten. Ich steh auf die Todesanzeigen.«

»O Mann, das ist nicht dein Ernst.«

»Doch. Und um deine Frage zu beantworten, ich wohne in dem neuen Hotel am Fluss. Wenn du nicht bei Susan wohnst, nimm dir dein eigenes Zimmer. Ich teile mein Zimmer nicht mit jemandem, der nachts nicht schläft.«

Bob schaute hinüber zur Terrasse eines Nachbargebäudes, auf der Bäume wuchsen, die Blätter noch golden, einige Äste schon kahl. »Wir sollten Zach mal hierherholen«, sagte Bob. »Ob er schon mal Bäume gesehen hat, die auf Hochhäusern wachsen?«

»Mach mit dem Jungen, was du willst. Ich dachte, er redet nicht mal mit dir.«

»Warte, bis du ihn siehst«, sagte Bob. »Er ist, ich weiß nicht – er ist gar nicht richtig da.«

»Ich kann's kaum erwarten«, sagte Jim. »Und das war jetzt Sarkasmus.«

Bob nickte, verschränkte geduldig die Hände im Schoß.

Jim lehnte sich zurück und sagte: »Die größte somalische Einwohnerschaft in diesem Land hat Minneapolis. Da sind in der Volkshochschule offenbar immer die Waschräume versaut, wenn sich die Muslime vor dem Gebet alle die Füße waschen. Also installieren sie jetzt Fußwaschbecken. Ein paar von den Weißen laufen natürlich Sturm dagegen, aber insgesamt machen die in Minnesota das hervorragend. Weshalb wahrscheinlich auch so viele Somali dorthin gehen. Ich finde das hochinteressant.«

»Ist es, ja«, stimmte Bob ihm zu. »Ich habe ein paarmal mit Margaret Estaver telefoniert. Sie ist sehr engagiert.«

»Du telefonierst mit ihr?« Jim schien sich zu wundern.

»Ich mag sie. Sie hat irgendwie so was Tröstliches. Keine Ahnung. Wurscht, es hört sich …«

»Kannst du bitte aufhören, ›wurscht‹ zu sagen? Es hat« – Jim beugte sich vor und wedelte mit der Hand –, »ja, es hat so was Ungebildetes. Da klingst du wie ein Dorftrottel.«

Bob spürte, wie seine Backen warm wurden. Er ließ einige Zeit vergehen, ehe er weitersprach. »Jedenfalls«, sagte er leise und senkte den Blick auf seine Hände, »scheint das größte Problem da oben zu sein, dass die meisten Somali in der Stadt so gut wie kein Englisch können. Das heißt, die wenigen, die es können, werden als Vermittler zwischen der Stadt und den eigenen Leuten gebraucht, aber das sind nicht unbedingt die Ältesten, und die treffen in ihrer Kultur die Entscheidungen. Außerdem gibt es einen großen Unterschied zwischen den ethnischen Somali – die wahnsinnigen Wert darauf legen, aus welchem Clan jemand kommt – und den Bantu, von denen gerade die ersten in Shirley Falls eintrudeln und auf die schon drüben in Somalia alle herabgesehen haben. Die sind also nicht alle die dicksten Freunde da oben.«

»Was du nicht sagst«, sagte Jim.

»Und du hast vollkommen recht«, fuhr Bob fort, »Maine braucht diese Leute. Aber diese Immigranten – Migranten zweiten Grades übrigens, die von ihrem ursprünglichen Ankunftsort hierhergekommen sind und deshalb nicht mehr aus Bundesmitteln unterstützt werden – wollen keine Jobs, die mit Essen zu tun haben, weil sie weder mit Alkohol noch mit Schweinefleisch in Berührung kommen dürfen, auch nicht mit Lebensmitteln, die Gelatine enthalten. Wahrscheinlich nicht mal mit Tabak. Die Frau bei Susan ums Eck, die mir Zigaretten und eine Flasche Wein verkauft hat, war eine Somali – das hab ich mir erst hinterher klargemacht, sie hatte kein Kopftuch auf –, und sie hat mir die Tüte zum Einpacken hingeschoben, als hätte ich von ihr verlangt, dass sie Hundescheiße anfasst. Und solange sie kein Englisch sprechen, ist ihnen der Großteil der Jobs versperrt. Nicht wenige von ihnen sind Analphabeten – ach ja, und bis 1972 hatten sie nicht mal eine eigene Schriftsprache, ist das zu glauben? Und in den Flüchtlingslagern, in denen sie oft jahrelang gesessen haben, dürfte es schwierig bis unmöglich gewesen sein, irgendeine Art von Ausbildung zu bekommen.«

»Hörst du jetzt auf?«, sagte Jim. »Du machst mich krank. Sitzt da und bombardierst mich mit bruchstückhaften Fakten. Und welche Jobs denn bitte schön? In Shirley Falls gibt es doch gar keine Jobs. Normalerweise bewegen sich Migranten in Richtung der Jobs.«

»Ich denke, sie kommen, weil sie Sicherheit suchen. Ich erzähl dir das alles wegen deiner Rede. Diese Leute sind durch die Hölle gegangen, und das solltest du wissen, wenn du auf der Kundgebung reden willst. Auch wenn es dich krank macht. Erst der Alptraum in Somalia, und dann die Ungewissheit in den Lagern. Behalt's einfach im Hinterkopf, ja?«

»Was noch?«

»Ich sollte doch aufhören.«

»Okay, jetzt bitte ich dich, weiterzureden.« Jim starrte für einen Moment an die Decke, als müsste er eine ungeheure Gereiztheit unterdrücken. »Aber deine Quellen sind hoffentlich zuverlässig. Ich halte keine Reden mehr, und ich kann gut drauf verzichten, auf die Nase zu fallen. Falls du es noch nicht wusstest, ich bin keiner, der gern auf die Nase fällt.«

Bob nickte. »Dann solltest du wissen, dass viele Leute in Shirley Falls glauben, an die Somali würden Autogutscheine verteilt – stimmt nicht. Oder sie wären reine Sozialhilfeschnorrer – stimmt nur teilweise. Außerdem ist es unter Somali unhöflich, jemandem direkt ins Gesicht zu schauen, weshalb viele Leute – das beste Beispiel ist unsere Schwester – sie für arrogant oder hinterhältig halten. Sie sind es gewohnt zu feilschen, und das mögen die Leute nicht. Die Einheimischen möchten, dass sie sich dankbar zeigen, aber sie wirken nicht übermäßig dankbar. Zwischenfälle in Schulen hat es natürlich auch gegeben. Der Sportunterricht ist ein Problem. Die Mädchen wollen sich nicht umziehen, und kurze Turnhosen dürfen sie sowieso nicht tragen. Man versucht, sich zusammenzuraufen, verstehst du? Komitees für dieses und jenes.«

Jim hielt beide Hände in die Höhe. »Tu mir den Gefallen und schreib das alles auf. Und schick mir meine Munition per E-Mail. Dann lass ich mir ein paar trostreiche Sätze einfallen. Und jetzt verschwinde. Ich hab zu arbeiten.«

»Arbeiten?« Bob sah sich um, bevor er sich schließlich erhob. »Hast du nicht gesagt, du hättest die Schnauze voll von dem Job? Wann hast du das gesagt? Letztes Jahr? Ich weiß es nicht mehr.« Er schwang sich den Rucksack auf die Schultern. »Aber du hast gesagt, du hättest seit vier Jahren keinen Gerichtssaal mehr von innen gesehen. Und all die großen Verfahren werden per Deal beigelegt. Ich kann mir nicht vorstellen, dass das gut für dich ist, Jimmy.«

Jim betrachtete aufmerksam das Blatt Papier in seiner Hand. »Was zum Henker bringt dich auf den Gedanken, du hättest auch nur den leisesten Schimmer von irgendetwas?«

Bob, schon fast an der Tür, drehte sich um. »Ich wiederhole nur, was du mal zu mir gesagt hast. Ich glaube, du hast eine große Begabung für den Gerichtssaal. Du solltest sie nutzen. Aber was weiß ich schon …«

»Nichts weißt du.« Jim warf den Kugelschreiber auf den Tisch. »Du hast keine Ahnung, was es heißt, in einem Haus für Erwachsene zu leben statt in einem Studentenwohnheim. Keine Ahnung von den Kosten für private Kindergärten und Schulen und Universitäten und, und, und. Oder für Haushälterinnen oder Gärtner oder dafür, seine Ehefrau halbwegs … Gar nichts weißt du, du schwachsinniger Kretin. Hörst du, ich muss arbeiten. Verzieh dich.«

Bob zögerte, dann hob er eine Hand. »Ist ja gut«, sagte er. »Bin schon weg.«

8

In Shirley Falls waren die Tage jetzt kurz, die Sonne stand tief; wenn eine Wolkendecke über der kleinen Stadt lag, hatte man das Gefühl, dass die Dämmerung gleich nach dem Mittagessen einsetzte, und wenn die Dunkelheit dann kam, war es stockfinster. Die meisten Menschen, die hier lebten, hatten ihr ganzes Leben hier verbracht und waren die Dunkelheit um diese Jahreszeit gewöhnt, was nicht hieß, dass sie sie mochten. Sie wechselten Bemerkungen darüber, wenn sie sich im Lebensmittelmarkt oder auf der Treppe zum Postamt begegneten, oft gefolgt von ein paar Worten zur bevorstehenden Ferienzeit; manche freuten sich darauf, viele nicht. Der Spritpreis stieg, und Ferien kosteten Geld.

Über die Somali sprach ein Teil der Stadtbewohner gar nicht mehr. Sie waren etwas, das ertragen sein wollte, wie ein harter Winter, die hohen Benzinpreise oder ein missratener Sprössling. Andere waren mitteilsamer. In der Zeitung wurde der Leserbrief einer Frau abgedruckt: »Mir ist jetzt klargeworden, was mich an den Somali in unserer Stadt stört. Ihre Sprache ist anders, und ich mag ihren Klang nicht. Mir gefällt der Mainer Dialekt. ›*You cahn't get they-ah from he-yah*‹ – jeder weiß, dass man hier so redet. Das wird verschwinden. Es macht mir Angst, unseren Staat auf diese Weise verändert zu sehen.« (Jim hatte die E-Mail unter dem Betreff »Weiße Rassistenzicke will Eingeborenensprache retten« an Bob weitergeleitet.) Andere erzählten sich, welch nette Farbkleckse die leuchtenden Umhänge der Somali-Frauen abgaben, jetzt, wo Shirley Falls so grau und bedrückend geworden war: dieses kleine Mädel neulich in der Bücherei, mit Burka, aber bildhübsch, alle Achtung!

Aber unter den Verantwortlichen der Stadt machte sich ein einschneidenderes Gefühl breit – das der Panik. Seit ein paar Jahren gab es nun schon diesen ständigen Kampf; beinahe täglich erschienen Somali-Frauen in der City Hall, ohne ein Wort Englisch, nicht in der Lage, ein Formular für Mietzuschuss oder Sozialhilfe auszufüllen oder auch nur die Geburtsdaten ihrer Kinder anzugeben (»geboren in der Jahreszeit der Sonne«, sagte beispielsweise einer der raren Dolmetscher, und so wurde bei einem Kind nach dem anderen der 1. Januar als Tag der Geburt eingetragen und das Jahr geschätzt). Englischkurse für Erwachsene wurden eingerichtet und anfangs nur sehr schlecht besucht, die Frauen saßen lustlos herum, während ihre Kinder nebenan spielten; Sozialarbeiter eigneten sich mühevoll ein paar somalische Wörter an (*subax wanaagsan* – »Guten Morgen«; *iska waran* – »Wie geht es Ihnen?«). Es war ein mühsames Geschäft, herauszufinden, wer diese Menschen waren und was sie benötigten, und als nun, nach all dem zähen Ringen, die Berichte über die Sache mit dem Schweinekopf sich über den Staat, das Land, Teile der Welt ausbreiteten, hatten sie das Gefühl, von einer über die Flussufer schwappenden Welle überspült zu werden. Über Nacht war Shirley Falls zu einem Ort der Intoleranz, der Angst, des Ungeistes abgestempelt worden. Und das stimmte ganz einfach nicht.

Die Kirchenvertreter, die nur bedingt hilfreich gewesen waren – und das galt für Margaret Estaver und Rabbi Goldman ebenso wie für drei katholische Priester und einen Pfarrer der Freikirche –, erkannten jetzt, dass man es mit einer veritablen Krise zu tun hatte. Man stellte sich ihr. Zumindest bemühte man sich. Der Stadtrat, der Stadtdirektor, der Bürgermeister und natürlich Polizeichef Gerry O'Hare, alle mit ihren ganz unterschiedlichen Aufgabenbereichen, hatten den Ernst der Lage inzwischen ebenfalls erkannt. Eine Besprechung jagte die andere, während die Vorbereitungen für die Kundgebung »Für ein tolerantes Miteinander« liefen. Es gab Spannungen – jede Menge. Der Bürgermeister versprach, dass in zwei Wochen, an einem Samstag Anfang November, der Roosevelt Park von friedliebenden Menschen bevölkert sein würde.

Und dann trat das Befürchtete ein. Eine weiße Rassistengruppierung, die sich »Weltkirche des Volkes« nannte, suchte um die Genehmigung nach, sich am selben Tag in der Stadt zu versammeln. Als Susan durch Charlie Tibbetts davon erfuhr, flüsterte sie ins Telefon: »Großer Gott, jetzt lynchen sie ihn.« Niemand lyncht Zachary, entgegnete ihr Charlie (mit müder Stimme) – und schon gar nicht die Weltkirche des Volkes, für die Zach schließlich ein Held sei. »Umso schlimmer«, schrie Susan. »Warum muss die Stadt so etwas überhaupt genehmigen, warum sagen sie nicht einfach nein?«

Weil das hier Amerika war. Jeder hatte das Recht, sich zu versammeln, und es empfahl sich für Shirley Falls, die Genehmigung zu erteilen, um alles besser unter Kontrolle zu haben. Die Genehmigung beschränkte sich auf das Gemeindezentrum, das am Stadtrand lag, weit vom Roosevelt Park entfernt. All das habe nicht mehr viel mit Zach zu tun, erklärte ihr Charlie. Zach sei eines Vergehens angeklagt, Punkt. Alles andere würde sich beruhigen.

Die Lage beruhigte sich nicht. Täglich veröffentlichten die Zeitungen Leitartikel aufgebrachter Liberaler aus Maine, aber auch einiger Konservativer, die in vorsichtig formulierten Beiträgen darauf hinwiesen, dass man von den Somali wie von allen anderen, die das Glück hatten, hier leben zu dürfen, erwarten könne, sich um Jobs und Ausbildung zu bemühen und ihre Steuern zu zahlen. Woraufhin postwendend Leserbriefe darauf hinwiesen, dass jeder arbeitende Somali sehr wohl seine

Steuern zahle und unser Land auf die Freiheit eines jeden gegründet sei, die Religion auszuüben, nach der ihm der Sinn stehe, und so weiter und so fort. Als bekannt wurde, dass die Kundgebung im Wettstreit mit einer rassistischen Gruppierung stand, nahm das Engagement noch mehr zu; sämtliche Register wurden gezogen.

Man schickte Teams von Bürgerrechtlern in die Schulen. Das Ziel der Kundgebung wurde erklärt. Die Verfassung der Vereinigten Staaten von Amerika wurde erklärt. Man bemühte sich, die historischen Hintergründe der somalischen Probleme zu beleuchten. Die Gemeinden aller Konfessionen in der Stadt wurden um Hilfe gebeten. Die beiden fundamentalistischen Kirchen reagierten nicht, aber alle anderen; die Entrüstung schlug hohe Wogen. Niemand durfte den Menschen in Maine vorschreiben, wie sie zu leben und zu denken hatten; die Vorstellung, Shirley Falls könnte eine Brutstätte für religiöse Eiferer sein, empörte alle. Hochschulen und Universitäten mischten sich ein, Bürgerorganisationen, Gruppierungen älterer Mitbürger, Menschen unterschiedlichster Couleur schienen der Meinung zu sein, dass die Somali verdammt noch mal das gleiche Recht hatten, hier zu leben, wie andere Volksgruppen vor ihnen, die Frankokanadier, davor die Iren.

Was im Internet zusammengeschrieben wurde, stand auf einem ganz anderen Blatt, und Gerry O'Hare trat der Schweiß auf die Stirn, wenn er vor seinem Computerbildschirm saß und sich durch die verschiedenen Websites scrollte. Er hatte noch nie jemanden getroffen, der den Holocaust als eine der glorreichsten Perioden der Geschichte bezeichnete und dafür plädierte, die Somali in Shirley Falls in eigens für sie aufgestellte Verbrennungsöfen zu schicken. Es gab ihm das Gefühl, im Grunde nichts über die Welt zu wissen. Er selbst war zu jung gewesen für Vietnam, aber er kannte Männer, die dort gekämpft hatten, und er sah die Resultate; ein paar von ihnen wohnten gleich neben den Somali unten am Fluss, psychische Wracks, zu keiner geregelten Arbeit mehr in der Lage. Und es war ja nicht so, dass Gerry O'Hare nicht selber so einiges zu sehen bekommen hätte: Kinder, die über Nacht in Hundehütten gesperrt wurden oder Brandnarben an ihren kleinen Händen trugen, weil ihre Eltern sie auf die Herdplatte drückten, Frauen, denen rasende Ehemänner die Haare ausgerissen hatten, und erst vor ein paar Jahren war ein schwuler Obdachloser in Brand gesteckt und in den Fluss geworfen worden. So etwas blieb nicht in den Kleidern hängen. Aber was er im Internet zu sehen bekam, war etwas Neues: die kaltblütigen Bekundungen eines Dominanzdenkens, das so tief saß, dass es ungerührt forderte, alles »nicht-weiße Ungeziefer auszumerzen wie die Ratten«. Seine Frau verschonte Gerry mit den Einzelheiten seiner Lektüre. »Feiglinge«, sagte er nur. »Das Problem mit dem Internet ist, dass man anonym bleibt.« Gerry nahm jetzt jeden Abend eine Schlaftablette. Die Verantwortung lag bei ihm. Die Sicherheit der Bürger war seine Zuständigkeit, also musste er auch das Unvorhersehbare vorhersehen. Die State Trooper wurden ins Boot geholt, andere Polizeipräsidien um Amtshilfe gebeten, Plastikschilde und Schlagstöcke aus den Arsenalen befördert, Deeskalationsstrategien geübt.

Und eines Morgens, als Susan gerade zur Arbeit aufbrach, kam Zachary Olson weinend zur Hintertür herein. »Mommy«, schluchzte er, »sie haben mich gefeuert! Ich kam rein, und sie haben zu mir gesagt, ich bin gefeuert, ich hab keinen Job mehr.« Und er beugte sich herunter und klammerte sich an seine Mutter, als sei ihm gerade das Todesurteil verlesen worden.

»Sie müssen ihm keinen Grund nennen«, sagte Jim, als Susan ihn anrief. »Kein Arbeitgeber gibt einen Grund an, wenn er halbwegs bei Verstand ist. Aber Bob und ich sind ja bald da.«

9

Mit dem November kam der Wind, tobte sich in wütenden Böen aus, und die Luft in New York wurde kalt, aber nicht frostig. Helen arbeitete im Garten, setzte Tulpen- und Krokuszwiebeln. Ihr Zorn auf die Welt war zu sanfter Melancholie kondensiert, die sie einhüllte wie eine Decke. An den Nachmittagen fegte sie die Blätter von der Vordertreppe und plauderte mit den Nachbarn, die vorüberkamen. Dem Homosexuellen, der so adrett und amüsant war, dem großen, würdevollen asiatischen Arzt, der grässlichen Frau mit den zu blonden Haaren, die bei der Stadt arbeitete, oder dem Ehepaar ein paar Häuser weiter, das sein erstes Kind erwartete, und natürlich Deborah-mit und Debra-ohne. Für alle diese Leute nahm Helen sich Zeit. Es gab ihr Halt, denn dies war die Tageszeit, zu der die Kinder immer aus der Schule heimgekommen waren und im Gittertor Larrys Schlüssel geklappert hatte.

In einem Jahr sollte der würdevolle asiatische Arzt an einem Herzinfarkt verstorben sein, der schwule Mann sollte einen Elternteil verloren und das Ehepaar sein Kind bekommen haben und in eine erschwinglichere Gegend umgezogen sein, aber noch war das alles nicht passiert. Die Veränderungen in Helens eigenem Leben waren noch nicht passiert (auch wenn es ihr so erschien, jetzt, wo Larry aus dem Haus war, für sie der größte Umbruch seit der Geburt ihrer Kinder), und so fegte sie die Vordertreppe und plauderte, ging hinein, schickte Ana früher weg und hatte das Haus – bis Jim zurückkam – für sich.

An diese späten Nachmittage sollte sie sich einmal auf ganz ähnliche Weise erinnern wie an die Weihnachtsabende, als die Kinder klein waren und Helen immer noch ein paar Augenblicke allein im Wohnzimmer verweilt hatte, um den Baum mit seinen Lichtern und Geschenken zu betrachten, und sich dabei so friedlich gefühlt hatte und so erfüllt, dass ihr Tränen in die Augen getreten waren, und jetzt gab es diese Weihnachtsabende nicht mehr; die Kinder waren nicht mehr klein, Emily würde dieses Jahr vielleicht gar nicht nach Hause kommen, sondern bei der Familie ihres Freundes feiern – nein, es war ein zu seltsamer Gedanke, dass solche Weihnachten ein für alle Mal Vergangenheit waren.

Aber das hier war ihr Zuhause, ihres und Jims. Sie ging durch die Räume, wenn Ana fort war, durch das Wohnzimmer mit seinen originalen alten Deckenleuchten, den oberen Salon, dessen Mahagonipaneele in den letzten Strahlen der Nachmittagssonne aufleuchteten, das Schlafzimmer mit seiner Terrasse hinter den gläsernen Flügeltüren. Das Bittersüß, das sich am Geländer emporrankte, trug jetzt orangefarbene haselnussförmige Beeren, die auf den aufgeplatzten und verschnörkelten gelben Schalenresten saßen, und wo die Blätter abgefallen waren, sah man die schönen braunen Reben. Später würde sie sich erinnern, dass Jim in diesem Herbst an manchem Abend mit einer Extraportion Herzlichkeit zur Tür hereingekommen war, manchmal aus heiterem Himmel seine Arme um sie geworfen und gesagt hatte: »Hellie, du bist so gut. Ich liebe dich.« Es machte den Schmerz über das stille Haus etwas erträglicher. Sie kam sich wieder jung und grazil vor. Und trotzdem meinte sie zwischendurch eine Bedürftigkeit an Jim wahrzunehmen, die sie bei ihm nie gekannt hatte. »Hellie, du darfst mich nie verlassen, ja?« Oder: »Du liebst mich doch, egal was kommt, oder?«

»Sei nicht dumm«, antwortete sie dann. Aber sie spürte, dass sie instinktiv zurückwich, wenn er so war, und insgeheim bestürzte sie das. Eine liebende Ehefrau reagierte liebevoll, und sie war immer eine liebende Ehefrau gewesen. Er erwähnte jetzt öfter den Wally-Packer-Prozess, wärmte vor ihr – als wäre sie nicht dabei gewesen – seine größten Momente auf. »Mit der Rechten hab ich den Ankläger zertrümmert. Auf die Bretter geschickt. Er hat es nicht mal kommen sehen.« Das waren nicht mehr die lustigen Reminiszenzen von früher. Oder? Die Leere ihres großen Hauses, jetzt, wo die Tage kürzer wurden, verunsicherte sie.

»Ich brauche einen Job«, sagte sie eines Morgens beim Frühstück.

»Gute Idee.« Jim schien keineswegs entsetzt bei der Vorstellung, und Helen fühlte sich leise gekränkt.

»Na ja, leicht wird das nicht«, sagte sie.

»Wieso?«

»Vor hundert Jahren, als ich – wie kurz auch immer – eine passable Buchhalterin war, hatten sie noch nicht alles auf Computer umgestellt. In dieser Welt bin ich verloren.«

»Dann drückst du eben noch mal die Schulbank«, sagte Jim.

Helen trank ihren Kaffee, stellte ihn ab. Sie ließ den Blick durch die Küche wandern. »Gehen wir ein bisschen im Park spazieren, bevor du in die Kanzlei musst. Das machen wir so selten.«

Beim Gehen wurde Helen leichter ums Herz; sie nahm Jims Hand, winkte mit der anderen Nachbarn zu, die ihre Hunde ausführten. Alle winkten zurück, manche riefen ihr einen Gruß zu. Du hast eine freundliche Art, hatte Jim immer schon gesagt, die Leute freuen sich, dich zu sehen. Dabei fielen Helen ihre Freundinnen ein, mit denen sie sich immer mittwochnachmittags auf ein Glas Wein in Victoria Cummings' Küche getroffen hatte: Oh, Helen, da bist du ja endlich – freudige Begrüßungsrufe, einige hatten sogar in die Hände geklatscht bei ihrem Anblick. »He, Mädels, Helen ist da!« Das Küchenkabinett nannten sie sich, zwei Stunden Tratsch und Gelächter, aber inzwischen war die Ehe der armen Victoria ein solches Desaster, dass schon ewig keine Treffen mehr stattgefunden hatten, und Helen nahm sich vor, sie alle anzurufen, sobald sie wieder zu Hause war, und ihr Haus als zukünftigen Treffpunkt vorzuschlagen. Warum war ihr das nicht schon früher eingefallen? Die Welt war wieder heil, Freundinnen warfen ihr ganz eigenes Sonnenlicht. Und die drollige alte Dame aus dem Gymnastikkurs wollte sie auch fragen. »Sie legen sich auf die Matte«, hatte sie beim ersten Mal zu Helen gesagt, »und beten zu Gott, dass Sie wieder hochkommen.« Hinter dem Hügel erstreckte sich die braune Wiese, dazu das dunklere Braun der Baumstämme, die glasige Fläche des Teichs. Die Hausdächer, die über den Bäumen aufragten, wirkten aus diesem Blickwinkel ganz ungewohnt, erhaben und alt. »Als ob wir in Europa wären«, sagte Helen, »so sieht es hier aus. Fliegen wir doch im Frühling nach Europa. Nur wir zwei.«

Jim nickte abwesend.

»Machst du dir Sorgen wegen Samstag?«, fragte Helen, jetzt wieder ganz Ehefrau.

»Nein. Das haut schon hin.«

Als sie zurück ins Haus kamen – Helen hatte noch die zu blonde Frau mit der Aktentasche begrüßt –, klingelte das Telefon. Sie hörte Jim mit leiser Stimme sprechen, dann legte er auf und schrie: »Scheiße, Scheiße, Scheiße!« Sie stand im Wohnzimmer und wartete. »Der Idiot ist seinen Job los, und Susan fällt aus allen Wolken. Warum sollen sie ihn denn *nicht* feuern? Irgendein Journalist wird ihm nachgeschnüffelt haben, und bei Walmart hatten sie die Nase voll. Himmel, ich will da nicht rauffahren.«

»Du kannst immer noch nein sagen«, sagte Helen.

»Kann ich nicht. Ich häng da mit drin.«

»Ach was. Du lebst nicht mehr da oben, Jimmy.«

Er antwortete nicht.

Helen ging an ihm vorbei die Treppe hinauf. »Gut, tu, was du für richtig hältst.« Aber wieder regte sich in ihr die Furcht, ihr könnte etwas genommen werden. Sie rief nach unten: »Sag mir, dass du mich liebst.«

»Ich liebe dich«, sagte Jim.

»Mit etwas mehr Gefühl bitte.« Sie beugte sich über das Geländer.

Er saß auf den untersten Stufen, den Kopf in die Hände gestützt. »Ich liebe dich«, sagte er.

10

Es begann zu dämmern, als die Burgess-Brüder die Schnellstraße hinauffuhren. Der Himmel ließ sich Zeit, behielt ein sanftes Blau, während die Bäume auf beiden Seiten des vor sie hingestreckten Asphalts dunkler wurden. Irgendwann zog die sinkende Sonne einen lavendelblauen und gelben Schleier herauf, die Linie des Horizonts schien aufbrechen zu wollen, um einen Blick auf dahinterliegende Himmel freizugeben. Zarte Wolkenstreifen färbten sich rosa und glühten nach, bis schließlich nahezu vollständige Dunkelheit herrschte. Die Brüder hatten wenig miteinander geredet, seit sie in einem Mietwagen am Flughafen losgefahren waren, Jim am Steuer, und während der langen Minuten des Sonnenuntergangs hatte keiner ein Wort gesprochen. Bob war unsagbar glücklich. Es war ein völlig unerwartetes Gefühl und dadurch umso intensiver. Er sah zum Fenster hinaus auf die dunkle Schwärze der Kiefern, die vereinzelten Granitbrocken. Eine Landschaft, die er vergessen hatte – und an die er sich jetzt wieder erinnerte. Die Welt war ein alter Freund, die Dunkelheit umschloss ihn wie mit Armen. Als sein Bruder etwas sagte, hörte Bob ihn ganz gut. Trotzdem fragte er leichthin: »Was hast du gesagt?«

»Dass es einfach entsetzlich deprimierend ist, hab ich gesagt.«

Bob wartete einen Moment, bevor er sagte: »Das Trauerspiel mit Zachary, meinst du?«

»Ach, ja«, sagte Jim in entnervtem Ton. »Das auch. Aber ich meinte diese … Gegend. Die Trostlosigkeit.«

Bob sah eine Weile zum Fenster hinaus, bis er schließlich sagte: »Wenn wir bei Susan sind, geht's dir gleich besser. Wirst sehen, es ist ganz gemütlich.«

Jim wandte ihm den Blick zu. »Du beliebst zu scherzen, ja?«

»Ich vergesse immer wieder«, sagte Bob, »dass du in der Familie das Monopol auf Sarkasmus hast. Du wirst Susans Haus unglaublich deprimierend finden und dir, noch bevor wir mit dem Essen fertig sind, die Kugel geben wollen. Vermute ich mal.« So plötzlich aus seinem Traum gestoßen zu werden, machte ihn beinahe schwindlig; es griff ihn körperlich an. Er schloss im Dunkeln die Augen, und als er sie wieder öffnete, fuhr Jim einhändig, den Blick schweigend nach vorne auf die schwarze Straße gerichtet.

Zachary machte ihnen auf. Mit seiner tiefen Stimme sagte er: »Onkel Bob, da bist du ja wieder.« Seine Arme bewegten sich nach vorn, um gleich wieder an den Seiten herabzufallen. Bob zog seinen Neffen an sich, spürte die Magerkeit des Jungen und die überraschende Wärme seines Körpers. »Ich freue mich, dich zu sehen, Zachary Olson. Darf ich dir deinen ehrenwerten Onkel Jim vorstellen?«

Zach blieb ganz still stehen. Aus seinen tiefbraunen Augen sah er Jim an und sagte leise: »Ich hab Scheiße gebaut.«

»Wer baut keine Scheiße? Nenn mir einen, der keine Scheiße baut«, sagte Jim. »Schön, dich zu sehen.« Er klopfte dem Jungen auf den Rücken.

»Du«, sagte Zachary. Er meinte es ernst.

»In der Tat«, sagte Jim. »Das stimmt. Susan, sei so gut und dreh die Heizung hoch. Wenigstens für eine Stunde.«

»Das ist das Erste, was du mir zu sagen hast, ja?«, fragte Susan, aber ihre Stimme klang fast ein bisschen vergnügt, und sie und Jim beugten sich in einer flüchtigen Umarmung zueinander vor. Bob nickte sie nur zu, und er nickte zurück.

Und dann saßen sie zu viert in Susans Küche und aßen

Käsemakkaroni. Bob versicherte Susan mehrmals, dass es ihm schmeckte, und nahm sich nach. Er verzehrte sich nach etwas Trinkbarem und dachte an die Flasche Wein in seiner Reisetasche, die noch im Wagen lag. »Also, Zach«, sagte er, »du ziehst heute Nacht mit uns ins Hotel. Und morgen bleibst du dort, solange wir auf der Kundgebung sind.«

Zach sah seine Mutter an, und sie nickte. »Ich war noch nie in einem Hotel«, sagte er.

»Doch, warst du«, sagte Susan. »Du erinnerst dich bloß nicht.«

»Unsere Zimmer liegen nebeneinander«, sagte Bob. »Du wohnst bei mir, da können wir uns bis in die Puppen vor den Fernseher hauen, wenn du magst. Onkel Jim braucht seinen Schönheitsschlaf.«

»Das war gut, Susan.« Jim schob den Teller von sich. »Ganz ausgezeichnet.« Sie gingen höflich miteinander um, die drei Geschwister, die seit dem Tod der Mutter nicht mehr gemeinsam gegessen hatten. Aber die Atmosphäre war geschwängert mit dem anderen, dem Warten.

»Es soll schön werden morgen. Mir wär's lieber, wenn's schüttet«, sagte Susan.

»Mir auch«, sagte Jim.

»Wann war ich in einem Hotel?«, fragte Zach.

»Sturbridge Village. Da waren wir mal mit Jims Kindern, als du klein warst.« Susan trank einen Schluck Wasser. »Es war lustig. Es hat dir gefallen.«

»Gehen wir«, sagte Bob, der im Hotel sein wollte, bevor die Bar zumachte. Er brauchte jetzt Whiskey, keinen Wein. »Hol deine Jacke, Kleiner. Und vielleicht eine Zahnbürste.«

Angst spülte über Zachs Gesicht, als er in der Tür stand, und seine Mutter stellte sich rasch auf die Zehenspitzen und küsste ihn auf die Wange.

»Wir passen auf ihn auf, Suse«, sagte Jim. »Keine Angst. Wir melden uns, sobald wir im Hotel sind.«

Sie checkten in dem Hotel am Fluss ein, wo der Mann am Empfang nicht zu wissen oder sich nicht darum zu scheren schien, wer sie waren. Die Zimmer hatten je zwei französische Betten, an den Wänden hingen Drucke der alten Ziegelbrennereien am Fluss. Noch während Jim die Reisetasche von der Schulter gleiten ließ, griff er nach der Fernbedienung und knipste den Fernseher an. »Okay, Zachary, mal sehen, was die Glotze so anzubieten hat.« Er hängte seine Jacke in den Kleiderschrank und legte sich aufs Bett.

Zachary setzte sich auf die Kante des anderen Betts, die Hände in den Jackentaschen. Nach ein paar Augenblicken sagte er: »Mein Dad hat eine Freundin. Eine Schwedin.«

Bob sah Jim an. »Ach, ja?«, fragte Jim. Er hatte es sich bequem gemacht, den Unterarm unterm Kopf. Über ihm hing ein Druck der Ziegelei, in der ihr Vater als Vorarbeiter gearbeitet hatte. Den Blick auf den Fernseher gerichtet, klickte Jim sich durch die Programme.

»Hast du sie kennengelernt?« Bob ließ sich in den Sessel beim Telefon sinken. Er wollte unten fragen, ob sie sich nicht ein paar Whiskeys bringen lassen konnten; dass es in der Minibar keinen gab, war ein Schlag gewesen.

»Wo hätte ich sie kennenlernen sollen?« Zachs Stimme klang tief und ernsthaft. »Sie lebt in Schweden.«

»Stimmt«, sagte Bob. Er griff zum Telefonhörer.

»Lass es lieber bleiben«, sagte Jim, ohne den Blick vom Bildschirm zu wenden.

»Was?«

»Was du gerade vorhast, dir was zum Trinken bestellen. Wozu Aufmerksamkeit auf uns ziehen?«

Bob rieb sich mit der Hand übers Gesicht. »Weiß deine Mum von der Freundin?«, fragte er.

Zach zuckte die Achseln. »Keine Ahnung. Ich sag's ihr jedenfalls nicht.«

»Nee«, sagte Bob. »Warum auch.«

»Was macht diese Freundin?«, fragte Jim, der die Fernbedienung wie einen Schaltknüppel neben sich auf dem Bett hielt.

»Sie ist Krankenschwester.«

Jim wechselte den Kanal. »Ein schöner Beruf, Krankenschwester. Zieh endlich die Jacke aus, Kamerad. Wir bleiben über Nacht.«

Zack zwängte sich aus seiner Jacke, warf sie auf den Fußboden zwischen Wand und Bett. »Sie war drüben«, sagte er.

»Häng sie da rein«, befahl Jim und deutete mit der Fernbedienung auf den Kleiderschrank. »Wo drüben?«

»Somalia.«

»Echt«, sagte Bob. »Im Ernst?«

»Glaubst du vielleicht, ich denk mir das aus?« Zach hängte die Jacke in den Schrank, setzte sich wieder aufs Bett und schaute seine Hände an.

»Wann war sie in Somalia?« Jim stützte sich auf den Ellenbogen, um Zach sehen zu können.

»Irgendwann früher. Als die gehungert haben.«

»Die hungern immer noch. Was hat sie dort gemacht?«

Wieder ein Schulterzucken von Zach. »Weiß nicht genau. In einem Krankenhaus gearbeitet, als die Paki ... die Portu ... wie hieß das noch, ein Land mit P?«

»Pakistan.«

»Ja. Also, sie war da, als diese Leute da rübergefahren sind, um die Lebensmittel und das alles zu bewachen, und ein paar von den Leuten sind von den Salamis getötet worden.«

Jim richtete sich auf. »Himmelarsch, *du* solltest nun wirklich nicht von ›Salamis‹ sprechen. Kriegst du das nicht in deinen verdammten Schädel? Kannst du nicht mal für fünf Cent mitdenken?«

»Lass, Jim«, sagte Bob. Zachs Gesicht hatte sich verfärbt, und er starrte auf seine Finger, knetete sie im Schoß. »Weißt du,

Zach, die Wahrheit über deinen Onkel Jim ist, dass niemand so genau weiß, ob er ein Arschloch ist oder nicht, aber er benimmt sich oft wie eins, nicht nur dir gegenüber. Hast du Lust, mit mir runterzukommen, wenn ich mir was zu trinken organisiere?«

»Bei dir piept's wohl«, sagte Jim. »Wir waren uns einig, Zach verlässt dieses Zimmer nicht. Irgendwas wirst du doch dabeihaben, also pack's aus und trink es.«

»Hat sie für eine Hilfsorganisation gearbeitet?«, fragte Bob. »Die Freundin von deinem Dad?« Er ging zu Zach und setzte sich neben ihm aufs Bett, drückte ihm die Schultern. »Ich stell sie mir nett vor. Deine Mom ist ja auch nett.«

Zach lehnte sich etwas zu Bob hinüber, und Bob ließ den Arm noch einen Moment auf seiner Schulter liegen. »Sie musste zurück nach Hause, nach Schweden. Und alle ihre Kolleginnen auch, weil lauter Soldaten in das Krankenhaus gebracht wurden, denen die Eier abgeschnitten worden waren und die Augen ausgestochen. Und irgendwelche Salam … Somal … Somalierinnen hatten ein großes Messer genommen und diesen einen Typ in Stücke gehackt. Da ist Dads Freundin ausgetickt. Und ihre Krankenschwesternkolleginnen auch. Deshalb sind sie zurück nach Hause.«

»Hat dein Vater dir das erzählt?« Jim sah zu Bob hinüber.

Zach nickte.

»Das heißt, du sprichst mit ihm?«

»Er mailt mir.« Zach fügte hinzu: »Das ist fast so wie sprechen.«

»Stimmt.« Bob stand auf, ließ Kleingeld in den Hosentaschen klimpern. »Wann hat er dir das geschrieben?«

Achselzucken. »Ist schon 'ne Weile her. Als die ganzen Leute hier angekommen sind. Er hat mir eine Mail geschrieben, dass die ganz schön verrückt sind.«

»Moment mal, Zach.« Jim schaltete den Fernseher aus. Er stand auf, ging zu Zach und blieb vor ihm stehen. »Dein Vater hat dir geschrieben, dass du dich vor den Somali in Acht nehmen sollst, die hierherkommen? Weil sie verrückt sind?«

Zach schaute in seinen Schoß. »In Acht nehmen nicht direkt …«

»Sprich lauter.«

Zach warf einen schnellen Blick auf Jim; Bob sah, dass seine Wangen glühten. »Nicht direkt in Acht nehmen. Einfach nur …«, Zach senkte den Blick, »… ja, dass sie vielleicht ein bisschen verrückt sind.«

»Wie oft hast du Kontakt mit deinem Vater?« Jim verschränkte die Arme vor der Brust.

»Weiß nicht.«

»Ich frag dich, wie oft du in Kontakt mit deinem Vater bist?«

Bob sagte gedämpft: »Hör auf, Jim. Er ist nicht im Zeugenstand, Himmelarsch.«

»Manchmal schreibt er mir viele Mails«, sagte Zach, »und dann hab ich wieder das Gefühl, er hat mich vergessen.«

Jim drehte sich um und ging ein paar Schritte hin und her. Schließlich sagte er: »Du hast dir vermutlich gedacht, es imponiert deinem Vater, wenn du denen einen Schweinekopf in die Moschee wirfst.«

»Ich weiß nicht, was ich gedacht habe«, sagte Zach. Er wischte sich mit der Hand über die Augen. »Es hat ihm nicht imponiert«, schob er nach.

Jim sagte: »Na, da bin ich froh, ich wollte nämlich gerade sagen, dass dein Vater ein Vollidiot ist.«

Bob sagte: »Er ist kein Vollidiot. Er ist Zachs Vater. Verflucht noch mal, Jim, hör endlich auf.«

Jim sagte: »Hör zu, Zachary, niemand schneidet dir hier die Eier ab. Diese Menschen sind hergekommen, weil sie *weg* davon wollten. Sie sind nicht die Bösen.« Er setzte sich wieder auf sein Bett, knipste den Fernseher an. »Dir kann hier nichts passieren. Okay?«

Bob durchstöberte seine Reisetasche, brachte die Weinflasche zum Vorschein. »Da hat er recht, Zach.«

Zach fragte: »Erzählt ihr das meiner Mum? Was mein Dad mir geschrieben hat?«

Jim sagte müde: »Du meinst, den Grund, warum du es getan hast? Was würde deine Mum tun?«

»Mich anschreien.«

»Ich weiß es nicht«, sagte Jim schließlich. »Sie ist deine Mutter. Es geht sie etwas an.«

»Aber bitte nichts von der Freundin erzählen. Den Teil erzählt ihr nicht, okay?«

»Nein, Kamerad«, antwortete Bob. »Der Teil geht sie nichts an.«

»Und jetzt Schluss für heute«, sagte Jim. »Morgen ist ein großer Tag.« Er sah zu Bob, der die Weinflasche öffnete. »Trinkt dein Vater?«, fragte er Zach.

»Keine Ahnung. Früher hat er nicht getrunken.«

»Na, dann wollen wir hoffen, dass du nicht die Gene von deinem Onkel Goofy geerbt hast.« Jim zappte sich durch die Programme.

»Siehst du, Zachary? Das hab ich gemeint. Dein berühmter Onkel. Ist er ein Arschloch oder ist er keins? Die Antwort kennt nur sein Frisör.«

Bob schenkte sich Wein in ein Hotelglas, zwinkerte Zach zu.

»Was?« Zachs Blick schnellte ein paarmal hin und her zwischen Bob und Jim: »Du färbst dir die Haare?«, fragte er Jim.

Jim sah ihn an. »Nein. Er spielt auf eine Werbung an, aber das war vor deiner Zeit.«

»Puh«, sagte Zach. »Männer, die sich die Haare färben, sind nämlich ganz schön schwach.« Er legte sich aufs Bett, schob sich den Arm unter den Kopf wie sein Onkel Jim.

Am Morgen ging Bob nach unten und kam mit Cornflakes und Kaffee zurück. Jim blätterte in einer Broschüre der »Allianz für ein tolerantes Miteinander«, die Bob von Margaret Estaver geschickt bekommen hatte. »Wusstet ihr, dass nur neunundzwanzig Prozent der Amerikaner der Meinung sind, dass der Staat Verantwortung für die Armen trägt?«

»Ja«, sagte Bob. »Unerhört, nicht?«

»Und zweiunddreißig Prozent glauben, dass für unseren Erfolg im Leben Kräfte verantwortlich sind, auf die wir keinen Einfluss haben. In Deutschland glauben das achtundsechzig Prozent der Menschen.« Jim warf die Broschüre auf die Seite.

Nach einem kurzen Schweigen sagte Zach leise: »Versteh ich nicht. Ist das gut oder schlecht?«

»Das ist amerikanisch«, sagte Jim. »Iss deine Cornflakes.«

»Also ist es gut«, sagte Zach.

»Und denk dran: nur ans Handy gehen, und auch nur, wenn du die Nummer kennst.« Jim stand auf. »Hol deinen Mantel, Goofy.«

Die Strahlen der Novembersonne – die in einem flachen Winkel auf die Stadt schien – schnitten durch die Straßen und die noch grünen Rasenflächen, fielen auf Türstufen mit alten, eingesunkenen Halloweenkürbissen darauf, beleuchteten Baumstämme und nacktes Geäst, erhellten die klare Luft, brachten den Glimmer in dem alten Pflaster zum Funkeln. Jim und Bob parkten ein paar Straßen entfernt. Als sie um die Ecke bogen, sah Bob mit Erstaunen die Menschenmengen, die in den Park unterwegs waren. »Wo kommen die denn alle her?«, fragte er seinen Bruder. Jim sagte nichts, Anspannung stand ihm im Gesicht. Aber die Gesichter um sie herum waren nicht angespannt. Das fiel auf: diese wohlmeinende Ernsthaftigkeit der Menschen, denen sie sich anschlossen. Einige trugen Plakatschilder, auf die das Logo der Kundgebung gemalt war: zwei Strichmännchen, die sich an den Händen halten. »Mit denen dürft ihr nicht in den Park«, sagte jemand und bekam ein fröhliches »Wissen wir« zur Antwort. Hinter der nächsten Ecke sahen sie den Park vor sich liegen. Überfüllt war er nicht, aber doch gut gefüllt; das größte Gedränge herrschte vor dem Podium. TV-Übertragungswagen und Menschen mit noch mehr Plakatschildern säumten die anliegenden Straßen. Die Ränder des Parks begrenzten orangerote Absperrbänder, die an provisorischen Pfählen befestigt waren, und alle paar Meter stand ein Polizist. Sie hatten die Augen ständig in Bewegung, behielten alles im Blick, aber auch von den Polizisten in ihren blauen Uniformen ging eine gewisse Lockerheit aus. Am Eingang an der Pine Street war eine Sicherheitssperre mit Tischen und Metalldetektoren aufgebaut. Die Burgess-Brüder spreizten die Arme ab und durften passieren.

Leute in Daunenwesten und Jeans standen herum, Rentner mit weißem Haar und breiten Hüften bewegten sich langsam vorwärts. Die meisten Somali hatten sich beim Spielplatz versammelt. Die Männer trugen westliche Kleidung, bemerkte Bob, ein paar von ihnen kittelähnliche Hemden unter ihren Jacken. Aber die somalischen Frauen – viele mit runden Backen, einige schmalgesichtig – trugen bodenlange Umhänge, und manche der Kopfbedeckungen erinnerten Bob an die Nonnen, die in seiner Kindheit in ebendiesem Park spazieren gegangen waren. Dabei ähnelten sie ihnen kaum, viele der Kopftücher waren flatterig und bunt, als hätte eine neue Sorte Blätter, orange, lila und gelb, den Weg in den Park gefunden. »Der menschliche Geist will sich immer an etwas festhalten, findest du nicht?«, sagte Bob zu Jim. »Etwas, das er kennt. Damit er sagen kann: *Das ist genau wie* … Aber so etwas wie das hier hatten wir noch nie. Es ist nicht wie das Franko-Festival oder die Moxie Days …«

»Halt die Klappe«, sagte Jim leise.

Eine Frau sprach auf dem Podium. Ihre mikrofonverstärkte Stimme kam gerade zum Ende, und die Leute klatschten höflich. Die Atmosphäre wirkte festlich und reserviert zugleich. Bob blieb stehen, Jim ging weiter Richtung Podium. Wie immer würde er frei sprechen. Die Frau, die eben das Podium verließ, war Margaret Estaver; sie verschwand in einer Traube von Menschen, und Bob suchte die Menge mit Blicken ab. Es war ihm noch nie so stark aufgefallen, wie ähnlich sich weiße Menschen sahen. *Wie ein Ei dem anderen.* Weißhäutig, offen und frappierend unscheinbar, verglichen mit den Somali, die sich jetzt mehr mit der Stadtbevölkerung mischten; überall leuchteten die langen Gewänder der Frauen. Einige hatten ihren Kindern erlaubt mitzukommen, und die Jungen waren amerikanisch gekleidet, in Hosen und T-Shirts unter übergroßen Jacken. Wieder dachte Bob, wie ungewohnt es war, hier so viele Menschen versammelt zu sehen, ganz ohne die Musik und das Tanzen und die Imbissstände, die er aus seiner Jugend kannte. Und ohne Pam. Die jugendlich-vollschlanke Pam mit ihrem jugendlich-vollen Lachen. Pam, jetzt mager in New York, ihre Söhne zu New Yorkern erziehend. (Pam!)

»Bob Burgess.« Margaret Estaver stand hinter ihm. »Ach, das macht doch nichts«, sagte sie, als er beteuerte, wie leid es ihm tat, ihre Ansprache verpasst zu haben. »Es läuft sehr gut. Besser, als wir gehofft haben.« Es war etwas Strahlendes an ihr, das ihm nicht aufgefallen war, als sie nebeneinander auf Susans Veranda gesessen hatten. »Ganze dreizehn Teilnehmer haben sich im Gemeindezentrum zur Gegenkundgebung eingefunden. *Dreizehn.*« Die Augen hinter der Brille waren graublau. »Nach ersten Schätzungen sind hier *viertausend* Menschen versammelt. Ist das nicht ein tolles Gefühl?«

Und ob, sagte er.

Alle möglichen Menschen näherten sich ihr, und sie begrüßte

jeden mit Handschlag. Wie eine liebenswürdige Version von Jim, dachte Bob, Jim, als er noch Politiker in Maine werden wollte. Jemand rief nach Margaret, sie nickte und sagte: »Ich komme.« Bob winkte sie zu, legte die Hand mit zwei abgespreizten Fingern an die Wange: »Rufen Sie mich an«, und Bob wandte sich zum Podium.

Jim war noch nicht auf der Bühne. Er stand bei einem großen, zotteligen Mann, in dem Bob Dick Hartley erkannte, den Generalstaatsanwalt. Jim stand mit verschränkten Armen da, den Blick gesenkt, und nickte, den Kopf Dick zugeneigt, der mit ihm redete. (»Lass die Leute reden«, sagte Jim gern. »Die meisten reden sich um Kopf und Kragen, man muss sie nur lassen.«) Jim schaute kurz hoch, grinste Dick an, klopfte ihm auf die Schulter, um dann wieder Zuhörhaltung einzunehmen. Mehrmals schienen beide Männer leise zu lachen. Neuerliches Schulterklopfen, dann wurde Dick Hartley angekündigt und erklomm die Treppe etwas ungelenken Schrittes, als wäre er immer rank und schlank durchs Leben gegangen und wüsste nicht recht, wie er die Körperfülle bewältigen sollte, die ihn nun, Mitte fünfzig, plötzlich belastete. Er las seine Rede ab, und weil er sich in einem fort die Haarsträhnen aus den Augen streichen musste, hatte man den Eindruck – ob zu Recht oder nicht –, dass er sich unwohl in seiner Haut fühlte.

Bob, der eigentlich zuhören wollte, schweifte mit den Gedanken ab. Margaret Estavers Gesicht erschien wieder vor ihm, und dann – seltsamerweise – das von Adriana, ihr erschöpfter, wirrer Blick an dem Morgen, nachdem sie ihren Mann von der Polizei hatte abführen lassen. Aber jetzt im Moment, in diesem Park seiner Kindheit, war es fast undenkbar, dass sein New Yorker Leben real sein sollte, dass es das Pärchen gegenüber in der weißen Küche oder die junge Frau, die sich so ungezwungen in ihrer Wohnung bewegte, wirklich gab oder dass er selbst so viele Abende am Fenster gesessen und hinausgeschaut hatte.

Ein trauriges Dasein, so schien es ihm jetzt, aber er wusste, zu Hause an seinem Fenster in Brooklyn fühlte es sich nicht traurig an, da war es sein Leben. Im Augenblick dagegen gab es nichts Realeres als diesen Park mit all den blassen Menschen, die ihm so vertraut vorkamen, die so uneitel waren und so behäbig; Margaret Estaver, ihre Art… Und flüchtig dachte er, wie es sich für die Somali anfühlen mochte, ständig in einer Verwirrung leben zu müssen, wie er sie momentan erlebte, nie zu wissen, welches Leben das reale war.

»Jimmy Burgess«, hörte Bob eine Frau mit unterdrückter Stimme sagen. Sie war klein, weißhaarig, mit Fleeceweste, und neben ihr stand ein Mann, der wohl ihr Ehemann war, auch er klein, mit einem großen Bauch, und auch er trug eine Fleeceweste. »Nett von ihm, dafür raufzukommen«, fuhr die Frau fort, noch immer das Podium im Blick, während sie den Kopf schon ihrem Mann zuwandte. »Hat es wohl für seine Pflicht gehalten«, fügte sie hinzu, als sei ihr das eben erst eingefallen, und Bob ging ein Stück weiter.

Er wünschte sich dringend eine Zigarette, als er Jim die Stufen hinaufsteigen und Dick Hartley zunicken sah, der ihn vorstellen würde. Selbst auf diese Entfernung wirkte Jim ungeheuer natürlich. Bob wippte auf den Absätzen, die Hände in den Hosentaschen. Was war es, das Jimmy so besonders machte? Dieses ungreifbar Bezwingende an Jimmy?

Dass er keine Angst zeigte, das war es. Nie Angst gezeigt hatte. Angst stieß die Leute ab. Solche Gedanken gingen Bob durch den Kopf, als sein Bruder zu sprechen begann. (»Guten Morgen.« Pause. »Ich stehe hier als ehemaliger Bürger dieser Stadt. Ich stehe hier als ein Mann, dem seine Familie am Herzen liegt und dem sein Land am Herzen liegt.« Pause. Leiser: »Als ein Mann, dem seine Heimatstadt am Herzen liegt.«) Hier im Roosevelt Park, benannt nach dem Mann, der dem Land versichert hatte, dass das einzig Fürchtenswerte die Furcht selber war, konnte Jimmy sich seiner Wirkung gewiss sein, dachte Bob, weil er aussah wie einer, um den die Angst einen großen Bogen macht. (»Als ich ein Kind war und in diesem Park gespielt habe – so wie die Kinder, die ich heute hier sehe –, bin ich manchmal auf den kleinen Berg da drüben gestiegen, um auf die Bahngleise hinunterzuschauen und den kleinen Bahnhof, auf dem vor hundert Jahren Hunderte Menschen in diese Stadt gekommen sind, um hier in Sicherheit arbeiten, leben und ihre Religion ausüben zu können. Diese Stadt blühte auf und gedieh mit der Hilfe all derer, die hierherkamen, all derer, die hier lebten.«)

So etwas ließ sich nicht vortäuschen. Es zeigte sich im Blick, in der Art, wie jemand einen Raum betrat, die Stufen zu einem Podium hinaufstieg. (»Wer gleichgültig danebensteht, wenn seine Mitmenschen, ob Männer, Frauen oder Kinder, Leid und Demütigung erfahren, verschlimmert das Leid und die Demütigung noch, das wissen wir alle. Wir alle wissen um die Verletzlichkeit der Menschen, die neu in unserer Gemeinschaft sind, und werden nicht tatenlos danebenstehen, wenn ihnen Unrecht geschieht.«) Bob, der seinem Bruder zuschaute und sah, dass jeder im Park – der inzwischen *brechend* voll war – an seinen Lippen hing, ohne zu zappeln oder herumzulaufen oder mit dem Nebenmann zu tuscheln, Bob, dem es vorkam, als wären alle diese Menschen in ein großes, warmes Tuch gehüllt, das sein Bruder immer enger zu sich herzog, ahnte nicht, dass das, was er empfand, Neid war. Er wusste nur, dass er dastand und sich miserabel fühlte, nachdem ihn doch Margaret Estavers Begeisterung eben noch so hoffnungsfroh gestimmt hatte, nachdem er sich gefreut hatte über das, was sie tat und was sie ausstrahlte. Jetzt kam wieder der Rückfall in die altbekannte Trostlosigkeit, in den Abscheu gegen sein eigenes täppisches, dödeliges, unbeherrschtes Ich – in allem das Gegenteil von Jim.

Und doch. Das Herz ging ihm auf vor Liebe. Da stand er, sein großer Bruder! Ihm war, als schaute er einem großen Sportler zu, einem Mann, dem die Anmut bereits in die Wiege gelegt worden war und der zwei Zoll über der Erdoberfläche wandelte, und wer konnte schon sagen, warum? (»Wir sind heute in den Park gekommen, zu Tausenden in diesen Park gekommen, um laut und deutlich unsere Überzeugung kundzutun, dass die Vereinigten Staaten von Amerika ein Land der Gesetze sind, nicht der Willkür, und dass die, die bei uns Schutz suchen, ihn auch finden sollen.«)

Bob vermisste seine Mutter. Seine Mutter in dem dicken roten Pullover, den sie so gern gemocht hatte. Er dachte daran, wie sie an seinem Bett saß, als er klein war, und ihm eine Gutenachtgeschichte erzählte. Sie hatte ihm ein Nachtlicht gekauft, was damals wie ein unerhörter Luxus schien: diese kugelrunde Birne, festgesogen an der Steckdose über der Fußleiste. »Schisser«, sagte Jim, und schon bald ließ Bob seine Mutter wissen, dass er das Licht nicht mehr nötig hatte. »Dann lass ich die Tür offen«, sagte seine Mutter. *Schisser.* »Falls einer von euch aus dem Bett fällt oder mich braucht.« Immer war Bob derjenige, der aus dem Bett fiel oder laut schreiend aus einem Alptraum erwachte. Jimmy hänselte Bob nur dann, wenn ihre Mutter nicht in der Nähe war, und obwohl Bob sich zu wehren versuchte, hatte er im Herzen die Verachtung seines Bruders doch akzeptiert. Und akzeptierte sie auch heute, hier im Roosevelt Park, während er dastand und Jims wohlgesetzten Worten lauschte. Er wusste, was er getan hatte. Die gutherzige Elaine in ihrem Büro mit dem zählebigen Feigenbaum hatte einmal ganz behutsam zu bedenken gegeben, dass es vielleicht keine besonders gute Idee gewesen sein könnte, drei kleine Kinder in einem Auto oben am Berg alleinzulassen, aber Bob hatte den Kopf geschüttelt, nein, nein, nein. Noch unerträglicher als der Unfall selbst war es, seinem Vater die Schuld daran zu geben!

Er war ein kleines Kind gewesen. Das war ihm klar. Kein Tatvorsatz. Keine Fahrlässigkeit. Nicht einmal die Justiz suchte die Verantwortung bei einem Kind.

Aber er hatte es getan.

»Es tut mir so leid«, hatte er zu seiner Mutter gesagt, als sie in ihrem Krankenhausbett lag. Immer wieder hatte er es gesagt. Aber sie hatte nur den Kopf geschüttelt. »Ihr wart gute Kinder, alle drei.«

Bob ließ den Blick über die Menge schweifen. Sogar die Polizisten, die um den Park herum postiert waren, schienen – bei aller Wachsamkeit – Jim zuzuhören. Drüben beim Spielplatz tanzten die somalischen Kinder, drehten sich mit hoch erhobenen Händen im Kreis. Auf all das fiel Sonnenlicht, und hinter dem Park ragten die vier Turmspitzen der Kathedrale auf, hinter der wiederum der Fluss lag, von hier aus ein schmales, gewundenes Band, glitzernd zwischen seinen Ufern.

Der Applaus für seinen Bruder war anhaltend, gleichmäßig, erfasste den ganzen Park und hörte nicht auf, sondern schwoll nach kurzem Abflauen wieder an, ein weicher, voller Klang. Bob beobachtete, wie Jim vom Podium herunterstieg, nach allen Seiten grüßend und nickend, wie er Dick Hartley noch einmal die Hand gab, wie er dem Gouverneur, der nach ihm sprechen würde, die Hand schüttelte, und immer noch nahm der Applaus kein Ende. Aber Jim zog es weg. Bob sah es von seinem Platz aus: Jims höfliches Abwinken, während er seinen Weg fortsetzte. Immer auf dem Sprung, hatte Susan einmal über Jim gesagt.

Bob schloss eilig zu ihm auf.

Als sie mit schnellen Schritten die Straße hinuntergingen, näherte sich ihnen lächelnd ein junger Mann mit Baseballmütze. »Hey«, sagte Jim und nickte, ohne stehen zu bleiben.

Der junge Mann fiel in Gleichschritt mit ihnen. »Das sind Parasiten«, sagte er. »Die wollen uns ausrotten, und das werden wir nicht zulassen – heute hat man das vielleicht noch nicht gesehen, aber das lassen wir nicht zu.«

Jim ging weiter. Der Bursche hielt Schritt. »Die Juden fliegen raus, und diese Nigger fliegen auch raus, und zwar bald. Das sind alles Parasiten am Leib der Erde.«

»Verpiss dich, du Blindgänger.« Jim behielt sein Tempo bei.

Der Bursche war noch ein halbes Kind. Zweiundzwanzig, höchstens, dachte Bob, während der Junge sie erwartungsvoll ansah, als rechnete er auf ihren Beifall. Als hätte er gar nicht gehört, was Jim gerade zu ihm gesagt hatte. »Parasiten?«, sagte Bob. Ein jäher, heftiger Zorn schoss in ihm hoch. Er blieb stehen. »Du weißt doch nicht mal, was ein Parasit ist. Meine Frau hat Parasiten untersucht, und das waren solche wie du. Auf wie viele Schuljahre hast du's gebracht, acht?«

»Hör auf«, sagte Jim, ohne anzuhalten. »Komm.«

»Wir sind Gottes auserwähltes Volk. Und wir geben nicht klein bei. Auch wenn ihr das glaubt.«

»Eine winzig kleine Kokzidie bist du, ein Parasit in Gottes Dickdarm, das bist du«, sagte Bob. »Geschlechtslos«, rief er noch über die Schulter, während er Jim nacheilte. »Dein Platz ist im Magen der Ziege.«

»Tickst du noch richtig?«, sagte Jim wütend. »Halt die Klappe.«

Der junge Mann kam ihnen hinterhergelaufen. Er sagte zu Bob: »Du bist ein dummer Fettsack, aber der da« – eine Kopfbewegung auf Jim –, »der ist gefährlich. Der steht mit dem Teufel im Bund.«

Jim blieb so abrupt stehen, dass der Bursche auf ihn auflief, und packte ihn am Arm. »Hast du meinen Bruder gerade einen Fettsack genannt, du mieses kleines Arschloch?«

Angst zuckte über das Gesicht des Jungen. Als er versuchte, den Arm zu befreien, drückte Jim fester zu. Jims Lippen waren weiß, die Augen schmal. Unglaublich, mit welcher Vehemenz seine Wut sich Bahn brach. Selbst Bob, der doch an seinen Bruder gewöhnt war, konnte nur staunen. Jim schob sein Gesicht nah an das des Jungen heran und sprach mit leiser Stimme. »Hast du meinen Bruder einen Fettsack genannt?« Der Junge sah über die Schulter, und Jim drückte noch fester zu. »Von deinen schwanzlosen Freunden ist keiner hier, um dir zu helfen. Also, ich frag dich noch mal, hast du meinen Bruder einen Fettsack genannt?«

»Ja.«

»Entschuldige dich.«

Tränen standen dem jungen Mann in den Augen. »Sie brechen mir den Arm. Echt wahr.«

»Jimmy«, murmelte Bob.

»Entschuldige dich, hab ich gesagt. Oder ich knick dir den Hals so schnell ab, dass du's nicht mal spürst. Schmerzlos. Du glücklicher kleiner Pisser. Ohne Schmerzen ins Jenseits befördert.«

»Es tut mir leid.«

Sofort ließ Jim ihn los, und die Burgess-Brüder gingen zu ihrem Auto, stiegen ein und fuhren davon. Durchs Rückfenster sah Bob, wie der Junge sich den Arm rieb und zurück in den Park trottete. »Keine Angst«, sagte Jim, »es sind nicht viele. Den hätten wir los. Aber hör auf, die Leute Parasiten zu nennen, Himmelarsch!«

Im Park brandete Applaus auf. Was der Gouverneur auf dem Podium auch zu sagen haben mochte, die Leute hörten es gern, der Tag war so gut wie gelaufen, Jims Beitrag war geleistet. »Hübsche Rede«, sagte Bob, als sie den Fluss überquerten.

Jim sah immer wieder in den Rückspiegel, während er in die Hosentasche langte und sein Mobiltelefon aufklappte. »Hellie? Es ist vollbracht. Ja, es war okay. Wir reden in Ruhe, wenn ich im Hotel bin. Du auch, Schatz.« Er klappte das Handy zu, steckte es wieder in die Hosentasche. Zu Bob sagte er: »Hast du die Mütze von dem kleinen Wichser gesehen, mit der 88 drauf? Das steht für ›Heil Hitler‹. Oder HH. Das H ist der achte Buchstabe im Alphabet.«

»Was du alles weißt«, sagte Bob.

»Was du alles nicht weißt«, antwortete Jim.

Am Abend stand fest, dass der Tag, an dem viertausend Menschen im Stadtpark für das Recht einer dunkelhäutigen Bevölkerungsgruppe demonstriert hatten, in ihrer Stadt ansässig zu werden, in die Geschichtsbücher von Shirley Falls eingehen würde. Die Plastikschilde wurden wieder weggeschlossen. Der sachte Ernst der Solidarität lag noch in der Luft, kaum Selbstgefälligkeit allerdings, denn das war nicht die Art der Menschen im Norden Neuenglands. Aber es war etwas Großes, Gutes, und niemand konnte es ihnen nehmen. Abdikarim war nur dabei gewesen, weil einer von Haweeyas Söhnen ihn abgeholt hatte – seine Eltern bestünden darauf, dass er mitkam –, und was er im Park erlebt hatte, verwirrte ihn: so viele Menschen, die ihn anlächelten! Wenn ihn ein anderer direkt anschaute und dabei lächelte, war das eine Vertraulichkeit, die Abdikarim nicht geheuer war. Aber er lebte lange genug in diesem Land, um zu wissen, dass die Amerikaner so waren, wie große Kinder, und heute im Park waren diese großen Kinder sehr nett gewesen. Noch lange nachdem er gegangen war, sah er die Gesichter vor sich, die ihm zulächelten.

An dem Abend versammelten sich Männer in seinem Café. Der überwiegende Teil wusste nicht recht, wie die Kundgebung einzuschätzen war. Sie erschien ihnen bedeutsam, und sie hatte sie überrascht, denn wie hätten sie ahnen können, dass so viele ganz gewöhnliche Menschen sich an diesem Tag ihretwegen in Gefahr begeben würden? Wie viel es wert war, würde die Zeit zeigen. »Aber erstaunlich war es schon«, warf

Abdikarim ein. Ifo Noor zuckte die Achseln, und wiederholte, dass erst die Zeit es zeigen würde. Dann wandte sich das Gespräch der Männer ihrem Heimatland zu (über das sie immer reden wollten) und Gerüchten, nach denen Amerika die Warlords in Somalia unterstützte, damit sie die Islamischen Gerichte niederwarfen. Gerüchten von Gangstern, die Straßensperren errichtet hatten, von Unruhen, die durch brennende Reifen ausgelöst worden waren. Abdikarim sank beim Zuhören das Herz. Dass die Leute im Park heute freundliche Gesichter gemacht hatten, änderte nichts an der inneren Wehklage, mit der er tagaus, tagein leben musste: Er wollte nach Hause. Aber er konnte nicht nach Hause, weil die Menschen dort den Verstand verloren hatten. Ein Kongressabgeordneter in Washington hatte Somalia öffentlich einen »gescheiterten Staat« genannt. Mit Bitterkeit vermerkten das die Männer in Abdikarims Café. Und Abdikarim waren es einfach zu viele Gefühle für das Fassungsvermögen eines Herzens. Die Kränkung in den Worten des Kongressabgeordneten, der Zorn auf die schießenden, plündernden, jede Ordnung verhindernden Menschen zu Hause, das Lächeln der Menschen heute im Park – und gleichzeitig die vielen Lügen, die Vereinigten Staaten waren ein Land, dessen Führer logen. Die Allianz für die Wiederherstellung des Friedens sei eine Farce, sagten die Männer.

Abdikarim blieb noch und fegte sein Café aus, nachdem die Männer endlich gegangen waren. Sein Mobiltelefon vibrierte, und er fühlte, wie seine Züge sich öffneten beim Klang der lebhaften Stimme seiner Tochter, die aus Nashville anrief. Das ist gut, sehr gut, sagte sie. Sie hatte im Fernsehen die Kundgebung im Roosevelt Park gesehen. Sie erzählte von ihren Söhnen, die Fußball spielten und beinahe schon fehlerloses Englisch sprachen, und sein Herz fühlte sich an wie eine Maschine, die zugleich vorwärts rasen und zum Stillstand kommen wollte. Fehlerloses Englisch bedeutete, dass sie in der Masse der Amerikaner verschwinden konnten, aber es verlieh ihnen auch eine Robustheit. »Und sie machen keine Dummheiten?«, fragte er, und sie sagte, nein, keinerlei Dummheiten. Der älteste Junge ging jetzt auf die Highschool und brachte ausgezeichnete Noten nach Hause. Seine Lehrer staunten über ihn. »Ich schick dir eine Kopie von seinem Zwischenzeugnis«, sagte seine Tochter. »Und morgen kriegst du ein paar Bilder auf dein Handy. Sie sehen prächtig aus, meine Söhne, du wirst stolz sein.« Noch eine ganze Weile blieb Abdikarim sitzen, bis er schließlich im Dunkeln nach Hause ging, und als er sich hinlegte, sah er vor sich wieder die Menschen im Park mit ihren Winterjacken und Fleecewesten, die offenen, freundlichen Gesichter, mit denen sie ihn anschauten. Als er mitten in der Nacht erwachte, war er verwirrt. Etwas zerrte an seiner Seele, ein Gefühl aus ferner Vergangenheit. Als er erneut aufwachte, wurde ihm bewusst, dass er von seinem ältesten Sohn geträumt hatte, Baashi, der ein ernstes Kind gewesen war. Nur ganz wenige Male in der kurzen Spanne von Baashis Lebens hatte Abdikarim ihm mit Schlägen Respekt beibringen müssen. In dem Traum hatte Baashi seinen Vater mit verstörten Augen angesehen.

Bob und Jim hatten einen zweiten Abend in Susans Haus hinter sich gebracht. Sie hatte tiefgekühlte Lasagne in die Mikrowelle geschoben, Zach aß Würstchen, die er direkt von der Gabel abbiss wie Eis am Stiel, während die Hündin regungslos auf dem haarigen Hundebett lag und schlief. Einmal schüttelte Jim kurz in Bobs Richtung den Kopf; besser, sie sagten Susan vorerst nichts von dem, was sie über Zach und seinen Vater erfahren hatten. Später nahm Jim im Wohnzimmer einen Anruf von Charlie Tibbetts entgegen, und als er in die Küche zurückkehrte und sich wieder hinsetzte, sagte er: »Alles okay. Wie man hört, bin ich gut angekommen, die Leute haben sich gefreut, mich da oben zu sehen.« Er nahm die Gabel, schob das Essen auf seinem Teller herum. »Alle sind glücklich. Wir Weißen haben gern ein reines Gewissen.« Ein Nicken in Zachs Richtung. »Deine Schwachsinnstat wird wieder zu dem Bagatelldelikt, das sie ist, ein geringfügiges Vergehen, und bis du mit Charlie vor Gericht stehst, sind Monate vergangen, er kann alle möglichen Aufschübe erwirken, das schadet nie. Kein Mensch wird die Geschichte bis dahin noch mal aufkochen wollen. Alle haben jetzt ein gutes Gefühl, und sie werden dafür sorgen, dass es so bleibt.«

Susan stieß einen Seufzer aus. »Hoffen wir's.«

»Ich kann mir nicht vorstellen, dass die Tussi von der Staatsanwaltschaft, diese Diane Dodge, noch auf Verletzung der Bürgerrechte pocht, und selbst wenn, bräuchte sie Dick Hartleys Okay, und das gibt er ihr nicht. Das war heute ganz klar. Er ist ein dicker alter Trottel, und die Leute waren glücklich, mich zu sehen, da wird er den Teufel tun und daran rühren. Ich weiß, das klingt großkotzig.«

»Ein bisschen«, sagte Bob und schenkte sich einen Kaffeebecher voll Wein.

»Ich will nicht ins Gefängnis.« Zach nuschelte die Worte.

»Musst du auch nicht.« Jim schob den Teller weg. »Hol deine Jacke, wenn du noch mal bei uns übernachten willst. Bob und ich haben morgen eine lange Fahrt vor uns.«

Im Hotelzimmer sagte Jim zu Zachary: »Wie ist es dir in der Zelle ergangen, als du auf den Kautionsbeauftragten gewartet hast?«

Zach – in Bobs Augen war er im Lauf des Wochenendes immer normaler geworden – sah Jim etwas verblüfft an. »Ergangen – na ja, dringesessen bin ich.«

»Erzähl«, sagte Jim.

»Sie war nicht viel größer als ein Kleiderschrank, die Zelle, und alles weiß und aus Eisen. Sogar mein Sitz war aus Eisen, und diese Wärter blieben immer ganz nah und haben zu mir rübergeguckt. Einmal hab ich sie gefragt, wo meine Mutter ist, und sie haben gesagt, die wartet draußen. Danach haben sie nicht mehr mit mir geredet. Ich hab's aber auch nicht versucht.«

»Aber du hast Angst gehabt?«

Zach nickte. Er sah auch jetzt wieder verängstigt aus.

»Haben sie dir was getan? Dich bedroht?«

Zach zuckte die Achseln. »Ich hatte einfach Angst. Richtig schlimme Angst. Ich wusste ja nicht mal, dass es so was bei uns gibt.«

»Es nennt sich Gefängnis. Das gibt's überall. War außer dir noch jemand drin?«

»Ein Mann hat andauernd Schimpfwörter gebrüllt. Wie ein Irrer. Aber sehen konnte ich ihn nicht. Die Wächter haben ihn angeschrien, er soll seine Scheißklappe halten.«

»Haben sie ihm wehgetan?«

»Keine Ahnung. Das konnte ich nicht sehen.«

»Haben sie dir wehgetan?«

»Nein.«

»Sicher nicht?« Jims Stimme hatte den gleichen grimmigen Beschützerton wie vorhin, als Bob mit ihm von der Kundgebung weggegangen war und der kleine Knilch Bob als dummen Fettsack tituliert hatte. Er las ein Staunen in Zachs Gesicht, Staunen und eine unerklärliche Sehnsucht, als er begriff: Dieser Mann würde für ihn töten. Jim, machte Bob sich klar, war der Vater, den sich jeder wünschte.

Bob stand auf und drehte eine große Runde durchs Zimmer. Was er fühlte, schien kaum auszuhalten zu sein, dabei wusste er nicht einmal genau, was es war. Nach ein paar Augenblicken blieb er stehen und sagte zu Zach: »Dein Onkel Jim ist für dich da. Auf den kannst du dich verlassen.«

Zach blickte vom einen Onkel zum anderen, dann sagte er: »Aber auf dich doch auch, Onkel Bob.«

»Ach, Zach, du bist ein Mensch. Ein richtiger Mensch.« Bob rieb dem Jungen über den Hinterkopf. »Wo ich es doch nur geschafft habe, deine Mutter auf achtzig zu bringen.«

»Mum ist schnell auf achtzig, das darfst du nicht persönlich nehmen. Jedenfalls, wie die mich aus dieser Zelle rausgelassen haben, und da standest du mit Mum, also, ich war so was von glücklich. Wieso ein Mensch?«

»Na, eine gute Seele eben.«

Jim sagte: »So was von glücklich über Bob, dass du am nächsten Tag von allen Titelseiten gegrinst hast.«

»Himmel, Jim, das ist Schnee von gestern.«

»Können wir fernsehen?«, fragte Zach.

Jim warf ihm die Fernbedienung hin. »Du wirst dir einen Job besorgen müssen. Denk ruhig schon mal drüber nach, was für einen. Und dann belegst du ein paar Kurse, studierst fleißig, schneidest gut ab und schreibst dich hier an der Abendschule ein. Such dir ein Ziel. So machen normale Leute das. Du bist Teil der Gesellschaft, also gibst du ihr gefälligst was zurück.«

Zach senkte den Blick, und Bob sagte: »Für die Jobsuche ist immer noch Zeit, jetzt entspannst du dich erst mal. Das hier ist ein Hotel. Tu so, als hättest du Ferien. Stell dir vor, das da draußen ist ein Strand und kein stinkender Fluss.«

»Der Fluss stinkt nicht mehr, Spasti.« Jim hängte seine Jacke auf. »Den haben sie gereinigt. Hast du gar nicht gemerkt, was? Du lebst noch in den Siebzigern. Himmel.«

»Wenn du so auf dem Laufenden wärst«, antwortete Bob, »dann wüsstest du, dass man heutzutage nicht mehr von Spastikern spricht. Susan hat das Wort auch gebraucht, als ich das erste Mal hier oben war. Mann. Manchmal denke ich, ich bin der Einzige von uns, der nach der Grundschule den Weg ins 21. Jahrhundert gefunden hat.«

»Leck mich doch!«, sagte Jim.

Zach schlief beim Fernsehen ein, und sein leises Schnarchen

klang durch die offene Tür herüber zu Jim und Bob, die jetzt im anderen Zimmer jeder auf einem Bett saßen. »Lassen wir Susan erst mal die Erleichterung, dass das heute gut über die Bühne gegangen ist. Über die Motive ihres Sohns können wir sie auch später aufklären. Ich hab es Charlie Tibbetts erzählt, und für den spielt es sowieso keine Rolle, Charlie fährt die Strategie, dass Zach kein Verbrechen begangen hat«, sagte Jim. »Laut Gesetz hätte er dazu wissen müssen, dass der Raum eine Moschee ist und dass Muslime an Schweinefleisch Anstoß nehmen.«

»Meinst du, das funktioniert? Wenn Zach nicht wusste, dass Muslime an Schweinefleisch Anstoß nehmen, warum hat er dann keinen Hühnerkopf genommen?«

»Und genau darum bist du nicht sein Strafverteidiger. Oder irgendjemands Strafverteidiger.« Jim stand auf, deponierte Schlüssel und Handy auf der Kommode. »Als er diesen Freund in dem Schlachthaus besucht hat, lagen da eben nur Schweineköpfe herum und keine Hühnerköpfe. Andere Köpfe gab es da nicht. Überlass bitte Charlie den Job. Mein Gott, Bob. Du machst mich krank. Kein Wunder, dass du dir vor jeder Verhandlung in die Hosen geschissen hast. Das Berufungsgericht ist der einzig passende Ort für dich. Da lassen sie dich in Ruhe deinen Babybrei verdauen.«

Bob lehnte sich zurück, hielt nach der Weinflasche Ausschau. »Was ist dein Problem?«, fragte er mit leiser Stimme. »Du warst so gut heute.« Es war noch ein Rest Wein in der Flasche, und er schenkte ihn sich ins Glas.

»Mein Problem bist du. Du bist mein Problem. Warum überlässt du die Sache nicht einfach Charlie Tibbetts?«, erwiderte Jim. »*Ich* hab ihn geholt, verstehst du? Nicht du. Also halt dich da raus.«

»Ich sag ja gar nicht, dass er nicht gut ist. Ich wollte nur seinen Ansatz verstehen.« Das Schweigen im Raum fühlte sich einen Moment lang so straff und lebendig an, dass Bob sich nicht traute, es durch einen Schluck aus seinem Glas zu stören.

»Ich will hier nicht noch mal hochfahren müssen«, tat Jim schließlich kund. Er setzte sich wieder aufs Bett, starrte auf den Teppich.

»Dann lass es bleiben.« Jetzt trank Bob, und nach einem Augenblick fügte er hinzu: »Weißt du, vor einer Stunde war ich noch platt vor Bewunderung. Aber du bist so was von schwierig, Mann. Als ich mich neulich mit Pam getroffen hab, hat sie sich gefragt, ob der Packer-Prozess so ein Arschloch aus dir gemacht hat oder ob du schon immer eins gewesen bist.«

Jim blickte auf. »Pam hat sich das gefragt?« Seine Lippen formten ein schmales Lächeln. »Pamela. Die Ruhelosen und die Reichen.« Plötzlich grinste er Bob an, die Ellenbogen auf die Knie gelegt, die Hände herunterhängend. »Ist es nicht seltsam, was das Leben aus den Menschen macht? Es wäre mir nicht eingefallen, dass aus Pam mal eine wird, die immer genau das haben will, was sie nicht hat. Aber im Grunde genommen war sie von Anfang an so. Man sagt ja, jeder Mensch gibt sein wahres Ich zu erkennen. Und ich glaube, sie hat es zu erkennen gegeben. Ihre eigene Kindheit hat ihr nicht gepasst, also hat sie deine genommen. Dann ist sie nach New York gekommen und hat gesehen, dass die Leute Kinder haben, also hat sie sich auch welche zugelegt, und wo sie schon mal dabei war, hat sie sich auch noch Geld beschafft, denn ohne kommt man nicht weit in New York.«

Bob schüttelte langsam den Kopf. »Ich weiß nicht, wovon du redest. Pam hat immer Kinder gewollt. Wir haben immer Kinder gewollt. Ich dachte, du magst Pam.«

»Tu ich auch. Ich fand es nur immer seltsam, dass sie sich so gerne diese Parasiten unterm Mikroskop betrachtet, bis mir irgendwann klar geworden ist, dass sie selber eine Art Parasit ist. Gar nicht mal im schlechten Sinne.«

»Nicht im schlechten Sinne?«

Jim winkte ab. »Ach, Bob. Nicht im schlechten Sinne, ja. Aber im Prinzip hat sie sich bei uns eingenistet, da wart ihr beide noch Kinder. Sie brauchte ein Zuhause, da kam ihr unseres gerade recht. Sie brauchte einen netten Ehemann, da kamst du ihr gerade recht. Und als sie dann einen Daddy für ein paar Kinder brauchte, ist sie rüber in die Park Avenue. Sie holt sich, was sie braucht, mehr sag ich ja nicht. Aber das macht nicht jeder so.«

»Jim, Himmel. Was redest du da? Du hast doch selber reich geheiratet.«

Jim ging nicht darauf ein. »Hat sie dir eigentlich je von dem Abend mit mir erzählt, nachdem ihr schon auseinander wart?«

»Lass den Quatsch, Jim.«

Jim zuckte die Achseln. »Ich wette, ich weiß ein paar Dinge über Pam, die du nicht weißt.«

»Du sollst den Quatsch lassen, hab ich gesagt.«

»Sie war betrunken. Sie trinkt zu viel. Ihr trinkt beide zu viel. Aber keine Angst, es ist nichts passiert. Wir sind uns nach der Arbeit in Midtown über den Weg gelaufen, Jahre ist das schon her, und auf ein Glas in den Harvard Club gegangen. Ich dachte, okay, sie hat lang zur Familie gehört, das bin ich ihr schuldig. Und nach ein paar Drinks, in deren Verlauf sie sich zu ein paar recht unbedachten Geständnissen hat hinreißen lassen, eröffnete sie mir, wie attraktiv sie mich immer gefunden hat. Beinahe so eine Art Anmache, was ich nicht gerade stilvoll fand.«

»Oh, *halt's Maul*!« Bob wollte aufspringen und musste erleben, wie der Sessel mitsamt seinem großen Körper nach hinten kippte. Das Geräusch erschien ihm mörderisch laut, und er spürte, wie ihm Wein über den Hals lief, eine seltsam deutliche Empfindung – ein Rinnsal, das ihm seitlich den Hals hinunterfloss, während er mit einem Bein durch die Luft ruderte. Ein Licht ging an.

Zachs Stimme kam von der Verbindungstür. »He, Leute, was ist denn los?«

»Nichts, Kleiner.« Bobs Herz schlug laut.

»Wir haben ein bisschen gerauft, wie früher als Kinder.« Jim streckte Bob eine Hand entgegen und zog ihn hoch. »Ein bisschen Flachs mit meinem Bruderherz. Es geht doch nichts über einen Bruder.«

»Ich hab jemand rufen hören«, sagte Zach.

»Das hast du geträumt«, erwiderte Jim, legte Zach die Hand auf die Schulter und schob ihn zurück ins andere Zimmer. »Das ist der Nachteil an Hotelbetten, man träumt schlecht.«

Als sie am nächsten Morgen von Shirley Falls losfuhren, war Jim gesprächig. »Siehst du das?«, fragte er kurz vor der Auffahrt zum Highway. Bob blickte in die Richtung, in die Jim zeigte, und sah ein Gebäude aus Fertigbauplatten und davor einen großen Parkplatz mit gelben Bussen. »Der katholischen Kirche laufen die Schäflein scharenweise weg, seit vielen Jahren, und Fundamentalistenkirchen wie die da haben Hochkonjunktur. Mit diesen Bussen fahren sie durch die Gegend und laden überall die alten Leute ein, die nicht mehr selber zur Kirche gehen können. Alles aus Liebe zu ihrem Herrn Jesus.«

Bob antwortete nicht. Er versuchte sich zu erinnern, wie betrunken er gestern Abend gewesen war. Er hatte sich nicht betrunken gefühlt, was aber nichts heißen musste. Vielleicht hatte er etwas zu hören geglaubt, was gar nicht gesagt worden war. Zwischendurch sah er immer wieder Susan vor sich, wie sie heute Morgen auf der Veranda gestanden und ihnen nachgewinkt hatte, während Zach mit gesenktem Kopf hineinging, und auch dieses Bild ließ Bob nicht los.

»Wahrscheinlich fragst du dich, woher ich das weiß.« Jim fuhr auf den Highway. »Man erfährt so einiges aus der Online-

Ausgabe des *Shirley Falls Journal*. Okay, lassen wir das.« Er fügte hinzu: »Als Susan heute früh mit dem Hund draußen war, hab ich ihr übrigens erzählt, dass Zach es vielleicht getan hat, um seinem Vater zu imponieren. Die Freundin hab ich nicht erwähnt. Nur dass Steve sich in E-Mails an Zach ein bisschen negativ über Somali geäußert hat. Rate, was sie gesagt hat. Sie hat gesagt: ›Hmm.‹«

»Mehr nicht?« Bob schaute zum Seitenfenster hinaus. Nach einer Weile sagte er: »Tja, ich mach mir Sorgen um Zach. Susan hat mir erzählt, dass er sich in der Zelle in die Hose gemacht hat. Deshalb ist er wohl auch nie zum Essen gekommen, solange ich da war. Einfach aus Scham. Als du ihn gestern gefragt hast, ist er ja auch nicht damit rausgerückt.«

»Wann hat sie dir das erzählt? *Mir* hat sie nichts davon gesagt.«

»Heute Morgen in der Küche. Du hast telefoniert, und Zach hat seine Sachen nach oben gebracht.«

»Ich hab mein Möglichstes getan«, sagte Jim schließlich. »Alles, was mit dieser Familie zusammenhängt, deprimiert mich unendlich. Ich will nur noch zurück nach New York, sonst gar nichts.«

»Darfst du ja auch. Was hast du noch über Pam gesagt? Manche Leute kriegen immer das, was sie wollen.«

»Das war Unsinn. Vergiss es.«

»Das kann ich nicht. Jimmy, hat sie tatsächlich versucht, dich anzumachen?«

Jim stieß die Luft durch die geschlossenen Zähne aus. »Ach, Himmel, wer weiß das schon? Pam ist ganz schön verrückt.«

»Wer das weiß? Du weißt es. Du hast es schließlich behauptet.«

»Ich sag doch – es war Unsinn.« Und nach einer Pause: »Eine Übertreibung, okay?«

Von da an schwiegen sie. Sie fuhren unter einem grauen Novemberhimmel, vorbei an kahlen Bäumen, die nackt und dürr dastanden. Selbst die Kiefern wirkten irgendwie dürr, zaghaft, erschöpft. Sie überholten Lastwagen, sie überholten verbeulte Autos mit rauchenden Menschen darin. Sie fuhren zwischen bräunlich-grauen Feldern entlang. Sie fuhren durch Unterführungen, die die Namen der Straßen anzeigten, unter denen sie hindurchführten: Anglewood Road, Three Rod Road, Saco Pass. Über die Brücke fuhren sie nach New Hampshire hinein, dann nach Massachusetts. Jim sprach erst wieder, als der Verkehr vor Worcester zum Stillstand kam: »Was soll der Scheiß? Mann, was ist da los?«

»Das.« Bob nickte in Richtung des Krankenwagens, der aus der anderen Richtung kam. Danach kam noch ein Krankenwagen, dann zwei Polizeiwagen, und Jim sagte nichts mehr. Keiner der Brüder wandte den Kopf, als sie schließlich an der Unfallstelle vorbeirollten. Es war der Pakt, der sie einte, immer schon. Ihre Frauen hatten es schweigend gelernt, Jims Kinder auch. Eine Sache des Respekts, hatte Bob Elaine in ihrer Praxis erklärt, und sie hatte wissend genickt.

Als sie Worcester schon fast hinter sich gelassen hatten, sagte Jim: »Ich war ein Arschloch gestern Abend.«

»Das kannst du laut sagen.« Im Seitenspiegel sah Bob die großen Ziegelbrennereien kleiner werden.

»Es passiert irgendetwas mit meinem Kopf, wenn ich da rauffahre. Deinem Kopf macht es nicht so viel aus, weil du Moms Liebling warst. Ich beschwere mich nicht, es war einfach so.«

Bob dachte darüber nach. »Du kannst nicht behaupten, dass sie dich nicht gern gemocht hätte.«

»Doch, sie hat mich gern gemocht.«

»Sie hat dich geliebt.«

»Ja, sie hat mich geliebt.«

»Jimmy, du warst eine Art Held. Du warst in allem der Beste. Hast ihr nie den geringsten Kummer gemacht. Und wie sie dich geliebt hat. Susie – die hat Mom nicht so gemocht. Geliebt, ja, aber nicht gemocht.«

»Ich weiß.« Jim seufzte tief. »Arme Susie. Ich mochte sie auch nicht besonders.« Er sah in den Seitenspiegel, scherte aus, um ein Auto zu überholen. »Ich mag sie immer noch nicht besonders.«

Bob sah das kalte Haus seiner Schwester vor sich, die ängstliche Hündin, Susans unhübsches Gesicht. »Oi«, sagte er.

»Ich weiß, du brauchst eine Zigarette«, sagte Jim. »Wäre nett, wenn du warten könntest, bis wir Essenspause machen. Helen riecht es noch nach Monaten. Aber wenn du absolut nicht warten kannst, mach das Fenster auf.«

»Ich kann warten.« Diese unverhoffte Freundlichkeit von Jim löste Bob die Zunge. »Als ich das erste Mal hochgefahren bin, hat Susan sich aufgeregt, dass ich ›oi‹ sage. Du bist doch kein Jude, hat sie gesagt. Ich hatte nicht die Energie, ihr zu erklären, dass die Juden sich mit Kummer auskennen. Die Juden kennen sich mit allem aus. Und sie haben großartige Wörter für alles. *Tsuris*. Klingt doch viel besser als Schwierigkeiten. Wir haben *tsuris*, Jimmy. Ich jedenfalls.«

Jim sagte: »Susie war mal richtig hübsch, weißt du noch? Gott, als Frau bist du in Maine auf verlorenem Posten. Helen sagt, es ist eine Frage der Kosmetik. Hautcremes und so. Sie sagt, in Maine lehnen die Frauen Hautcremes als extravagant ab, und mit vierzig sehen sie dann aus wie Männer. Scheint mir eine ganz brauchbare Theorie.«

»Mom hat Susan gar nicht erst erlaubt, sich hübsch zu fühlen. Ich meine, ich hab ja keine Kinder, aber du. Wie kann es sein, dass eine Mutter ihr eigenes Kind nicht mag? Nicht wenigstens ab und zu mal sagt, nett siehst du aus?«

Jim wedelte mit der Hand. »Es hatte was damit zu tun, dass Susan ein Mädchen war. Sie hatte die Arschkarte, weil sie ein Mädchen war.«

»Helen liebt eure Mädchen.«

»Na klar, sie ist ja auch Helen. Und in unserer Generation ist es sowieso anders. Hast du noch gar nicht mitgekriegt, oder? Nein, du natürlich nicht. Aber in unserer Generation sind wir eher die Freunde unserer Kinder. Vielleicht ist das abartig, vielleicht auch nicht, wer weiß das? Aber wir haben anscheinend beschlossen, nein, *das* tun wir unseren Kindern nicht an, wir wollen die Freunde unserer Kinder sein. Ganz ehrlich, Helen ist großartig. Und Mom und Susan – das war damals. Bei der nächsten Ausfahrt wird gegessen.«

In Connecticut kamen sie sich schon wie in den Außenbezirken von New York vor, und Shirley Falls lag in weiter Ferne. »Ob wir Zach mal anrufen?«, fragte Bob und zog das Handy aus der Tasche.

»Nur zu.« Jim klang gleichgültig.

Bob steckte das Handy wieder ein. Der Anruf hätte eine Energie gekostet, die er nicht aufbrachte. Er fragte Jim, ob er ihn am Steuer ablösen sollte, aber Jim schüttelte den Kopf und sagte, nein, er sei noch fit. Bob hatte es vorher schon gewusst. Jim ließ ihn nie fahren. Als sie noch jung waren und Jim seinen Führerschein bekam, durfte Bob nur auf dem Rücksitz bei ihm mitfahren. Das fiel Bob jetzt wieder ein, aber er schwieg; alles, was mit Shirley Falls zu tun hatte, schien weit weg, unerreichbar, und das war gut so.

Es war dunkel, als sie sich Manhattan näherten, zu beiden Seiten funkelten die Lichter der Stadt, die Brücken schwangen sich in glitzernder Pracht über den East River, rot blinkte das riesige Pepsi-Zeichen von Long Island City herüber. Als Jim vor der Auffahrt zur Brooklyn Bridge vom Gas ging, sah Bob den Turm des Municipal Building und die hohen, dicht gedrängten Wohnhäuser direkt am Drive, Lichter beinahe in jedem Fenster, und er bekam Heimweh nach alledem, als gehörte er nicht mehr hierher, sondern hätte nur vor langer Zeit einmal hier gelebt. Nach der Brücke, auf der Atlantic Avenue, fühlte er sich, als würde er tief in ein Land eindringen, das vertraut, aber auch fremd war, und die Gleichzeitigkeit dieser Eindrücke verwirrte Bob; er war wieder ein Kind, müde und quengelig, das mit seinem großen Bruder nach Hause wollte.

»Da wären wir, Goofy«, sagte Jim, als sie vor Bobs Haus hielten. Er winkte nur mit den Fingern, ohne die Hand vom Lenkrad zu nehmen, Bob zog die Tasche vom Rücksitz und stieg aus. Vor seinem Haus entdeckte er neben der Recyclingtonne die großen Rechtecke zerschnittener Umzugskartons. Als er die Treppe hinaufstieg, sah er den Lichtbalken unter der Tür der bis vor kurzem noch leerstehenden Wohnung seiner ehemaligen Nachbarn. Jetzt waren die munteren Stimmen eines jungen Paars zu hören, und ein Baby schrie.

DRITTES BUCH

I

Den Großteil von Zacharys neunzehn Jahren hatte Susan es gemacht wie alle Eltern, deren Kind sich so völlig anders entwickelt, als sie es sich vorgestellt haben – sich eingeredet, mit der ganzen, erbärmlichen Kraft der Hoffnung, dass es schon werden würde. Zach würde zu sich finden. Er würde Freunde haben, am Leben teilnehmen. In sich selbst hinein-, aus seinen Problemen herauswachsen ... In allen Varianten hatte Susan das in Gedanken während schlafloser Nächte durchgespielt. Aber darunter pochte der dunkle, unbarmherzige Rhythmus des Zweifels: Zach hatte keine Freunde, war schweigsam, zögerlich in allem, was er tat, seine Schulleistungen bestenfalls ausreichend. Tests quittierten einen überdurchschnittlichen IQ, keine erkennbaren Lernstörungen – aber das Gesamtpaket Zachary Olson ließ zu wünschen übrig. Und manchmal steigerte sich die leise Melodie des Versagens zum Crescendo einer unerträglichen Gewissheit: Es war ihre Schuld.

Wessen Schuld sollte es sonst sein?

Auf der Universität hatte Susan sich vor allem für die Kurse in Kindesentwicklung interessiert. Im Besonderen für die Bindungstheorien. Die Bindung an die Mutter schien von größerer Bedeutung als die Bindung an den Vater, obwohl auch die natürlich wichtig war. Aber die Mutter war der Spiegel, in dem das Kind sich wiederfand, und Susan hatte sich ein Mädchen gewünscht. (Sie wollte zuerst drei Mädchen, dann einen Jungen, der wie Jim sein sollte.) Ihre Mutter hatte die Jungen lieber gemocht, das sah Susan in schreiender Deutlichkeit. *Ihre* Töchter wollte sie ohne jede Einschränkung lieben. Das Haus sollte von ihren fröhlichen Stimmen erfüllt sein; sie sollten Make-up benutzen, mit Jungen telefonieren, Pyjamapartys feiern, in Läden gekaufte Kleider tragen dürfen – alles, was Susan nicht gedurft hatte.

Sie hatte eine Fehlgeburt. »Was musstest du auch aller Welt davon erzählen«, sagte ihre Mutter. Aber man sah es doch, wie hätte sie es im zweiten Trimenon für sich behalten sollen? »Ein Mädchen«, sagte der Arzt, weil sie nachgefragt hatte. In der ersten Nacht nahm Steve sie in die Arme. »Das nächste ist hoffentlich ein Junge«, sagte er.

Als wären es Spielzeuge auf dem Ladenregal; eins fiel herunter und zerbrach, das nächste blieb hoffentlich heil. Nein, sie hatte ihre Tochter verloren! Und sie lernte – frisch, sengend – die Isolation der Trauer kennen. Als gehörte sie plötzlich einem großen, exklusiven Club an, von dessen Existenz sie vorher nichts gewusst hatte: Frauen mit Fehlgeburten. Der Gesellschaft draußen waren sie egal. Herzlich egal. Und die Frauen im Club gingen meist schweigend aneinander vorbei. Die Menschen draußen sagten: »Dann bekommst du eben noch eins.«

Die Krankenschwester, die ihr Zachary in die Arme legte, musste ihre Tränen für Freudentränen halten, aber es war sein Anblick, der Susan zum Weinen brachte: mager, nass, fleckig, die Augen fest geschlossen. Er war nicht ihr kleines Mädchen. Der beängstigende Gedanke durchzuckte sie, dass sie es ihm vielleicht nie verzeihen würde. Er lag an ihrer Brust und wollte nicht saugen. Am dritten Tag drückte die Schwester ihm einen kalten Waschlappen an die Backe, um ihn ein bisschen aufzuwecken, aber er klappte nur verschreckt die Augen auf und legte sein Gesichtchen in Kummerfalten. »O bitte«, flehte Susan die Schwester an, »machen Sie das bitte nicht noch mal.« Die

Milch verhärtete ihre Brüste, der Stau führte zur Entzündung. Sie musste sich unter eine unerträglich heiße Dusche stellen und die Milch herausdrücken. Ihr magerer, schrumpeliger kleiner Junge blieb teilnahmslos, verlor an Gewicht. »Warum saugt er nicht?«, klagte Susan, aber niemand schien eine Antwort zu wissen. Ein Fläschchen Muttermilchersatz wurde angerührt, und Zachary sog am Schnuller.

»Er sieht irgendwie sonderbar aus«, sagte Steve.

Er weinte selten, und wenn Susan nachts nach ihm sah, überraschte er sie oft mit seinen offenen Augen. »Worüber denkst du nach?«, flüsterte sie und streichelte ihm den Kopf. Mit sechs Wochen lächelte er sie geduldig, freundlich und gelangweilt an.

»Glaubst du, er ist normal?«, fragte sie eines Tages unbedacht ihre Mutter.

»Nein, das glaube ich nicht.« Barbara hielt Zachs winziges Händchen. Er hatte gerade Laufen gelernt, mit dreizehn Monaten, und war zwischen Sofa und Serviertisch unterwegs. »Ich weiß nicht, was mit ihm ist«, sagte Barbara, ohne den Blick von ihm zu nehmen, und fügte hinzu: »Aber lieb ist er.«

Und das war er: anspruchslos, ruhig, die Augen unverwandt auf die Mutter gerichtet. Natürlich hatte Susan ihr verlorenes kleines Mädchen nicht vergessen – sie dachte ständig daran –, aber die Liebe zu dem Mädchen schien allmählich in der Liebe zu Zach aufzugehen. Im Kindergarten fing Zach auf einmal zu weinen an und wollte nicht wieder aufhören. »Er kann da nicht bleiben«, sagte Susan. »Er weint sonst nie. Das ist nicht der richtige Ort für ihn.«

»Du machst eine Memme aus ihm«, sagte Steve. »Er muss sich dran gewöhnen.«

Einen Monat später wurden sie gebeten, Zach aus dem Kindergarten zu nehmen, weil sein Weinen den Betrieb störte. Susan fand auf der anderen Seite des Flusses einen anderen Kindergarten, in dem Zach nicht weinte. Aber er spielte mit niemandem. Susan stand in der Tür und sah zu, wie die Erzieherin ihn bei der Hand nahm und zu einem anderen kleinen Jungen führte, und dann sah Susan, wie ihr Sohn von dem anderen Jungen einen Stoß versetzt bekam und – mager, wie er war – umkippte wie ein Stock.

In der Grundschule machten sie sich gnadenlos über ihn lustig. In der Mittelschule verprügelten sie ihn. In der Highschool verließ sein Vater sie und Zach. Aber davor war es zu lautstarken Auseinandersetzungen gekommen, die Zach nicht entgangen sein konnten. »Er fährt nicht Fahrrad. Er kann nicht mal schwimmen. Er ist ein totaler Schlappschwanz, und du hast ihn dazu gemacht!« Steve, mit hochrotem Kopf, wusste es ganz genau. Susan glaubte ihrem Mann und dachte, er hätte sie womöglich nicht verlassen, wenn Zach sich anders entwickelt hätte. Und so trug sie auch daran Schuld. Dieses doppelte Scheitern machte sie einsam. Außer ihr gab es nur Zach: Mutter und Sohn, aneinandergekettet durch ein uneingestandenes Band der Verwirrung und gegenseitigen Abbitte. Manchmal schrie sie ihn an (öfter, als sie dachte) und war danach jedes Mal krank vor Reue und Kummer.

»Gut«, antwortete er auf ihre Frage, wie es im Hotel mit seinen Onkels gewesen war. Gefragt, ob sie nett zu ihm waren: »Oh, ja, total.« Und was hatten sie gemacht? »Geredet und ferngesehen.« Und worüber hatten sie geredet? »Alles Mögliche«, antwortete er mit freundlichem Schulterzucken. Aber nachdem ihre Brüder abgefahren waren, ging es mit Zachs Stimmung bergab. »Rufen wir deine Onkels an, ob sie heil in New York angekommen sind?«, schlug sie vor, und Zach blieb stumm.

Sie rief Jim an, der sich müde anhörte. Er fragte nicht, ob er Zach sprechen könne.

Sie rief Bob an, der sich müde anhörte, und Bob wollte mit Zach sprechen. Susan ging ins Wohnzimmer, um Zach ungestört telefonieren zu lassen. »Gut«, hörte sie ihren Sohn sagen.

»Ja, stimmt.« Langes Schweigen. »Weiß ich nicht. Okay. Du auch.«

Sie konnte nicht anders: »Was hat er gesagt?«

»Ich soll nicht nur rumhängen.«

»Na, da hat er recht.«

Über Jims Vermutung, Zach könnte den Schweinekopf geworfen haben, um seinem Vater zu imponieren, schwieg sie vorerst lieber. Zach war momentan so verletzlich, dass sie ihm nicht böse sein konnte, und obwohl sie Steve böse war (wie eigentlich fast immer), sagte sie auch dazu lieber nichts. Sie sagte zu Zach, sie wollte sich umhören, ob er irgendwo ehrenamtlich arbeiten könnte; Onkel Bob habe recht mit dem Herumhängen.

Sie probierte es: die Bücherei. (Nein, meinte Charlie Tibbetts, da trieben sich viel zu viele Somali herum.) Essen für alte Leute ausfahren. (Sie hatten bereits genug Freiwillige.) Mahlzeiten für Bedürftige ausgeben. (Nein, auch da tauchten regelmäßig Somali auf.) Und so bekam Susan, wenn sie von der Arbeit heimkam und wissen wollte, was er den Tag über gemacht hatte, Abend für Abend dieselbe Antwort: nichts. Sie schlug ihm vor, einen Kochkurs zu belegen, so dass er ihnen abends etwas kochen konnte. »Im Ernst?« Die Bestürzung in seinem Blick ließ sie sagen: »Um Himmels willen, nein, ich hab Spaß gemacht.«

»Onkel Jim hat gesagt, ich soll Kurse belegen. Aber doch keine Kochkurse.«

»Kurse belegen sollst du?« Sie besorgte einen Katalog der Volkshochschule. »Du hast doch Spaß an Computern, sieh mal hier.« Charlie Tibbetts gab zu bedenken, dass höchstwahrscheinlich Somali an den Kursen teilnahmen, sie sollten ein Semester warten, dann sei der Fall erledigt und Zach könne wieder normal am Leben teilnehmen. Das Leben wurde für sie zum Wartesaal.

An Thanksgiving briet Susan einen Truthahn und lud Mrs. Drinkwater zum Essen ein. Mrs. Drinkwater hatte zwei Töchter, die in Kalifornien lebten; Susan hatte sie nie gesehen. Eine Woche vor Weihnachten kaufte Susan an der Tankstelle einen kleinen Christbaum. Zach half ihr, ihn im Wohnzimmer aufzustellen, und Mrs. Drinkwater kam und brachte den Engel für die Baumspitze. Seit sie hier wohnte, erlaubte Susan es der alten Dame Jahr für Jahr, ihn aufzuhängen, dabei hatte sie insgeheim wenig übrig für den Engel, der Mrs. Drinkwaters Mutter gehört hatte und dem zwei gestickte blaue Tränen über das zerschlissene, dick wattierte Gesicht liefen. »Das ist nett von Ihnen, meine Liebe«, sagte Mrs. Drinkwater, »dass er an Ihren Baum darf. Wir haben ihn nie benutzt, weil mein Mann ihn nicht leiden mochte.« In einer Männerstrickjacke über ihrem rosa Morgenmantel, ihre Frotteepantoffeln an den Füßen, die Strümpfe bis über die Knie heruntergerollt, saß sie im Ohrensessel. »Dieses Weihnachten würde ich gerne mal die Mitternachtsmesse in St. Peter's besuchen«, fügte Mrs. Drinkwater hinzu. »Aber ich hab Angst, so spätnachts durch die Straßen zu laufen, eine alte Frau ganz allein.«

Susan hatte nur mit halbem Ohr zugehört und musste sich die Worte erst wieder vergegenwärtigen. »In die Mitternachtsmesse wollen Sie? In der Kathedrale?«

»Genau.«

»Da bin ich noch nie gewesen«, sagte Susan schließlich.

»Noch nie? So was.«

»Ich bin nicht katholisch«, sagte Susan. »Wir sind immer in die Congregational Church auf der anderen Flussseite gegangen. Da sind wir auch getraut worden. Aber ich war schon ewig nicht mehr dort.« Seit ihr Mann sie verlassen hatte, sollte das heißen. Mrs. Drinkwater nickte.

»In der bin ich auch getraut worden«, sagte sie. »Eine hübsche kleine Kirche.«

Susan zögerte. »Und warum wollen Sie dann nach St. Peter's in die Messe? Wenn ich das fragen darf.«

Mrs. Drinkwater schaute auf den Baum, schob sich die Brille mit dem Handrücken die Nase hinauf. »Weil es die Kirche meiner Kindheit war, meine Liebe. Da bin ich jede Woche mit allen meinen Brüdern und Schwestern hingegangen. Und gefirmt worden bin ich dort auch.« Jetzt schaute sie Susan an, die ihre Augen hinter den dicken Brillengläsern nicht finden konnte. »Ich bin als Jeanette Paradis zur Welt gekommen. Und weil ich mich in Carl verliebt habe, wurde aus mir Jean Drinkwater. Seine Mutter wollte von einer Heirat nichts wissen, solange ich nicht aus der katholischen Kirche austrat. Also bin ich ausgetreten. Mir war's egal. Ich liebte Carl. Meine Eltern sind nicht zur Trauung erschienen. Ich musste allein zum Altar gehen. Was damals nicht üblich war. Wer hat Sie zum Altar geführt, Kindchen?«

»Mein Bruder Jim.«

Mrs. Drinkwater nickte. »In all den Jahren hab ich St. Peter's überhaupt nicht vermisst. Aber jetzt denke ich wieder daran. So ist es ja wohl, wenn man älter wird. Die Dinge der Jugend fallen einem wieder ein.«

Susan nahm einen roten Baumschmuck von einem der unteren Zweige und hängte ihn ein Stück höher. Sie sagte: »Wenn Sie möchten, begleite ich Sie in die Mitternachtsmesse.«

Aber am Weihnachtsabend war Mrs. Drinkwater schon um zehn Uhr fest eingeschlafen. Weihnachten verging langsam, die Tage bis Neujahr wollten kein Ende nehmen. Dann war es geschafft. Der Zeit der kurzen kalten Tage folgte eine Tauwetterperiode im Januar. Das Sonnenlicht glitzerte auf dem schmelzenden Schnee, die Äste der Bäume leuchteten in der tropfenden Nässe. Und auch nachdem die Welt zu ihrer frostigen Erscheinung zurückgefunden hatte, merkte man, dass die Tage länger wurden. Charlie Tibbetts rief an und meldete, alles verlaufe nach Plan, Aufschübe seitens der Staatsanwaltschaft bedeuteten nur, dass die Sache, wenn sie vor Gericht kam, alle Brisanz verloren hätte. Es würde ihn nicht überraschen, wenn man sich außergerichtlich einigte, mit der Auflage für Zach, sich in Zukunft ordentlich zu benehmen, irgendetwas völlig Harmloses. Die Generalstaatsanwaltschaft hülle sich seit Wochen in Schweigen, vom FBI auch kein Wort. Die Zeit arbeitet für uns, sagte Charlie. Wir müssen sie einfach nur verstreichen lassen.

»Machst du dir Sorgen wegen deinem Fall?«, fragte Susan ihren Sohn, als sie am Abend vor dem Fernseher saßen.

Er nickte.

»Musst du nicht.«

Aber zwei Wochen später klagte die Generalstaatsanwaltschaft von Maine Zachary Olson wegen Verletzung der Bürgerrechte an.

2

Im Wohnzimmer von Jims und Helens Stadthaus wurde es früher dunkel als in den anderen Räumen, weil es im Erdgeschoss lag und die Fensterbänke sich auf Höhe des Gehsteigs befanden. Zwischen Fenstern und Gehsteig verlief der schmale Vorgarten mit seinen Buchsbäumen und dem zarten japanischen Ahorn, dessen knotige Zweige sich an den Fensterscheiben rieben. Im Winter achtete Helen immer darauf, die Rollläden hier früh zu schließen. Die Läden waren aus Mahagoni und sehr alt und wurden aus Kästen in der Hauswand heruntergelassen. Es war ein Ritual, das ihr seit vielen Jahren Freude bereitete: als würde sie das Haus zur Nachtruhe betten. Aber an diesem Nachmittag wollte sich das alte Behagen nicht einstellen. Ihr war etwas bang vor heute Abend. Sie gingen mit Dorothy und Alan in die Oper, und sie hatten die beiden über die Feiertagssaison nicht ein einziges Mal gesehen. Bisher hatte sie keinen Gedanken daran verschwendet; an Thanksgiving und über Weihnachten hatte sie das Haus mit ihren Kindern voll gehabt (Emily war schließlich doch nicht zur Familie ihres Freunds gefahren), die Wochen waren ausgefüllt gewesen, zuerst mit Vorbereitungen, dann mit Menschen. In die Ecke gepfefferte Stiefel und Schals, Kuchenkrümel, Freunde von der Highschool, Wäsche zum Zusammenlegen, Maniküre mit den Mädchen, abends Filme, sie alle hier auf dem Wohnzimmersofa zusammengekuschelt. *Glückseligkeit*. Unter der eine leise Furcht anschlug: Nie mehr würden sie alle miteinander unter diesem Dach wohnen. Dann waren sie wieder fort. Das Haus still, beängstigend still. Ein kalter Hauch der Veränderung in allen Räumen.

Als sie den letzten Laden herunterließ, sah Helen plötzlich, dass an ihrem Verlobungsring der große Diamant fehlte. Zuerst tat ihr Verstand sich schwer, es zu begreifen, immer wieder starrte sie auf die in die Luft ragenden Platinzinken, die nichts mehr festhielten. Hitze schoss ihr in die Wangen, sie suchte die Fensterbänke ab, zog die Läden hoch, ließ sie wieder herunter, tastete auf dem Boden um ihre Füße herum, stülpte jede Tasche jedes Kleidungsstücks, das sie getragen hatte, nach außen. Dann rief sie Jim an. Er war in einer Sitzung. Sie rief Bob an, der zu Hause arbeitete, um sich in Ruhe auf eine komplexe Revisionsbegründung vorzubereiten, die er am nächsten Tag vortragen musste. Trotzdem war er sofort bereit, zu kommen. »Boah«, sagte er, nahm ihre Hand, kniff die Augen zusammen. »Irgendwie unheimlich. Als würde man plötzlich im Spiegel sehen, dass einem ein Schneidezahn fehlt.«

»Ach, Bobby. Du bist ein Schatz.« Er hatte den Nagel auf den Kopf getroffen.

Bob zog gerade die Sofapolster auseinander, als Jim heimkam, so außer sich vor Wut, dass Bob und Helen die Suche einstellen mussten. »Dieser Scheißkerl Dick Hartley, diese dämliche Diane Dodge! Bescheuerte Arschgeigen, bescheuerter Staat, wie ich diesen bescheuerten Staat hasse!« Auf diese Weise erfuhren Bob und Helen, dass Zach wegen Verletzung der Bürgerrechte angeklagt worden war.

»Selbst Charlie war völlig überrascht.« Susans panikerfüllte Stimme tönte aus der Freisprecheinrichtung in Jims oberem Arbeitszimmer gleich neben dem Schlafzimmer. »Ich begreife nicht, wozu das jetzt auf einmal gut sein soll. Es ist drei Monate her. Warum haben die so lange gewartet?«

»Weil es Dilettanten sind.« Jim schrie es beinahe. Er stemmte sich in seinem Schreibtischsessel nach hinten, beide Hände um die Armlehnen gespannt; Bob und Helen saßen ein Stück entfernt. »Weil Dick Hartley eine Flachpfeife ist und so lange gebraucht hat, um seine unterbelichtete Lady Di von der Leine zu lassen.«

»Aber warum machen sie das denn überhaupt?« Susans Stimme bebte.

»Um gut dazustehen, deshalb!« Jim beugte sich so schnell nach vorn, dass der Sessel ein schnalzendes Geräusch von sich gab. »Weil Diane Dodge vielleicht selber eines Tages Bundesanwältin werden oder sich um das Gouverneursamt bewerben will oder um einen Sitz im Kongress, und deshalb möchte sie ihre lausige liberale Vita gern mit diesem heroischen Kampf für das Gute aufpeppen.« Er schloss kurz die Augen, dann fügte er hinzu: »Fotze.«

»Jim, Schluss jetzt. Das ist widerlich.« Helen beugte sich vor, eine Hand schützend über ihren Ehering gelegt. »Susan? Susan? Charlie Tibbetts regelt das schon.« Sie lehnte sich zurück, beugte sich noch einmal vor. »Das bin jetzt ich, Helen.«

Ihr Gesicht war gerötet und feucht. Bob konnte sich nicht erinnern, Helen jemals so gesehen zu haben, selbst ihr Haar schien stumpf vor lauter Unglück, als sie es sich aus den Augen strich. Er flüsterte ihr zu: »Du kommst nicht zu spät, ihr habt noch jede Menge Zeit«, weil er wusste, dass sie sich um die Opernverabredung mit den Anglins sorgte; sie hatte ihm davon erzählt, während sie in den Sesselritzen nach dem Diamanten gesucht hatten.

Helen antwortete mit leiser Stimme: »Aber jetzt hat er von Susan diese schreckliche Neuigkeit erfahren, da ist er sicher den ganzen Abend wütend – oh, es macht mich krank, da hinzuschauen.« Sie drehte die leere Fassung nach hinten.

»He, seid mal ruhig.« Jim machte eine abwehrende Handbewegung. »Noch mal, Susan, was ist mit der Bundesanwaltschaft?«

Mit zittriger Stimme berichtete Susan, das FBI habe Charlie signalisiert, seine Ermittlungen seien noch nicht abgeschlossen. Und die Somali übten angeblich ebenfalls Druck aus, umso mehr, als der Staat Maine jetzt den ersten Schritt getan hatte. Oder so ähnlich, richtig verstanden habe sie es nicht. Dienstag würden sie vor Gericht erscheinen müssen. Charlie hatte ihr gesagt, Zach sollte einen Anzug tragen, aber Zach hatte keinen Anzug, und jetzt wusste sie nicht, was sie tun sollte.

»Ich sag dir, was du tust, Susan.« Jim sprach langsam und deutlich. »Du gehst mit deinem Sohn zu Sears und kaufst ihm einen Anzug. Du reißt dich zusammen und stellst dich der Sache wie eine Erwachsene.« Jim schaltete die Freisprechanlage ab und nahm den Hörer zur Hand. »Schon gut, schon gut, es tut mir leid. Und jetzt leg auf, Susan. Ich muss ein paar Leute anrufen.« Er schob die Manschette zurück, sah auf seine Armbanduhr. »Vielleicht erwisch ich ja noch jemanden.«

»Jim, was tust du?« Helen stand auf.

»Liebling. Mach dir keine Sorgen wegen dem Ring. Wir lassen ihn richten.« Er schaute zu ihr herüber. »Und für die Oper reicht die Zeit allemal.«

»Aber es war der originale Diamant.« Helens Augen schwammen in Tränen.

Jim tippte die Nummer mit großem Nachdruck ein, und nach ein paar Sekunden sagte er: »Jim Burgess. Ich wäre ihr äußerst verbunden, wenn sie das Gespräch entgegennimmt.« Dann: »Hallo? Diane? Jim Burgess. Ich glaube nicht, dass wir uns kennen. Wie geht's Ihnen? Ich höre, ihr habt schon Schnee da oben. Nein, das sehen Sie richtig, ich rufe nicht wegen des Schnees an. Ja. Das ist der Grund meines Anrufs.«

»Ich ertrage das nicht«, murmelte Helen. »Ich geh duschen.«

»Ich weiß«, sagte Jim. »Ich weiß das. Aber ich weiß auch, dass es sich um einen Dummejungenstreich handelt. Und es ist bodenlos …« Er zeigte dem Telefonapparat den Mittelfinger.

»Ich habe gesagt bodenlos, ja. Ja, mir ist bekannt, dass ein kleiner Junge in der Moschee in Ohnmacht gefallen ist. Und Zachary ist das auch bekannt, und das ist schlimm. Ich weiß, dass Mr. Tibbetts ihn vertritt. Ich bezahle Mr. Tibbetts. Ich rufe Sie nicht als Zacharys Anwalt an, sondern als sein Onkel. Hören Sie zu, Diane. Wir reden hier von einem Vergehen. Und soviel ich weiß, wird auf so etwas immer noch das *Strafrecht* angewandt, und es wird vor einer Strafkammer verhandelt. Das hat nichts mit Bürgerrechten zu tun, und ...« Er drehte sich zu Bob um, formte mit dem Mund das Wort ›Pissnelke‹. »Streben Sie eine politische Karriere an, Miss Dodge? Für mich riecht das stark nach Politik. Nein, das ist kein Einschüchterungsversuch, in keiner Weise. Infragestellung Ihrer Integrität? Ich bemühe mich, ein Gespräch mit Ihnen zu führen. Wenn ein somalischer Junge diesen Schweinekopf geworfen hätte, würden Sie dann genauso vorgehen? Eben, das meine ich. Und wenn Zachary transsexuell wäre, würden Sie es auch nicht tun. Der Staat verfolgt ihn so pflichteifrig, weil der arme Kerl *weiß* ist. Das wissen Sie. Und das nach drei Monaten, ich bitte Sie. Wollen Sie ihn foltern? Okay, okay.«

Jim legte auf, klopfte ungeduldig mit einem Bleistift auf den Schreibtisch. Dann nahm er den Bleistift zwischen beide Hände und brach ihn entzwei. »Jemand wird da rauffahren müssen.« Er drehte den Sessel in Bobs Richtung. »Und dieser Jemand bin nicht ich.« Vom Flur herüber hörte man die Dusche rauschen. »Warum bist du eigentlich hier?«

»Helen hat angerufen, ob ich mit ihr den Diamanten suche.«

Jim ließ den Blick durchs Zimmer schweifen, über die Bücherregale, die Bilder der Kinder in verschiedenen Lebensaltern. Dann schüttelte er langsam den Kopf, schaute Bob wieder an. »Es ist ein *Ring*«, flüsterte er.

»Na ja, es ist ihr Ring, und sie ist verzweifelt.«

Jim stand auf. »Ich bin Dick Hartley in den Arsch gekrochen«, sagte er. »Und jetzt gibt er ihr grünes Licht. Sie machen meinen Neffen platt – wo ich doch extra hingefahren bin, um zu verhindern, dass dieser scheißliberale *Faschismus* sich durchsetzt.«

»Du bist hingefahren, um dein Bestes zu geben und Zach zu helfen, aber es hat nicht funktioniert. Nichts anderes.«

Jim setzte sich wieder hin, beugte sich vor, die Ellenbogen auf die Knie gestützt. Leise sagte er: »Wenn ich doch bloß ausdrücken könnte – wenn ich in Worte fassen könnte – wenn ich auf irgendeine Weise deutlich machen könnte, wie abgrundtief ich dieses Maine hasse.«

»Du hast es mehr als deutlich gemacht. Vergiss es. Ich fahre zur Verhandlung rauf. Ich hab noch jede Menge Urlaub abzufeiern. Geh du mit deiner Frau in die Oper und kauf ihr einen neuen Ring.« Bob rieb sich den Nacken. Zwei Drittel der Familie waren nicht davongekommen, dachte er. Er und Susan – einschließlich Susans Sohn – waren verloren seit dem Tag, an dem ihr Vater gestorben war. Sie hatten es versucht, ihre Mutter hatte es für sie versucht. Aber nur Jim hatte es geschafft.

Als er an Jim vorbeiging, fasste sein Bruder nach seinem Handgelenk. Die Geste kam so unerwartet, dass Bob stehen blieb. »Was ist?«, fragte er.

Jim schaute hinüber zum Fenster. »Nichts«, sagte er. Langsam zog er seine Hand zurück.

Die Dusche am Ende des Flurs rauschte nicht mehr. Die Badezimmertür öffnete sich, dann Helens Stimme: »Jimmy? Wirst du dich heute den ganzen Abend darüber ärgern? Es ist nämlich *Romeo und Julia*, und ich habe keine Lust, mir das mit einem muffeligen Ehemann auf der einen und einer muffeligen Dorothy auf der anderen Seite anzusehen.« Bob konnte hören, dass sie sich um einen vergnügten Tonfall bemühte.

»Schatz«, rief Jim, »ich bin ganz bestimmt brav.« Leise sagte er zu Bob: »*Romeo und Julia*? Mann. Das grenzt an Folter.«

Bob zuckte abwehrend mit den Schultern. »Angesichts dessen,

was unser Präsident so alles in Gefängnissen vor der Küste veranstalten lässt, sollte man vielleicht nicht von Folter sprechen, wenn man mit seiner Frau in die Met geht. Aber ich weiß schon, alles ist relativ.« Er bereute es sofort und wappnete sich für Jims Retourkutsche.

Aber Jim erhob sich und sagte: »Hast recht. Hast ja vollkommen recht. Bescheuertes Land. Bescheuerter Staat. Bis bald. Danke, dass du geholfen hast, den Stein zu suchen.«

Auf dem Heimweg vom Haus seines Bruders, während er schnüffelnden Hunden auswich, deren Herrchen sie halbherzig aus dem Weg zogen, verlor Bob sich immer tiefer in Vergangenem. Damals, als er noch Strafverteidiger war, hatte er es immer als seinen Job verstanden, den Geschworenen einen Pfropf des Zweifels einzupflanzen, um den steten Fluss der Logik, der von den Fakten eines Falls auszugehen schien, zum Stocken zu bringen. Und jetzt trieb ein solcher Pfropf des Zweifels in ihm selbst sein Unwesen, eines Zweifels, der sich immer mehr verstärkte, seit er ihm von Jim in Shirley Falls eingepflanzt worden war, so dass Bob selbst jetzt, im Angesicht dieser neuen Gefahr für Zachary, an den Menschen auf dem Gehsteig vorüberging und nur an seine Exfrau dachte. Jims Abwiegelei auf der Rückfahrt nach New York hatte ihn in keiner Weise beruhigt, auch wenn er von seinem Bruder keine weiteren Erklärungen gefordert hatte. Dass Pam ein Parasit sein sollte, war absurd. Dass sie Bedürfnisse hatte und sich zu holen wusste, was sie brauchte, schon weniger. Aber dass sie Jim *angemacht*, »ein paar recht unbedachte Geständnisse« gemacht haben sollte – was um alles in der Welt hatte das zu bedeuten?

Bob wich einem Hund aus, der Besitzer zog sein Tier zurück. Erschreckend, wie das Ende seiner Ehe ihm zugesetzt hatte. Die Stille, wo so viele Jahre der Klang von Pams Stimme gewesen war, ihr Schwatzen, Lachen, ihre dezidierten Meinungen, ihre plötzlichen Tränenausbrüche – die Abwesenheit all dieser Geräusche, die Dusche, die nicht mehr rauschte, die Schubladen, die nicht mehr aufgerissen oder zugeknallt wurden, selbst das Schweigen seiner eigenen Stimme, denn nun blieb er ja stumm, wenn er nach Hause kam, erzählte niemandem von seinem Tag –, die Stille brachte ihn schier um. Aber das faktische Ende verblieb in einem Nebel, und drohten einmal Einzelheiten daraus hervorzusickern, wandten Bobs Gedanken sich eiligst davon ab. Das Ende einer Ehe war eine schlimme Sache. Es war schlimm, ganz egal, wie es dazu gekommen war. (Die arme Adriana aus der Wohnung unter ihm, wo immer sie jetzt sein mochte.)

Noch letztes Jahr hatte Sarah zu ihm gesagt: »Niemand steigt aus einer so langen Ehe aus, ohne dass eine dritte Partei im Spiel ist. Sie hat dich betrogen, Bob«, und Bob hatte ihr ruhig geantwortet, das sei nicht der Fall. (Und sollte es doch so gewesen sein, was spielte es noch für eine Rolle?) Aber Jims Anspielungen hatten Bob tief verunsichert. Er war dieses Jahr nicht zu Pams Weihnachtsparty gegangen; er hatte Arbeitsüberlastung vorgeschützt und sich stattdessen in die Grillbar in der Ninth Street gesetzt. Bisher hatte er ihren Jungen immer etwas zu Weihnachten geschenkt, und eigentlich wollte er das auch jetzt noch, aber er tat es nicht. Gleichzeitig kam er sich selbst albern vor, so sehr, dass er das Bild der stets gerechten Elaine aus der Versenkung holte: Was kränkt Sie an dieser Sache am meisten, Bob? Dass sie nicht die ist, für die ich sie gehalten habe. Und was meinen Sie, wer sie ist?

Das wusste er nicht.

Er machte kehrt und betrat die Ninth Street Bar & Grill, wo schon einige Stammgäste an der Theke hockten. Gerade als der Mann mit den rötlichblonden Haaren ihm zunickte, summte sein Handy. »Susie«, sagte Bob, »bleib dran.« Er bestellte einen

Whiskey pur. Dann sprach er wieder ins Telefon. »Schlimm, ja, ich weiß. Ich weiß es. Ich komme zur Verhandlung. Ja, Charlie soll es mit ihm einüben, so macht man das. Nein, nein, mit Lügen hat das nichts zu tun. Alles wird gut, Susie.« Er hörte zu, schloss die Augen. Er wiederholte: »Ich weiß, Susie. Alles wird gut.«

Dass sie Dorothy voreingenommen und anstrengend fand, änderte nichts an dem Unbehagen, mit dem Helen sich auf dem Weg zum Lincoln Center klarmachte, dass Dorothy seit ihrer Reise nach St. Kitts kein einziges Mal angerufen hatte; die Anglins waren ihrer überdrüssig, eine andere Erklärung konnte es nicht geben. Jim sagte, das stimme nicht, die Anglins machten gerade eine sehr schwere Zeit mit ihrer Tochter durch, die Familie war in Therapie, teuer und sinnlos laut Alan, und Dorothy heulte jede Sitzung durch.

Helen versuchte das im Kopf zu behalten, als sie Dorothy begrüßte, die es sich gerade in ihrem Sitz in der Loge bequem machte, auf die sie seit Jahren abonniert waren. Unten im Orchestergraben hob schon der angenehm disharmonische Lärm des Stimmens an (Saiten, die gestrichen, Läufe, die geblasen wurden), während immer mehr Menschen den Saal füllten. Die üppigen Kronleuchter, die bald aufsteigen würden, der schwere Vorhang, würdevoll verknautscht, wo sein samtener Saum auf der Bühne aufsetzte, die Wandpaneele, die weit, weit hinaufreichten, um Klang aufzunehmen und Klang zurückzugeben – alles vertraute Dinge, an deren Pracht sich Helen jedes Mal erfreute. Aber heute Abend streifte sie der Gedanke, in einem mit Samt ausgeschlagenen Sarg eingeschlossen zu sein. Opern dauerten so schrecklich lang, und früher gehen konnten sie nicht, weil sie selbst es sich nicht gestattete; es hatte etwas Banausenhaftes, früher zu gehen.

Sie wandte sich wieder Dorothy zu, die ganz und gar nicht nach durchweinten Therapiesitzungen aussah. Ihre Augen waren glasklar und perfekt geschminkt, das dunkle Haar wie immer zu einem Dutt im Nacken gefasst. Sie neigte ganz leicht den Kopf, als Helen sagte: »Ich habe heute den Diamanten aus meinem Verlobungsring verloren, das macht mich ganz krank.« In der Pause erkundigte sich Dorothy, wie es Larry auf der Uni in Arizona erging, und Helen berichtete, er sei begeistert und habe schon eine Freundin, die Ariel hieß und nett zu sein schien, aber sie habe, wenn sie das Mädchen auch zugegebenermaßen noch nicht kannte, leise Zweifel, ob sie die Richtige für Larry war.

Dorothy verzog keine Miene – kein Lächeln, kein Kopfnicken –, während Helen ihr das erzählte, als wollte sie sagen: Soll er von mir aus ein Känguruh heiraten, wen interessiert das, *mich* nicht, und das – eben setzte die Musik wieder ein – schmerzte Helen, denn Freunde hatten Anteilnahme zu heucheln, so funktionierte die Gesellschaft. Aber Dorothy richtete den Blick wieder auf die Bühne, ohne eine Regung, und als Helen die Beine übereinanderschlug, spürte sie, dass ihre schwarze Strumpfhose, die sie vorhin hastig hochgezogen hatte, weil bereits der Gong rief, an den Schenkeln verdreht saß. Was hatten die Feministinnen schon groß erreicht, dachte sie, wenn man als Frau immer noch doppelt so lange vor der Toilette anstehen musste?

Sie hörte Jim zu Alan sagen: »Sie ist gut. Ganz hervorragend.«

»Die Julia?«, fragte Helen. »Du findest sie hervorragend? Kann ich nicht finden.«

»Die neue Sachbearbeiterin.«

»Oh«, sagte Helen nebenhin. »Ja, das sagtest du.«

Und dann hob sich der Vorhang wieder, und es ging weiter und immer weiter. Ach, es würde noch eine Ewigkeit dauern, bis Romeo und Julia endlich gestorben waren. Der Romeo war ein moppeliger Mann in himmelblauen Strumpfhosen; kaum vorstellbar, dass er das Interesse dieser Julia geweckt haben sollte, die mindestens fünfunddreißig war und sich das Herz aus dem vollbusigen Leib sang. In Gottes Namen, dachte Helen und ruckte schon wieder auf ihrem Sitz, stoß dir endlich den Requisitendolch in die Brust und stirb.

Als der Schlussapplaus spärlicher wurde, beugte sich Alan an Jim vorbei. »Helen, du bist schön wie immer heute Abend. Ich hab dich vermisst. Wir haben eine entsetzliche Zeit hinter uns, vielleicht hat Jim es dir erzählt.«

»Es tut mir so leid«, sagte Helen. »Ich habe dich auch vermisst.«

Als Alan seine Hand ausstreckte, um ihre zu drücken, stellte Helen erschrocken fest, dass ihre Dankbarkeit beinahe etwas Sinnliches hatte.

3

Die Verhandlung fand im neuen Anbau des Gerichts statt. Für Bob, der alte Gerichtssäle mit ihrer welken Pracht gewohnt war, hatte die lackglänzende Holzverschalung den Charme einer frisch renovierten Garage. Durch das Fenster sah man graue Wolken tief über dem Fluss hängen, und während die Leute den Raum betraten, legte eine unscheinbare junge Frau mit rechteckigen Brillengläsern schweigend einen Stapel Aktenordner auf den Tisch der Anklage, bevor sie zum Fenster ging und hinausschaute. Ein grüner Blazer verbarg das Oberteil ihres beigefarbenen Kleids, zu dem sie beige Kunstlederschuhe mit flachen Absätzen trug, und einen Moment lang empfand Bob – der sie von den Zeitungsfotos als die stellvertretende Generalstaatsanwältin Diane Dodge erkannte – fast etwas wie Rührung angesichts dieser zaghaften Flucht in schmucklose Eleganz. Niemand in New York würde sich so anziehen, nicht im Winter, wahrscheinlich nie, aber sie lebte nicht in New York. Mit verschlossener Miene wandte sie sich vom Fenster ab und ging zurück zu ihrem Tisch.

Susan hatte für diesen Vormittag ein marineblaues Kleid angezogen, aber sie behielt den Mantel an. Zwei Journalisten waren zugelassen und zwei Fotografen, die mit ihren Kameras und wuchtigen Anoraks in der ersten Reihe saßen. Zach, in dem Anzug, den Susan ihm bei Sears gekauft hatte, das Haar frisch und sehr kurz geschnitten, das Gesicht bleich wie Teig, erhob sich – wie der ganze Saal –, als der rundschultrige Richter eintrat, auf seinem Richterstuhl Platz nahm und mit ernster Patriarchenstimme verlas, dass Zachary Olson Missachtung der im ersten Zusatz zur Verfassung garantierten Freiheit der Religionsausübung vorgeworfen wurde.

Und so begann es.

Diane Dodge stand auf, verschränkte die Hände hinter dem Rücken. Mit überraschend mädchenhafter Stimme befragte sie die an besagtem Abend an den Tatort gerufenen Polizisten. Sie ging auf und ab; sie wirkte wie die Hauptdarstellerin einer Schulaufführung, die für ihre Rolle so viel Lob eingeheimst hatte, dass ihre zarte Gestalt ein von unerschütterlichem Selbstbewusstsein durchdrungenes Ego zu transportieren schien. Die Polizisten antworteten monoton, unbeeindruckt.

Als Nächster sagte Abdikarim Ahmed aus. Er trug Cargohosen, ein blaues Oberhemd und Turnschuhe, und Bob fand, dass er weniger einen afrikanischen als vielmehr einen mediterranen Eindruck machte. Dennoch sah er sehr fremdländisch aus und sprach mit starkem Akzent, und sein Englisch war so mangelhaft, dass ein Dolmetscher benötigt wurde. Abdikarim Ahmed erzählte von dem Schweinekopf, der plötzlich durch die Tür geflogen kam, von einem kleinen Jungen, der in Ohnmacht fiel, und dem Teppich, der siebenmal gereinigt werden musste, wie es das islamische Gesetz verlangte, weil das Geld für einen neuen fehlte. Er redete fast emotionslos, bedächtig und müde. Aber er schaute Zach an, und er schaute Bob an und auch Charlie. Er hatte große, dunkle Augen, seine Zähne waren unregelmäßig und verfärbt.

Mohamed Husseins Aussage deckte sich weitgehend mit seiner. Sein Englisch war besser, er redete energischer; er sei zur Tür der Moschee gelaufen, berichtete er, habe aber niemanden gesehen.

Und haben Sie sich gefürchtet, Mr. Hussein? Diane Dodge legte eine Hand ans Schlüsselbein.

»Sehr.«

Haben Sie sich bedroht gefühlt?

»Ja. Sehr. Wir fühlen uns immer noch nicht sicher. Das war ein sehr schlimmes Erlebnis. Sie wissen nicht, wie es ist.«

Gegen Charlie Tibbetts' Einspruch gestattete der Richter Mr. Hussein, von den Lagern in Dadaab zu erzählen, von den *shifta*, Banditen, die nachts kamen, um zu rauben, zu vergewaltigen, manchmal auch zu töten. Beim Anblick des Schweinekopfs in ihrer Moschee hatten sie sich sehr gefürchtet, so sehr wie damals in Kenia, so sehr, wie sie sich in Somalia gefürchtet hatten, wo man selbst bei der alltäglichen Arbeit damit rechnen musste, überfallen und getötet zu werden.

Bob wollte das Gesicht in den Händen vergraben. Er wollte sagen: Das ist alles ganz furchtbar, aber seht euch den Jungen doch an. Er hat noch nie von Flüchtlingslagern gehört. Er ist als Kind bis aufs Blut drangsaliert worden, auf einem kleinen Spielplatz in Shirley Falls haben sie ihn verprügelt, weit und breit kein Bandit. Aber die Schläger waren für ihn wie Banditen – seht ihr denn nicht, was für ein armseliges Würstchen er ist?

Aber die Somali waren auch arm dran, keine Frage. Besonders der erste Mann. Nach seiner Vernehmung war er mit gesenktem Kopf an seinen Platz zurückgekehrt, ohne um sich zu schauen, und Bob konnte seinem Profil die Erschöpfung ansehen. Von Margaret Estaver wusste er, dass viele dieser Männer gerne arbeiten wollten, aber zu traumatisiert dafür waren, und dass sie in einem Teil der Stadt untergebracht waren, in dem Drogenhändler und Süchtige wohnten, dass sie, hier in Shirley Falls, bedroht, angegriffen, ausgeraubt, ihre Frauen mit Pit Bulls eingeschüchtert worden waren. Das hatte sie Bob erzählt, aber sie hatte ihm auch gesagt, dass sie Susan und Zach nach allen Möglichkeiten unterstützen wolle. Bob reckte den Hals und sah sich um, und da stand sie, ganz hinten an der Wand.

Kaum wahrnehmbar nickten sie einander zu, wie Leute, die sich schon lange kennen.

Zachary trat in den Zeugenstand.

Diane Dodge schrieb unausgesetzt mit, während Charlie Zach Schritt für Schritt durch seine Geschichte dirigierte: wie er in das Schlachthaus in West Annett gegangen war, in der Hoffnung, sich mit dem Sohn des Besitzers zu befreunden, der zusammen mit ihm bei Walmart gearbeitet hatte; nein, richtig befreundet waren sie zurzeit nicht, nein, aber damals hatte der Junge ihn eingeladen, doch mal vorbeizukommen. Nein, von den BSE-Verordnungen hatte er nicht gehört, ihm war nicht klar gewesen, dass alle Tiere mit Wirbelsäule auf besondere Weise geschlachtet werden mussten und dass man ihre Köpfe als Köder für die Kojoten- oder Bärenjagd benutzte, und was für Tiere in diesem Schlachthaus geschlachtet wurden, hatte er auch nicht gewusst. Den Schweinekopf hatte er mitgenommen, weil er da herumlag, warum, wusste er selbst nicht, nein, nicht gekauft, sein Bekannter hatte ihm den Kopf so mitgegeben, und zu Hause hatte er ihn in die Tiefkühltruhe gelegt, weil er dachte, das wäre vielleicht was für Halloween oder so, und später hatte er ihn mit zu der Moschee genommen, einfach als blöden Gag, aber dass es eine Moschee war, wusste er nicht, nur dass dort somalische Leute aus und ein gingen, und da war ihm das Ding dann aus der Hand gerutscht, was ihm furchtbar leidtat, ganz ehrlich.

Zach sah zerknirscht aus. Er sah erbärmlich und sehr jung aus, als er Charlie das alles so erzählte, wie sie es einstudiert hatten. Charlie sagte, danke vorerst, und setzte sich.

Diane Dodge stand auf. Ein dünner Schweißfilm glänzte auf ihrer Stirn, sie schob sich die Brille auf den Nasenrücken. Mit ihrer hohen Stimme begann sie. Sie sind also einfach eines Tages losgezogen, Mr. Olson, und haben sich einen Schweinekopf beschafft. Sie sind in ein Schlachthaus gegangen, und da lag ein Schweinekopf, und den haben Sie mitgenommen, und jetzt stehen Sie unter Eid vor diesem Gericht und behaupten, Sie wüssten nicht, warum Sie das getan haben?

Zachary sah sie verstört an. Immer wieder leckte er sich die Lippen. »Der hat da rumgelegen«, antwortete er.

Der Richter fragte Zach, ob er ein Glas Wasser wolle.

»Oh. Äh, nein, Sir.«

Sicher nicht?

»Ähm. Okay, Sir. Euer Ehren, Sir. Vielen Dank.«

Er bekam ein Glas Wasser gereicht, und nachdem er einen Schluck getrunken hatte, schien er nicht zu wissen, wohin damit, obwohl der Zeugenstand genug Abstellfläche bot. Aus den Augenwinkeln warf Bob einen Blick auf Susan. Sie schaute unverwandt auf ihren Sohn.

Sie sind also zu dem Schlachthaus eines Freundes gegangen, der kein Freund mehr ist, um sich dort einen Schweinekopf zu beschaffen.

»Nein, Sir. Ma'am. Nein, Ma'am.« Seine Hand zitterte, Wasser schwappte über den Rand, was Zach so zu erschrecken schien, dass er gleich auf seine Hose heruntersah. Charlie Tibbetts erhob sich, nahm Zachary das Glas ab, stellte es rechts von ihm auf die Brüstung und nahm wieder Platz. Der Richter zeigte mit leisem Nicken an, dass es weitergehen konnte.

Sie haben nicht etwa den Kopf eines Schafs oder Lamms, einer Kuh oder einer Ziege genommen. Sie haben einen Schweinekopf genommen. Ist das richtig?

»Es waren keine anderen Köpfe da, wegen dem Rinderwahnsinn, weil man nicht …«

Antworten Sie mit Ja oder Nein. Sie haben einen Schweinekopf genommen, korrekt?

»Ja.«

Aber Sie wissen nicht, warum. Das wollen Sie uns glauben machen?

»Ja, Ma'am.«

Im Ernst. Das sollen wir Ihnen glauben.

Charlie erhob sich. Beeinflussung.

Diane Dodge drehte einen langsamen Kreis und sagte dann: Sie haben ihn in der Tiefkühltruhe Ihrer Mutter aufbewahrt.

»Ja, in der im Keller.«

Wusste Ihre Mutter, dass der Schweinekopf dort war?

Charlie erhob sich. Einspruch, Suggestivfrage.

Zachary musste also nicht erklären, dass seine Mutter die Tiefkühltruhe im Keller nicht mehr benutzte, seit ihr Mann sie vor Jahren verlassen hatte, um in Schweden nach seinen Wurzeln zu suchen, so dass sie für niemanden mehr kochen musste als für dieses magere Kind und deshalb keine zweite Tiefkühltruhe mehr benötigte wie in ihrer Zeit als frischgebackene Ehefrau, mit ihrem jungen Bräutigam aus New Sweden, Maine, der seinen Sohn heute allem Anschein nach nicht einmal mehr anrufen konnte, bestenfalls die eine oder andere Mail an ihn tippte – Bob öffnete die Hände im Schoß, spreizte die steifen Finger. Die kalte Susan hatte einen kalten Mann geheiratet, aus einer Landschaft, karg wie ihre. Und hier saß jetzt der kleine Zach, mit seinen gewaschenen Ohren, und sagte: »Er ist mir in den Händen aufgetaut, deshalb ist er gerutscht. Ich wollte niemand was tun.«

Ich soll Ihnen also glauben, und das Gericht soll Ihnen glauben, dass Sie nicht gewusst haben, dass dieser Schweinekopf in die Moschee rollen würde? Ein kleiner Bummel durch die Gratham Street, ach ja, und zufällig hatte ich einen gefrorenen Schweinekopf dabei.

Charlie erhob sich: Euer Ehren, sie …

Der Richter nickte, hob eine Hand.

Das soll ich Ihnen abnehmen?, sagte Diane Dodge.

Zach sah verwirrt aus. »Entschuldigung. Könnten Sie das bitte wiederholen?«

Sie haben nicht gedacht, obwohl Sie wussten, dass die Somali sich dort versammeln, dass es eine Moschee ist, ein heiliger Ort, und dass ein Schweinekopf, der dort drinnen landet, Gefühle verletzen würde, haben Sie auch nicht gedacht?

»Ich wünschte, ich wäre nicht zu der Tür gegangen. Ich wollte die Gefühle von niemand verletzen. Nein, Ma'am.«

Und Sie erwarten von mir, dass ich Ihnen das glaube. Sie erwarten, dass der Richter Ihnen das glaubt. Sie erwarten von Abdikarim Ahmed und Mohammed Hussein, dass sie Ihnen das glauben. Ihre Hand schnellte nach vorne und zeigte in den hinteren Teil des Gerichtssaals. Ihr grüner Blazer klappte auf, ließ das beigefarbene Kleid über der schmalen Brust sehen.

Charlie erhob sich: Euer Ehren …

Frau Staatsanwältin, bitte formulieren Sie die Frage anders.

Erwarten Sie, dass wir Ihnen das glauben?

Zack schaute verwirrt, sein Blick suchte Charlie, der kaum wahrnehmbar nickte.

Beantworten Sie die Frage, Mr. Olson.

»Ich wollte niemandem wehtun.«

Aber Sie wussten, Sie müssen gewusst haben, dass es die Zeit des Ramadan war, die heiligste Zeit, die es im islamischen Glauben gibt?

Charlie erhob sich: Einspruch, Suggestivfrage.

Wenn Sie die Frage bitte anders formulieren.

Waren Sie sich darüber im Klaren, dass die Zeit, in der Ihnen der Schweinekopf *aus den Händen gerutscht und in der Moschee gelandet* ist, die heilige Zeit des Ramadan war? Diane Dodge schob die Brille die Nase hinauf und verschränkte einmal mehr die Hände hinter dem Rücken.

»Nein, Ma'am. Ich hab nicht mal gewusst, was Ramadan ist.«

Und dieses Unwissen erstreckte sich auch auf die Tatsache, dass Schweinefleisch unter Muslimen als unrein gilt?

»Entschuldigung. Ich versteh die Frage nicht.«

Und so weiter und so fort, bis sie endlich mit ihm fertig war und Charlie wieder an die Reihe kam. Er stellte seine Fragen mit leiser Stimme, wie vorher schon. Zachary, hatten Sie zur Zeit des Zwischenfalls schon einmal vom Ramadan gehört?

»Damals nicht, nein, Sir.«

Wann haben Sie erfahren, was der Ramadan ist?

»Hinterher hab ich in der Zeitung darüber gelesen. Vorher wusste ich nicht, was das ist.«

Und wie haben Sie sich gefühlt, nachdem Sie es erfahren hatten?

Einspruch: Diese Frage steht in keinem Zusammenhang mit den Tatsachen.

Die Antwort steht sehr wohl im Zusammenhang mit den Tatsachen. Wenn mein Mandant beschuldigt wird …

Sie dürfen die Frage beantworten, Mr. Olson.

Charlie wiederholte die Frage: Wie haben Sie sich gefühlt, nachdem Sie erfahren hatten, was der Ramadan ist?

»Schlecht hab ich mich gefühlt. Ich hab doch niemandem wehtun wollen.«

Der Richter ermahnte Charlie: Machen Sie voran, das hatten wir bereits.

Sie wussten nichts von den neuen BSE-Verordnungen, die besondere Vorkehrungen bei der Schlachtung von Tieren mit Wirbelsäule beinhalten?

»Nein, gar nichts. Auch nicht, dass die Wirbelsäule bei einem Schwein nicht bis zum Kopf reicht.«

Einspruch. Diane Dodge kreischte das Wort förmlich heraus, und der Richter nickte.

Und was hatten Sie mit dem Schweinekopf vor, nachdem Sie ihn nun einmal mitgenommen hatten?

»Ich dachte, das könnte was Lustiges für Halloween sein. Vor einer Haustür oder so.«

Euer Ehren! Hier werden Inhalte wiederholt! Als würde ständige Wiederholung die Glaubwürdigkeit erhöhen! Diane Dodge sagte es mit solch unverhohlener Häme im Blick, dass Bob, wäre er der Richter gewesen, sie wegen ungebührlichen Verhaltens verwarnt hätte. Denn es war ungebührlich, wie sie auftrat.

Aber der Richter schloss sich ihrer Meinung an, und Zachary wurde endlich aus dem Zeugenstand entlassen. Seine Wangen leuchteten feuerrot, als er am Tisch neben Charlie Platz nahm.

Während der Richter sich zur Urteilsfindung zurückzog, wurde die Verhandlung unterbrochen. Wieder wanderte Bobs Blick zu Margaret Estaver, wieder das leise Kopfnicken. Bob ging zusammen mit Zachary, Susan und Charlie Tibbetts in ein kleines Zimmer neben dem Gerichtssaal. Dort saßen sie in absolutem Schweigen, bis Susan ihren Sohn fragte, ob er etwas brauchte, und Zachary schaute zu Boden und schüttelte den Kopf. Als ein Gerichtsdiener an die Tür klopfte, kehrten sie in den Saal zurück.

Der Richter forderte Zachary Olson auf, sich zu erheben. Zach stand auf, die Wangen gerötet wie reife Tomaten, der Schweiß lief ihm tröpfchenweise an den Schläfen herab. Der Richter sprach ihn des Verstoßes gegen die Bürgerrechte schuldig. Er habe mit der Androhung von Gewalt gegen den Ersten Zusatzartikel der Verfassung verstoßen, der die freie Religionsausübung garantierte, und müsse, sollte er der Anordnung, die es ihm untersagte, sich – außer zu einem Besuch bei seinem Anwalt – der Moschee auf weniger als zwei Meilen zu nähern und in jedweder Form Kontakt zur Gemeinschaft der Somali aufzunehmen, nicht Folge leisten, mit einem Bußgeld von fünftausend Dollar und einer Haftstrafe von bis zu einem Jahr rechnen. An dieser Stelle nahm der Richter die Brille ab, sah Zach aus ausdruckslosen (und deshalb beinahe grausamen) Augen an und sagte: »Mr. Olson, in diesem Staat sind derzeit zweihundert solcher Anordnungen in Kraft. Sechs Personen haben dagegen verstoßen. Und die sitzen – ausnahmslos – hinter Schloss und Riegel.« Er richtete den Zeigefinger auf Zach, sein Kopf ruckte nach vorne. »Also, junger Mann, wenn ich Sie das nächste Mal in diesem Gerichtssaal begrüßen darf, sollten Sie Ihre Zahnbürste dabeihaben. Das ist das Einzige, was Sie dann brauchen. Die Sitzung ist geschlossen.«

Zach schaute sich nach seiner Mutter um. Seinen angstvollen Blick würde Bob nicht so schnell wieder vergessen.

Und auch Abdikarim vergaß ihn nicht mehr.

Im Korridor stand Margaret Estaver etwas abseits an der Wand. Bob berührte Zachs Schulter und sagte: »Wir sehen uns zu Hause.«

Sie fuhren durch die Straßen von Shirley Falls, und schließlich sagte Bob: »Das Urteil stand fest, bevor der erste Zeuge gehört wurde. Das wissen Sie doch, oder? Diese Diane Dodge wollte ihn nur noch mal durch den Wolf drehen.«

»Ja, das sehe ich auch so«, stimmte Margaret ihm zu. Sie fuhren am Fluss entlang, rechter Hand die verlassenen alten Ziegeleien. Über den leeren Parkplätzen ein hellgrauer Himmel.

»Es hat ihr Spaß gemacht«, sagte Bob. »Sie hat es genossen.« Als Margaret nicht reagierte, schaute er sie an, und sie erwiderte den Blick anteilnehmend. »Das sieht doch jeder, was für ein armes Würstchen Zach ist«, fügte Bob hinzu. Er setzte die Füße zwischen zwei leere Mineralwasserdosen und eine zusammengeknüllte Papiertüte. Sie hatte sich schon vorher für die Unordnung in ihrem Auto entschuldigt.

»Sein Anblick bricht einem das Herz.« Margaret bog ab und fuhr an der Volkshochschule vorbei. Sie sagte: »Ich weiß nicht, ob Charlie es Ihnen erzählt hat. Das von Jim.«

»Jim? Meinem Bruder? Was ist mit ihm?«

»Er hat der Sache wohl eher geschadet. Ich weiß, dass er gekommen ist, weil er helfen wollte. Aber seine Rede war so gut, dass Dick Hartley dagegen wie ein Idiot aussah, und – was noch schlimmer ist – Jim ist nicht geblieben.«

»Jim bleibt nie.«

»Tja.« Margaret sagte das Wort mit einem Seufzer. »In Maine bleibt man.« Strähnen ihres nachlässig hochgesteckten Haars verdeckten einen Teil ihres Gesichts. Sie sagte: »Der Gouverneur hat nach ihm gesprochen, wenn Sie sich erinnern, und es wurde ihm – ich erzähle nur, was ich gehört habe –, es wurde als Mangel an Respekt verbucht, dass Jim genau in dem Augenblick gegangen ist, als der Gouverneur ans Mikrofon trat.« Margaret ging vor einem Stoppschild vom Gas. »Und der Gouverneur«, fügte sie etwas leiser hinzu, »hat natürlich auch nicht so gut geredet.«

»Keiner redet so gut wie Jim. Es ist das, was er kann.«

»Das hab ich gesehen. Tatsache ist nur, dass es oben in Augusta negative Reaktionen gab. Ich kenne da jemanden in der Staatsanwaltschaft. Dick Hartley hatte offenbar noch wochenlang an der Sache zu kauen, und sobald sie sicher waren, den Vorsatz beweisen zu können, hat er Diane freie Fahrt gegeben. Jim hat sie persönlich angerufen, richtig? Das war natürlich Öl ins Feuer, und es hat heute auch mit reingespielt.«

Bob schaute zum Fenster hinaus auf die kleinen Häuser, an denen sie vorüberfuhren. An vielen Türen hingen noch die Weihnachtskränze. »Stand im *Shirley Falls Journal* etwas darüber? Jim liest die Online-Ausgabe.«

»Nein, das ist alles intern gelaufen, vermute ich. Und ehrlich gesagt – nun ja, Sie haben die Aussagen der beiden ja gehört, Mohamed und Abdikarim. Die Sache hat ihnen unheimlich zugesetzt. Ich weiß, das wissen Sie alles. Aber der Spruch heute könnte Signalwirkung für die US-Anwaltschaft haben. Einige von den Somali machen immer noch Druck, dass sie sich einschaltet.«

»Oh, Gott!« Bob stöhnte kurz auf, sagte dann leise: »Verzeihung.«

»Wofür?«

»Dass ich den lieben Gott da mit reinziehe.«

»Ich bitte Sie!« Sie sah ihn an und verdrehte die Augen. Dann fuhr sie weiter Richtung Stadt. »Gerry O'Hare war dagegen, dass die Staatsanwaltschaft aktiv wird, er hätte das heute gern verhindert. Er kennt Susan ja wohl von früher. Er fand, dass es reicht. Aber …« Margaret zog leicht die Schultern hoch. »Es gibt eben auch Leute wie Rick Huddleston vom Büro gegen Rassendiffamierung, und der wird bis zum Sanktnimmerleinstag nicht lockerlassen. Und ganz ehrlich, wenn es nicht Zachary wäre, würde ich auch nicht so schnell lockerlassen.«

»Aber es ist Zachary.« Er hatte einfach das Gefühl, sie schon ganz lange zu kennen.

»Ja.« Und nach einer Sekunde fügte Margaret mit einem Seufzen hinzu: »Oi.«

»Haben Sie gerade ›oi‹ gesagt?«

»Ja. Einer von meinen Exmännern war Jude. Ein paar seiner Ausdrücke habe ich übernommen. Er hatte viele davon auf Lager.«

Sie fuhren an der Highschool vorbei, die Sportplätze waren schneebedeckt. Auf einer Anschlagtafel stand TIGERS MACHT DIE DRAGONS PLATT.

»Haben Sie viele Exmänner?«, fragte er.

»Zwei. Den ersten, den jüdischen, hab ich in Boston auf dem College kennengelernt. Wir sind heute noch befreundet, er ist ein feiner Kerl. Dann bin ich nach Maine zurückgekehrt und habe einen Mann von hier geheiratet, aber das hat nicht lange gehalten. Mit fünfzig schon zwei Scheidungen. Kein gutes Zeugnis für meine Glaubwürdigkeit.«

»Finden Sie? Ich nicht. Für einen Hollywoodstar wären das Peanuts.«

»Ich bin kein Hollywoodstar.« Sie bog in Susans Einfahrt. Ihr Lächeln war offen und verspielt und eine Spur traurig. »Schön, Sie zu kennen, Bob Burgess. Rufen Sie mich an, wenn ich etwas tun kann.«

Zu seinem Erstaunen saßen Susan und Zach am Küchentisch, als hätten sie auf ihn gewartet. »Wir haben gehofft, du hast was zu trinken«, sagte Susan. In ihrem marineblauen Kleid wirkte sie erwachsen. Kompetent.

»In der Reisetasche. Habt ihr nicht nachgesehen? Auf dem Weg vom Flughafen hab ich Whiskey und Wein besorgt.«

»Ich hab's mir gedacht«, sagte seine Schwester, »aber in diesem Haus wühlt man nicht in anderer Leute Sachen. Ich hätte gern einen Schluck Wein. Und Zachary auch.«

Bob schenkte den Wein in Wassergläser. »Sicher, dass du keinen Whiskey willst, Zach? Du hast einen harten Tag hinter dir.«

»Kann sein, dass mir schlecht davon wird«, sagte Zach. »Von Whiskey ist mir mal schlecht geworden.«

»Wann?«, fragte Susan. »Wann in aller Welt soll das denn gewesen sein?«

»Achte Klasse«, sagte Zach. »Du und Dad, ihr habt mich zu der Party bei den Tafts gehen lassen. Da haben sie alle getrunken wie die Wahnsinnigen. Draußen im Wald. Ich hab gedacht, Whiskey ist so wie Bier oder so, und hab ihn einfach reingekippt. Und dann musste ich kotzen.«

»Ach, Liebling«, sagte Susan. Sie langte über den Tisch und streichelte ihrem Sohn die Hand.

Zachary schaute sein Glas an. »Jedes Mal, wenn einer von diesen Fotografen mit der Kamera geklickt hat, hatte ich das Gefühl, ich werde erschossen. Klick, klick. Das war furchtbar. Deshalb hab ich das Wasser verschüttet.« Er sah Bob an. »Hab ich's sehr schlimm vergurkt?«

»Nichts hast du vergurkt«, sagte Bob. »Die Frau war eine dumme Nuss. Es ist vorbei. Vergiss es. Erledigt.«

Die Sonne stand schon tief und schob eine schmale Klinge bleichen Lichts durch das Küchenfenster, die über ein Eck vom Küchentisch schnitt und dann schräg über den Boden. Gar nicht so übel, mit Schwester und Neffe hier zu sitzen und Wein zu trinken.

»Sag mal, Onkel Bob, ähm, bist du in diese Frau Pastor vielleicht verknallt oder so was?«

»Verknallt?«

»Ja. Weil, irgendwie macht es so ein bisschen den Eindruck.« Zach zuckte die Achseln. »Obwohl, verknallen sich alte Leute überhaupt noch?«

»Doch, tun sie. Aber bin ich in Margaret Estaver verknallt? Nein.«

»Du lügst.« Plötzlich grinste Zachary. »Ist egal.« Er trank von seinem Wein. »Ich wollte bloß noch nach Hause. Die ganze Zeit da drinnen hab ich nur gedacht, ich will nach Hause.«

»Ja, und da bist du jetzt«, sagte Susan.

4

Es gab Samstagabende wie den heutigen, wenn Pam an der Seite ihres partyerprobten Ehemanns aus dem Fahrstuhl heraus in eine Wohnung trat, an deren Wänden Kugeln aus gelbem Licht zauberische Schatten zogen, wenn sie sich vorbeugte und mit Leuten, die sie kaum kannte, Wangenküsse tauschte, sich ein Glas Champagner von einem Tablett nahm und zwischen olivgrün oder burgunderrot gestrichenen Wänden, an denen erleuchtete Gemälde hingen, auf einen langen, mit Kristall gedeckten Tisch zuging, wenn sie sich zur Seite wandte, um hinabzusehen auf eine der triumphal bis zum Horizont hingestreckten Avenues mit ihrem Taumel roter, sich miteinander vermengender Rücklichter, und dann wieder zurück zu den Frauen mit ihren maßgefertigten Schuhen und schwarzen Kleidern, in deren Dekolletés silberne oder goldene Halsketten fielen – es gab Samstagabende, da dachte Pam wie jetzt auch wieder: Das ist es, was ich gewollt habe.

Was genau sie damit meinte, hätte sie nicht zu sagen vermocht. Es war einfach eine Wahrheit, die mit sanfter Selbstgewissheit von ihr Besitz nahm, und all die nagenden Bedenken, sie könnte das falsche Leben leben, waren wie weggeblasen. Sie war im Reinen mit sich, in einer Gänze, die beinahe etwas Transzendentes hatte, so gut aufgehoben fühlte sie sich in diesem Moment. Denn zweifellos hatte nichts in ihrer Vergangenheit – nicht die langen Fahrradfahrten über die Feldwege ihrer Kindheit, nicht die Stunden in der gemütlichen

Stadtbibliothek, nicht das Studentenwohnheim in Orono mit seinen knarzenden Holzdielen, nicht das enge Burgess-Haus, nicht einmal die Euphorie von Shirley Falls, die ihr wie der Beginn des Erwachsenenlebens erschienen war, oder ihre und Bobs Wohnung in Greenwich Village, die sie so geliebt hatte, mit dem Lärm auf den Straßen rund um die Uhr, den Varietés und Jazzclubs –, nichts von alledem hatte sie je ahnen lassen, dass sie etwas wie dieses wollen und bekommen würde, diese erlesene Schönheit, die von all den Menschen, die hier freundlich nickend mit ihr sprachen, mit solch charmanter wie verblüffender Selbstverständlichkeit hingenommen wurde. Die Schale hätten er und seine Frau in Vietnam gekauft, sagte ihr Gastgeber gerade, vor acht Jahren. »Oh, fanden Sie es nicht wundervoll?«, fragte Pam. »Fanden Sie Vietnam nicht einfach wundervoll?«

»Oh, ja«, sagte seine Frau, indem sie näher an Pam herantrat und die anderen um sie herum mit Blicken einbezog. »Ich kann Ihnen gar nicht sagen, wie wundervoll. Und dabei hatte ich erst gar nicht fahren wollen, um ehrlich zu sein.«

»Und es war kein bisschen … na ja … gruselig?« Pam war der Frau, die das fragte, schon einige Male begegnet. Sie war mit einem berühmten Fernsehjournalisten verheiratet, und ihr Südstaatenakzent, das war Pam aufgefallen, verstärkte sich direkt proportional zu ihrem Alkoholkonsum. Ihre Kleidung war – auch an diesem Abend, an dem sie eine hochgeschlossene weiße Bluse mit Stehkragen trug – nicht elegant, sondern wirkte wie ein trotziger Tribut an jene südstaatliche Damenhaftigkeit und Wohlerzogenheit, die ihr vor Jahren eingeimpft worden war. Pam empfand eine heimliche Zuneigung zu ihr, der Courage wegen, die sie durch den Bruch mit ihrer zugeknöpften Vergangenheit bewiesen hatte.

»Überhaupt nicht, es ist wunderschön. Ein herrliches Land«, sagte die Gastgeberin. »Man kann sich gar nicht vorstellen –

also, verstehen Sie, man käme einfach nicht auf den Gedanken, dass dort diese schrecklichen Dinge geschehen sind.«

Als sie ins Speisezimmer geleitet wurde – an einen Platz weit weg von ihrem Mann, denn die Regeln verlangten Durchmischung (sie winkte ihm vom anderen Ende des langen Tischs mit zwei Fingern) –, fiel Pam plötzlich ein, was Jim Burgess vor Jahren zu ihr gesagt hatte, als sie und Bob erstmals über einen Umzug hierher nachgedacht hatten: »New York bringt dich um, Pam.« Das hatte sie Jim nie verziehen. Er hatte ihren Hunger nicht erkannt, ihre Anpassungsfähigkeit, ihre – nie nachlassende – Lust auf Veränderung. Es war damals noch ein ganz anderes New York gewesen, natürlich, und natürlich hatten sie und Bob nicht viel Geld gehabt. Aber Pams Entschlossenheit war letztlich immer stärker gewesen als alle Enttäuschungen, und auch als der Reiz ihrer ersten Wohnung – die so klein war, dass sie das Geschirr in der Badewanne spülen mussten – sich abgenutzt hatte und die U-Bahn sich ganz real als beängstigend erwies, war Pam trotzdem mit ihr gefahren, hatte das grauenhafte Kreischen bei der Einfahrt in die Stationen stoisch über sich ergehen lassen.

Ihr Tischnachbar stellte sich ihr als Dick vor. »Dick«, wiederholte Pam, und fürchtete im selben Augenblick, es könnte nach einer Anspielung geklungen haben. »Wie nett, Sie kennenzulernen«, fügte sie schnell hinzu. Er nickte übertrieben höflich und erkundigte sich nach ihrem Befinden. Pam war – streng genommen – beschwipst. Da sie nicht mehr so viel aß wie früher, da sie älter wurde, was Auswirkungen auf den Stoffwechsel hatte, vertrug sie nicht mehr so viel. Ihr Wunsch, Dick diesen Sachverhalt zu erläutern, machte ihr erst klar, dass sie beschwipst, vielleicht sogar schon betrunken war, deshalb lächelte sie ihn nur an. Er fragte, diesmal ohne sich hinter einer übertriebenen Geste zu verstecken, ob sie einer Arbeit außer Haus nachging, und sie erzählte ihm von ihrem Teilzeitjob und dass sie früher in einem Labor gearbeitet habe, wobei sie vielleicht nicht den Eindruck einer Wissenschaftlerin machte, die Leute hätten ihr schon oft gesagt, sie mache nicht den Eindruck einer Wissenschaftlerin, was immer das hieß, und wenn sie nicht den Eindruck einer Wissenschaftlerin mache, liege das womöglich daran, dass sie keine Wissenschaftlerin im eigentlichen Sinne war, aber sie sei einmal die *Assistentin* eines Wissenschaftlers gewesen, eines Parasitologen …

Dick war Psychiater. Er zog freundlich die Augenbrauen hoch und legte sich die Serviette auf den Schoß. »Na, umso besser«, sagte Pam. »Dann mal los. Analysieren Sie mich. Tun Sie sich keinen Zwang an.«

Sie winkte noch einmal ihrem Mann zu, der fast am Ende der langen Tafel saß, neben der Südstaatenlady mit der zugeknöpften Bluse (wie hieß sie gleich wieder?), während Dick erklärte, dass er nicht so sehr die Menschen an sich als vielmehr ihre Wünsche analysiere. Er arbeite als Berater für Marketingfirmen. »Tatsächlich?«, fragte Pam. An einem anderen Abend hätte eine solche Offenbarung vielleicht spontan die alte Furcht in ihr geweckt: Ich lebe das falsche Leben. An einem anderen Abend hätte sie diesen Dick möglicherweise an den Eid des Hippokrates erinnert und ihn beschuldigt, seine ärztlichen Fähigkeiten dazu einzusetzen, Menschen zum Geldausgeben zu verführen, aber es war ein angenehmer Abend, und gewisse Aspekte durften vielleicht auch einmal hintanstehen; anscheinend konnte nur eine begrenzte Zahl von Anlässen ihren Adrenalinspiegel in die Höhe treiben, und der vorliegende zählte eindeutig nicht dazu, es ging ihr nämlich, wie sie jetzt feststellte, komplett am Allerwertesten vorbei, auf welches Ziel Dick seine Karriere ausgerichtet hatte, und als er sich nun der Person an seiner anderen Seite zuwandte, ließ Pam die Blicke in die Runde schweifen und malte sich aus, was einige dieser Leute im Bett so trieben (oder nicht trieben). Sie meinte die verstohlenen Blicke eines Mannes mit Hängebacken auf eine füllige Dame zu bemerken, die diese mit unverfrorener Stetigkeit erwiderte, und Pam fand den Gedanken aufregend, dass die Menschen ohne Rücksicht auf ihr Äußeres von dem Verlangen bestimmt waren, sich unbekleidet aneinanderzuklammern – wodurch die biologische Anziehungskraft im Grunde ad absurdum geführt wurde, denn diese Damen hatten das gebärfähige Alter ja längst hinter sich ... Doch, Pam – inzwischen beim etwas glibberigen Salat angelangt – hatte entschieden zu viel getrunken.

»Moment mal, wie war das?«, sagte sie und legte die Gabel hin, denn weiter oben am Tisch hatte jemand etwas von einem Schweinekopf gesagt, der in irgendeiner Kleinstadt in Maine in eine Moschee geflogen war.

Der Sprecher, ein Mann, den Pam noch nie gesehen hatte, wiederholte es für sie. »Ja, davon hab ich gehört«, sagte sie und griff wieder nach ihrer Gabel; sie hatte nicht vor, Anspruch auf Zachary zu erheben. Aber in ihrem Hinterkopf flammte Hitze auf, als wäre Gefahr im Anzug.

»Ein ungeheuer aggressiver Akt«, meinte der Mann. »Sie haben es als Verstoß gegen die Bürgerrechte verhandelt, in der Zeitung stand etwas darüber.«

»Da oben in Maine hab ich mal gezeltet«, sagte Dick, und seine Stimme klang zu nah, als würde er ihr direkt ins Ohr sprechen.

»Verstoß gegen die Bürgerrechte?«, fragte Pam. »Ist er schuldig gesprochen worden?«

»Ja, ist er.«

»Und das bedeutet?«, fragte Pam. »Muss er ins Gefängnis?« Was hatte Bob ihr gleich wieder erzählt? Zach weinte allein in seinem Zimmer? Ein Schreck durchzuckte sie: Bob war nicht zu ihrer Weihnachtsparty gekommen. »Welchen Monat haben wir?«, fragte sie.

Die Gastgeberin lachte. »So geht es mir auch ständig, Pamela. Manchmal weiß ich nicht mal mehr das *Jahr*. Wir haben Februar.«

»Nur wenn er gegen die Auflagen verstößt«, sagte der Mann, »die im Kern darauf abzielen, ihn von der Moschee fernzuhalten und die somalische Gemeinde vor weiteren Übergriffen zu schützen. Ich denke, der Justiz ging es vor allem darum, ein Zeichen zu setzen.«

»Dieses Maine ist schon ein sonderbarer Staat«, sinnierte jemand anderer. »Immer für eine Überraschung gut.«

»Sehen Sie«, sagte die Frau mit den ausladenden Hüften, die den Mann mit den Hängebacken so unverfroren angesehen hatte. Sie wischte sich mit ihrer großen weißen Serviette gründlich den Mund, und alle mussten höflich warten, um zu hören, was sie zu sagen hatte. Sie sagte: »Natürlich war das ein aggressiver Akt seitens dieses jungen Mannes, keine Frage. Aber die Menschen haben Angst.« Sie setzte beide Fäuste ruhig auf das Tischtuch und schaute in die Runde, nach links, dann nach rechts. »Erst heute Morgen war ich bei Gracie Mansion spazieren, und da kreisten Polizeihubschrauber über dem Fluss, und auf dem Wasser waren Patrouillenboote unterwegs, und ich dachte, oh, mein Gott, es kann uns jederzeit wieder treffen.«

»Es ist nur eine Frage der Zeit«, sagte jemand.

»Natürlich. Am besten, man denkt gar nicht drüber nach und lebt sein Leben.« Ein Mann in der Nähe der Südstaatenlady sagte das in abfälligem Ton.

»Die Reaktionen von Menschen auf eine Krise haben mich immer schon fasziniert«, bemerkte Dick.

Aber Pam war jetzt abgelenkt von dem hohlen Glanz des Abends; Zacharys dunkle Gegenwart – oh, Zachary, so mager, mit diesen dunklen Augen, was war er für ein trauriger süßer Junge gewesen! – füllte plötzlich den Raum, und sie allein spürte es, sie, seine *Tante*. Und sie saß da und verleugnete ihn. Ihr Mann würde sie nicht verraten, das wusste sie; sie vergewisserte sich mit einem Blick, dass er angeregt mit seiner Tischnachbarin plauderte. Ganz allein saß sie zwischen all diesen Leuten, und vor ihr wurde die Burgess-Familie lebendig. »Oh«, sagte sie beinahe laut bei der Erinnerung daran, wie sie kurz nach der Geburt hinaufgefahren waren, um Zach zu besuchen, das seltsamste Baby, das sie je gesehen hatte. Und die arme Susan, ein stilles Wrack – er wollte nicht trinken, irgend so etwas. Nach einer Weile waren Pam und Bobby dann nicht mehr so oft hingefahren, es ist einfach zu deprimierend, hatte Pam gesagt, und selbst Bobby war ihrer Meinung gewesen; Helen natürlich erst recht. Pam sah zu, wie ihr der Salatteller weggenommen und gegen ein Pilzrisotto ausgetauscht wurde. »Vielen Dank«, sagte sie, weil sie sich immer bei Bedienungen bedankte. Zu Beginn ihrer neuen Ehe, als diese Welt ihr noch fremd war, hatte sie dem Mann, der ihnen bei einer Abendeinladung wie der heutigen die Tür öffnete, die Hand gegeben und gesagt: »Ich bin Pam Carlson«, und er hatte ein leicht irritiertes Gesicht gemacht und sie gefragt, ob er ihr den Mantel abnehmen dürfe. Das war der Butler, hatte ihre Freundin Janice sie aufgeklärt. Sie hatte es natürlich Bobby erzählt, und Bobby hatte wunderbar reagiert, wie immer: sein gleichmütiges Achselzucken.

»Ich lese gerade ein ganz erstaunliches Buch einer somalischen Autorin«, sagte jemand, und Pam rief: »Oh, das möchte ich auch lesen.« Der Klang ihrer eigenen Stimme half ihr, Zacharys Gegenwart zu verscheuchen. Aber, ach, jetzt kam die Wehmut – sie hielt die Hand über ihr Weinglas, um weiteres Nachschenken zu verhindern –, ihr früheres Leben, zwanzig Jahre mit den Burgess, so ein Leben lebte man nicht so lange Zeit und streifte es dann einfach ab! (Sie hatte geglaubt, es zu können.) Es war nicht nur Zach, es war Bob, sein freundliches, offenes Gesicht, die blauen Augen mit den tiefen Lachfalten drum herum. Bis an ihr Lebensende würde Bob ihre Heimat sein – warum hatte sie das nicht gewusst? Diesmal schaute sie nicht zu ihrem aktuellen Ehemann hinüber, es spielte keine Rolle, ob sie ihn ansah oder nicht, in solchen Momenten fühlte sie sich ihm nicht viel näher als allen anderen Leuten hier im Raum, die beinahe irreal schienen und ihr im Grunde so gut wie nichts bedeuteten, real war jetzt nur dieser Sog, wie von einem Magneten: Zachary und Bob – und Jim und Helen, sie alle. Die Burgess-Brüder, die Burgess! Vor ihren Augen erschien das Bild des kleinen Zachary in Sturbridge Village, wie Jims Kinder ihn aufforderten, mit ihnen dies zu tun und das zu tun, und das arme kleine schwarzhaarige Kerlchen stand da, als wüsste es gar nicht, was das war, Spaß haben; angeblich hatte man ihn auf alles getestet, aber Pam hatte sich an dem Tag gefragt, ob er nicht vielleicht doch autistisch war – Pam, die bei dem Ausflug nach Sturbridge Village bereits wusste, dass sie Bob verlassen würde, aber er wusste es noch nicht und hielt ihre Hand, als sie mit den Kindern in die Snackbar gingen, und die Erinnerung daran stach ihr ins Herz. Sie wandte den Kopf. Vom Ende des Tisches herüber sagte der Mann, der sich so wegwerfend über die Terrorgefahr geäußert hatte: »Ich gebe meine Stimme keinem weiblichen Präsidentschaftskandidaten. Das Land ist noch nicht bereit dafür, und ich bin es auch nicht.«

Und die Südstaatenlady, hochrot im Gesicht, sagte jäh und völlig unvermutet: »Sie dummes Arschloch!« Dazu knallte sie die Gabel auf ihren Teller, und eine märchenhafte Stille senkte sich herab auf den Raum.

Im Taxi sagte Pam: »Ha, war das nicht der *Hammer*?« Gleich am nächsten Morgen wollte sie ihre Freundin Janice anrufen. »Meinst du, ihr Mann hat sich geniert? Soll er, es war genial!« Sie klatschte in die Hände und fügte hinzu: »Bob ist dieses Jahr nicht zu unserer Weihnachtsparty gekommen, ich frag mich, wieso.« Aber das Gefühl der Wehmut war verflogen, die Last der Traurigkeit, die sie an der Tafel überfallen hatte, die Sehnsucht nach allen drei Burgess-Kindern, dieses Gefühl einer verlorenen, durch nichts zu ersetzenden Vertrautheit – all das war vergangen, wie ein Magenkrampf vergeht, und die Abwesenheit des Schmerzes fühlte sich wunderbar an. Pam sah zum Fenster hinaus und griff nach der Hand ihres Mannes.

Midtown Manhattan war überlaufen während der Mittagszeit, auf allen Gehsteigen drängten sich die Fußgänger, suchten sich auf verstopften Übergängen einen Weg zwischen den Autos hindurch, viele unterwegs ins Restaurant, vielleicht zu einem Geschäftsessen. Heute war die Hektik noch etwas größer, weil gerade an diesem Morgen die größte Bank der Welt erstmals Hypotheken im Wert von über zehn Milliarden Dollar hatte abschreiben müssen, und noch wusste niemand, was das zu bedeuten hatte. Natürlich waren Meinungen im Umlauf, und Blogger schrieben, am Jahresende würden die Menschen in ihren Autos wohnen.

Dorothy Anglin befürchtete nicht, in ihrem Auto wohnen zu müssen. Sie hatte so viel Geld, dass sie getrost zwei Drittel davon verlieren konnte, ohne das Geringste an ihrem Lebensstil ändern zu müssen, und während sie mit einer Freundin, der sie bei einer Benefizveranstaltung für die Kunst-in-der-Schule-Initiative über den Weg gelaufen war, im angesagtesten Café in der Fifty-seventh Street nahe der Sixth Avenue saß, waren ihre Gedanken, wie immer in diesen Tagen, bei ihrer Tochter und nicht bei dem Programm, über das sie gerade diskutierten, und auch nicht bei dem Finanzdesaster, das womöglich auf das Land zukam. Sie nickte vage, um den Eindruck von Aufmerksamkeit zu vermitteln, als ihr Blick auf Jim Burgess fiel, der zusammen mit der neuen Kanzleiassistentin an einem der Tische saß. Zu ihrer Freundin sagte sie nichts, aber sie behielt die beiden im Auge. Dorothy erkannte die junge Frau; sie hatte sich bei einem Besuch in der Kanzlei einmal kurz mit ihr unterhalten. Ein schüchternes Mädchen, so Dorothys Eindruck damals, mit langen Haaren und schmaler Taille. Sie saßen an einem Tisch im hinteren Teil des Raums, und Dorothy glaubte nicht, dass einer von beiden sie gesehen hatte. Dorothy beobachtete, wie die junge Frau sich eine große Stoffserviette vor den Mund drückte, wie um ein Lächeln zu verstecken. Neben dem Tisch stand eine Flasche Wein im Kühler.

Jim beugte sich vor, lehnte sich wieder zurück, verschränkte die Arme, legte den Kopf schräg, als wartete er auf eine Antwort. Ihre Serviette wanderte wieder zum Mund. Sie waren wie zwei Pfauen, die Räder schlugen. Oder zwei Straßenköter, die sich gegenseitig ihre Hinterteile beschnüffelten. (Helen, dachte Dorothy, ach, Helen, Helen, Helen. Arme dumme Helen. Aber sie dachte es ohne echte Anteilnahme, es waren nur Worte in ihrem Kopf.) Die beiden erhoben sich, um zu gehen, und Jim legte dem Mädchen leicht die Hand auf den Rücken, führte sie vom Tisch weg. Dorothy hielt sich die Speisekarte vors Gesicht, und als sie sie wieder sinken ließ, waren die beiden schon draußen auf dem Gehsteig, lachend und leichten Schrittes. Nein, sie hatten sie nicht gesehen.

Ein Klassiker: Er war alt genug, ihr Vater zu sein.

Das dachte Dorothy, während sie so tat, als würde sie ihrer Freundin zuhören. Die Tochter dieser Freundin hatte in der Highschool auch Probleme gehabt und studierte jetzt sehr erfolgreich in Amherst, und das sollte Dorothy Hoffnung für ihre eigene Tochter machen. Aber Dorothys Gedanken waren noch nicht fertig mit dem, was sie gerade beobachtet hatte. Sie könnte ja, überlegte sie, Helen anrufen und ganz nebenbei fallen lassen: Ach, übrigens, ich habe Jim mit seiner neuen Assistentin gesehen, ist es nicht wunderbar, dass die beiden sich so gut verstehen? Nein, das würde sie nicht.

»Da ist nichts dabei«, sagte Alan, als er und Dorothy sich fürs Zubettgehen fertig machten. »Sie hat ihm bei einem Fall zugearbeitet und ihre Sache sehr gut gemacht. Ich glaube nicht, dass Adriana viel Geld hat. An den meisten Tagen isst sie ihr Mittagessen am Schreibtisch aus einer Tupperdose. Da wollte Jim sie zum Dank eben mal nett ausführen.«

»Sie haben im teuersten Lokal auf der Fifty-seventh Street eine Flasche Wein getrunken. Jim trinkt nicht mal in den Ferien.« Und Dorothy fügte hinzu: »Hoffentlich hat er es nicht als Spesen abgerechnet.«

Alan klaubte seine schmutzigen Socken vom Boden auf. Auf dem Weg zum Wäschekorb sagte er: »Jim macht eine ziemlich schwere Zeit durch, seit sein Neffe sich da oben diesen Ärger eingebrockt hat. Die Sache geht ihm richtig an die Nieren, man sieht es ihm an.«

»Wie siehst du ihm das an?«

»Liebling, ich kenne Jim seit vielen Jahren. Wenn er entspannt oder in Kämpferlaune ist, redet er. Er macht den Mund auf, und es kommen Worte heraus. Aber wenn er Sorgen hat, schweigt er. Und er schweigt jetzt schon seit Monaten.«

»Na, heute Mittag war er jedenfalls alles andere als schweigsam«, sagte Dorothy.

5

Abdikarim versuchte wach zu bleiben, weil in der Nacht die Träume kamen, die ihn auf sein Bett niederdrückten, als lasteten Felsbrocken auf ihm. Er hatte jetzt jede Nacht denselben Traum, in dem sein Sohn Baashi ihn hilfesuchend ansah, während der Lastwagen näher kam, langsam, dann immer schneller, ehe er mit kreischenden Reifen vor seinem Laden in Mogadischu hielt. Auf der Ladefläche saßen Jungen, ein paar von ihnen noch nicht einmal so alt wie sein Sohn, Abdikarim sah die schnellen, jugendlichen Bewegungen von Beinen und dünnen Armen, wenn sie vom Lastwagen sprangen, die schweren Schusswaffen, die sie an Riemen über der Schulter und in den Händen trugen. Das (im Traum) geräuschlose Zertrümmern des Tresens, der Regale, ein abruptes entsetzliches Chaos, tobende Höllenfluten, die sich über ihnen auftürmten. Das Böse war zu ihnen gekommen, wie hatte er glauben können, es würde sie verschonen?

Abdikarim hatte viele Nächte gehabt, die Nächte von fünfzehn Jahren, um darüber nachzudenken, und immer kam er zum selben Ergebnis. Er war zu lange in Mogadischu geblieben. Er hätte aus den zwei Welten in seinem Kopf eine machen müssen. Siad Barre war aus der Stadt geflohen, und mit der Spaltung der Widerstandsgruppe schien auch durch Abdikarims Verstand ein Riss gegangen zu sein. Und wenn der Verstand zwei Welten bewohnt, sieht er nichts mehr. Die eine Welt seines Verstandes sagte: Abdikarim, in dieser Stadt herrscht die Gewalt, schick deine Frau und deine jungen Töchter fort – und das hatte er getan. Und die andere sagte: Ich bleibe hier und halte den Laden, zusammen mit meinem Sohn.

Sein Sohn, hochgewachsen, dunkeläugig, starrte seinen Vater an, Entsetzen im Blick, während die Straße, die Mauern hinter ihm wegkippten, Staub und Rauch, der Junge fallend, als würden ihm die Arme in die eine und die Beine in die andere Richtung gezogen. Schießen war schlimm genug, um einem ein Leben lang nachzugehen, aber nicht schlimm genug für die verrohten Kindmänner, die, ihre amerikanischen Waffen schwingend, zur Tür herein und über die zersplitterten Regale und Tische gestürmt waren. Aus irgendeinem Grund – ohne Grund – war einer stehen geblieben und hatte mit dem Lauf seiner Waffe immer wieder auf Baashi eingeschlagen, als Abdikarim schon zu ihm hinüberkroch. In seinem Traum erreichte er ihn nie.

Wenn er dann schrie, kam Haweeya über den Flur gelaufen und murmelte beruhigend auf Abdikarim ein, kochte ihm einen Becher Tee. »Es muss dir nicht leidtun, Onkel«, sagte sie, wenn Abdikarim sich bei ihr entschuldigte, weil seine Schreie sie aus dem Schlaf rissen.

»Dieser Junge«, sagte er in einer dieser Nächte zu ihr. »Zachary Olson. Er schneidet mir durchs Herz.«

Haweeya nickte. »Aber er bekommt seine Strafe. Der Bundesanwalt bereitet seine Bestrafung vor. Pastorin Estaver hat es mir gesagt.«

Abdikarim schüttelte in seinem abgedunkelten Zimmer den Kopf, Schweiß rann ihm vom Gesicht den Hals herunter. »Nein, er schneidet mir durchs Herz. Du hast ihn nicht gesehen. Er ist nicht so, wie wir ihn aus der Zeitung kennen. Er ist ein verängstigtes …«, den Satz leise beendend: »Kind.«

»Wo wir jetzt leben, gibt es Gesetze«, sagte Haweeya mit besänftigender Stimme. »Und er hat Angst, weil er das Gesetz gebrochen hat.«

Abdikarim schüttelte noch immer den Kopf. »Niemand hat das Recht«, flüsterte er, »ob mit Gesetz oder ohne, niemand hat das Recht, aus Angst noch mehr Angst zu machen.«

»Und deshalb wird er bestraft«, wiederholte sie geduldig. Er nahm den Becher, trank nur einen kleinen Schluck, dann schickte er sie zurück ins Bett. Er schlief nicht wieder ein, verschwitzt lag er auf seiner Matratze, und die Sehnsucht in seinem Herzen hatte wie immer nur das eine Ziel, an den Ort zurückzukehren, an dem sein Sohn gefallen war. Der allerschlimmste Augenblick seines Lebens, und es war seine tiefste Sehnsucht, zu diesem Augenblick zurückzukehren, dieses nasse Haar zu berühren, diese Arme festzuhalten – keinen Menschen hatte er je so geliebt, und trotz allem Entsetzen, oder vielleicht gerade deswegen, war das Gefühl, seinen zerschundenen Sohn in den Armen zu halten, so rein gewesen, wie das Blau des Himmels rein war. Sich auf dem Flecken niederzulegen, auf dem sein Sohn zuletzt gelegen hatte, sein Gesicht in den Schmutz oder Schutt zu drücken, der sich in den Jahren seither wohl hundertmal neu angehäuft hatte, war, so schien es in diesen Momenten, sein einziger Wunsch. Baashi, mein Sohn.

Im Dunkeln lag er auf dem Bett und dachte an die DVD, die er sich kurz nach seiner Ankunft in Shirley Falls in der Bücherei ausgeliehen hatte. *Augenblicke amerikanischer Geschichte*, aber der einzige Augenblick, den Abdikarim sich angeschaut hatte, wochenlang, immer wieder, war die Ermordung des Präsidenten: die Ehefrau in ihrem rosa Kostüm, die über die Rückenlehne des Autos zu klettern versuchte, um das Stück von ihrem Mann, das sie hatte wegfliegen sehen, wieder einzufangen. Abdikarim glaubte nicht, was man sich von der berühmten Witwe erzählte, dass ihr nur Geld und Kleider wichtig waren. Es war gefilmt worden, und er hatte es gesehen. Sie hatte in ihrem Leben dasselbe gefühlt wie er in seinem. Und auch wenn sie gestorben war (in dem Alter, in dem Abdikarim jetzt war), dachte er an sie wie an seine heimliche Freundin.

Am nächsten Morgen ging er nach dem Gebet in der Moschee nicht in seinen Laden in der Gratham Street. Abdikarim ging die Pine Street hinauf zur unitarischen Kirche, um mit Margaret Estaver zu sprechen.

Ein Monat verging. Inzwischen war Ende Februar, und auch wenn der Boden in Shirley Falls noch schneebedeckt war, stand die Sonne schon höher am Himmel, und an manchen Tagen brachte ihr gelbes Licht, das die Hausmauern wärmte, für ein paar Stunden auch den Schnee zum Schmelzen und Tropfen und Glitzern, und auf dem Parkplatz hinterm Einkaufszentrum liefen kleine Rinnsale über den Asphalt. Wenn Susan jetzt nach Feierabend den Laden verließ und die große geteerte Fläche überquerte, war die Luft noch hell vom offenen Licht des Frühlings. An einem dieser Nachmittage meldete sich ihr Mobiltelefon, als sie gerade ins Auto stieg. Susan benutzte ihr Handy noch nicht so selbstverständlich wie andere Leute; wenn es klingelte, war sie jedes Mal überrascht, und sie hatte das Gefühl, in etwas so Substanzloses wie ein Grahambrötchen hineinzusprechen. Hastig zog sie es aus der Tasche und hörte Charlie Tibbetts' Stimme sagen, dass die Bundesanwaltschaft Ende der Woche Anklage gegen Zach erheben würde. Sie hätten so lange gebraucht, weil sie für ein Verbrechen mit rassistischem Hintergrund den Vorsatz nachweisen mussten, aber jetzt hielten sie ihre Anklage für gerichtsfest. Er habe diese Information aus einer internen Quelle. Seine Stimme klang müde. »Wir gehen natürlich dagegen vor«, sagte er. »Aber gut ist es nicht.«

Susan setzte die Sonnenbrille auf und fuhr so langsam vom Parkplatz herunter, dass hinter ihr ein Auto zu hupen begann.

Sie fuhr an dem Kiefernwäldchen entlang und über die Kreuzung, dann weiter am Krankenhaus und der Kirche und den alten Holzhäusern vorbei und bog in ihre Einfahrt.

Zach war in der Küche. »Kochen kann ich nicht«, sagte er, »aber mit der Mikrowelle geht's. Für dich hab ich Tiefkühllasagne gekauft und für mich überbackene Makkaroni. Und zum Nachtisch essen wir Apfelmus. Das ist fast wie Kochen.« Er hatte den Tisch gedeckt und schien sehr zufrieden mit sich und seiner Leistung.

»Zachary.« Sie ging ihre Jacke aufhängen, und als sie vor der Schranktür stand, liefen ihr Tränen über die Wangen. Sie wischte sie mit dem Handschuh ab. Sie wartete, bis er mit dem Essen fertig war, ehe sie ihm von Charlies Anruf erzählte. Er starrte sie an. Er starrte Susan an, die Wände, die Spüle, dann wieder Susan. Der Hund fing an zu jaulen.

»Mommy«, sagte Zach.

»Jetzt mach dir mal keine Sorgen«, sagte Susan.

Er hatte die Lippen halb geöffnet, schüttelte langsam den Kopf.

»Schatz, ich bin sicher, deine Onkels kommen wieder rauf. Du hast alle Unterstützung. Sieh mal, das letzte Mal hast du's auch geschafft.«

Zachary schüttelte immer noch den Kopf. Er sagte: »Mom, ich hab im Internet recherchiert. Du hast keine Ahnung.« Sie konnte regelrecht hören, wie trocken und klebrig sein Mund war. »Das ist viel schlimmer.« Er stand auf.

»Was, Schatz?« Sie sagte es ruhig. »Was ist viel schlimmer?«

»Die Bundesanklagen wegen Hassverbrechen. Mom.«

»Erzähl's mir.« Unter dem Tisch versetzte sie dem armen Hund einen kräftigen Tritt, um das wimmernde Tier, das ihr die Nase in den Schoß drücken wollte, nicht anzuschreien. »Setz dich hin, Schatz, und erzähl's mir.«

Zach blieb, wo er war. »Na, dieser eine Typ vor zehn Jahren –

wo, weiß ich jetzt nicht –, der hat vor dem Haus von diesem Schwarzen ein Kreuz abgebrannt und musste dafür acht Jahre ins Gefängnis.« Zachs Augen waren feucht geworden, rot geädert.

»Zachary. Du hast kein Kreuz vor dem Haus eines Schwarzen abgebrannt.« Sie sprach leise, akzentuiert.

»Und ein anderer, der eine schwarze Frau angeschrien und ihr mit was weiß ich gedroht hat, der ist für sechs Monate eingesperrt worden. Mom. Ich – ich kann das nicht.« Seine schmalen Schultern hoben sich. Ungelenk setzte er sich wieder auf seinen Stuhl.

»Dazu wird es nicht kommen, Zachary.«

»Aber woher willst du das wissen?«

»Weil du keine solche Sachen gemacht hast.«

»Mommy, du hast den Richter gesehen. Bring nächstes Mal deine Zahnbürste mit, hat er gesagt.«

»Die reden alle so. So etwas sagen die auch, wenn jemand zu schnell gefahren ist, sie sagen es, um junge Leute einzuschüchtern. Es ist dumm. Dumm. Dumm.«

Zachary verschränkte die langen Arme auf dem Tisch und legte den Kopf darauf.

»Jim hilft Charlie, dich da rauszuhauen«, sagte Susan. »Was sagst du, Schatz?« Ihr Sohn hatte irgendetwas in die gekreuzten Arme gemurmelt.

Zachary hob den Kopf und sah sie traurig an. »Mom. Hast du das noch nicht kapiert? Jim kann gar nichts machen. Und ich glaube, er hat Bob umgeschubst oder so, an dem letzten Abend im Hotel.«

»Er hat Bob geschubst?«

»Ach, egal.« Zach setzte sich aufrechter hin. »Völlig egal, Mom, mach dir um mich keine Sorgen.«

»Schatz …«

»Nein, ganz ehrlich.« Zach zuckte leicht mit den Schultern,

als wäre alle Angst einfach von ihm abgefallen. »Es ist egal. Wirklich.«

Susan stand auf, um den Hund ins Freie zu lassen. In der offenen Tür, die Hand am Türknopf, spürte sie in der Luft die zarte Feuchtigkeit des nicht mehr ganz so fernen Frühlings, und für einen Augenblick hatte sie die fixe Idee, einfach nur die Tür offenlassen zu müssen, damit sie frei blieben. Ließ sie sie zuklappen, wären sie auf alle Zeit eingesperrt. Sie schloss die Tür mit Nachdruck und ging zurück in die Küche. »Ich mach den Abwasch. Such dir was Schönes im Fernsehen.«

»Was?«

Sie wiederholte, was sie gesagt hatte, und ihr Sohn nickte und sagte leise: »Okay.«

Erst nach Stunden fiel ihr ein, dass sie den Hund nicht wieder hereingelassen hatte. Aber er war noch da, auf der hinteren Veranda, und sein Fell war ganz kalt, als er sich auf Susans Füßen niederließ.

6

»Helen«, hatte Jim, auf der Bettkante sitzend, am Morgen zu ihr gesagt, »du bist so gut.« Er zog die Socken an, und auf dem Weg ins Ankleidezimmer legte er ihr die Hand auf den Kopf. »Du bist so ein guter Mensch. Ich liebe dich.«

Um ein Haar hätte sie gesagt: »Ach, Jimmy, geh heute nicht ins Büro«, aber sie drehte sich nur auf die Seite, um ihm nachsehen zu können, und sagte nichts, weil sie sich schon beim Aufwachen wie ein verängstigtes Kind vorgekommen war; wenn sie jetzt noch wie eins redete, würde sie sich nur noch schlechter fühlen. Also stand sie auf, zog den Morgenmantel über und sagte: »Lass uns dieses Wochenende ins Theater gehen. Irgendwas Kleines, vielleicht Off-Off-Broadway.«

»Können wir machen.« Er rief es aus dem Ankleidezimmer herüber, sie hörte Bügel über die Stange gleiten. »Such was raus, Hellie, und wir gehen hin.«

Noch im Morgenmantel setzte sie sich an den Computer in dem Zimmer neben der Küche und scrollte sich durch sämtliche New Yorker Theateraufführungen. Als sie merkte, dass der Spaß an der Suche sich abnutzte, wählte sie eine Broadwayproduktion aus, ein Stück über eine – wie die Anzeige versprach – fröhlich dysfunktionale Familie in Alaska. Während sie sich anzog, musste sie plötzlich an ihre alte Tante denken, die eines Tages zu ihr gesagt hatte: Ich habe keinen Hunger mehr, Helen. Ein paar Monate später war die arme Frau tot gewesen. Bei der Erinnerung daran stiegen Helen die Tränen in die Augen, und sie ging zum Telefon, um einen Termin bei ihrem Internisten zu vereinbaren. An Hunger im eigentlichen Sinn fehlte es Helen nicht, aber irgendeine Art von Appetit war ihr abhandengekommen, schien ihr. Ihr Arzt hatte Montag Zeit für sie, weil jemand abgesagt hatte. Das gab ihr ein Gefühl von Effizienz, und als sie auflegte, fiel ihr ein, wie nett Jim vorhin gewesen war, und das wärmte ihr das Herz wie ein schönes Geschenk, das sie bekommen und zwischenzeitlich ganz vergessen hatte. Sie beschloss, den Tag in Manhattan zu verbringen, nahm den Hörer wieder zur Hand und rief zwei Frauen aus dem Küchenkabinett an. Die eine war unterwegs zum Zahnarzt, wo sie ein Implantat bekam, die andere musste mit ihrer steinalten Schwiegermutter essen gehen, aber ihre Reaktionen – Ach, *Helen*, das wäre so nett gewesen! – gaben ihr ein beschwingtes Gefühl.

Auf dem Gehsteig vor Bloomingdale's hörte Helen eine korpulente Frau in ihr Handy sprechen: »Ich hab die Kissen für das vordere Zimmer bekommen, und die Farbe stimmt haargenau«, und plötzlich durchströmte Helen eine nostalgische Freude – als hätte sie die ersten Krokusse des Jahres gesehen. Diese korpulente Frau mit ihren prallen Plastiktüten, die ihr weich gegen die massigen Oberschenkel schlugen, fühlte sich zu Hause in ihrem Leben. Es war der Luxus der Normalität, und mit einem Mal wurde Helen klar, was sie insgeheim vermisst hatte, dabei war es doch alles da: ihre Freundinnen vom Küchenkabinett, die sie so gerne getroffen hätten, ihr liebevoller Ehemann, ihre gesunden Kinder, nein, sie hatte gar nichts verloren.

Sie saß im Café in der siebten Etage von Bloomingdale's bei einem frühen Lunch, Kürbiscremesuppe mit Zimt, als ihr Handy anschlug. »Du wirst es nicht glauben, was passiert ist«, sagte Jim. »Zachary ist weg. Er ist verschwunden.«

»Jimmy, er kann doch nicht einfach verschwinden.« Es war gar nicht so einfach, das schmale Telefon zu halten und sich gleichzeitig mit der Serviette den Mund zu wischen; ganz deutlich spürte sie Suppe auf der Lippe.

»Offenbar schon.« Jim klang nicht verärgert. Er klang ernsthaft beunruhigt. Helen war es nicht gewohnt, dass ihr Mann ernsthaft beunruhigt klang. »Ich fliege heute Nachmittag noch.«

»Kann ich nicht mitkommen?« Sie winkte bereits der Kellnerin, um zu bezahlen.

»Wenn du willst. Aber Susan ist völlig verzweifelt. Er hat einen Brief hinterlassen. Mom, es tut mir leid, hat er geschrieben.«

»Er hat einen *Brief* hinterlassen?«

Sie erwischte ein Taxi, und während der ganzen Fahrt den Franklin-Delano-Roosevelt-Drive entlang und über die Brooklyn Bridge musste sie an Zach und seinen Brief denken. Und an Susan (aber sie hatte kein Bild von Susan vor Augen) – lief sie ruhelos durchs Haus, rief sie die Polizei? Was tat man in solch einer Situation? Man rief Jim an, das tat man. (Und tatsächlich machte sich in Helen, während das Taxi mit ihr die Atlantic Avenue entlangschwankte und -holperte, ein winzig kleiner spitzer Splitter der Erregung bemerkbar. Im Geist erzählte sie die Geschichte bereits ihren Kindern: Oh, es war schrecklich, euer Vater war ganz durcheinander, wir wussten ja nichts, und ich bin in wilder Hast nach Hause und gleich weiter mit ihm zum Flughafen.)

7

Charlie hatte ihr davon abgeraten, Jim auch, aber als sie nun auf die Ankunft ihrer Brüder wartete, nahm Susan doch den Hörer und rief Gerry O'Hare an. Es war fast schon Abendbrotzeit, und sie machte sich bereit, wieder aufzulegen, falls seine Frau sich meldete, aber Gerry war selber dran. Und so platzte Susan mit der Nachricht heraus, dass Zachary verschwunden war. »Gerry, was soll ich bloß machen?«

»Seit wann ist er jetzt schon weg?«

Sie wusste es nicht. Als sie um acht das Haus verlassen hatte, war er noch da gewesen, zumindest hatte sein Auto noch dagestanden. Aber als sie um elf wieder heimgekommen war, weil so wenig los gewesen war, dass ihr Chef sie früher in die Mittagspause geschickt hatte, lag auf dem Küchentisch der Brief. »Es tut mir leid, Mom.« Und sein Auto war weg.

»Fehlen Gegenstände? Kleider?«

»Ein paar Kleidungsstücke, glaube ich, und seine Reisetasche und sein Handy. Und dann der Computer und sein Portemonnaie. Er hat ein Notebook. Wenn man sich umbringen will, nimmt man doch kein Notebook mit, oder? Hast du je gehört, dass jemand das gemacht hat?«

Gerry wollte wissen, ob etwas auf gewaltsames Eindringen hindeutete, und sie sagte nein. Ihre Mieterin Jean Drinkwater sei oben im Zimmer gewesen, sagte sie, und die habe nichts gehört.

»Schließt ihr die Türen tagsüber ab?«

»Immer.«

»Ich kann jemanden rüberschicken, aber …«

»Nein, nein, bitte nicht. Ich wollte nur – ich warte auf meine Brüder, sie müssen bald hier sein – ich wollte nur wissen, ob jemand seinen Computer mitnimmt, wenn er sich was antun will.«

»Das weiß kein Mensch, Susan. War er deprimiert?«

»Er hatte Angst.« Nun zögerte sie doch. Gerry wusste bestimmt auch, was ihnen Ende der Woche von der Bundesanwaltschaft drohte, aber sie brauchte unbedingt jemanden, der ihr sagte, dass ihr Sohn noch am Leben war. Und das konnte ihr keiner sagen.

Gerry sagte: »Wir haben einen männlichen Erwachsenen, der, soviel wir wissen, das Haus mit ein paar Sachen und seinem Auto verlassen hat. Nichts deutet auf Fremdeinwirkung hin. In einer Vermisstensache würden wir vor Ablauf von vierundzwanzig Stunden nicht einmal einen Bericht schreiben.«

Das wusste sie bereits von Charlie und Jim. »Tut mir leid, dass ich dich gestört habe«, sagte sie.

»Du hast mich nicht gestört, Susan. Du bist eine Mutter. Deine Brüder kommen bald, sagst du? Du bist heute Abend nicht allein?«

»Sie sind gerade vorgefahren. Danke, Gerry.«

Gerry stand noch eine ganze Weile im Wohnzimmer, bis seine Frau ihn zum Abendessen rief. In seinen langen Jahren als Polizist hatte er nie verstanden – und wie sollte man so etwas verstehen? –, wieso es manche Menschen traf und manche nicht. Gerrys Söhne hatten sich gut gemacht. Der eine war bei den State Troopern, der andere Lehrer an der Highschool, und wer hätte sagen können, womit er und seine Frau dieses Glück verdient hatten? Schon morgen konnte es damit vorbei sein. Ein Telefonanruf, ein Klopfen an der Tür konnte ausreichen, dem Glück der Menschen ein Ende zu machen. Jeder Polizeichef wusste, wie schnell es mit dem Glück vorbei sein konnte. Er ging hinüber ins Esszimmer und zog seiner Frau den Stuhl heraus.

»Was ist denn in dich gefahren?«, fragte sie neckend. Sie überraschte ihn, indem sie ihm beide Arme um den Hals schlang, und zusammen summten sie ihre Lieblingsmelodie, ein Wally-Packer-Lied aus der Zeit ihrer ersten Verliebtheit, *I've got this funny little feeling you're gonna be mine …*

Die Burgess-Kinder saßen am Küchentisch und beratschlagten. Helen, die auch dabeisaß, kam sich fehl am Platze vor. Der Hund schob seine lange Schnauze immer wieder auf Helens Schoß, und als sie sich unbeobachtet glaubte, stieß sie ihn grob von sich weg. Der Hund jaulte auf, Susan schnipste mit den Fingern und rief: »Platz!« Susans Hände zitterten; sie solle ein Beruhigungsmittel nehmen, sagte Bob, und sie antwortete, das habe sie schon. »Ich will nur wissen, dass er noch am Leben ist«, sagte sie.

»Sehen wir noch mal richtig nach«, sagte Jim. »Kommt.« Die Brüder gingen mit Susan nach oben in Zacharys Zimmer. Helen blieb sitzen, noch im Mantel, es war kalt im Haus. Sie hörte sie über ihrem Kopf hin und her gehen, hörte das Murmeln ihrer Stimmen. Sie blieben lange oben, Schranktüren wurden geöffnet, Schubladen aufgezogen, wieder zugeschoben. Auf der Küchentheke lag eine Zeitschrift mit dem Titel *Einfache Gerichte für einfache Leute*, und Helen blätterte darin herum. Die Rezepte waren in launigem Ton geschrieben: Einfach ein Klacks Butter auf die Karotten, braunen Zucker drüber, und Ihre Kleinen merken gar nicht, dass sie etwas Gesundes essen. Sie seufzte und ließ die Zeitschrift sinken. Vor dem Fenster über der Spüle hingen Vorhänge in rostigem Orange, mit schmalen Rüschen am Saum und einer Rüschenborte über die gesamte obere

Fensterbreite. Helen konnte sich nicht erinnern, wann sie zuletzt solche Vorhänge gesehen hatte. Sie saß da, die Hände im Schoß, ohne ihren Verlobungsring, der beim Juwelier war. Sie trug nur den goldenen Ehering am Finger, ein seltsames Gefühl. Ihr fiel ein, dass sie den Arzttermin am Montag noch nicht abgesagt hatte, und überlegte, ob sie die Armbanduhr vielleicht ans rechte Handgelenk wechseln sollte, zur Erinnerung, dass sie morgen früh gleich als Erstes in der Praxis anrufen musste, aber sie blieb einfach nur da sitzen, bis die Brüder und Susan wieder die Treppe herunterkamen.

»Er scheint getürmt zu sein«, sagte Jim. Helen antwortete nicht. Was hätte sie dazu auch sagen sollen? Sie kamen überein, dass Bob heute bei Susan blieb und Helen und Jim im Hotel übernachteten.

»Hast du eigentlich Steve Bescheid gesagt?«, fragte Helen Susan im Aufstehen, und Susan sah sie an, als hätte sie jetzt erst bemerkt, dass Helen auch da war.

»Natürlich«, sagte sie.

»Und, was sagt er?«

»Er war nett. Sehr besorgt«, antwortete Jim.

»Na, immerhin. Hat er irgendwelche Vorschläge?« Helen zog ihre Handschuhe an.

»Was kann er von da drüben aus schon groß machen?«, antwortete Jim für seine Schwester. »Oben liegen ausgedruckte Mails von ihm. Zach soll Kurse belegen, sich für etwas interessieren, sich ein Hobby suchen, so etwas. Bist du so weit?«

Bob sagte: »Susie, stellst du bitte die Heizung hoch, solange ich da bin?«, und Susan versprach es ihm.

Als sie über die Brücke zum Hotel fuhren, fragte Helen: »Wo könnte er denn stecken?«

»Wenn wir das wüssten.«

»Aber ihr müsst doch einen Plan haben, Jimmy.«

»Abwarten.«

Helen dachte, wie unheimlich der tintenschwarze Fluss zu beiden Seiten aussah, wie schwarz die Nacht hier war. »Arme Susan.« Es war ehrlich gemeint, aber die Worte klangen irgendwie hohl, und Jim antwortete nicht.

Am Nachmittag darauf wurde in dem Hotel eine Hochzeit gefeiert. Der Himmel war blau, die Sonne schien. Der Schnee und der Fluss glitzerten, als hätte jemand aus vollen Händen Brillanten in die Luft geworfen. Auf der großen, dem Fluss zugewandten Terrasse des Hotels hatte sich die Hochzeitsgesellschaft für den Fotografen aufgestellt, die Leute lachten, als wäre es gar nicht kalt. Helen konnte sie sehen, aber nicht hören, denn sie stand ganz oben auf einem Balkon, und der Fluss übertönte alle Stimmen. Die Braut trug eine duftige weiße Jacke über dem weißen Kleid. Jung war sie nicht, stellte Helen fest. Ihre zweite Heirat, im Zweifel. Wenn ja, dann war es lächerlich, dass sie in Weiß heiratete, aber heutzutage machten die Leute, was sie wollten, und außerdem war das hier Maine. Der Bräutigam war pummelig und sah glücklich aus. Helen verspürte eine leise Regung der Eifersucht. Sie drehte sich um und ging zurück ins Zimmer.

»Ich fahre wieder rüber. Kommst du mit?« Jim saß auf dem Bett und kratzte sich die Füße. Er hatte den Fitnessraum benutzt und danach geduscht, und jetzt kratzte er sich wie wild die nackten Füße. Seit sie hier waren, so kam es Helen vor, kratzte er sich die Füße.

»Wenn ich das Gefühl hätte, dass es etwas nützt, würde ich natürlich mitkommen«, sagte Helen, die schon einen ganzen Vormittag im Haus ihrer Schwägerin ausgehalten hatte. »Aber mir ist nicht ganz klar, wozu meine Anwesenheit gut sein sollte.«

»Wie du meinst«, sagte Jim. Weiße Hautflocken übersäten den Teppich.

»Jimmy, hör auf. Du zerbröselst dir noch die ganzen Füße. Sieh dir das an.«

»Sie jucken.«

Helen setzte sich in den Sessel neben dem Schreibtisch. »Was meinst du, wie lange wir noch bleiben müssen?«

Jim kratzte sich den Fuß und sah sie an. »Das weiß ich nicht. So lange, bis wir wissen, was los ist. Ich *weiß* es nicht. Wo sind meine Socken?«

»Auf der anderen Seite vom Bett.« Helen mochte sie nicht anfassen.

Er beugte sich hinüber, streifte sie mit großer Sorgfalt über die Füße. »Sie kann jetzt nicht allein bleiben. Wir müssen ihr zur Seite stehen, was immer passiert. Wie immer es ausgeht.«

»Sie hätte Steve bitten sollen herzukommen. Er hätte es ihr anbieten müssen.« Helen stand auf und ging zurück zur Balkontür. »Da unten wird geheiratet. Mitten im Winter. Unter freiem Himmel.«

»Warum hätte Susan ihn bitten sollen zu kommen? Sie hat ihn seit sieben Jahren nicht gesehen, er hat seinen Sohn seit sieben Jahren nicht gesehen. Warum sollte Susan ihn jetzt plötzlich brauchen?«

»Darum. Weil sie ein gemeinsames Kind haben.« Sie sah ihren Mann herausfordernd an.

»Hellie, du machst es mir grade ein bisschen schwer. Ich will nicht mit dir streiten. Warum zwingst du mich dazu? Meine Schwester macht das Schlimmste durch, was einer Mutter passieren kann: Ihr Sohn ist verschwunden, sie weiß nicht einmal, ob er noch lebt.«

»Aber das ist nicht deine Schuld«, sagte Helen. »Und meine auch nicht.«

Jim stand auf, schlüpfte in seine Slipper. Er klopfte die Hosentaschen nach den Autoschlüsseln ab. »Wenn du nicht hier sein magst, Helen, flieg nach Hause. Buch einen Platz in der

Abendmaschine. Susan ist es egal. Es wird ihr nicht mal auffallen.« Er zog den Reißverschluss seiner Jacke zu. »Wirklich. Es ist okay.«

»Ich reise doch nicht einfach ab und lass dich hier allein.«

Am Nachmittag packte sie sich warm ein und machte einen Spaziergang am Fluss. Das Sonnenlicht glitzerte noch grell auf dem Schnee, blitzte hell auf dem Wasser. Etwas kam in Sicht, ein Kriegerdenkmal, so wie es aussah. Helen blieb stehen. Sie erinnerte sich an kein Kriegerdenkmal in Shirley Falls, aber sie war natürlich seit Gott weiß wie vielen Jahren nicht mehr hier gewesen. Große Granitplatten waren aufrecht zu einem Kreis aufgestellt. Als sie näher trat, stellte sie bestürzt fest, dass eine von ihnen dem Gedenken an eine junge Frau gewidmet war, die kürzlich im Irak ums Leben gekommen war. Alice Rioux. Einundzwanzig. So alt wie Emily. »Ach, kleines Häschen«, flüsterte Helen. Traurigkeit verdüsterte den Sonnenschein um sie herum. Sie machte kehrt und ging zurück zum Hotel.

Der Anblick des Zimmermädchens, das mit einem Karren voller Handtücher vor ihrer Tür stand, erschreckte Helen. Ihr Gewand reichte vom Kopf bis zu den Füßen und ließ nur das Gesicht frei, runde braune Backen und leuchtend dunkle Augen, was hieß, dass sie somalisch sein musste, denn andere schwarze Muslime gab es hier oben in Shirley Falls, Maine, doch wohl nicht. »Hallo!«, sagte Helen mit munterer Stimme.

»Hallo.« Das Mädchen – vielleicht auch eine schon ältere Frau, woher sollte Helen das wissen, ihr Gesicht blieb für sie unlesbar – trat mit einer schüchternen Gebärde zur Seite, und als Helen ins Zimmer kam, war es schon gemacht. Sie würde daran denken, ein ordentliches Trinkgeld zu hinterlassen.

Gegen fünf tauchte Bob auf – wahrscheinlich brauchte er etwas zu trinken, dachte Helen, und eine Auszeit von der Verzweiflung seiner Schwester. »Hereinspaziert«, rief sie. »Wie geht's deiner Schwester?«

»Unverändert.« Bob nahm sich ein Fläschchen Scotch aus der Minibar.

»Ich trink einen mit«, sagte Helen. »Bringt Susan bloß nicht mit ins Hotel. Ich glaube, das Zimmermädchen ist eine Somalierin. Pardon, Somali.« Helen machte eine ausladende Geste, die die Kopf-bis-Fuß-Verhüllung andeuten sollte.

Bobs Blick war etwas befremdet. »Ich glaube nicht, dass Susan etwas gegen die Somali hat.«

»Nicht?«

»Sie hat etwas gegen den Bezirksstaatsanwalt und gegen die stellvertretende Generalstaatsanwältin und die Bundesanwaltschaft, die Presse – die ganze Bagage eben. Macht es dir etwas aus, wenn ich die Nachrichten anschalte?«

»Natürlich nicht.« Aber es machte ihr etwas aus. Sie fühlte sich befangen mit ihrem Glas Hotelwhiskey in der Hand; dass der Aktienmarkt gestern um vierhundertsechzehn Punkte eingebrochen war, bestürzte sie, aber sie durfte nichts dazu sagen, aus Respekt vor der Familienkrise, und eine Explosion im Irak hatte acht US-Soldaten und neun Zivilisten getötet, was ihr umso näherging, als sie es nun in Verbindung mit der Gedenktafel brachte, die sie am Fluss gesehen hatte; ach, überall auf der Welt wurde gestorben, und was konnte man dagegen tun, nichts! Sie war abgeschnitten von allem, was ihr vertraut war (ihre Kinder! Sie sollten wieder klein sein, frisch gebadet und feucht). Sie sagte: »Vielleicht fliege ich morgen doch heim.«

Bob nickte, ohne den Blick vom Bildschirm zu wenden.

Eine dünne Wolkenschicht dämpfte das Nachmittagslicht über dem Fluss, der graue Teppichboden im Hotelzimmer wirkte wie eine dunklere Schattierung des blassen Himmelsgraus, und das Geländer des kleinen Balkons vor dem Fenster zog eine feine, aber kräftige Linie in einem noch tieferen Grauton. Jim sah erschöpft aus. Am Morgen hatte er Helen nach Portland zum Flughafen gebracht, und als er zurückkehrte, hatte Susan den Entschluss gefasst, ihren Sohn bei der Polizei als vermisst zu melden. »Noch besteht kein Haftbefehl gegen ihn«, argumentierte sie, und das stimmte natürlich. »Und seine Bewährungsauflagen und die Bürgerrechtsanordnung verlangen nur, dass er sich von den Somali fernhält.«

»Trotzdem«, sagte Bob geduldig, »ist es vielleicht nicht das Allerschlaueste, ihn ausgerechnet jetzt als vermisst zu melden.«

»Aber er *ist* doch vermisst!«, rief Susan, also gingen sie mit ihr aufs Polizeirevier und gaben die Anzeige auf. Auch die Beschreibung von Zachs Auto – sein Kennzeichen leuchtete auf einem Computerbildschirm auf – wurde natürlich beigefügt, und das Wissen, dass ab sofort Polizisten nach dem Wagen Ausschau hielten, schürte in Bob eine ganz neue Art der Furcht und gleichzeitig der Hoffnung. Er stellte sich Zach in einem winzigen Motelzimmer vor, seine Reisetasche mit den Klamotten auf dem Fußboden, Zach selbst auf dem Bett liegend, Musik aus dem Notebook hörend. Wartend.

Jim und Bob brachten Susan zurück zu ihrem Haus. Jim blieb in der Auffahrt hinterm Lenkrad sitzen. »Suse, schaffst du's mal kurz allein? Bob und ich müssen ins Hotel, ein paar Arbeitstelefonate erledigen. Wir sind rechtzeitig zum Abendessen wieder da.«

»Mrs. Drinkwater kocht uns etwas. Aber ich kann nichts essen«, sagte Susan beim Aussteigen.

»Dann isst du eben nichts. Wir sind bald wieder da.«

Bob sagte: »Er hat Klamotten mitgenommen, Susie. Es wird alles wieder gut.« Susan nickte, und die Brüder schauten ihr nach, wie sie die Verandastufen hinaufstieg.

Im Hotelzimmer ließ Bob seine Jacke auf den Boden neben dem Bett fallen. Jim hatte seine anbehalten, griff in die Seitentasche und warf ein Mobiltelefon aufs Bett.

»Was?«, fragte Bob.

»Zachs Handy.«

Bob nahm das Telefon und sah es sich an. »Susan hat doch gesagt, das Handy und der Computer wären weg.«

»Der Computer ist auch weg. Das Handy hab ich in seinem Zimmer gefunden, in der Schublade neben seinem Bett. Unter ein paar Socken. Ich hab es Susan nicht erzählt.«

Bob spürte Nadelstiche unter den Achseln. Mit steifen Gliedern ließ er sich auf dem anderen Bett nieder. »Vielleicht ist es ein altes«, sagte er schließlich.

»Nein. Die Anrufe sind neu, von letzter Woche. Die meisten bei Susan in der Arbeit. Der letzte Anruf war bei mir, an dem Morgen, als er verschwunden ist.«

»Bei dir? Im Büro?«

Jim nickte. »Und der davor bei der Auskunft. Wahrscheinlich, um sich nach der Nummer der Kanzlei zu erkundigen. Die hätte er auch googeln können, keine Ahnung, warum er das nicht getan hat. Bei mir ist jedenfalls kein Anruf angekommen, und eine Nachricht hat er auch nicht hinterlassen. Ich hab die Sekretärin heute Morgen auf der Rückfahrt von Portland angerufen, und sie erinnert sich an einen Anruf für mich, aber der Anrufer hat seinen Namen nicht nennen wollen, und als sie ihn fragte, worum es ging, hat er aufgelegt.« Jim rieb sich beide Schläfen. »Ich hab sie angebrüllt. Was natürlich oberdämlich war.« Er ging zum Fenster, die Hände in den Taschen. Er fluchte leise.

»Ist sein Computer wirklich weg?«, fragte Bob.

»Scheint so. Und die Reisetasche ja offenbar auch. Das weiß Susan besser als ich.« Er wandte sich vom Fenster ab. »Hast du gar nichts zu trinken, Goofy? Ich könnte einen Schluck vertragen.«

»Bei Susan. Aber es gibt ja die Minibar.«

Jim öffnete die holzverkleidete Tür, drehte die Deckel von

zwei kleinen Wodkaflaschen, leerte ihren Inhalt in ein Glas und schüttete ihn in sich hinein wie Wasser.

»Junge«, sagte Bob.

Jim verzog das Gesicht, atmete geräuschvoll aus. »Jaaah.« Er griff wieder in die Minibar und holte eine Dose Bier heraus; eine kleine Schaumblüte ging auf, als er den Verschlussring nach hinten zog.

»Jimmy, pass auf. Iss wenigstens was, bevor du mit dem Frusttrinken anfängst.«

»Okay.« Es klang friedfertig. Jim hatte sich in den Sessel gesetzt, immer noch in der Jacke. Er legte den Kopf in den Nacken und trank. Dann hielt er Bob die Dose hin. Bob schüttelte den Kopf. »Gibt's das?« Jim grinste müde. »Dass du mal nichts trinken magst?«

»Immer wenn's ernst ist«, sagte Bob. »Als Pam mich verlassen hat, hab ich ein Jahr lang keinen Tropfen angerührt.« Jim antwortete nicht darauf, und Bob sah ihn den nächsten tiefen Schluck aus der Bierdose nehmen. »Bleib, wo du bist«, befahl Bob seinem Bruder. »Ich geh runter und organisier dir was zu essen.«

»Ich bin hier.« Jim lächelte wieder und leerte die Dose.

Susan saß auf der Couch und sah fern. Eine Natursendung lief, Dutzende von Pinguinen watschelten über eine endlose Eisfläche. Mrs. Drinkwater saß im Ohrensessel. »Süße kleine Biester, finden Sie nicht?« Sie zupfte an der Tasche ihrer Küchenschürze.

Nach einer ganzen Weile sagte Susan: »Danke.«

»Für was denn, Kindchen?«

»Sie sitzen hier mit mir«, sagte Susan. »Und kochen für uns«, fügte sie hinzu.

Einer nach dem anderen rutschten die Pinguine vom Eis

hinein ins Wasser. Aus der Küche duftete es nach dem Huhn, das Mrs. Drinkwater ins Backrohr geschoben hatte. Susan sagte: »Das fühlt sich alles so unwirklich an. Wie im Traum.«

»Ich weiß, Kindchen. Gut, dass Ihre Brüder hier sind. Ihre Schwägerin ist abgereist?«

Susan nickte. Einige Minuten vergingen. »Ich mag sie nicht«, sagte Susan. Weitere Minuten vergingen. »Stehen Sie Ihren Töchtern nahe?«, fragte Susan, ohne den Blick vom Fernseher zu wenden. Als sie keine Antwort bekam, sah sie Mrs. Drinkwater an. »Entschuldigen Sie. Es geht mich nichts an.«

»Nein, nein, das ist schon in Ordnung.« Mrs. Drinkwater tupfte sich mit einem zusammengeknüllten Papiertaschentuch unter den riesigen Brillengläsern herum. »Ich hatte eine Menge Ärger mit ihnen, um ehrlich zu sein. Besonders mit der Älteren.«

Susan schaute wieder auf den Fernseher. Die Köpfe der Pinguine wippten im Wasser auf und ab. »Wenn Sie ein bisschen erzählen mögen – mir würde es helfen«, sagte Susan.

»Ja, sicher. Gern. Annie hat diese Marihuanazigaretten geraucht. Das gab ein Donnerwetter, kann ich Ihnen sagen. Ich war auf Carls Seite. Annie hatte einen Freund, der eingezogen werden sollte. Das mit Vietnam ging damals gerade los, wissen Sie. Der Junge floh nach Kanada, um der Einberufung zu entgehen, und Annie ist mit ihm gegangen. Und als es aus war zwischen den beiden, ist sie droben geblieben. Sie wollte nicht in einem so verkommenen Land wie unserem leben, hat sie gesagt.« Mrs. Drinkwater machte eine Pause. Sie schaute auf das Tuch in ihrer Hand, machte Anstalten, es auf dem Schoß auszubreiten, knüllte es wieder zusammen.

Susan sagte zum Fernseher: »Er hat Kleider mitgenommen. Man nimmt doch keine Kleider mit, wenn man sie gar nicht tragen will.« In neutralem Ton fügte sie hinzu: »Haben Sie sie besucht?«

»Sie wollte uns nicht sehen.« Mrs. Drinkwater schüttelte den Kopf.

Die Pinguine stemmten sich mit den Flossen zurück auf das Eis und stellten sich auf ihre Plattfüße, die Augen blank, auf den kleinen Körpern glitzerte das Wasser.

»Annie hatte ein romantisches Bild von Kanada«, sagte Mrs. Drinkwater. »Dass ihr Urgroßvater von dort weg ist, dass sie ihn von seiner Farm gejagt haben, weil er bankrott war, das war ihr egal. Richtige Teufel waren diese Gläubiger, aber Annie bildete sich ein, alles über moralische Verkommenheit zu wissen. ›Ha!‹, konnte ich da nur sagen.« Mrs. Drinkwaters Fuß in dem Frotteepantoffel hüpfte auf und ab.

»Hatten Sie nicht gesagt, dass sie in Kalifornien lebt? Ich dachte, das hätten Sie mal gesagt.«

»Da lebt sie jetzt auch.«

Susan stand auf. »Ich ruh mich oben ein bisschen aus, bis meine Brüder kommen. Aber noch mal vielen Dank. Dass Sie so nett zu mir sind.«

»Eine alte Plaudertante bin ich.« Fast verlegen schwenkte Mrs. Drinkwater die Hand vor ihrem Gesicht. »Ich rufe Sie, wenn sie da sind.« Mrs. Drinkwater blieb im Sessel sitzen, zupfte an ihrer Schürze herum, zerpflückte das Taschentuch in kleine Fetzen. Im Fernsehen war statt der Pinguine jetzt der Regenwald dran. Mrs. Drinkwater schaute hin, während in ihrem Kopf die Gedanken kreisten. Sie dachte an das enge Haus ihrer Kindheit mit all ihren vielen Brüdern und Schwestern. Sie dachte an ihre Onkel und Tanten, die ständig davon gesprochen hatten, nach Quebec zurückkehren zu wollen, und nicht einer hatte es in die Tat umgesetzt. Sie dachte an Carl und das Leben, das sie zusammen geführt hatten. An ihre Mädchen mochte sie nicht denken. Sie hatte ja nicht ahnen können, niemand konnte ahnen, dass sie in einer Zeit des Protests und der Drogen heranwachsen würden, mit einem Krieg, für den sie keine Verantwortung übernehmen wollten. Sie stellte sich eine Pusteblume vor, wenn sie an ihre Familie dachte, die weißen, beinahe schwerelosen Samen, verweht in alle Richtungen. Der Schlüssel zur Zufriedenheit lag darin, nicht nach Gründen zu fragen, das hatte sie vor langer Zeit gelernt.

Der Regenwald schillerte grün. Mrs. Drinkwater schaukelte mit dem Fuß und schaute zu.

Bob kehrte mit zwei Sandwichs ins Hotelzimmer zurück. »Jimmy?«, rief er. Das Zimmer war leer. Im Badezimmer brannte das Licht über dem Waschbecken. »Jimmy?« Er warf die Tüte mit den Sandwichs neben Zachs Handy auf das Bett.

Sein Bruder stand auf dem Balkon, gegen die Hausmauer gelehnt, als befürchtete er, das Bewusstsein zu verlieren.

»Oi«, sagte Bob. »Du hast einen sitzen.«

»Nein, das weniger.« Jim sprach leise, und der Fluss rauschte laut.

»Jim, komm rein.« Der Wind frischte plötzlich auf.

Jim hob einen Arm, schwenkte ihn kraftlos in Richtung des Flusses und der Stadt dahinter, deren Kirchtürme über den Bäumen und Dächern zu sehen waren.

»Es ist alles anders gekommen, als ich es wollte.« Er ließ den Arm herunterfallen. »Ich wollte den Menschen hier in Maine helfen.«

»Himmelarsch, Jim, das ist nicht der Augenblick für Selbstmitleid.«

Jim wandte Bob das Gesicht zu. Er sah sehr jung und müde und ratlos aus. »Bobby, hör zu. Jeden Moment ruft hier ein State Trooper an und teilt uns mit, dass irgendein Bauer Zach erhängt in seiner Scheune oder an einem Baum gefunden hat. Was weiß ich, ob er seinen Computer dabeihat. Die Reisetasche? Na und?« Jim tippte den Daumen leicht gegen die

Brust. »Und genau genommen? Unterm Strich? Hab ich ihn ja wohl auf dem Gewissen.« Er wischte sich mit dem Ärmel übers Gesicht. »Ich habe Dick Hartley ans Bein gepinkelt, und ich habe Diane Dodge abgekanzelt. Ich habe alles nur noch schlimmer gemacht, weil ich unbedingt den dicken Max spielen musste.«

»Jim, hör auf mit dem Blödsinn. Wir *wissen* nicht, ob er tot ist – und was immer passiert ist, es ist nicht deine Schuld, verdammt noch mal!«

»Er hat versucht, mich in meiner aufgeblähten Großkanzlei anzurufen, Bob, und ist nicht mal zu mir durchgestellt worden, so wichtig nehmen sich dort alle.« Jim schaute wieder auf den Fluss, schüttelte langsam den Kopf. »Ich hab mal als der beste Strafverteidiger im ganzen Land gegolten. Kannst du dir das vorstellen?«

»Jim, Schluss jetzt.«

Jim runzelte angestrengt die Stirn. »Meine Pflicht wäre es gewesen, hierzubleiben und mich um euch alle zu kümmern.«

»Ja? Wer sagt das? Jetzt komm rein und iss was.«

Jim winkte die Frage beiseite, schaute hinaus auf den Fluss, eine Hand auf dem Geländer. »Stattdessen bin ich davongelaufen und prominent geworden. Jeder wollte meine Meinung hören, eine Talkshow hier, eine Rede dort. Dazu tonnenweise Geld, über das ich froh war, weil es mich von Helens Geld unabhängig gemacht hat. Dabei hatte ich nur Leute verteidigen wollen, die sonst keiner verteidigt, ganz ehrlich.« Er stand da, schaute dem Fluss zu. »Und jetzt ist das alles im Arsch«, sagte er. Er drehte sich zu Bob um, und zu seiner Bestürzung sah Bob, dass sein Bruder feuchte Augen hatte. »Wirtschaftsverbrechen?«, fragte Jim. »Leute verteidigen, die mit Hedgefonds Millionen ergaunert haben? Das ist *Scheiße*, Bob. Und wenn ich jetzt von der Arbeit komme, ist das Haus leer und die Kinder –

Gott, die Kinder waren alles, dazu ihre Freunde –, und jetzt ist es still im Haus, und ich habe *Angst*, Bobby. Ich denke ständig an den Tod. Schon vor der Fahrt hierher. Ich denke an den Tod, und ich habe das Gefühl, dass ich um mich selbst trauere, und – ach, Bobby, Mann, irgendwie läuft mir gerade alles aus dem Ruder.«

Bob fasste seinen Bruder an den Schultern. »Jimmy. Du machst mir Angst. Und du bist betrunken. Aber hier geht's jetzt erst mal um Susan und Zach. Das wird schon wieder bei dir.«

Jim befreite sich, lehnte sich wieder gegen die Wand, schloss die Augen. »Das ist dein Standardspruch zu allem und jedem. Gar nichts wird wieder.« Er öffnete die Augen, sah Bob an, schloss sie von Neuem. »Armer, dämlicher Goofy.«

»Hör auf.« Bob spürte Zorn in sich aufsteigen.

Jim öffnete wieder die Augen. Sie wirkten farblos, nur ein schwaches Blau glänzte hinter den Schlitzen. »Bobby.« Es war nicht viel mehr als ein Flüstern. Tränen liefen Jim übers Gesicht. »Alles an mir ist Lüge.«

Er wischte sich mit den Händen übers Gesicht, als ein wütender Windstoß um die Mauerecke fegte. Unten bogen sich klappernd die Sträucher.

»Komm rein«, sagte Bob leise. Er nahm seinen Bruder am Arm, aber Jim schüttelte ihn ab. Bob trat einen Schritt zurück und sagte: »Hör mal, woher hättest du wissen sollen, dass er angerufen hat?«

»Bob, ich habe ihn getötet.«

Der Wind fauchte und zerrte und bauschte Bobs Jackenärmel wie Zeltwände. Bob verschränkte die Arme vor der Brust, setzte die Schuhspitze fest auf die unterste Querstrebe des Geländers. »Wie hast du ihn getötet? Indem du auf einer Friedenskundgebung gesprochen hast? Indem du ihn mit Hingabe verteidigt hast?«

»Nicht Zach.«

Bob kam sein Fuß breit vor, als er auf ihn herunterschaute. »Sondern?«

»Vater.«

Er sagte es beiläufig und doch mit einer Art Feierlichkeit. Vater unser im Himmel. Bob brauchte eine Weile. Er drehte sich zu seinem Bruder um. »Unsinn. Ich saß hinterm Lenkrad, das wissen wir alle.«

»Das *denkt* ihr alle.« Jims nasses Gesicht wirkte mit einem Mal sehr alt und faltig. »Aber du hast auf dem Rücksitz gesessen. Neben Susie. Du warst vier Jahre alt, Bob, du erinnerst dich an gar nichts. Ich war acht. Fast neun. Da weiß man schon mehr.« Jim lehnte nach wie vor an der Mauer, den Blick geradeaus gerichtet. »Es waren blaue Sitze. Du und ich, wir haben uns gestritten, wer vorne sitzen darf, und bevor er die Auffahrt runtergegangen ist, hat er noch gesagt: Okay, Jimmy vorne, die Zwillinge hinten, diesmal. Und dann bin ich nach links gerutscht, hinters Lenkrad. Obwohl sie uns tausendmal gepredigt hatten, dass wir hinterm Lenkrad nichts zu suchen haben. Ich hab den Fahrer gespielt und die Kupplung durchgetreten.« Kaum wahrnehmbar schüttelte Jim den Kopf. »Und das Auto ist losgerollt, die Auffahrt runter.«

»Du bist betrunken«, sagte Bob.

»Mom war noch nicht mal an der Haustür, da hatte ich dich schon auf den Vordersitz geschubst. Und bin selbst nach hinten geklettert. Und als dann schließlich die Polizei kam … Acht Jahre alt. Noch keine neun, und schon so ausgebufft. Ganz schön gruslig, was, Bobby? Wie in dem Film, *Böse Saat*.«

Bob sagte: »Warum erfindest du bloß solche Geschichten, Jim?«

»Ich erfinde keine Geschichten.« Jim hob langsam das Kinn. »Und außerdem bin ich stocknüchtern. Weiß auch nicht, warum.«

»Ich glaube dir kein Wort.«

Jims erschöpfte Augen blickten Bob mitleidig an. »Natürlich nicht. Aber du bist es nicht gewesen, Bobby Burgess.«

Bob betrachtete den Fluss, der unter ihnen vorübertoste. Die Ufersteine wirkten groß und nackt. Aber es war alles unwirklich, verzerrt, leise. Selbst der laute Fluss schien leise, wie gedämpft, als hätte Bob den Kopf unter Wasser.

»Und warum erzählst du mir das gerade jetzt?«

Er schaute unverwandt auf den Fluss, und die leere Terrasse unter ihm.

»Weil ich es nicht länger ertrage.«

»Nach fünfzig Jahren erträgst du es plötzlich nicht mehr? Das ist doch verrückt, Jimmy. Ich glaube dir kein Wort. Sei nicht böse, aber du schnappst gerade über, und wir sind hier, um Susan zu helfen. Als wäre die Situation nicht schon beschissen genug. Herrgott, Jimmy, krieg dich wieder ein.«

Die Brüder standen sich gegenüber, und der Wind fegte über sie hinweg, gewaltig und kalt. Jims Tränen waren versiegt. Er sah grau und krank und alt aus.

Bob sagte: »Es war also ein Witz, ja? Das ist deine beknackte Vorstellung von makabrem Humor, oder? Du hast mir nämlich wirklich Angst eingejagt.«

Ganz ruhig sagte Jim: »Es ist kein Witz, Bobby.« Er ließ sich an der Wand heruntersacken, bis er auf dem Beton des Balkonbodens saß, mit angezogenen Knien, über denen die Hände hingen. »Hast du irgendeine Ahnung, wie das ist?«, fragte er, den Blick zu Bob erhoben. »Die Jahre vergehen zu lassen, ohne jemals darüber zu sprechen? Als kleiner Junge hab ich immer gedacht, heute sag ich's. Wenn ich aus der Schule komme, erzähle ich es Mom, ich erzähl's ihr einfach. Später, als ich schon größer war, wollte ich es aufschreiben und Mom den Brief zustecken, bevor ich in die Schule ging, dann hätte sie den Tag über Zeit gehabt, es zu verdauen. Sogar in Harvard dachte ich noch, dass ich ihr einen Brief schreibe. Aber es gab auch sehr viele Tage, an denen ich gedacht habe, nein, ich war das nicht.« Jim zuckte die Achseln, streckte die Beine aus. »Ich hab das nicht getan. Ganz einfach.«

»Du hast es ja auch nicht getan.«

»Himmelarsch, hör auf damit.« Jim zog die Knie wieder vor die Brust, sah hoch zu seinem Bruder. »Bitte. Erinnerst du dich, an dem Tag damals, als wir das von Zach und seinem Schweinekopf erfahren haben? Als ich gesagt habe, er muss sich freiwillig stellen, weil er es getan hat? Ein Burgess läuft nicht weg, wir sind keine Drückeberger. Das hab ich gesagt. Ausgerechnet ich.«

Bob sagte nichts. Aber jetzt hörte er das Brausen des Wassers, das über die Stufe im Fluss hinabstürzte. Und dann hörte er hinter sich im Zimmer das Telefon klingeln. Er stolperte nach drinnen, blieb mit dem Fuß an der Türschwelle hängen.

Susan schluchzte. »Nicht so schnell, Susie, ich versteh kein Wort.«

Jim war Bob ins Zimmer gefolgt und nahm ihm den Hörer ab, gleich wieder der alte, alles in die Hand nehmende Jim. »Susan. Ganz ruhig.« Er nickte, schaute zu Bob herüber, reckte den Daumen hoch.

Zachary war in Schweden bei seinem Vater, er hatte Susan vor ein paar Minuten angerufen. Er könne so lange bleiben, wie er wolle, hatte sein Vater gesagt, und Susan konnte gar nicht wieder aufhören zu schluchzen; sie hatte fest geglaubt, er wäre tot.

Sogar Mrs. Drinkwaters Wangen glitzerten, während sie sich, die Schürze um den Bauch, in der Küche zu schaffen machte. »Jetzt kann sie etwas essen«, sagte die alte Frau und zwinkerte Bob zu, als teilten sie ein Geheimnis.

Susan Augen waren fast völlig zugeschwollen, ihr Gesicht glänzte, aber sie war so außer sich vor Glück, dass sie ihre Brüder und Mrs. Drinkwater umarmte und den Hund gleich mit, der wie wild mit dem Schwanz wedelte. »Er lebt, er lebt, mein Sohn Zachary lebt.« Auch Bob bekam das Lächeln gar nicht mehr vom Gesicht. »Ach, ich bin viel zu glücklich, um zu essen«, sagte Susan, ging einmal um den Tisch herum, klopfte auf jede Stuhllehne. »Er hat sich zigmal entschuldigt, dass er mir Angst eingejagt hat, und ich hab gesagt, Schatz, mach dir doch keine Sorgen, Hauptsache, du bist wohlauf.«

»Sie stürzt schon noch ab«, prophezeite Jim auf der Rückfahrt ins Hotel. »Im Augenblick fliegt sie höher als ein Drachen, weil er nicht tot ist. Aber bald wird sie merken, dass er nicht mehr da ist.«

»Er kommt zurück«, sagte Bob.

»Wollen wir wetten?« Jim spähte über das Lenkrad.

»Darüber zerbrechen wir uns später den Kopf«, sagte Bob. »Lass sie glücklich sein. Mein Gott, ich bin auch glücklich.« Doch mit ihnen im Auto war auch das schreckliche Gespräch auf dem Hotelbalkon; wie ein unheimliches kleines Kind stocherte es mit dem Finger nach ihm und sagte: Vergiss mich nicht, ich bin auch noch da. Aber es erschien ihm nicht wirklich. Die Freude, Zach in Sicherheit zu wissen, ließ es irreal wirken, unwichtig. Als gehörte es nicht hier ins Auto, nicht in Bobs Leben.

Jim sagte: »Es tut mir leid, Bob.«

»Das war die Aufregung. Völlig verständlich. Mach dir keine Gedanken deswegen.«

»Nein, mir tut leid, dass …«

»Jim, hör auf. Es ist nicht wahr. Mom wäre dahintergekommen. Und selbst wenn es wahr wäre, was es nicht ist, wen interessiert das denn noch? Hör auf, dich so mies zu fühlen. Es macht mir Angst, wenn du so bist. Alles wird gut.«

Jim antwortete nicht. Sie fuhren über die Brücke, der Fluss unter ihnen schwarz in der Nacht.

»Ich kann gar nicht aufhören zu grinsen«, sagte Bob. »Zachary ist am Leben und bei seinem Vater. Und Susan, sie so zu sehen … Nein, ich kann gar nicht aufhören zu grinsen.«

Jim sagte leise: »Du stürzt auch noch ab.«

VIERTES BUCH

I

Park Slope expandierte in alle Richtungen. Seine Hauptstraße war und blieb die Seventh Avenue, aber auf der Fifth Avenue zwei Blocks weiter machte ein trendiges Restaurant nach dem anderen auf, Boutiquen verkauften modische Blusen, Yogahosen, Schmuck und Schuhe zu Preisen, die besser nach Manhattan gepasst hätten. An der Fourth Avenue, diesem Ödland aus Abgasen und Ruß, tauchten nun, plötzlich und überraschend, zwischen den alten Ziegelbauten Eigentumswohnungen mit riesigen Panoramafenstern auf, Bistros siedelten sich an den Ecken an, und samstags sah man hier Fußgänger auf dem Weg zum Park. Babys rollten in Buggys dahin, die so schnittig wie Sportwagen waren, mit wendigen Gummirädern und verstellbaren Aufsätzen. Falls den Eltern Sorgen oder Enttäuschungen zu schaffen machten, verrieten ihre gesund blitzenden Zähne und gebräunten Gliedmaßen davon nichts, wenn die Einsatzfreudigeren unter ihnen über die Brooklyn Bridge joggten oder bladeten – da kam er in Sicht, der East River, dann die Freiheitsstatue, dazu die Schlepper, die riesigen Frachtkähne, das endlos wimmelnde Leben – ein Wunder, jedes Mal aufs Neue.

Es war April, und auch wenn es noch ziemlich frisch war, strahlten die Forsythien in den Vorgärten um die Wette mit dem Himmel, der manchmal den ganzen Tag blau blieb. Der März hatte erst mit Rekordkälte aufgewartet, dann mit einem Rekordregen und später mit den schwersten Schneestürmen des ganzen Winters. Aber jetzt war der April da, und ungeachtet der Berichte, nach denen aus der Immobilienblase bereits die Luft entwich, war in Park Slope vorerst kein Schwund festzustellen. Die Spaziergänger im Botanischen Garten, die die Hügel voller Narzissen bewunderten und nach ihren Kindern riefen, wirkten zufrieden, unbekümmert. Und der Dow Jones kletterte, nachdem er zwischenzeitlich mächtig ins Schleudern gekommen war, auf einen neuen Höchststand.

Bob Burgess nahm von alledem kaum Notiz – weder von den Finanzmärkten und den düsteren Prophezeiungen noch von den Forsythien an der Bibliotheksmauer, den jungen Leuten, die auf ihren Rollerblades an ihm vorbeiflitzten. Er wirkte wie benommen, und genauso fühlte er sich. Von Menschen mit Gedächtnisschwund heißt es, dass durch den Verlust der Vergangenheit auch die Zukunft für sie unvorstellbar wird, und nicht unähnlich erging es nun Bob. Seine Fassungslosigkeit darüber, dass seine Vergangenheit womöglich gar nicht seine Vergangenheit war, trübte auch seinen Blick nach vorn, und er brachte viel Zeit damit zu, durch New Yorks Straßen zu laufen. In Bewegung zu sein half. (Man traf ihn auch nicht mehr in der Ninth Street Bar & Grill an, und er hatte zu trinken aufgehört.) An den Wochenenden spazierte er jetzt oft durch den Central Park in Manhattan, der dem Brooklyner Prospect Park den Reiz des weniger Vertrauten voraushatte, und mischte sich dort unter die vielen Touristen mit ihren Kameras, ihren Stadtplänen und fremden Sprachen, ihren Wanderschuhen, ihren müden Kindern.

»È bellissimo!«, hörte Bob eine Frau am Eingang zum Park ausrufen, und einen Moment lang sah er wie mit neuen Augen die mächtigen Baumstämme der Allee, die Radler, die Jogger, die Eisstände – so verändert alles seit damals, als Bob mit Pam hierhergezogen war. Koreanische Bräute mit nackten Schultern posierten fröstelnd für ihre Hochzeitsfotos. Bei der Treppe zum See gab es eine junge Frau, die sich jedes Wochenende mit Goldfarbe einsprühte und in Trikot, Strumpfhosen und Ballettschuhen reglos auf einer Holzkiste stand, während Kameras klickten und Kinder große Augen machten und nach der Hand ihrer Eltern fassten. Wie viel sie damit wohl verdiente? Der weiße Eimer vor ihrer Holzkiste füllte sich mit Scheinen, vielleicht ein paar Fünfern, vielleicht – er wusste es nicht – auch dem einen oder anderen Zwanziger. Aber das Schweigen, in das sie sich während dieser Stunden hüllte, schien dem Schweigen verwandt, das sich in Bob eingenistet hatte.

Und noch etwas war neu: die beunruhigende Vorstellung, fremd geworden zu sein an diesem Ort, der so lange sein Zuhause gewesen war. Ein Besucher war er nicht, aber er fühlte sich auch nicht als New Yorker. New York erschien ihm plötzlich als ein liebenswertes, verschachteltes Hotel, das ihn mit wohlwollender Gleichgültigkeit beherbergt hatte, und seine Dankbarkeit dafür kannte keine Grenzen. New York hatte ihm zudem über manches die Augen geöffnet, nicht zuletzt darüber, wie viel die Menschen reden konnten. Für die New Yorker war kein Thema tabu. Für die Burgess so ziemlich jedes. Bob hatte lange gebraucht, um zu begreifen, dass es sich dabei lediglich um einen kulturellen Unterschied handelte, und leichter als früher fiel ihm das Reden nach einem halben Leben in New York allemal. Aber nicht über den Unfall. Für den es in Bobs Denken nicht einmal einen Namen gab. Er war einfach dieses Loch im Fundament der Familie Burgess, dem sich Bob in der Praxis der gutherzigen Elaine ein paarmal stammelnd genähert hatte. Dass Jim es nach all den Jahren ansprach (es für sich forderte!), war etwas so Ungeheuerliches, dass es Bob völlig aus der Bahn warf. Wenn er nun durch den Park ging, kam es ihm vor, als hätte er jahrelang geschlafen und wäre an einem anderen Ort und in einer anderen Zeit aufgewacht. Die Stadt war reich und sauber und voller junger Leute in engen Sporthosen, die ihn bei seinen gemächlichen Runden um das Wasserreservoir laut trappelnd überholten.

Tatsache war: Er wusste nicht, was er tun sollte.

Auf ihrem Rückflug von Shirley Falls vor zwei Monaten hatten er und Jim über Zach und Zachs Vater gesprochen, darüber, was passieren würde, falls Zach nicht im Lande war, wenn der Bundesanwalt Anklage gegen ihn erhob; die Verhandlung in Shirley Falls war nun für den Juni angesetzt, und sie waren sich einig, dass hier alles von der Auswahl der Geschworenen abhängen würde. Sie saßen schon im Taxi nach Brooklyn, als Bob schließlich sagte: »Äh, sag mal, Jim – die Geschichte gestern: Das war einfach nur die Aufregung, oder? Wie dieser Blödsinn letzten Herbst über Pam. Du wolltest nur provozieren, stimmt's?«

Jim sah weg, hinaus auf die Schnellstraße, die vor dem Fenster vorbeiflog. Er berührte ganz leicht Bobs Hand, nahm dann seine Hand weg. »Du warst es nicht, Bobby«, sagte er leise.

Danach schwiegen sie. Das Taxi setzte Bob zuerst ab. Beim Aussteigen sagte er: »Jimmy, mach dir keinen Kopf wegen der Sache. Es spielt doch inzwischen keine Rolle mehr.«

Dennoch stieg er wie in Trance die schmale Treppe mit ihren durchhängenden Stufen hinauf, vorbei an der Tür, hinter der früher seine Nachbarn ihren Ehekrieg ausgetragen hatten. Seine eigene Wohnung hatte etwas Irreales für ihn. Aber da waren seine Bücher, seine Hemden im Schrank, ein zusammengeknülltes Handtuch neben dem Waschbecken. Bob Burgess wohnte hier, natürlich wohnte er hier. Trotzdem, das Gefühl von Unwirklichkeit war beängstigend.

Nach ein paar Tagen dann setzte die Qual ein. Sein Verstand, fahrig und sprunghaft, sagte ihm: Es ist nicht wahr, und falls doch, spielt es keine Rolle mehr. Aber der Gedanke brachte keine Erleichterung, weil er sich durch die ständige Wiederholung selbst widerlegte. An seinem Raucherplatz am offenen

Fenster stürzte er eines Abends viel zu schnell viel zu viel Wein in sich hinein und sah plötzlich in aller Klarheit: Es war wahr, und es spielte eine Rolle. Jim hatte Bob wissentlich und vorsätzlich in einem Leben eingekerkert, das nicht das seine war. Erinnerungen stürmten auf ihn ein: Jimmy als kleiner Junge, der zu dem herbeirennenden Bob sagte: »Ich muss kotzen, wenn ich dich sehe. Hau ab.« Die sanfte Ermahnung ihrer Mutter: »Ach, Jimmy, sei doch lieb zu ihm.« Und dann der Therapeut, zu dem seine Mutter ihr weniges Geld trug, nur damit Bob aus einer Schale auf seinem Schreibtisch Bonbons naschen durfte. Und wieder daheim, hinterm Rücken ihrer Mutter, Jimmys Gestichel: »Bobby ist ein Baby! He, Hosenscheißer-Baby! Sabber-Schlabber-Goofy!«

In seinem Zustand betrunkener Klarsicht kam Bob sein Bruder plötzlich vor wie die Skrupellosigkeit und Schurkenhaftigkeit in Person. Mit hämmerndem Herzen zog er seine Jacke über. Er würde zu ihm gehen und ihm seine ganze Wut ins Gesicht schreien, notfalls auch vor Helen; nicht einmal die Wohnungstür sperrte er hinter sich zu vor lauter Eile. Auf der untersten Stufe der schmalen Stiege fiel er hin, und im Liegen erfasste ihn unendliche Verwunderung. »Komm schon, Bob Burgess, steh auf«, sagte er leise. Aber irgendwie ging es nicht. Jeden Moment, dachte er, konnte einer der anderen Mieter – sie waren alle so jung hier im Haus – herauskommen und ihn so finden. Er musste sich von einer Schulter auf die andere wälzen und mit viel Schwung von dem körnigen Läufer wegstemmen, bis er endlich auf die Füße kam. Am Geländer entlang hangelte er sich wieder hinauf zu seiner Wohnung.

Danach ließ er das Trinken sein.

Als Tage später sein Telefon klingelte und auf dem Display der Name seines Bruders erschien, war die Welt mit einem Schlag wieder im Lot. Was konnte natürlicher sein, als dass auf seinem Telefon JIM aufleuchtete?

»Du, hör mal«, setzte Bob an. »Jim, hör zu …«

»Du wirst es nicht glauben«, fiel Jim ihm ins Wort. »Halt dich fest: Die US-Bundesanwaltschaft hat Charlie gerade eben mitgeteilt, dass das Verfahren gegen seinen Mandanten eingestellt ist. Der Hammer, oder? Wahrscheinlich weil diese BSE-Verordnungen eben doch den Vorsatz aushebeln. Oder sie haben einfach keinen Bock mehr. Ist das nicht toll?« Jims Stimme war laut und froh.

»Ja. Ja, das ist toll.«

»Susan hofft, dass er postwendend heimkommt, aber ich glaube, danach ist ihm gar nicht. Dem gefällt's da drüben bei seinem Vater. Gut, bis sein Bagatelldelikt verhandelt wird, sollte er sich schon nach Shirley Falls zurückbequemen – im Moment kann Charlie das noch rauszögern. Ein guter Mann, Charlie. Ein Spitzenmann. Goofy, bist du noch dran?«

»Ja.«

»Du sagst ja gar nichts.«

Bob ließ den Blick durch sein Wohnzimmer wandern. Seine Couch sah klein aus. Der Teppich vor der Couch sah klein aus. Dass Jim so unbefangen reden konnte, als hätte sich zwischen ihnen nichts verändert – es verwirrte Bob. »Jim. Du – du hast mich ziemlich aus dem Gleichgewicht gebracht. Mit dieser Geschichte neulich. Ich weiß immer noch nicht, ob das Ernst sein sollte oder nicht.«

»Ach, Bob.« In einem Ton, als wäre Bob ein kleines Kind. »Jetzt ruf ich mit so guten Nachrichten an. Verderben wir uns doch die Freude nicht mit den alten Kamellen.«

»Alte Kamellen? Diese alten Kamellen sind mein Leben.«

»Mensch, Bobby.«

»Hör mal, Jim, ich sage ja nur, dass es mir lieber wäre, du hättest mich damit verschont, wenn es nicht mal stimmt. Warum machst du so etwas?«

»Bob. Himmelarsch.«

Bob legte auf. Jim rief nicht noch einmal an.

Ein Monat verging ohne Kontakt zwischen den Brüdern. Dann, an einem sonnigen, windigen Tag, als Abfallreste die Gehsteige entlangfegten und die Leute ihre Mäntel eng an den Körper rafften, überkam Bob bei der Rückkehr aus seiner Mittagspause plötzlich Erleichterung bei einem Gedanken, der zwar nicht neu war, ihm aber erst jetzt den Kern zu treffen schien. Er rief Jim in seiner Kanzlei an. »Du bist der Ältere, aber das heißt nicht, dass du dich besser erinnern kannst, Jim. Es heißt nicht, dass du recht hast. Wenn man als Strafanwalt etwas lernt, dann, wie oft die Erinnerung trügt.«

Jim seufzte laut. »Hätte ich bloß das Maul gehalten.«

»Hast du aber nicht.«

»Ja, ich weiß.«

»Aber du könntest dich *irren*. Ich meine, du musst dich irren. Mom wusste doch auch, dass ich es war.«

Schweigen. Dann, gedämpft: »Ich irre mich nicht, Bob. Und Mom dachte, dass du es warst, weil ich es so hingedreht habe. Das habe ich dir doch alles erklärt.«

Ein Schauder durchlief Bob, in seinem Magen zog sich etwas zusammen.

Jim sagte: »Ich hab nachgedacht. Vielleicht brauchst du Hilfe. Als du nach New York kamst, hattest du doch diese Therapeutin, Elaine. Du mochtest sie. Sie hat dir geholfen.«

»Mit meiner Vergangenheit, ja.«

»So jemanden solltest du dir wieder suchen. Jemanden, der dir jetzt helfen kann.«

»Und du?«, fragte Bob. »Wen suchst du dir? Du warst ein Häuflein Elend da oben. Brauchst du vielleicht keine Hilfe mit deiner Vergangenheit?«

»Nein. Nein, offengestanden nicht, Bob. Die Vergangenheit ist vorbei. Daran ändern wir nichts mehr. Es ist, wie's ist … Und ganz ehrlich, Bobby, das soll jetzt nicht kaltschnäuzig klingen, aber ist es wirklich so wichtig, wie es passiert ist? Das hast du selber gesagt. Wir sind nun mal an diesem Punkt angekommen, und jetzt machen wir irgendwie weiter.«

Bob antwortete nicht.

»Helen fragt nach dir«, sagte Jim schließlich. »Du solltest dich mal wieder blicken lassen.«

Bob ließ sich nicht blicken. Ohne Jim etwas davon zu sagen, packte er seine Siebensachen und zog in eine Wohnung an der Upper West Side.

Ein Unbehagen folgte Helen, als ginge ein Schatten hinter ihr her, und wenn Helen stehen blieb, wartete der Schatten einfach. Der einzige Grund, den sie dafür fand – und sie grübelte oft darüber nach –, war, dass Zach seine Mutter verlassen hatte. Warum sie das so belastete oder, präziser, warum es Jim so belastete, begriff sie nicht. »Es ist doch schön, dass er bei seinem Vater ist, findest du nicht?«

»Natürlich«, sagte Jim. »Jeder sollte einen Vater haben.« Der Ton, in dem er es sagte, war ungut.

»Und diese Anklage gegen ihn ist fallengelassen worden. Du müsstest doch überglücklich sein.«

»Wer ist hier nicht glücklich, Helen?«

»Wo steckt eigentlich Bobby in letzter Zeit?«, fragte Helen. »Ich habe ihn im Büro angerufen, und er hat auf diese typische Art rumgedruckst und gesagt, er hätte viel um die Ohren.«

»Er weint irgend so einer Tussi nach.«

»Das hat ihn bisher auch nie davon abgehalten, zu uns zu kommen.« Und Helen fügte hinzu: »Es war nicht richtig von dir, ihm zu sagen, dass er Pam nicht aufgeben muss. Sarah hatte völlig recht, das nicht zu akzeptieren. Ich würde auch keinen Mann heiraten wollen, der ständig mit seiner Exfrau redet.«

»Musst du ja auch nicht, oder?«

»Warum bist du zurzeit immer so schlecht gelaunt, Jimmy?« Helen klopfte ein Kopfkissen auf. »Ana hat offenbar mal wieder ihre schlampige Phase.«

Jim ging an ihr vorbei in sein Arbeitszimmer. »Mir steht meine Arbeit einfach bis hier.«

Sie folgte ihm. »Hör mal, Jim. Du musst nicht in dieser Kanzlei bleiben. Wir haben genug Geld. Auch wenn es in den Nachrichten ja klingt, als würde das Land direkten Wegs in den Abgrund steuern.«

»Wir haben drei Kinder im Studium, Helen. Und vielleicht wollen sie hinterher ja noch weitermachen.«

»Wir haben das Geld doch.«

»*Du* hast das Geld. Und hast die Hand draufgehalten, von unserem ersten Tag an – nicht, dass ich dir das vorwerfe. Nur sag nicht, *wir* haben das Geld. Wobei *wir* es dank meiner Einkünfte ja sogar haben.«

»Herrgott noch mal, Jim. Das ist wichtig. Wenn du deine jetzige Arbeit wirklich so wenig magst …«

Er drehte sich zu ihr um. »Ich mag sie wirklich so wenig, stell dir vor. Wie kann dich das überraschen, Helen? Ich hab's dir oft genug gesagt. Ein Anwalt im schnieken Anzug, der einen schnieken Mandanten trifft. Ein Pharmakonzern hat seine Kapseln mit irgendwelcher Giftscheiße gefüllt und braucht jetzt den großen Jim Burgess. Der so groß auch nicht mehr ist. Egal, man vergleicht sich ja eh. Trotzdem steh ich als Anwalt einer Firma da, die Giftpillen an – an Leute in *Shirley Falls* verfüttert, im Zweifel! Verflucht, Helen, das ist doch alles nicht neu! Hörst du mir denn nicht zu?«

Helens Gesicht fing an zu brennen. »Ist ja gut. In Ordnung. Aber musst du deshalb gleich grob werden?«

Jim schüttelte den Kopf. »Entschuldige. Ach, Helen. Es tut mir leid. Wirklich.« Er fasste sie an der Schulter, zog sie an sich. Sie spürte seinen Herzschlag, sah durch die Terrassentür ein

Eichhörnchen über das Balkongeländer laufen, das Krallentrippeln eilig, vertraut. Warum wirst du gleich so grob? Die Worte rührten an etwas in ihrer Erinnerung. (Monate später kam sie darauf. Debra-ohne, die ihren Mann fragte: Warum hackst du heute so auf mir rum?)

2

In Shirley Falls ließ der Frühling sich mehr Zeit. Die Nächte waren kalt, aber die Kraft, mit der das Morgenlicht den schwarzen Horizont aufbrach, der feuchte Hauch, der sich sanft auf die Haut legte, schienen schon den Sommer vorwegzunehmen und füllten die Luft mit quälender Verheißung. Auch Abdikarim, der sein Morgengebet noch im Dunkeln verrichtete, spürte die schmerzliche Süße dieser Jahreszeit, wenn er durch die Straßen zu seinem Café ging. Für Susan auf der anderen Seite der Stadt war der Morgen die Zeit, in der sie wieder von Neuem begriff, dass Zachary fort war. Beim Aufwachen musste sie erst die Wellen der Panik glätten, die noch in ihr schlugen, aus Träumen, an die sie keine Erinnerung mehr hatte, aber von denen ihr Nachthemd schweißnass war. An solchen Morgen verließ sie das Haus und fuhr zum Lake Sabbanock, wo sie zwei Meilen laufen konnte, ohne jemandem zu begegnen außer dann und wann einem Eisfischer, der seinen Bretterverschlag mit dem Pick-up bis ans Ufer des noch teilweise zugefrorenen Sees zog, und dann nickte sie und ging weiter, immer versteckt hinter ihrer Sonnenbrille – ging weiter, um diese Panik zu beschwichtigen, die Panik und ein Gefühl, als hätte sie ein so fürchterliches Unrecht begangen, dass sie nur auf diesem matschigen Trampelpfad unbeobachtet sein konnte in ihrer Schande, denn sobald sie unter Leute käme, würden sie mit dem Finger auf sie zeigen, sie als Geächtete erkennen, als Kriminelle. Sie hatte nichts verbrochen, das wusste sie selbst. Der Eisfischer würde nicht die Polizei verständigen, niemand würde im Laden auf sie warten und sagen: »Kommen Sie bitte mit, Mrs. Olson.« Aber ihre Träume sprachen eine andere Sprache. In ihren Träumen bewohnte sie (schon seit langem vermutlich) eine Gefahrenzone, in der kein Bereich ihres Lebens von der Auflösung verschont blieb; verlassen von ihrem Mann, ihrem Sohn, von der Hoffnung selbst, war ihr Platz fortan im Land der unsagbar Einsamen, deren Anblick die Gesellschaft nicht duldete. Die beiden Wunder – dass ihr Sohn lebte und dass die Bundesanwaltschaft ihre Anklage hatte fallenlassen – wurden durch die nachwirkende Traurigkeit ihrer nächtlichen Träume nicht so sehr geschmälert wie überdeckt. Ganz blind war sie dabei nicht für die Schönheit ringsum, für das Sonnenlicht, das auf dem stillen See glitzerte, die kahlen Bäume – schön war es, das wohl, aber sinnlos und weit weg. Die meiste Zeit hielt sie den Blick auf die schlammigen Wurzeln gesenkt; der Pfad, unwegsam, weil von so wenigen Füßen beansprucht, erforderte ihre volle Konzentration. Vielleicht fand sie über diese Konzentration in den Tag.

Vor Jahren, als sie an der Universität ihren späteren Mann kennengelernt hatte – sie in ihrem Abschlussjahr, er ein Studienanfänger aus der kleinen Mühlenstadt New Sweden ganz im Norden –, hatte er sie damit verblüfft, dass er transzendentale Meditation praktizierte, eine damals noch sehr junge Mode. Jeweils eine halbe Stunde morgens und abends durfte man ihn nicht stören, und sie hielt sich daran, nur einmal kam sie an einem Samstagvormittag ins Zimmer, als er mit leerem Blick im Schneidersitz auf dem Bett saß. »Gott, entschuldige«, stieß sie hervor und flüchtete, so peinlich berührt von dem Anblick, als hätte sie ihn beim heimlichen Onanieren ertappt – was ihr viele Jahre später tatsächlich passierte. Aber in der ersten Zeit ihrer Ehe verriet er ihr – ein Geschenk, ein Vertrauensbeweis, denn eigentlich durfte er es niemandem sagen – das Wort, das er bei seiner Meditation wiederholte, ein Wort, für das er einem

Guru viel Geld gezahlt hatte, ein Wort, auf das der Guru Steves »Energien« ausgerichtet hatte. Das Wort war »Om«.

»Om?«, sagte sie.

Er nickte.

»Das ist das Wort nur für dich?«

Als sie sich jetzt wieder hinters Lenkrad setzte, auf den sonnengewärmten Sitz, dachte sie, dass sie damals womöglich gar nichts verstanden hatte und dass es kein so großer Unterschied war, ob man ins Leere starrte und »Om« dachte oder ob man einen Weg entlangging und sich auf den nächsten Schritt konzentrierte. Vielleicht meditierte Steve ja heute noch. Vielleicht hatte Zachary es von ihm übernommen. Sie konnte eine Mail schicken und ihn fragen. Nein, besser nicht. Ihre E-Mails waren zaghaft, höflich. Mutter und Sohn, die einander nie zuvor geschrieben hatten, mussten eine neue Sprache lernen, und beide waren zutiefst befangen dabei.

Die Vermisstenanzeige bei der Polizei hatte eine kleine Zeitungsnotiz über Zachary Olsons Verschwinden zur Folge gehabt. Kurz darauf wurde gemeldet, Zachary halte sich im Ausland auf. Das stiftete Verwirrung unter den Stadtbewohnern, von denen einige der Meinung zu sein schienen, dass Zachary sich durch seine Flucht erfolgreich um seine gerechte Strafe gedrückt habe. Charlie Tibbetts durchbrach seine eigene Nachrichtensperre und stellte in einer Presseerklärung klar, dass Zachary nicht, wie von manchen behauptet, gegen seine Kautionsauflagen verstieß. Die Kaution war für ein Bagatellvergehen erhoben worden, und dafür war es nicht erforderlich, dass er im Lande blieb. Charlie teilte außerdem mit, dass die Bundesanwaltschaft die Ermittlungen gegen seinen Mandanten eingestellt habe und dass diese Entscheidung zu respektieren sei.

Polizeichef Gerry O'Hare für seinen Teil betonte, sein Anliegen sei die Sicherheit in der Gemeinde. Er ermutige auch weiterhin alle Bürger, Meldung zu machen, sobald sie sich in dieser Sicherheit in irgendeiner Weise bedroht fühlten. (Seiner Frau gegenüber gestand er Erleichterung ein. »Hauptsache, der Junge ist rechtzeitig zur Verhandlung wieder da. Oder er bleibt gleich ganz drüben. Diesmal sind wir mit einem blauen Auge davongekommen, die Stadt hat sich enorm gut geschlagen, aber einmal reicht.« Seine Frau sagte, es würde Susan das Herz brechen, wenn der Junge gar nicht mehr heimkam, aber irgendwie sei das ja auch ungesund gewesen mit den beiden, ob Gerry das nicht finde? Dieses ständige Aneinanderkleben.)

Die Zeitungsmeldungen waren im Februar erschienen, und im April wurde der Name Zachary Olson kaum noch erwähnt. Einige der Ältesten in der Somali-Gemeinschaft grollten zwar nach wie vor; sie waren sogar zu Rick Huddleston vom Büro gegen Rassendiffamierung gegangen, und Rick Huddleston hatte geschäumt vor Wut, aber es war nichts zu machen gewesen. Abdikarim schäumte nicht. Für ihn war der lange, magere dunkeläugige Junge, den er im Gerichtssaal gesehen hatte, keine Bedrohung mehr, kein Verrückter, *wiil waal*, sondern einfach nur *wiil*, ein Junge. Ein Junge, dem Abdikarims Herz nun entgegenschlug, seit diesem Tag im Gerichtssaal schon, da hatte es angefangen, durch den ganzen Saal hatte Abdikarims Herz für diesen langen, mageren Jungen geschlagen. Er hatte die Zeitungsfotos von ihm gekannt. Aber als er ihn dann im wahren Leben sah, erst stehend neben seinem Anwalt und dann im Zeugenstand sitzend, mit diesem Glas Wasser, das er verschüttete, war über Abdikarim ein stummes Erstaunen gekommen. Er musste daran denken, wie er sich Schnee vorgestellt hatte. Als kalte, weiße Masse, die den Boden bedeckte. Aber das hatte nicht gestimmt. Lautlos und fiedrig und geheimnisvoll war er vom Nachthimmel geschwebt, Abdikarims erster Schnee.

Und hier war dieser Junge, lebend und atmend, seine dunklen Augen schutzlos, angreifbar, und er entsprach in keiner Weise Abdikarims Vorstellung. Was in aller Welt den Jungen dazu getrieben haben mochte, einen Schweinekopf durch die Moschee zu rollen, würde für Abdikarim ein ewiges Rätsel bleiben, aber es war ganz sicher nicht die Macht des Bösen. Er begriff, dass andere, seine Nichte etwa, Haweeya, unbeeindruckt blieben von der Furcht, die den Jungen in ihrem Griff hielt. (Aber Haweeya hatte ihn nicht erlebt!) Also schwieg Abdikarim, auch wenn er zu wissen glaubte, dass die Furcht bis ins Innerste des Jungen hinabreichte, und sein Herz, sein müdes, wehes Herz, ihm quer durch den Gerichtssaal entgegengeschlagen hatte.

Margaret Estaver war es, die Abdikarim erzählte, dass der Junge jetzt in Schweden bei seinem Vater wohnte, und sein ganzer Körper wurde warm vor Freude. »Gut, sehr gut«, sagte er der Pastorin. Viele Male am Tag dachte er daran, dass der Junge bei seinem Vater in Schweden war, und jedes Mal wurde sein Körper warm vor Freude.

»Es ist gut. Eine gute Sache. *Fiican xaalad.*« Margaret lächelte übers ganze Gesicht, als sie es sagte. Sie standen auf dem Gehsteig vor ihrer Kirche. Im Keller der Kirche war die Essensausgabe. Es waren hauptsächlich die Bantu-Frauen, die sich zweimal die Woche um Cornflakes und Kräcker anstellten, um Salatköpfe, Kartoffeln und Papierwindeln. Abdikarim sprach nicht mit ihnen, aber wenn er an der Kirche vorbeikam und Margaret Estaver sah, blieb er manchmal stehen und unterhielt sich mit ihr. Sie übte tapfer Somali, und ihre Bereitschaft, sich zu blamieren, erfüllte sein Herz mit Zärtlichkeit. Ihretwegen gab er sich neue Mühe mit seinem Englisch.

»Kann er zurückkommen?«, fragte er die Pastorin.

»Natürlich, das sollte er sogar. Allerspätestens zum Prozessbeginn. Andernfalls kriegt er gleich den nächsten Ärger. Er muss hier sein«, sagte Margaret, als sie Abdikarims verwirrten

Gesichtsausdruck sah, »wenn sein Fall vor Gericht verhandelt wird.«

»Erklären Sie das, bitte«, sagte Abdikarim. Er hörte zu und fragte dann: »Und wie nimmt man die Anklage weg, so wie die andere Anklage?«

»Die andere ist nie erhoben worden, deshalb musste sie auch nicht abgewiesen werden. Was passieren muss, damit der Bezirksanwalt seine Anklage fallenlässt – ich weiß nicht, ob das möglich ist.«

»Können Sie es herausfinden?«

»Ich kann's versuchen.«

Ansonsten verbrachte Abdikarim die Tage in seinem Café oder auf dem Gehsteig davor und redete mit den Männern, die sich dort versammelten. Jetzt, wo es wärmer wurde, konnten sie es länger im Freien aushalten; sie fühlten sich wohler im Freien. In Mogadischu wurde gekämpft, das war das große Thema unter ihnen. Eine Familie, die zwei Jahre lang in Shirley Falls ausgeharrt hatte, war – zermürbt vom Heimweh – im Februar mit Sack und Pack nach Mogadischu zurückgekehrt. In letzter Zeit hatte man nichts mehr von ihnen gehört, und nun hatten sich die Befürchtungen bestätigt: Sie waren bei den Kämpfen umgekommen. Vor einer Woche hatten die Aufständischen das Regierungsgebäude unter Beschuss genommen, dazu den Präsidentenpalast und das Verteidigungsministerium, wo die Äthiopier einquartiert waren, und die Äthiopier hatten wütend und wahllos das Feuer erwidert und über tausend Menschen getötet, samt ihren Tieren. Nachrichten dieser Art kamen über Handys, sie kamen über das Internet, das die Stadtbücherei von Shirley Falls zur Verfügung stellte, und sie kamen über die täglichen Berichte auf dem Kurzwellensender 89.8 FM aus Garowe, der Hauptstadt von Puntland. Und noch etwas machte den Männern Sorgen: Die Vereinigten Staaten unterstützten Äthiopien. Der Präsident, die CIA – mussten sie dann nicht beteiligt sein? Es war gar nicht anders denkbar. Somalia gewährte Terroristen Unterschlupf, behaupteten sie. Der Islam war eine Friedensreligion, und die Männer vor Abdikarims Café klangen trotzig und beschämt.

Abdikarim hörte ihnen zu, und er fühlte dasselbe wie sie. Aber vielleicht wurde er allmählich senil, dachte er, denn verstohlen regte sich in seinem Herzen noch etwas anderes, und wenn es nicht Hoffnung war, so hätte es doch der Bruder der Hoffnung sein können. Sein Land war krank, es lag in Krämpfen. Statt von Helfern war es von heimtückischen Verrätern umgeben. Aber in kommenden Jahren – die er selbst nicht mehr erleben würde, das wusste er – würde sein Land wieder stark und gut sein. »Ihr müsst eins bedenken«, sagte er den Männern. »Somalia war das letzte afrikanische Land, in dem das Internet eingeführt wurde, aber in sieben Jahren hat es die höchste Wachstumsrate erreicht, und niemand hat so billige Mobilfunktarife wie wir. Seht euch in dieser Straße um, wenn ihr einen Beweis für die Intelligenz der Somali braucht.« Er schwenkte den Arm, zeigte auf die neuen Läden, die im Lauf des Winters in Shirley Falls aufgemacht hatten. Ein Übersetzungsbüro, noch zwei Cafés, ein Geschäft, das Telefonkarten verkaufte, eine Sprachenschule für Englisch.

Aber die Männer wandten den Blick ab. Sie wollten nach Hause. Abdikarim verstand das nur zu gut. Trotzdem, er kam nicht gegen dieses Gefühl an, als würde sich in seiner Seele etwas öffnen, jeden Tag ein bisschen weiter, so wie der Horizont jeden Tag ein paar Augenblicke länger offen blieb.

3

Pams Tage waren mit so vielen Terminen, Besorgungen, Partys und Spielnachmittagen angefüllt, dass ihr, wie sie zu ihrer Freundin Janice sagte, zum Denken keine Zeit blieb. Doch jetzt litt sie an Schlaflosigkeit, was ihr jede Menge Zeit zum Denken verschaffte, und es trieb sie zum Wahnsinn. Hormone, riet ihr Janice. Lass deinen Hormonspiegel überprüfen und dir welche verschreiben. Aber Pam hatte sich schon mit Hormonen vollgepumpt, um ihre Jungs empfangen zu können. In dieser Hinsicht war sie genügend Risiken eingegangen, es reichte ihr. Also lag sie nachts wach, und zeitweise war das ein sonderbar friedliches Gefühl, die Dunkelheit warm, wie gesättigt vom unsichtbaren Violett ihrer Steppdecke, so dass Pam in einem Kokon kindlicher Geborgenheit Rückschau hielt auf ein Leben, das ihr verblüffend lang erschien; sie staunte, dass sich so viele Leben in eins packen ließen. Sie spürte sie eher, als dass sie sie benennen konnte: der Fußballplatz hinter der Highschool im Herbst, der magere Oberkörper ihres ersten Freundes, unglaublich kam ihr diese Unschuld jetzt vor, wobei die sexuelle Unschuld fast noch am geringsten wog, unmöglich, sie zu benennen, die zaghaften, ernsten, brennenden Hoffnungen eines jungen Mädchens damals im ländlichen Massachusetts – und dann Orono und die Uni und Shirley Falls und Bob, und Bob, und Bob, die erste Untreue (und da war es, das Ende der Unschuld, die beängstigende Freiheit des Erwachsenseins mit all seinen Irrungen und Wirrungen!) und dann eine neue Ehe und ihre Söhne. Ihre Söhne. Nichts ist je so, wie man es sich vorstellt. Ein sehr simpler und sehr unheimlicher Gedanke. Die Variablen waren zu groß, die Ausprägungen zu unterschiedlich, es war ein zu weiter Weg von den verschwommenen Sehnsüchten des Herzens zu den unwandelbaren Gegebenheiten der physischen Welt: dieser violetten Steppdecke und ihrem leise schnarchenden Ehemann. Um die Veränderungen in ihrem Leben besser zu verstehen, malte sie sich manchmal aus, wie sie ihren Freund aus der Highschool wiedertraf (vielleicht in dem Imbiss neben dem Pflegeheim ihrer Mutter, sie beide am Tresen lehnend, seine Augen voll verhaltener Neugier) und ihm alles erzählte. Dies ist passiert, und dann das, und das. Es würde nicht gänzlich den Tatsachen entsprechen. Sie glaubte nicht, dass sich irgendetwas so erzählen ließ, dass es gänzlich den Tatsachen entsprach. Kraftlose Worte, gutgemeinte Tupfer auf der weitgespannten Leinwand eines Lebens mit all ihren Beulen und Knoten … Was für Worte würde sie wählen, um ihre Erfahrung vor ihm auszubreiten? Dass er seine eigene Erfahrung haben würde, interessierte sie längst nicht so sehr, keine Frage. Zerknirscht – aber freimütig, denn sie war ja allein in ihrem violetten Dunkel – gestand sie sich ein, dass es nicht die Erfahrung eines anderen war, die sie drehen und wenden und ausleuchten und verschlingen wollte, nur ihre eigene.

Ihre Gedanken zerfaserten, verliefen sich.

Dann benötigte sie all ihre Energie, um nicht an ihre zum Skelett abgemagerte Mutter im Pflegeheim zu denken, an diese trüben, verwirrten Augen, ohne Begreifen, wie Pam dachte, Mom, ach, Mom. Oder – sie drehte sich um, zog die Decke mit sich – an diese beiden (jungen) Mütter, die nie nett zu ihr waren, wenn sie auf dem Gehsteig vor der Schule Konversation mit ihnen machte, während sie alle auf den Gong warteten. Woran lag das? Was hatten sie gegen sie?

Und so weiter.

Lesen war das beste Mittel, wenn sie an diesen Punkt kam, und so knipste sie ihre winzige Leselampe an und begann das Buch über Somalia, von dem bei dieser feudalen Dinnerparty die Rede gewesen war, bevor die Südstaatenlady ihren Ausraster hatte. Anfangs langweilte die Geschichte sie, aber dann nahm sie Fahrt auf, und Pam bekam es mit der Angst. Unglaublich, was sie alles nicht wusste – unglaublich, dass es solche Leben überhaupt gab. Gleich am Morgen wollte sie Bob deswegen anrufen, aber das war der Morgen, an dem sie erfuhr, dass ihre Stelle im Krankenhaus abgebaut werden sollte, und daraufhin bekam Pam es richtig mit der Angst.

Irgendwie – wahrscheinlich waren alte Jugendphantasien daran schuld – setzte sich in ihr die Idee fest, dass sie ja Krankenschwester werden könnte. Und so erwog Pam ein paar Wochen lang ernsthaft eine Schwesternausbildung, sah sich Spritzen aufziehen und Blut abnehmen, sah sich, gestreift von den respektvollen Blicken der Ärzte, in der Notaufnahme den blauvioletten Arm einer alten Frau halten oder (vielleicht war Botox doch nicht so grundsätzlich abzulehnen) beruhigend auf verzweifelte junge Eltern einreden, so jung wie die beiden Mütter vor der Schule, die so unnett zu ihr waren. Sie sah sich durch die Schwingtür eines OP-Saals treten, jede ihrer Bewegungen kompetent und bestimmt. (Nur schade, dass es die weiße Schwesterntracht mit Häubchen nicht mehr gab; heutzutage liefen sie so unordentlich herum, alle möglichen albernen Turnschuhe waren erlaubt, und dazu diese Schlabberhosen.) Sie sah sich Bluttransfusionen verabreichen, sah sich mit Klemmbrett in der Hand, sah sich Fläschchen mit Medikamenten aufreihen.

Ich kann mir nichts Grässlicheres vorstellen, sagte Janice. Krankenschwestern sind nur am Rennen, zwölf Stunden am Stück und mehr. Und was ist, wenn dir ein Fehler passiert?

Wie hatte sie daran nicht denken können? Natürlich würde ihr ein Fehler passieren. Andererseits wurden Leute mit viel weniger Intelligenz als sie Krankenschwestern, sie sah sie doch ständig auf den Krankenhausgängen, kaugummikauende, schwerlidrige Geschöpfe – oh, aber gesegnet mit dem Selbstvertrauen der Jugend. Ein Königreich für das Selbstvertrauen der Jugend!

Doch letztlich, das war das einzige Fazit nach Wochen sinnlosen Kopfzerbrechens, letztlich (selbst bei Teilzeit, es half nichts) würde sie ihre Jungs einfach zu sehr vermissen. Es vermissen, ihnen bei den Hausaufgaben zu helfen (obwohl es sie immer zu Tode langweilte), es vermissen, bei ihnen daheimzubleiben, wenn sie krank waren oder schneefrei hatten, und während ihrer Schulferien würde sie lernen müssen. Außerdem besaß Pam, anders als ihre Exschwägerin Helen, kein Händchen für Hausangestellte, und ohne die brauchte sie über eine Schwesternausbildung gar nicht erst nachzudenken. Sie verschliss Babysitter und Haushälterinnen im Rekordtempo. Sie behandelte sie überfreundlich, nur um sich sofort von ihnen ausgenützt zu fühlen. Dann feuerte sie sie kurzentschlossen, drückte ihnen Geld in die Hand und schüttelte den Kopf, wenn sie sich über diese Überraschung empört zeigten. Nein, es konnte nicht funktionieren. Zum Trost gönnte sie sich einen neuen Haarschnitt und war dann unglücklich über den Winkel, in dem ihr das Haar in die Stirn fiel.

Sie rief Bob im Büro an und setzte ihm ihr Problem auseinander. »Ich weiß auch nicht, Bob. Vielleicht will ich ja gar nicht wirklich Krankenschwester werden. Vielleicht interessiert mich einfach nur die Theorie. Anatomie. Wie damals im College.«

Ein langes Schweigen, dann sagte er: »Pam, dazu fällt mir nicht sehr viel ein. Schreib dich für einen Anatomiekurs ein, wenn es das ist, was du möchtest.«

»Warte mal, Bobby. Bist du sauer auf mich?« An diese Möglichkeit hatte Pam überhaupt noch nicht gedacht. Seit Jahren rief sie Bob an, wann immer ihr danach war; er wies sie nie ab und hörte geduldig zu; anders kannte sie es nicht. Sie sagte: »Du hast dich an Weihnachten nicht blicken lassen, was die Jungs schon ein bisschen verletzt hat, und ich hab dich seit einer halben Ewigkeit nicht mehr gesehen. Und, ja, wenn ich jetzt darüber nachdenke – am Telefon warst du auch jedes Mal ziemlich kurz angebunden, um ehrlich zu sein. Bist du wieder mit Sarah zusammen? Ich weiß, dass sie etwas gegen mich hatte.«

»Nein, ich bin nicht wieder mit Sarah zusammen.«

»Was ist dann los? Was habe ich gemacht?«

»Es ist einfach viel los zurzeit, Pam. Jede Menge Zeug.«

»Sag mir wenigstens kurz, ob Zachary noch bei seinem Vater ist. Und was ist aus der Anklage geworden?«

»Die Bundesanwaltschaft hat sie fallenlassen.«

»Echt? Das heißt, er ist für nichts und wieder nichts getürmt?«

»Ich würde nicht sagen, dass mit seinem Vater zusammen zu sein nichts ist.«

»Stimmt auch wieder. Was macht Susan?«

»Susan ist Susan.«

»Bob, ich wollte dir von diesem Buch erzählen, das ich mir gekauft habe, von dieser Somali-Autorin. Inzwischen bin ich durch damit, oder jedenfalls fast, und es ist ziemlich verstörend.«

»Erzähl mir von dem Buch, Pam. Aber fass dich kurz, ich habe gleich eine Besprechung. Wir haben einen jungen Anwalt hier, der ein bisschen Anleitung braucht.«

»Ja, ja, ich muss auch zig Sachen erledigen. Aber diese Autorin nimmt kein Blatt vor den Mund über den Irrwitz, den du als Frau in Somalia auszustehen hast. Du kriegst ein uneheliches Kind, und dein Leben ist vorbei. Buchstäblich. Du kannst auf der Straße verrecken, und es kümmert keine Sau. Und dann, das ist wirklich grauenhaft, sie nehmen diese fünfjährigen Mädchen, und sie *beschneiden* sie, sie verstümmeln sie untenrum richtig und nähen es dann zu. Die Mädchen können kaum noch pinkeln. Und stell dir vor, wenn ein Mädchen beim Pinkeln zu laut plätschert, dann dürfen alle anderen sie verspotten.«

»Pam, das ekelt mich an.«

»Mich auch! Ich meine, man möchte ihre Lebensweise ja gern respektieren, aber wie soll man so etwas respektieren? Die Mediziner sind natürlich auch im Zwiespalt, denn manche von diesen Frauen wollen wieder zugenäht werden, nachdem sie ein Kind bekommen haben, und darauf sind die westlichen Ärzte nicht gerade scharf. Verrückt, oder? Da fragst du dich doch. Die Frau, die das Buch geschrieben hat – ich kann ihren Namen nicht aussprechen –, wird mit dem Tode bedroht, kein Wunder bei dem, was sie alles enthüllt. Warum sagst du nichts, Bob?«

»Weil ich mich erstens frage, wann du so geworden bist, Pam. Ich dachte, du machst dir Gedanken um diese Menschen, um ihre Parasiten, ihre Traumatisierung …«

»Tu ich doch.«

»Nein! Solche Bücher sind Wasser auf die Mühlen der Rechten, merkst du das nicht? Liest du keine Zeitung mehr? Und zweitens: Ich habe ein paar von diesen sogenannten Verrückten bei Zachs Verhandlung erlebt. Und soll ich dir was verraten, Pam? Das sind keine Verrückten. Sie sind nur am Ende ihrer Kraft. Und sie sind es nicht zuletzt deshalb, weil Leute wie du in ihren Lesesalons irgendwelche Schauergeschichten über die strittigsten Aspekte ihrer Kultur lesen und sie dann dafür hassen, denn das ist das, was wir ignoranten, weinerlichen Amerikaner uns seit dem Tag, als die Türme eingestürzt sind, insgeheim doch am meisten wünschen: einen Freibrief dafür, sie zu hassen.«

»Ach, leck mich doch«, fauchte Pam. »Ich fass es nicht. Die Brüder Burgess, Anwälte für die ganze bekackte Welt.«

Bobs neue Wohnung lag in einem Hochhaus mit Portier. Er hatte noch nie zuvor in einem Haus mit Portier oder auch in einem Haus dieser Größe gewohnt, und er merkte sofort, dass es die richtige Entscheidung gewesen war. Die Fahrstühle waren bevölkert mit Kindern und Kinderwagen und Hunden und alten Leuten, mit Männern im Anzug und Frauen mit Aktentaschen, die Haare morgens noch feucht vom Duschen. Es war, als wäre er in eine neue Stadt gezogen. Er wohnte im achtzehnten Stock, gegenüber einem alten Paar, Rhoda und Murray, die ihn in seiner ersten Woche auf ein Willkommensglas einluden. »Unsere ist die beste Etage«, sagte Murray. Er hatte eine dicke Brille und einen Gehstock, mit dem er im Zimmer herumfuchtelte. »Ich schlafe bis mittags, aber Rhoda steht immer schon um sechs auf und mahlt ihren Kaffee, dass es die Toten aufweckt. Haben Sie Kinder? Geschieden? Und wenn schon, Rhoda ist auch geschieden, ich hab sie mir vor dreißig Jahren gekrallt, wer ist heutzutage nicht geschieden?«

»Was soll's«, sagte Rhoda zum Thema Kinderlosigkeit. Sie schenkte ihm Wein ein (seinen ersten Wein seit Wochen). »Meine Kinder sind Nervensägen. Ich liebe sie, ich könnte sie an die Wand klatschen. Ich habe nur diese Cashewnüsse da, weiß der Teufel, wie alt.«

»Setz dich hin, Rhoda. Er soll froh sein, dass er Cashews bekommt.« Murray hatte sich in einem großen Sessel niedergelassen, den Stock griffbereit neben sich auf dem Boden. Er prostete Bob zu.

Rhoda ließ sich aufs Sofa fallen. »Haben Sie schon das Ehepaar am Ende des Flurs kennengelernt? Einer von ihren kleinen Jungen hat dieses, Gott, wie heißt das gleich wieder?« Sie schnippte mit den Fingern. »Das, wo die Wirbelsäule nicht richtig wächst. Die Mutter ist eine Heilige, der Mann auch ganz reizend. Burgess? Doch nicht mit Jim Burgess verwandt? *Im Ernst?* Ach, was für ein Prozess! Schuldig, der Mistkerl, natürlich, aber was für ein Prozess, mein Gott, wir haben keinen einzigen Tag versäumt.«

Als er wieder bei sich drüben war, rief er Jim an.

»Klar weiß ich, dass du umgezogen bist«, sagte Jim.

»Das wusstest du?«

»Was denkst du denn? Ich bin an deinem Haus vorbeigekommen, und da hingen Gardinen in den Fenstern, es sah bewohnt aus, also wusste ich, dass du dich vom Acker gemacht hast. Ein Ermittler bei uns in der Kanzlei hat deine Adresse für mich festgestellt. Was soll eigentlich immer diese unterdrückte Nummer? Wenn bei uns auf dem Display UNBEKANNT erschien, war doch eh klar, dass du's bist. Was ist da der tiefere Sinn?«

Der tiefere Sinn war, kein Burgess sein zu müssen. Damals in der Wally-Packer-Zeit hatte Pam es sattgehabt, ständig Leute abzuwimmeln, die wissen wollten, ob sie mit Jim Burgess verwandt waren. »Es ist mir lieber so«, sagte Bob jetzt.

»Du hast Helens Gefühle verletzt. Du rufst nie mehr an. Und du bist umgezogen, ohne ein Wort zu sagen. Ich habe dich mit furchtbarem Liebeskummer entschuldigt, nur dass du Bescheid weißt.«

»Warum hast du ihr nicht den wahren Grund gesagt?«

Schweigen. Dann: »Und der wäre? Ich bin nicht informiert über den *wahren Grund*, warum du umgezogen bist, Goofy.«

»Weil du mich völlig aus dem Lot gebracht hast, verdammt, Jim. Hast du ihr davon erzählt?«

»Noch nicht.« Jim seufzte ins Telefon. »Himmel. Sag mal, hast du in letzter Zeit Susan gesprochen? Sie klingt ziemlich einsam.«

»Ist sie ja auch. Ich hab vor, sie einzuladen.«

»Hierher? Susan hat in ihrem ganzen Leben noch keine New Yorker Luft geschnuppert. Na, wohl bekomm's. Wir besuchen Larry in Arizona.«

»Dann warte ich, bis ihr zurück seid.« Bob legte auf. Dass sein Bruder ihn hatte aufspüren lassen – im ersten Moment ein so schmerzlich beglückendes Gefühl –, war sofort wieder verdorben worden durch Jims Ton. Bob setzte sich auf seine Couch und starrte zum Fenster hinaus auf den Fluss, auf dem er kleine Segelboote schaukeln sah und dahinter ein größeres Boot. Er konnte sich an kein Leben erinnern, in dessen Mittelpunkt nicht als Fixstern Jim gestanden hatte.

4

Mrs. Drinkwater zögerte an Susans Schlafzimmertür, durch die sie Susan stehen sah, die Hände an den Hüften. »Kommen Sie rein«, sagte Susan. »Ich kann gerade keinen klaren Gedanken fassen.«

Mrs. Drinkwater nahm auf Susans Bett Platz. »Früher hat man in New York viel Schwarz getragen. Ich weiß nicht, ob das immer noch so ist.«

»Schwarz?«

»Früher, ja. Es ist schon hundert Jahre her, dass ich bei Peck's gearbeitet habe, aber damals kam immer mal wieder eine Frau, die ein schwarzes Kleid suchte, und ich dachte natürlich, es wäre für eine Beerdigung, und versuchte taktvoll zu sein, aber dann stellte sich heraus, dass sie nach New York fuhr. Ein paarmal ist mir das passiert.«

Susan hob ein ungerahmtes Foto von ihrem Nachttisch auf. »Er hat zugenommen«, sagte sie und hielt es der alten Dame hin, »in grade mal zwei Monaten«, und Mrs. Drinkwater sagte: »So was.«

Sie brauchte einen Moment, um zu begreifen, dass der Mensch auf dem Foto Zachary war. Er stand an einem Küchenbüfett, und er lächelte richtiggehend in die Kamera. Sein Haar war länger und fiel ihm in die Stirn. »Er sieht …« Mrs. Drinkwater biss sich auf die Zunge.

»Normal aus?«, fragte Susan. Sie setzte sich auf die andere Seite des Betts, nahm das Bild wieder an sich und betrachtete es. »Das war mein erster Gedanke, als ich es gesehen habe: Heiliger Strohsack, mein Sohn sieht wie ein normaler Mensch aus.« Sie fügte hinzu: »Es kam heute mit der Post.«

»Er sieht fabelhaft aus«, bestätigte Mrs. Drinkwater. »Dann fühlt er sich also wohl da drüben?«

Susan legte das Foto auf den Nachttisch zurück. »Anscheinend. Die Freundin seines Vaters lebt mit ihnen zusammen. Sie ist Krankenschwester, und vielleicht kann sie sogar kochen, keine Ahnung. Aber Zach mag sie. Sie hat selber Kinder in seinem Alter, die offenbar irgendwo in der Nähe wohnen. Sie unternehmen viel miteinander.« Susan sah an die Decke. »Alles gut.« Sie kniff sich in die Nase und blinzelte. Dann schaute sie durchs Zimmer, die Hände in den Schoß gedrückt. Schließlich sagte sie: »Ich wusste gar nicht, dass Sie mal bei Peck's gearbeitet haben.«

»Zwanzig Jahre lang. Eine wunderbare Zeit.«

»Ich muss den Hund füttern.« Susan blieb auf dem Bett sitzen.

Mrs. Drinkwater stand auf. »Das kann ich doch machen. Und zum Abendessen mache ich uns ein paar Rühreier, wie klingt das?«

»Sie sind sehr nett zu mir.« Susan zog die Schultern hoch und seufzte.

»Das tu ich doch gern, Kindchen. Packen Sie einen schwarzen Rollkragenpullover und ein Paar schwarze Hosen ein, dann kann nichts schiefgehen.«

Susan schaute erneut auf das Foto. Die Küche, in der Zach stand, kam ihr mehr wie ein Operationssaal vor, klare Linien und viel rostfreier Stahl. Ihr Sohn (ihr Sohn!) sah in die Kamera, auf Susan, und in seinem Blick mischte sich Offenheit mit etwas anderem, nicht Schüchternheit, eher eine Art Abbitte. Sein Gesicht, so kantig und unproportioniert bis vor kurzem, hatte etwas Anziehendes bekommen durch die volleren Wangen, die Augen groß und dunkel, der Kiefer kraftvoll, markant. Beinahe – und es war so eine sonderbare Entdeckung, dass sie gar nicht aufhören konnte, hinzuschauen –, beinahe ähnelte er dem jungen Jim. Die Freude darüber, die als Erstes in ihr aufgezuckt war, hatte seitdem einem anderen, ganz und gar unerträglichen Gefühl Platz gemacht: Verlust, gekoppelt mit einer neuen, ungeahnten Sicht auf sich selbst als Mutter und Ehefrau.

Rückblenden. Szene um Szene, wie aus der offenen Hand gezeigt, und dann schloss die Hand sich, kappte den Anfang, das Ende, den Rahmen, in den die Szenen eingebettet waren. Aber aus diesen Schnappschüssen ihrer selbst – wie sie Steve anschrie, Zach anschrie – setzte sich das Bild ihrer Mutter zusammen, und Susans Wangen brannten vor Scham. Wieso erkannte sie das jetzt erst? Die Wutausbrüche ihrer Mutter hatten die Wut für sie zu etwas Zumutbarem gemacht; der Ton, den Susan immer gehört hatte, war zu dem Ton geworden, in dem sie selber sprach. Ihre Mutter hatte nie gesagt, Susan, es tut mir leid, ich hätte nicht so mit dir reden dürfen. So dass sich auch Susan, all die Jahre später, nie dafür entschuldigt hatte, dass sie so sprach.

Und nun war es zu spät. Dass es für etwas zu spät sein kann, glaubt man immer erst, wenn es zu spät ist.

5

Die Ferienanlage, in der Helen und Jim in Arizona wohnten, lag am Fuß der Santa Catalina Mountains. Von ihrem Zimmer schauten sie auf einen riesigen Saguaro-Kaktus, der mit einem dicken grünen Arm nach oben zeigte und mit einem anderen nach unten. Sie hatten außerdem Blick auf den Pool. »Also«, sagte Helen an ihrem zweiten Morgen, »ich weiß, dass du enttäuscht warst, als Larry hierherwollte, aber ihn hier zu besuchen ist schön.«

»Du warst enttäuscht, nicht ich.« Jim las irgendetwas auf seinem Handy.

»Weil es so weit weg ist.«

»Und weil es nicht Amherst oder Yale ist.« Jetzt tippte Jim auf seinem Handy, seine Daumen flogen.

»Darüber warst du enttäuscht.«

»Nein, nicht die Spur.« Jim sah auf. »Ich habe an einer staatlichen Uni studiert, Helen. Ich habe kein Problem mit staatlichen Universitäten.«

»Du warst in Harvard. Und ich bin höchstens ein bisschen enttäuscht, dass Larry heute nicht mit uns wandern gehen will.«

»Er schreibt an seiner Seminararbeit, wie er gesagt hat. Und abends sehen wir ihn ja.«

Jim klappte sein Telefon zu, nur um es sofort wieder aufzuklappen und daraufzuschauen.

»Jimmy, was immer du da tust, hat das nicht Zeit?«

»Sekunde. Es ist für die Kanzlei, warte.«

»Aber die Sonne wird immer stärker. Und ich habe schlecht geschlafen, das habe ich dir doch gesagt.«

»Helen. Bitte.«

»Die Wanderung dauert vier Stunden, Jimmy. Gibt es keine kürzere Strecke?«

»Ich weiß, dass sie vier Stunden dauert. Und der Weg ist wunderschön, und er gefällt mir. Und du fandest ihn beim letzten Mal auch schön. Lass mich nur das hier kurz fertig machen, dann können wir.«

Als sie um elf Uhr endlich losfuhren, hatte es dreißig Grad im Schatten. Sie parkten beim Besucherzentrum, gingen dann ein langes Stück auf der Teerstraße weiter, bevor der Wanderweg abzweigte, ein staubiger Pfad, der zwischen Kakteen und Mesquitebäumen entlangführte und schließlich, über eine Reihe breiter, glatter Steine, durch den Fluss. Helen war um vier Uhr morgens aufgewacht und nicht wieder eingeschlafen. Irgendwie musste sie sich während des Abendessens, bei dem Larrys Freundin Ariel endlos von ihrem grauenerregenden Stiefvater erzählt hatte, ein paarmal zu oft von dem schweren Rotwein nachgeschenkt haben; immer weiter hatte Ariel geredet, mit atemloser Stimme, und dazu an ihren langen Haaren gezupft, und Larry hatte sie mit schmachtendem Blick fixiert. Er ging mit ihr ins Bett, sonst hätte er nicht diesen Blick, das war Helen klar. Aber warum musste es so ein hohlköpfiges Ding sein? Es stach ihr ins Herz.

»So schlimm ist sie auch wieder nicht«, war Jims einziger Kommentar. Und auch das war ein kleiner Stich in Helens Herz.

Jetzt starrte sie auf die Fersen von Jims Wanderschuhen und stapfte ihnen nach. Es war sehr heiß, und der Pfad war schmal. Eine kleine Eidechse huschte darüber. »Jimmy, wie lange gehen wir schon?«, fragte sie schließlich.

Jim sah auf seine Armbanduhr. »Eine Stunde.« Er trank aus seiner Wasserflasche, sie trank aus ihrer.

»Ich weiß nicht, ob ich bis zu den Seen durchhalte«, sagte sie.

Seine verspiegelte Sonnenbrille sah sie an. »Nein?«

»Mir ist so ein bisschen … schwummrig.«

»Schauen wir einfach, wie weit wir kommen.«

Die Sonne brannte vom Himmel. Helen machte größere Schritte auf dem steinigen Weg, der sich zwischen knorrigen Ästen und verdorrt wirkendem Gesträuch bergauf wand. Sie sprach nicht, aber als Jim sich einmal an der Wade kratzte, sah sie auf seiner Uhr, dass wieder eine halbe Stunde vergangen war. Und dann hatten sie einen kleinen Grat erreicht, und mit einem Schlag wurde die Hitze zu etwas Lebendigem, Wildem, das die ganze Zeit schon Jagd auf Helen gemacht hatte, und jetzt hatte es sie gepackt. Große dunkle Flecken erschienen in der unteren Hälfte ihres Gesichtsfelds. Sie sank auf einen kleinen Baumstumpf nieder. »Jimmy, ich werde ohnmächtig. Hilf mir.«

Er hieß sie den Kopf zwischen die Knie nehmen und gab ihr Wasser zu trinken. »Gleich geht's wieder«, sagte er, und sie sagte, nein, es ging nicht mehr. Ihr war übel. Und sie war fast zwei Stunden entfernt vom Parkplatz, vom Besucherzentrum, von jeder Rettung. Sie sagte: »Bitte ruf irgendwo an, bitte, sie brauchen eh so lang bis hierher.« Er hatte sein Handy nicht dabei, sagte er. Er gab ihr noch mal Wasser, befahl ihr, ganz langsam zu trinken, dann führte er sie den Weg zurück, den sie gekommen waren; ihre Beine zitterten so stark, dass sie mehrmals strauchelte. »Jimmy«, flüsterte sie, die Arme vor sich ausgestreckt, »oh, Jimmy, ich will nicht hier sterben.« Nicht in der Wüste Arizonas, nur wenige Meilen von ihrem Sohn – wie sie ihm die Nachricht wohl überbringen würden, fragte sie sich flüchtig, und es schauderte ihr vor dieser praktischen Seite des Todes: Man starb, und die Kinder wurden benachrichtigt. Und

Larry würde unsagbar traurig sein, aber so stand es schon um sie, sie sah seine Trauer wie aus weiter Ferne.

»Du bist grade erst durchgecheckt worden«, sagte Jim. »Du stirbst ganz bestimmt nicht.«

Später fragte sie sich, ob er das mit dem Durchchecken wirklich gesagt hatte oder ob es ihr eigener Gedanke gewesen war. Durchgecheckt, was hieß das schon? Vornübergebeugt stolperte sie vorwärts, während Jim sie stützte. Im Flussbett plätscherte ein dünnes Rinnsal. Jim knotete sich das Hemd von der Taille, feuchtete es an und wickelte es ihr um den Kopf. So schafften sie es zurück durch den Canyon.

Als sie wieder die Teerstraße unter den Füßen hatten, war Helen glücklich wie ein Kind, das sich verlaufen und wieder nach Hause gefunden hat. Sie setzten sich auf eine Bank, und sie hielt Jims Hand. »Meinst du, Larry geht es gut?«, fragte sie, nachdem sie den Großteil des Wassers getrunken hatte.

»Er ist verliebt. Um nicht zu sagen spitz.«

»Oh, Jimmy, pfui!« Die Erleichterung machte Helen übermütig.

Jim zog seine Hand zurück und wischte sich über die Stirn. »Wenn du meinst.«

»Gehen wir weiter.« Helen stand auf. »Ach, was bin ich froh, dass ich nicht da oben gestorben bin.«

»Du wärst nicht gestorben.« Jim nahm den Rucksack wieder auf den Rücken.

Sie verpassten die Abzweigung. Zu spät merkte Helen, dass sie an dem Weg, der diese Straße mit der anderen verband, vorbeigelaufen waren, und jetzt stiegen sie in einer langgezogenen Kurve den nächsten Hügel hinauf. Und keiner von ihnen konnte mit Sicherheit sagen, ob der Weg, den sie nicht genommen hatten, der richtige gewesen wäre. Kein Grund zur Sorge, meinte Jim, irgendwann musste auch diese Straße zum Besucherzentrum zurückführen. Aber die Sonne sengte auf sie herab, und nach einer halben Stunde war ihr Ziel noch immer nicht in Sicht. Hier gab es kein Wasser, um Jims Hemd zu befeuchten. »Jimmy«, rief sie.

Er goss ihr den kleinen Rest Wasser aus seiner Flasche über den Kopf, und sie fühlte, wie ihre Beine wegknickten, als gehörten sie nicht zu ihrem Körper. Sie kniete am Straßenrand und wusste, sie würde das Bewusstsein verlieren und es niemals wiedererlangen. Sie hatte sämtliche Reserven für den Weg aus der Wüste verbraucht – den Weg bis hierher. Jim lief vor zur Kurve, um zu schauen, wie es dahinter weiterging, und sie sah seine flimmernde Gestalt verschwinden. »Jimmy, lass mich nicht allein«, rief sie, und er kam zurück zu ihr.

»Es ist noch ein ziemliches Stück.« Sie hörte die Angst in seiner Stimme.

Sie begriff nicht, wieso er sein Handy nicht dabeihatte.

Ihre Hände zitterten, die Flecken vor ihren Augen waren riesenhaft und schwarz. In ihren Ohren summten riesige Insekten. Die Hitze war mörderisch, auftrumpfend; sie hatte sie in Sicherheit gewiegt, vorhin auf der Bank, nur um hinter der Straßenbiegung auf sie beide zu lauern, auf dieses Paar, das alles zu haben glaubte.

Als der Shuttlebus um die Kurve bog und von Jim mit wildem Armeschwenken angehalten wurde, hatte sich Helen bereits einmal übergeben. Der Bus war leer, und der Fahrer half Jim, Helen auf die überdachte Rückbank zu heben. Der Fahrer sah so etwas nicht zum ersten Mal. Er hatte eine Flasche Gatorade unter seinem Sitz und gab sie Jim. Er solle darauf achten, dass sie nur kleine Schlucke nahm. »Deshalb sterben von diesen illegalen Einwanderern so viele«, hörte sie ihn sagen.

»So ist's brav, Hellie. Braves Mädchen, feines Mädchen«, murmelte Jim, während er ihr half, die Gatorade zu trinken, und sie musste daran denken, wie sie den Kindern beigebracht hatte, ihre Becher an den Mund zu halten. Aber Jim schien weit weg, alles schien weit weg … trotzdem, irgendetwas war da, oder? Ihr Mann hatte Angst. Dieses winzige Körnchen Wahrheit schien kaum mehr als ein Staubpartikel in der Luft. Es würde davontreiben, trieb schon weg …

Im Hotel ließen sie die Jalousien herunter und krochen ins Bett. Ihr war jetzt eiskalt, und sie sank dankbar in die weichen Kissen; sie lagen nebeneinander und hielten sich an den Händen. *Zwei Menschen, die um ein Haar zusammen gestorben wären, trennen sich nicht*, dachte Helen, und dann dachte sie, was für ein seltsamer Gedanke das war.

»Wo warst du?«, fragte Ariel an ihrem letzten Abend.

Ariel.

Helen, die gesagt hatte: »Was für ein aparter Name«, fand den Namen unmöglich. Durch das Dämmerlicht versuchte sie in Ariels Gesicht zu lesen. Sie standen auf dem Hotelparkplatz und verabschiedeten sich. Jim und Larry redeten auf der anderen Seite des Autos miteinander. »Wie, wo war ich?«, fragte Helen dieses Mädchen, das neben ihrem Sohn schlief.

Die Luft kam Helen kalt vor, trocken.

»Als Larry im Sommerlager war.«

Helen war nicht umsonst seit Jahren mit einem Strafverteidiger verheiratet, sie merkte es, wenn ihr eine Falle gestellt wurde. »Das musst du mir bitte erklären«, sagte sie ruhig. Und als das Mädchen nicht antwortete: »Ich weiß leider nicht, was du meinst.«

»Einfach nur, wo du warst. Larry wollte da nicht hin, und du wusstest es. Jedenfalls denkt er, dass du es wusstest. Aber er musste trotzdem fahren. Und er war todunglücklich. Er meint, dass sein Vater der Schuldige war. Dass Jim darauf bestanden hat, dass er fährt. Aber meine Frage ist: Wo warst du?«

Oh, die Jungen! Sie hatten die Weisheit gepachtet!

Helen schwieg eine lange Zeit, so lange, dass Ariel auf ihren Fuß hinuntersah und mit der Sandalenspitze auf dem Boden herumzumalen begann.

»Wo ich war?«, sagte Helen leichthin. »In New York, einkaufen, nehme ich an.«

Ariel warf einen Blick zu ihr herüber, kicherte.

»Nein, im Ernst. Da war ich höchstwahrscheinlich. Einkaufen, um den Kindern jede Woche meine Päckchen schicken zu können, dicke Pakete voller Bonbons und Brownies und all den anderen Sachen, die die Eltern eigentlich nicht schicken sollen.«

»Aber wusstest du nicht, dass Larry unglücklich war?«

Doch, Helen hatte es gewusst. Geradeso gut hätte Ariel ihr ein schmales Messer in die Brust stoßen können, so grausam war die Frage. »Ariel, wenn du selbst einmal Kinder hast, wirst du feststellen, dass du deine Entscheidungen an dem ausrichtest, was du für das Beste für dein Kind hältst. Und wir haben es bei Larry für das Beste gehalten, dass er seinem Heimweh nicht nachgibt. Aber erzähl doch mal, wie laufen deine Kurse?«

Sie hörte nicht zu, als Ariel antwortete. Sie dachte daran, wie elend ihr vor ein paar Tagen auf der Wanderung gewesen war. Wie sie trotzdem versucht hatte, weiterzugehen, um es Jim recht zu machen. Sie dachte an die Besuchstage in Larrys Sommerlager – wie ihr jedes Mal das Herz geblutet hatte, wenn sie ihn sah, so voller Hoffnung, weil er sich all diese hervorragenden Gründe zurechtgelegt hatte, warum er dringend früher heim musste, und dann seine Verzagtheit, wenn ihm klarwurde, dass es nichts fruchtete, dass er noch vier Wochen bleiben musste. Warum hatte sie nicht darauf bestanden, dass sie ihn mit nach Hause nahmen? Weil Jim der Meinung war, dass der Junge sich zusammenreißen sollte. Weil zwei Menschen nicht gänzlich unterschiedlicher Meinung sein können, ohne dass einer zurückstecken muss.

Helen hatte Lust, Ariel etwas Verletzendes zu sagen, und als Ariel auf den Vordersitz langte und ihr eine Schachtel mit Keksen überreichte, die sie ihnen ganz frisch gebacken hatte, bemerkte Helen: »Ich esse ja keine Schokolade mehr. Aber Jim wird sich ihrer schon erbarmen.«

6

An der Gepäckausgabe am Flughafen konnte Bob Susan nicht finden. Er sah Reisende in Sandalen und Strohhüten, Reisende mit dicken Jacken und kleinen Kindern, kopfhörerbewehrte Teenager, die schlaff über Kofferkulis hingen, während ihre Eltern, alle jünger als Bob, besorgt auf das laufende Gepäckband starrten. Nicht weit von ihm tippte eine dünne grauhaarige Frau auf ein Mobiltelefon ein, die Handtasche fest unter den Arm geklemmt, den Fuß schützend an einen kleinen Koffer geschoben. »Susan?«, sagte er. Sie sah so anders aus.

»Du siehst so anders aus«, sagte sie, als sie das Handy zurück in die Handtasche steckte.

Er rollte ihren kleinen Koffer zur Taxischlange.

»Ist hier immer so ein Gedränge?«, fragte Susan. »Das ist ja schlimmer als in Bangladesch. Guter Gott.«

»Wann warst du zum letzten Mal in Bangladesch?« Das könnte von Jim sein, dachte er. Er schob nach: »Wir machen uns eine schöne Zeit, keine Angst. Und wir fahren nach Brooklyn und besuchen Jim. Ich hab ihn seit einer Ewigkeit nicht mehr gesehen.« Susan beobachtete den Taxi-Dispatcher, ihr Kopf folgte den Bewegungen, mit denen der Mann die Schlange abarbeitete, seine Trillerpfeife blies, rief, Taxitüren aufriss. Bob fragte: »Was hörst du von Zach?«

Susan langte in ihre Handtasche und setzte eine Sonnenbrille auf, obwohl keine Sonne schien. »Dem geht's gut.«

»Sonst nichts?«

Susan sah zum Himmel hinauf.

»Bei mir hat er sich schon länger nicht mehr gemeldet«, sagte Bob.

»Er ist wütend auf dich.«

»Wütend? Auf mich?«

»Er lebt jetzt in einer Familie, und da fragt er sich, wo du und Jim all die Jahre gesteckt habt.«

»Und wo sein Vater all die Jahre war, fragt er sich nicht?«

Susan gab keine Antwort. Als sie ins Taxi stiegen, schlug Bob seine Tür sehr fest zu.

Er ging mit ihr zum Rockefeller Center. Er ging mit ihr in den Central Park und zeigte ihr die goldbesprühte junge Frau. Er ging mit ihr in ein Broadway-Musical. Sie nickte zu allem wie ein gehorsames Kind. Er überließ ihr sein Bett und schlief auf der Couch. An ihrem zweiten Morgen saß sie am Tisch, den Kaffeebecher in beiden Händen, und fragte: »Fürchtest du dich gar nicht, so hoch oben? Was ist, wenn es brennt?«

»Darüber denke ich nicht nach«, sagte er. Er rückte seinen Stuhl näher an den Tisch heran. »Hast du eigentlich irgendeine Erinnerung an den Unfall?«, fragte er.

Überrascht sah sie ihn an. »Nein«, sagte sie nach einer Weile mit kleiner Stimme.

»Gar keine?«

Ihr Gesicht war offen, arglos; ihr Blick wanderte hin und her, während sie nachdachte. Sie sprach tastend, als hätte sie Angst, die falsche Antwort zu geben. »Ich glaube, es war ein sehr sonniger Tag. Irgendwie bilde ich mir ein, dass alles ganz stark geblendet hat.« Sie schob ihren Becher weg. »Aber vielleicht hat's auch geregnet, keine Ahnung.«

»Es hat nicht geregnet. An die Sonne erinnere ich mich auch.« Sie hatten nie vorher an das Thema gerührt, und Bob ließ den Blick durchs Zimmer wandern, als dürfte er um keinen Preis zu ihr hinschauen. Seine Wohnung war noch neu genug, um unvertraut zu sein, die Küche so sauber, dass es blitzte. Kein Studentenwohnheim, auf die Idee würde Jim hier nie kommen; keine Wohnung, in der es Bob einfiel, zum Fenster hinauszurauchen. Er bereute schon, den Unfall überhaupt erwähnt zu haben; hätte er sie zu Einzelheiten ihres Intimlebens mit Steve befragt, seine Befangenheit hätte nicht größer sein können. Selbst seine Arme waren bleiern vor Scham.

Susan sagte: »Ich dachte immer, ich wäre es gewesen.«

»Was?« Jetzt sah Bob sie doch an.

»Mhmm.« Sie erwiderte seinen Blick kurz, starrte dann auf ihre Hände hinunter, die sie im Schoß gefaltet hielt. »Ich dachte, deshalb würde mich Mom dauernd anschreien. Euch hat sie nie angeschrien. Also bin vielleicht ich schuld – das habe ich ganz oft gedacht. Und seit Zach weg ist, habe ich diese furchtbaren Alpträume. Ich kann mich an nichts erinnern, wenn ich aufwache, aber sie sind *grauenhaft*. Und sie, na ja, irgendwie fühlen sie sich so an.«

»Susie, du weißt genau, dass du es nicht warst. ›Alles nur wegen dir, du Dummer‹ – das hast du doch ständig zu mir gesagt, als wir klein waren.«

Susans Augen weiteten sich betroffen. »Oh, Bobby. Natürlich hab ich so was gesagt. Ich war ein verängstigtes kleines Kind.«

»Du hast es nicht so gemeint, all die Male?«

»Was weiß ich, was ich gemeint habe.«

»Jim fing neulich mal davon an. Er erinnert sich noch. Behauptet er jedenfalls.«

»Und woran erinnert er sich?«, fragte sie.

Aber Bob brachte es nicht über die Lippen. Er legte die Hände flach auf den Tisch. Er zuckte die Achseln. »An einen Krankenwagen. Die Polizei, glaube ich. Aber du warst es auf keinen Fall. Also mach dir bloß keine Gedanken deswegen.«

Eine lange Zeit saßen die Zwillinge schweigend da. Vor dem Fenster glitzerte der Fluss. Schließlich sagte Susan: »Hier ist alles so teuer. Eine Tasse Kaffee kostet so viel wie daheim ein ganzes Sandwich.«

Bob stand auf. »Wir sollten langsam mal los.«

Auf dem Korridor rief Murray »He!«, und dann ging es reihum ans Händeschütteln. Rhoda fasste Susan am Arm. »Wo hat er Sie schon überall hingeschleppt? Lassen Sie ihn das Programm nicht zu voll packen, das macht nur müde, und davon hat keiner was. Nach Brooklyn? Zu Ihrem berühmten Bruder? Hat uns sehr gefreut, recht viel Spaß noch!«

Draußen auf dem Gehsteig sagte Susan: »Bei solchen Leuten weiß ich nie, was ich sagen soll.«

»Bei freundlichen, herzlichen Leuten? Klar, da bleibt einem das Wort im Hals stecken.« Wieder hatte Bob das Gefühl, wie Jim zu klingen. Aber es war unfassbar, wie müde sie ihn machte.

In der U-Bahn saß sie regungslos da, beide Hände um die Handtasche auf ihrem Schoß gekrampft, während Bob an seiner Halteschlaufe hin und her schwankte. »Diese Strecke bin ich bis vor kurzem jeden Tag gefahren«, erzählte er ihr, und sie erwiderte nichts. »He«, sagte er. »Wegen vorhin. Du warst es nicht, keine Sorge.«

Nichts verriet, dass sie ihn gehört hatte, nur ihr Blick streifte ganz kurz den seinen. Sie fuhren jetzt oberirdisch, und Susan wandte den Kopf, um aus dem Fenster zu schauen. Er versuchte ihr die Freiheitsstatue zu zeigen, aber bis sie in die Richtung sah, in die seine Hand deutete, war es schon zu spät.

»Lange nicht gesehen«, sagte Helen an der Tür und trat zur Seite. Sie wirkte verändert. Kleiner, älter, weniger hübsch.

»Ich hab mich ein bisschen rar gemacht, tut mir leid«, sagte Bob, und darauf Helen: »Ich verstehe schon. Du hast dein eigenes Leben.«

»Na, Goofy! Mit unserer langverlorenen Schwester im Schlepp, wie geht's, wie steht's, Susan?« Jim kam ins Zimmer, groß, sehr schlank. Er klopfte Bob auf die Schulter, umarmte Susan flüchtig. »Und, gefällt's dir in der großen Stadt?«, fragte er sie.

Helen sagte: »Du schaust ja so verschreckt, Susan.«

Susans erste Frage galt der Toilette, wo sie sich auf den Badewannenrand sinken ließ und weinte. Sie hatten keine Ahnung. Das Problem war nicht New York, das sie scheußlich fand und das leicht grotesk auf sie wirkte, wie ein überfüllter Jahrmarkt, der bis zum Horizont ging – die Wiese mit Beton ausgegossen, die Fahrgeschäfte unter der Erde statt darüber, und alles mit diesem billigen Beigeschmack: die verpissten U-Bahntreppen, der Unrat in den Bordsteinen, die taubenkotbekleckerten Denkmäler, das goldbesprühte Mädchen im Park. Nein, nicht die Stadt war es, die Susan erschreckte. Es waren ihre Brüder.

Wer *waren* sie? Wie konnten sie so leben? Das waren nicht der Bob und Jim aus Susans Kindheit. Bob, dessen Wohnungstür eine von vielen auf einem teppichbelegten Korridor war – wie im Hotel wohnte er! Und unten im Foyer dieser uniformierte Wachmann, der nur dazu da war, Obdachlose auf die Straße zurückzuscheuchen und die Drehtür in Gang zu setzen … Es war eine furchtbare Art zu leben, kaum menschenwürdig. Ob sie den Blick auf den Fluss nicht schön fände, hatte Bob wissen wollen. Was sollte sie mit einem Fluss, der so tief unten war, dass sie genauso gut aus einem Flugzeugfenster hätte schauen können? Und in solch einer Umgebung, das schien das Unfasslichste von allem, in solch einer Umgebung brachte Bob dieses stillschweigend zum Tabu erklärte Thema zur Sprache, den Unfall ihres Vaters – brachte es einfach zur Sprache! Susan fühlte sich desorientiert, richtiggehend körperlich geschwächt von diesem vielfältigen Ansturm.

Ihre Brüder hatten Shirley Falls verlassen, sicher, aber deshalb waren es trotzdem ihre Brüder gewesen. Jetzt nicht mehr. Für Susan, die sich in ein Blatt Klopapier schnäuzte, war es, als hätte das Universum plötzlich Schlagseite bekommen. Sie war vollkommen allein, ihr einziger Halt in der Welt ein Sohn, der sie nicht mehr brauchte. Ein Blick auf dieses Haus reichte doch (Susan spritzte sich kaltes Wasser ins Gesicht, öffnete die Badezimmertür), dieses Haus, wo Jim drei Kinder großgezogen hatte, wo er Essenseinladungen gab (Susan sah es vor sich, während sie zurück ins Wohnzimmer ging), wo er große Familienweihnachten feierte, wo er am Wochenende im Schlafanzug herumschlunzte, seine Zeitungen auf den Couchtisch warf, wo er zahllose Abende mit seinen Kindern und seiner Frau vor dem Fernseher verbracht hatte – sah so ein Zuhause aus? Nein, ein überdimensionales Möbelstück war es. Ein Museum, mit diesen hohen Decken. Und *dunkel.* Wer wollte in solcher Düsternis wohnen, zwischen all diesen übertriebenen Holzschnitzereien und Leuchten wie uralten Antiquitäten? Wer wollte so leben?

Sie sagten irgendetwas zu ihr, Helen winkte sie nach oben, Hausbesichtigung, sagte Helen, ich finde es immer so spannend, wie andere Leute eingerichtet sind, hier der Ankleideraum, sagte Helen, ich bin die einzige Frau in der ganzen Stadt, deren Mann mehr Kleider hat als sie, und sie gingen an Reihen von Anzügen vorbei, wie in einem Kaufhaus kam man sich vor, sogar ein Fenster gab es, als ob Kleider eine Aussicht bräuchten, und eine Wand, die ein einziger Spiegel war, riesig und hoch. Susan konnte ihrem Anblick nicht ausweichen: eine grauhaarige Frau mit käsigem Gesicht und ausgebeulter schwarzer Hose. Helen dagegen wirkte klein und kompakt im Spiegel, wie aus dem Ei gepellt in ihrem perfekt sitzenden Strickkleid und der Strumpfhose, woher nahm sie die Gabe, sich so zu kleiden?

Ja, das Universum hatte Schlagseite. Es war unheimlich, den Grund, auf dem man stand, wegrutschen zu fühlen. Weder

Vater zu haben noch Mutter, Ehemann, Brüder, und nicht einmal den Sohn …

»Susan.« In Helens Stimme schien eine Schärfe durchzuklingen. »Brauchst du was zu trinken?«

Später, im Garten, saßen Susan und Bob nebeneinander auf der schmiedeeisernen Bank, beide mit einem Club Soda. Helen balancierte auf der Vorderkante ihres Gartenstuhls, die Beine übergeschlagen, und hatte sich ihr Weinglas fast randvoll geschenkt. »Jim, setz dich«, sagte sie, denn ihr Mann wanderte herum und beugte sich bald über die Funkien, bald über die neuen Lilientriebe – als hätte er sich je um irgendetwas im Garten geschert! –, oder er lehnte sich an den Verandapfosten, und einmal verschwand er sogar im Haus und kam mit leeren Händen wieder heraus.

Helen hatte das Gefühl, in ihrem ganzen Leben nicht so wütend gewesen zu sein, was natürlich nicht stimmen konnte. Tatsache war jedenfalls, dass hier irgendetwas gründlich schieflief, und keiner – keiner, bei vier Erwachsenen – half ihr, den Ball am Rollen zu halten. Es fiel leicht, die Schuld daran Susan zu geben, und das tat Helen. Diese verkrampfte Haltung, als wäre sie überall lieber als hier, der schlabberige Rollkragenpullover mit den vielen Knötchen untenrum, aus so minderem Material war er, all das deprimierte Helen, und dazwischen flackerte wieder Mitleid auf; es war ein einziges Brodeln in ihr, ein so undefinierbarer Zorn, dass sie sich ganz benommen fühlte davon. »Jim, würdest du dich bitte hinsetzen«, sagte sie noch einmal. Er sah sie fragend an, als hätte die Schärfe in ihrem Ton ihn erschreckt.

»Ich hol mir nur schnell noch ein Bier.« Er ging wieder ins Haus.

Helen sah zu den kleinen grünen Pflaumen an den Ästen

über ihr hoch. »So viele Pflaumen«, sagte sie. »Letztes Jahr waren kaum welche dran, aber so ist das bei Obstbäumen, sie tragen nur alle zwei Jahre richtig. Unsere Eichhörnchen werden sich freuen, die dicken, pflaumengemästeten Eichhörnchen von Park Slope.«

Die Burgess-Zwillinge auf ihrer Bank glotzten sie an. Bob nippte höflich an seinem Club Soda, die Augenbrauen abwartend hochgezogen. Susan nippte ebenfalls und wandte dann das Gesicht eine Idee von Helen weg, als stünde darauf geschrieben: Ich bin nicht hier, Helen, ich pfeife auf dein großes Haus und dein blödes Rasenviereck, das du einen Garten nennst, ich finde alles nur vulgär, dein überdimensionales Ankleidezimmer oben, deinen überdimensionalen Grill hier draußen, ich pfeif auf das alles, du Materialistin der modernen Welt, mit deinem Geld und deinem Konsum und deinen Connecticut-Wurzeln.

Helen, die all dies aus dem abgewandten Gesicht ihrer Schwägerin zu lesen meinte, dachte das Wort *Provinztusse* und fühlte sich gleich darauf müde bis ins Mark. So etwas wollte sie nicht denken, so jemand wollte sie nicht sein, und sie dachte, wie schrecklich, dass ihr solch ein Wort in den Sinn kam, und kaum dachte sie das, dachte sie zu ihrem Entsetzen das Wort *Nigger*, und das ging ihr nicht zum ersten Mal so, *Nigger*, *Nigger*, dachte sie, als litte ihr Hirn am Tourette-Syndrom, und diese fürchterlichen Wörter strömten ungehindert daraus hervor.

»Esst ihr sie?«, wollte Bob wissen.

Hinter Helen ging die Tür auf, und Jim erschien mit einer Flasche Bier. Er zog sich einen Liegestuhl heran. »Die Eichhörnchen?«, fragte er. »Die grillen wir.« Er nickte in Richtung Grill.

»Die Pflaumen. Ob ihr die Pflaumen esst.«

»Zu sauer«, antwortete Helen und dachte: Ist doch nicht meine Sorge, ob sie sich hier wohlfühlen oder nicht. Aber das war es natürlich doch. »Du hast abgenommen«, sagte sie zu Bob.

Er nickte. »Ich trinke nichts zurzeit. So gut wie nichts.«

»Warum denn das?« Helen hörte den Vorwurf in ihrem Ton, sah Bob Jims Blick suchen.

»Ganz schön braun seid ihr«, sagte Susan.

»Die zwei sind immer braun«, sagte Bob, und Helen hasste sie alle beide.

»Wir haben Larry in Arizona besucht«, erklärte sie. »Ich dachte, das wüsstest du.«

Susan wandte auch jetzt wieder den Blick ab, und das schien Helen das Armseligste von allem: dass sie nicht einmal nach ihrem Neffen fragte, nur weil ihr eigener Sohn eine Enttäuschung war und es nicht mehr ausgehalten hatte bei ihr.

»Wie geht es Larry?«, erkundigte Bob sich.

»Gut geht's ihm.« Helen trank einen großen Schluck von ihrem Wein, der ihr direkt in den Kopf stieg, und im nächsten Moment ertönten ein blechernes Dudeln und das Klirren von Glas, und Susan sprang auf und sagte: »O nein, o nein, es tut mir so leid.«

Das Dudeln kam von Susans Handy, weshalb ihr offenbar vor lauter Schreck das Glas aus der Hand gefallen war, und während sie nun das Telefon aus ihrer Tasche wühlte – und es bizarrerweise gleich an Jim weitergab, der aufgestanden und zu ihr getreten war –, sagte Helen: »Ach, ist doch nicht schlimm, ich mach das schon«, und dachte dabei, dass jetzt bestimmt sämtliche Fugen des gepflasterten Gartenwegs voller Glassplitter steckten und dass der Gärtner, der um diese Jahreszeit einmal die Woche kam, zu Recht verärgert sein würde.

»Charlie Tibbetts«, sagte Jim. »Ja, Susan steht hier neben mir. Moment, sie sagt, ich soll mit Ihnen reden.« Jim drehte einen Kreis durch den Garten, das Handy ans Ohr gedrückt, nickend, »Ja, ja, ich höre«, eine Hand durch die Luft schwenkend wie ein Dirigent vor einem Orchester. Schließlich klappte er das Handy zu, gab es Susan zurück und sagte: »Tja, Leute, das war's. Es ist ausgestanden. Zach ist ein freier Mann. Keine Anklage mehr.«

Stille trat ein. Jim setzte sich wieder, trank aus seiner Bierflasche, den Kopf in den Nacken gekippt.

»Wie, keine Anklage mehr?« Helen war es, die endlich das Schweigen brach.

»Zurückgezogen. Wenn Zach sich gut führt, kommt sie zu den Akten. Die Luft ist raus aus der Geschichte. So was ist im Prinzip gang und gäbe, und letztlich hatte Charlie darauf auch spekuliert. Nur dass es in diesem Fall natürlich politische Auswirkungen gab. Aber die Somali-Gemeinschaft, die Ältesten, oder wen sie eben gefragt haben, waren damit einverstanden, dass die Sache nicht weiterverfolgt wird.« Jim zuckte die Achseln. »Was immer.«

Susan sagte: »Aber dann kommt er ja überhaupt nie mehr heim«, und Helen, die mit Jubel gerechnet hatte, hörte die Qual in ihrer Stimme und begriff augenblicklich, dass das gut möglich war – der Junge würde überhaupt nie mehr heimkommen.

»Ach, Susan«, murmelte Helen, und sie stand auf und ging zu ihrer Schwägerin und streichelte ihr sanft den Rücken.

Die Brüder saßen da. Bob sah mehrmals zu Jim hinüber, aber Jim erwiderte den Blick nicht.

An einem warmen Julitag kam Adriana Martic in Alan Anglins Büro und überreichte ihm stumm ein Dokument, das Alan an Umfang und Schrifttyp sofort als Beschwerde erkannte. »Was haben wir denn da?«, fragte er liebenswürdig und wies auf einen Stuhl vor seinem Schreibtisch. »Bitte setzen Sie sich doch, Adri.«

Adriana nahm Platz. Nach den ersten paar Zeilen spähte Alan zu ihr hinüber. Ihr langes, blondgesträhntes Haar war zu einem niedrigen Pferdeschwanz zurückgebunden, und sie war blass. Sie war immer eine stille junge Frau gewesen, und auch jetzt schwieg sie, als er sie ansah. Sie schlug die Augen nicht nieder.

Er las die Beschwerde bis zum Ende durch. Sie war vier Seiten lang, und als Alan sie vor sich auf den Tisch legte, spürte er trotz Klimaanlage einen Schweißfilm auf seinem Gesicht. Sein erster Impuls war, die Tür zu schließen, doch allein schon die Natur ihrer Beschwerde machte diese Frau zu einer Gefahr. Ebenso gut hätte sie eine Maschinenpistole auf dem Schoß halten können; mit ihr allein im Zimmer zu sein hieße, ihr ein zusätzliches Magazin mit Patronen in die Hand zu drücken. Ihre Schadensersatzforderung lautete auf eine Million Dollar.

»Lassen Sie uns ein paar Schritte gehen«, sagte Alan und stand auf. Auch sie erhob sich, und er ließ ihr mit einer Handbewegung den Vortritt.

Die Sonne brannte gnadenlos auf das Pflaster. Leute mit Sonnenbrillen und Aktenmappen gingen an ihnen vorüber. Ein Obdachloser durchwühlte den Papierkorb neben dem Zeitungsstand an der Ecke. Er trug einen Wintermantel mit ausgerissenen Taschen.

»Wie kann er bei dem Wetter in dem Ding rumlaufen?«, fragte Adriana gedämpft.

»Er ist krank. Schizophren höchstwahrscheinlich. Leute mit Wahnvorstellungen haben schnell Untertemperatur. Es ist eins der Symptome.«

»Ich weiß, was Schizophrenie ist.« Adriana klang unmutig. »Aber das mit der Körpertemperatur wusste ich nicht«, fügte sie hinzu.

Er kaufte am Zeitungsstand zwei Flaschen Wasser, und als sie ihre entgegennahm, sah er, dass ihre Fingernägel bis zum Fleisch abgekaut waren; ganz neu wurde ihm der Grad der

Gefahr bewusst. Sie setzten sich auf eine Bank im Schatten. Die Männer und Frauen um sie herum bewegten sich hastig, trotz der Hitze. Nur eine alte Frau mit einer Plastiktüte in der Hand ging langsam. »Dann erzählen Sie mal«, sagte Alan freundlich und wandte sich Adriana zu.

Sie erzählte. Sie war ganz offensichtlich vorbereitet, und sie hatte Angst, wobei er nicht sicher hätte sagen können, ob sie sich vor ihm fürchtete oder davor, dass er ihr nicht glauben würde. Sie hatte Telefonprotokolle, Nachrichten auf ihrer Mailbox, Restaurantrechnungen, Hotelrechnungen. E-Mails an eine private Mailadresse. Und auch E-Mails an ihre Kanzleiadresse. Aus ihrer großen Handtasche zog sie einen Ordner, blätterte darin, reichte ihm ein paar Seiten.

Mit schlechtem Gewissen las er die panikgetriebenen Zeilen eines Mannes, den er seit vielen Jahren kannte und fast wie einen Bruder liebte, eines Mannes, der den Fehler so vieler Männer begangen hatte (ausgerechnet Jim! Aber so war es ja häufig), aufgescheucht durch Adrianas spitze Andeutungen, dass sie Kontakt zu seiner Frau aufnehmen könnte – Alan schloss kurz die Augen vor dem Namen »Helen«, dann las er weiter. Ja, da stand es, eine Drohung: *So dumm wirst du ja wohl nicht sein, dann kannst du deine Karriere begraben, was glaubst du eigentlich, mit wem du es zu tun hast?*

Und das war noch nicht alles.

»Es wird in die Zeitung kommen«, sagte Adriana ruhig.

»Wir können versuchen, das zu verhindern.«

»Das wird schwer sein. Dafür ist die Kanzlei zu groß und zu prominent.«

»Fühlen Sie sich dem denn gewachsen?«, fragte er. »Wir müssen das Richtige tun, und vielleicht haben Sie recht, vielleicht kommt es in die Zeitung, aber das heißt auch, dass Sie, alle möglichen Dinge über Sie, in der Zeitung stehen werden. Können Sie damit umgehen?«

Sie sah hinab auf ihre hochhackigen Schuhe, auf ihre Beine, die sie von sich gestreckt hatte. Sie trug keine Strumpfhose, bemerkte er. Nun, dafür war es wohl auch zu heiß. Aber ihre Beine waren makellos, keine Venen, keine Leberflecken, nur diese glatten Schienbeine, weder zu gebräunt noch zu weiß. Ihre Schuhe waren braun und vorne offen. Übelkeit regte sich in ihm.

»Haben Sie mit irgendjemandem über die Sache gesprochen? Waren Sie bei einem Anwalt?« Er tupfte sich den Mund mit der Papierserviette, die er zu dem Wasser dazubekommen hatte.

»Noch nicht. Ich habe die Beschwerde selbst geschrieben.«

Alan nickte. »Ich würde Sie bitten, noch einen Tag zu warten, bevor Sie irgendwelche Schritte unternehmen. Und wir reden morgen noch mal.«

Sie nippte an ihrem Wasser. »Ist gut«, sagte sie.

Jim und Helen waren in ihrer Ferienwohnung in Montauk. Alan rief erst Dorothy an und dann Jim, und dann fuhr er zur Pennsylvania Station und nahm den Zug nach Montauk. Als er ausstieg, wartete Jim schon am Bahnsteig, und die Luft schmeckte nach Salz, und sie fuhren zum Strand, wo die Wellen träge und unerbittlich heranrollten.

»Fahren Sie hin.« Rhoda auf ihrer Couch machte eine scheuchende Handbewegung. »Ihr berühmter Bruder ist sich zu fein, Sie zurückzurufen? Dann fahren Sie einfach zu ihm.«

Während seiner Ehe hatten Bob und Pam jeden Sommer eine Woche bei Jim und Helen in Montauk verbracht: Pam auf einem Bodyboard, quietschend und lachend; Helen, die ihre Kinder dick mit Sonnenmilch einrieb; Jim, der drei Meilen den Strand entlangjoggte und dafür Lob erwartete, es bekam, in die Wellen hechtete … Nach der Trennung von Pam war Bob dann allein hingefahren, um mit Jim und Larry Tiefseefischen zu gehen (armer Larry, jedes Mal seekrank) und abends mit seinem Drink auf dem Balkon zu sitzen. Diese Sommertage waren eine Konstante in einer Welt der Unbeständigkeit. Der weite Ozean mit seinem Sandstrand hatte nichts gemein mit den zerklüfteten, seetangbehangenen Uferfelsen Maines, wohin ihre Großmutter sie immer mitgenommen hatte, als Proviant autowarme Kartoffelchips, Eiswasser in einer Thermoskanne, trockene Erdnussbuttersandwiches; in Montauk ließ man es sich gutgehen. »Schaut sie euch an, die Burgess-Boys«, sagte Helen, wenn sie ein Tablett mit Käse, Kräckern und kalten Shrimps zu ihnen herausbrachte. »Frei, frei, endlich frei.«

Nun hatten zum ersten Mal weder Jim noch Helen angerufen, um ihre Pläne mit seinen abzustimmen. »Fahren Sie trotzdem. Lernen Sie ein nettes Mädchen kennen«, sagte Rhoda.

»Rhoda hat recht«, bekräftigte Murray aus seinem Sessel. »New York ist ein Alptraum im Sommer. Diese ganzen alten Leute, die im Park auf den Bänken sitzen. Wie geschmolzene Kerzen. Und die Straßen stinken nach Müll.«

»Ich bin gern hier«, sagte Bob.

»Versteh ich ja.« Murray nickte. »Immerhin wohnen Sie in der besten Etage von ganz New York.«

»Fahren Sie«, wiederholte Rhoda. »Er ist Ihr Bruder. Und bringen Sie mir eine Muschel mit.«

Bob sprach auf Jims Mailbox. Auf Helens Mailbox. Keiner von beiden rief zurück. Beim letzten Mal sagte Bob: »Macht schon, meldet euch endlich. Ich weiß ja nicht mal, ob ihr noch lebt.«

Aber natürlich lebten sie noch. Wenn nicht, hätte er es längst erfahren. Und so begriff er, dass er nach all den Jahren Familienanschluss nicht mehr erwünscht war.

Ein paarmal fuhr er mit Freunden in die Berkshires und einmal auch nach Cape Cod. Aber der Kummer drohte ihm das Herz abzudrücken, und es kostete ihn Mühe, sich nichts anmerken zu lassen. An seinem letzten Tag auf dem Cape sah er Jim, und sein ganzer Körper begann zu kribbeln vor Glück. Die kühnen Züge, die Spiegelbrille … Da stand er, vor dem Postamt, die Arme verschränkt, und las ein Schild an einem Restaurant. *He!*, wollte Bob in seinem Überschwang schon rufen, als der Mann die Arme voneinander löste, sich übers Gesicht fuhr – und gar nicht Jim war, sondern ein muskelbepackter Kerl, dem ein Schlangentattoo die Wade hinaufkroch.

Als sein Bruder ihm tatsächlich über den Weg lief, wäre Bob fast an ihm vorbeigegangen. Vor der Public Library an der Fifth Avenue war das, Ecke Forty-second Street. Bob war mit einer Frau zum Mittagessen verabredet, ein Blind Date, das ein Freund angezettelt hatte; sie arbeitete in der Bibliothek. Es war ein sehr heißer Tag, und Bob blinzelte trotz Sonnenbrille. Er hätte Jim gar nicht erkannt, wäre ihm nicht das Bild geblieben, wie der Mann, an dem er gerade vorbeigekommen war, ein Mann mit Baseballmütze und Spiegelbrille, verstohlen wegblickte. Bob drehte sich um und rief: »Jim!« Der Mann ging schneller, und Bob rannte ihm nach, Passanten wichen zur Seite. Jim, seltsam eingefallen in seiner Anzugjacke, sagte nichts. Ganz still stand er da, sein Gesicht unter der Baseballmütze reglos bis auf ein Zucken am Kiefer.

»Jimmy …« Bob wusste nicht weiter. »Jimmy, bist du krank?« Er setzte seine eigene Sonnenbrille ab, aber die Augen seines Bruders hinter den verspiegelten Gläsern konnte er trotzdem nicht sehen. Kühn war an Jims Zügen nicht mehr viel, erst als er das Kinn hob, herausfordernd, ähnelte er mehr sich selbst.

»Nein. Mir fehlt nichts.«

»Was ist los? Warum hast du nie zurückgerufen?«

Jim sah zum Himmel, dann hinter sich, dann wieder auf Bob. »Ich wollte es dieses Jahr in Montauk zur Abwechslung mal nett haben. Mit meiner Frau.« Wenn er sich den Moment in den folgenden Monaten ins Gedächtnis rief, schien es Bob, dass sein Bruder ihn nicht ein einziges Mal angeschaut hatte; ihre Unterhaltung war kurz, und Bob konnte sich hinterher an nichts mehr erinnern als an seinen eigenen bettelnden Tonfall und dann an die abschließenden Sätze von Jim, dessen Lippen dünn und fast blau waren, seine Worte langsam, überlegt, nicht laut. »Bob, ich sag's, wie's ist. Du hast mich schon immer wahnsinnig gemacht. Du gehst mir auf den Sack, Bob, du gehst mir dermaßen auf den Sack. Alles an dir. Ich bin so – Bob, verschwinde einfach. Mist, verschwinde einfach, okay?«

Auf diese traumwandlerische Art, die einem in manchen Situationen gegeben ist, schaffte Bob es, in einem Coffeeshop Schutz vor dem Straßenlärm zu suchen und die Frau anzurufen, mit der er verabredet war. Er sprach ruhig, höflich: Ein Notfall in der Arbeit, es tue ihm unendlich leid, er werde sich bald melden, um etwas Neues auszumachen.

Danach wanderte er blindlings durch die heißen Straßen, das Hemd schweißdurchtränkt, und zwischendurch saß er auf irgendwelchen Treppenstufen und rauchte, rauchte, rauchte.

7

Mitte August färbten sich die Wipfel der ersten Ahornbäume trotz der Hitze bereits orange. Einer, schräg über die Straße, war von der Veranda aus sichtbar, wo Susan und Mrs. Drinkwater auf ihren Gartenstühlen saßen. Kein Hauch regte sich, in der schwülen Luft hing ein schwacher Geruch nach feuchter, vergorener Erde. Die alte Dame hatte sich die Strümpfe bis auf die Knöchel hinabgerollt, ihr Kleid übers Knie gerafft und hielt die blassen dünnen Beine leicht gespreizt. »Komisch, als Kind hat einem die Hitze doch kein bisschen ausgemacht.« Mrs. Drinkwater fächelte sich mit einer Illustrierten.

Da habe sie recht, sagte Susan und trank einen Schluck von ihrem Eistee. Seit ihrem Besuch in New York, seit feststand, dass die Anklage gegen Zachary zurückgezogen war, telefonierte Susan einmal die Woche mit ihrem Sohn, und jedes Mal erfüllte der Klang seiner tiefen, kräftigen Stimme sie mit demselben Glücksgefühl, gefolgt von immer derselben lähmenden Niedergeschlagenheit. Es war vorbei – die hektische Verzweiflung nach seiner Festnahme, der Rummel vor der Demonstration (wie lange schien das her!), die grauenhafte Sorge, dass Zach zu einer Haftstrafe verurteilt werden könnte –, es war vorbei. Irgendwie wollte ihr die Tatsache nicht in den Kopf. Sie bückte sich wieder nach dem schwitzenden Glas zu ihren Füßen und sagte: »Zach arbeitet jetzt im Krankenhaus. Ehrenamtlich.«

»Sieh einer an.« Mrs. Drinkwater schob sich mit dem Handrücken die Brille höher.

»Keine Bettpfannen. Er räumt Verbandszeug in die Schränke ein, solche Sachen. Glaube ich.«

»Aber er kommt unter Menschen.«

»Ja.«

Ein paar Gärten weiter begann ein Rasenmäher zu knattern. Als das Knattern leiser wurde, so als wäre der Mäher hinterm Haus verschwunden, fügte Susan hinzu: »Ich habe vorhin zum ersten Mal seit Jahren mit Steve geredet. Ich habe ihm gesagt, wie leid es mir tut, dass ich als Ehefrau so versagt habe. Er hat furchtbar nett reagiert.« Wie sie schon befürchtet hatte, wurden ihr die Augen feucht, eine Träne rollte heraus. Sie wischte sie mit dem Handgelenk weg.

»Das freut mich, Kindchen. Dass er nett war.« Mrs. Drinkwater nahm die Brille ab und polierte sie mit einem Papiertaschentuch. »Selbstvorwürfe sind nichts Schönes. Das kann ich Ihnen sagen.«

Die Träne löste Susans Schwermut, und sie sagte: »Aber Sie können sich doch nicht vorwerfen, dass Sie eine schlechte Ehefrau waren, oder? Ich hätte gedacht, Sie müssen die perfekte Ehefrau gewesen sein. Sie haben Ihre Familie für ihn aufgegeben.«

Mrs. Drinkwater nickte kaum merklich. »Selbstvorwürfe wegen meinen Töchtern. Ich war eine gute Ehefrau. Ich habe Carl mehr geliebt als meine Mädchen, und ich glaube nicht, dass das natürlich ist. Ich glaube, dass sie einsam waren. Wütend.« Die alte Dame setzte die Brille wieder auf und blickte eine Weile schweigend auf das Gras. Sie sagte: »Es ist ja nichts Ungewöhnliches, wissen Sie, dass ein Kind Probleme macht. Aber wenn alle *beiden* Kinder Probleme machen?«

Auf dem schattigen Boden unter dem Spitzahorn wimmerte der Hund im Traum. Sein Schwanz schlug einmal, dann schlief er wieder friedlich.

Susan drückte das kühle Glas für ein paar Sekunden an ihren Hals. »Die Somalier sind der Meinung, man braucht mindestens ein Dutzend Kinder. Hab ich gehört. Sie bemitleiden einen, wenn man nur zwei Kinder hat.« Und sie fügte hinzu: »Nur eins zu haben muss ihnen also völlig pervers vorkommen. Als würde man eine Ziege zur Welt bringen.«

»Ich dachte immer, dass es der katholischen Kirche vor allem darum geht, die Welt mit kleinen Katholiken zu bevölkern. Vielleicht wollen die Somalier sie mit Somaliern bevölkern.« Mrs. Drinkwater richtete ihre riesigen Brillengläser auf Susan. »Aber meine Töchter sind beide kinderlos, und das macht mir doch sehr zu schaffen.« Sie legte die Hand an die Wange. »Dass sie beide keine Mütter sein wollten. Ich sag's Ihnen.«

Susan betrachtete ihre Schuhspitze. Sie trug immer noch die gleichen schlichten Stoffturnschuhe wie als Mädchen. Sie sagte begütigend: »Ich glaube, eine ideale Art zu leben gibt es nicht.« Und sie schaute kurz zu der alten Frau hoch. »Wenn sie keine Kinder haben, dann ist das eben so.«

»Nein«, stimmte Mrs. Drinkwater ihr bei, »die ideale Art zu leben gibt es nicht.«

»Als ich in New York war«, sagte Susan nachdenklich, »dachte ich plötzlich, vielleicht ist das das Gefühl, das die Somalier hier haben. Das ist sicher Unsinn – gut, oder vielleicht stimmt es ein klein bisschen. Ich meine hierherzukommen, wo alles völlig verwirrend für sie sein muss. Ich wusste nicht, wie man U-Bahn fährt, und alle anderen drängten an mir vorbei, weil *sie* es wussten. Diese ganzen Sachen, die den Leuten gar nicht mehr auffallen, weil sie sie gewöhnt sind. Ich war die ganze Zeit nur verwirrt. Kein schönes Gefühl, das können Sie mir glauben.«

Mrs. Drinkwater legte den Kopf schief wie ein Vogel.

»Und am allerfremdesten waren mir meine Brüder«, fuhr Susan fort. »Wenn bei den Somaliern die restliche Familie nachkommt, und ein paar andere sind schon eine Weile hier – vielleicht erscheinen sie ihnen dann auch fremd.« Susan kratzte sich am Knöchel. »Das war nur so ein Gedanke.«

Er habe viel mehr falsch gemacht als sie, hatte Steve zu ihr gesagt. Du bist ein anständiger, hart arbeitender Mensch, hatte er gesagt. Zach vergöttert dich.

Mrs. Drinkwater sagte: »Manchmal wünsche ich mir wirklich die alten Zeiten zurück.« Sie sah Susan an. »Mir ist gerade diese Erinnerung an Peck's gekommen.«

»Was für eine Erinnerung an Peck's?« Susan trank ihren Eistee, ohne hinzuhören. Sie selbst hatte Peck's fast nie betreten. Ihre Brüder bekamen ihre Schulkleidung dort, aber Susans Kleider nähte ihre Mutter selbst. Susan musste dazu auf einem Küchenstuhl stehen, damit ihre Mutter den Saum abstecken konnte. »Halt *still*«, fuhr ihre Mutter sie an. »Himmelherrgott!«

Wir haben's wirklich versucht, hatte Steve heute Morgen am Telefon gesagt. Wir hatten es beide nicht leicht als Kinder, Susan. Wir wussten beide nicht, wo es langging. Ich möchte nicht, dass du dir die Schuld gibst, hatte er gesagt.

Mrs. Drinkwater kam zum Ende. »Immer gut angezogen, die Damen bei Peck's. Man machte sich fein, wenn man einkaufen ging. Das war damals eine Selbstverständlichkeit.«

Steves Mutter war als kleines Mädchen in dieser Stadt ganz im Norden aufgegriffen worden, ein barfüßiges, verdrecktes Straßenkind. Verwandte hatten sie aufgenommen und damit eine jahrelange Familienfehde ausgelöst, bei der jeder jeden mit Schmutz bewarf. Als Susan sie kennengelernt hatte, war sie schon fettleibig gewesen. Fettleibig und geschieden.

»Ich habe eine Geschichte für Sie«, sagte Susan.

Mrs. Drinkwater verrückte ihren Stuhl leicht in Susans Richtung. »Oh, ich liebe Geschichten.«

»Wissen Sie noch, vor ein paar Jahren, als dieser Diakon beim Kirchenkaffee den Kaffee vergiftet hatte? Mehrere Leute sind gestorben, erinnern Sie sich? Das war in New Sweden, wo Steve herkommt.«

Mrs. Drinkwaters unsteter Blick heftete sich auf Susan. »Da kommt Ihr Mann her?«

Susan nickte. »So richtig warm geworden bin ich mit den Leuten da oben nie. Sie haben die Schweden im neunzehnten Jahrhundert rübergeholt, wissen Sie, weil sie Arbeiter in den Mühlen brauchten und weil sie Weiße dafür wollten.«

»Keine Canucks wie mich«, sagte Mrs. Drinkwater und schüttelte vergnügt den Kopf. »Die Menschen sind schon komisch. Was man alles vergisst. Der Giftmischer-Diakon. Sachen gibt's.«

»Von der Stadt ist nicht viel geblieben. Die Mühlen sind geschlossen. Und die Leute gehen weg. Wie Steve, der nach Schweden ausgewandert ist.«

»Immer noch besser als dableiben und sich gegenseitig vergiften«, sagte Mrs. Drinkwater. »Was ist aus dem Diakon geworden? Das hab ich auch vergessen.«

»Hat sich umgebracht.«

In behaglichem Schweigen saßen sie da, während die Sonne hinter den Bäumen verschwand und die Luft eine Spur kühler wurde. Der Hund, immer noch schlafend, klopfte träge mit dem Schwanz.

»Das hab ich Ihnen noch gar nicht erzählt«, sagte Susan. »Die Frau von Gerry O'Hare – dem Polizeichef, der mit mir in der Schule war –, seine Frau hat angerufen und gefragt, ob ich zu ihrem Strickkränzchen kommen möchte.«

»Sie haben hoffentlich zugesagt.«

»Doch. Aber ein bisschen fürchte ich mich.«

»Papperlapapp«, sagte die alte Dame.

8

Es war am Tag nach Labor Day, und Helen stand beim Gemüsehändler an der Kasse, als sie Dorothy traf. Sie ließ sich drei Sonnenblumen in Papier wickeln und hatte schon den Geldbeutel gezückt, als sie sich umdrehte und Dorothy sah. »Oh, hallo!«, rief Helen, denn bei Dorothys Anblick vermisste sie plötzlich ihre alte Freundschaft. »Wie geht's dir, sag? Seid ihr jetzt erst aus den Berkshires zurückgekommen? Wir waren den August über hier, zum ersten Mal seit Jahren – gut, aber Jim hat es natürlich eilig, die Sache auf den Weg zu bringen.« Helen bezahlte ihre Sonnenblumen, legte sie sich über den Arm. »Es ist sehr aufregend für uns, aber irgendwie geht auch eine Zeit zu Ende.«

»Was ist aufregend für euch, Helen?«

Im Nachhinein hätte Helen nicht sagen können, was Dorothy an diesem Tag gekauft hatte, nur dass sie hinter Helen an der Kasse anstand, während Helen voll Eifer sagte: »Dass Jim sich auf eigene Füße stellt.«

Dorothy sagte: »Was für hübsche Sonnenblumen, Helen.«

Unterdrückte Überraschung vermischt mit Mitleid, das war der Ausdruck, den Helen auf Dorothys Gesicht auszumachen meinte, und es war der Ausdruck, der ihr im Gedächtnis blieb – später (und für den Rest ihres Lebens), nachdem auch sie erfahren hatte, dass Jim von Alan der Austritt aus der Kanzlei nahegelegt worden war, dass ihm eine Klage wegen sexueller Belästigung gedroht hatte, weil er eine intime körperliche

Beziehung mit einer abhängig Beschäftigten eingegangen war und seine Macht und seinen Einfluss dazu missbraucht haben sollte, auf diese abhängig Beschäftigte Druck auszuüben. Die Sache war eiligst vertuscht worden, die junge Frau hatte einen Geldbetrag erhalten, bevor die Presse Wind bekommen konnte. Fünf Wochen lang hatte sich Jim Burgess jeden Morgen angezogen, seine Aktenmappe genommen, Helen ihren Abschiedskuss gegeben und war in die Public Library in Manhattan gefahren. Helen sagte er, die Kanzlei habe eine neue Regelung eingeführt: Privatgespräche seien ab sofort über Handy abzuwickeln, weshalb sie ihn bitte nicht mehr über das Vorzimmer anrufen solle, und natürlich hatte sie sich daran gehalten. Jim redete immer häufiger davon, wie unzufrieden er in der Kanzlei sei, und Helen sagte: »Warum machst du dich dann nicht endlich selbständig? Mit deinem Ruf und deiner Erfahrung hast du doch die freie Auswahl.«

Ihm machten die Kosten Sorgen, die eine eigene Kanzlei verursachen würde. »Aber wir haben das Geld doch. Nehmen wir welches von mir«, rief Helen, und sie setzte sich an den Abenden mit ihm hin, um die Ausgaben für Miete, Buchhaltung, Versicherungen und Personal durchzurechnen. Sie rief einen Bekannten von Bekannten an, der Geschäftsräume in Manhattan vermittelte: Ein Büro im vierundzwanzigsten Stock eines Gebäudes in Downtown Manhattan stand zur Besichtigung, und falls ihm das nicht gefiel, würden sich andere Optionen finden. Es stimmte zwar, Jim schien sich weniger als gedacht über die Freiheit zu freuen, um die es ihm doch so zu tun gewesen war. Daran erinnerte Helen sich später. Und ja, irgendwann im Frühling hatte sie ein langes, helles Haar an seinem Hemd entdeckt, als sie die Wäsche für die Reinigung zusammenpackte, auch das stimmte, aber warum sollte Helen Farber Burgess über ein langes, helles Haar am Ärmel ihres Mannes nachdenken? Sie war schließlich kein Gerichtsmediziner.

Ein paar Tage nach ihrer Begegnung mit Dorothy beim Gemüsehändler (Jim war bei einem Gerichtstermin in Atlanta) fand sie in seiner Hosentasche die Visitenkarte einer Frau, die sich als »Lebensberaterin« bezeichnete. *Ihr Leben ist mein Job.* Helen setzte sich aufs Bett. Ihr gefiel das Wort »Job« nicht. Ihr gefiel die ganze Sache nicht. Sie rief ihren Mann auf seinem Handy an. »Ach, diese Tusse«, sagte er. »Die hat sich dieselben Büroräume wie ich angeschaut und ihre Karte wahllos an alle verteilt.«

»Eine Lebensberaterin schaut sich dieselben Büroräume wie du an? Wie viel Bürofläche braucht eine Lebensberaterin denn? Was ist das überhaupt, eine Lebensberaterin?«

»Hellie, was weiß denn ich? Lass gut sein, Schatz.«

Helen blieb sehr lange auf dem Bett sitzen. Sie dachte daran, wie schlecht Jim in letzter Zeit schlief, wie abgemagert er war. Sie überlegte, ob Bobs schäbiges Verhalten – er schien sich von einem Tag auf den anderen von Jim abgewandt zu haben, so wie Zach sich von Susan abgenabelt hatte – nicht damit zusammenhing. Fast hätte sie Bob angerufen, aber sie nahm ihm sein Fernbleiben übel. Schließlich griff sie zum Hörer und bat den Maklerbekannten, die Büroräume ansehen zu dürfen, die Jim besichtigt hatte, und der Makler klang verwirrt und sagte: »Mrs. Burgess, Ihr Mann hat keine Büroräume besichtigt.«

Als sie Jim auf seinem Handy erreichte, zitterte sie. Sie hörte Jim zögern und dann leise sagen: »Wir müssen reden.« Eine Sekunde, dann sagte er noch leiser: »Ich bin morgen wieder zurück. Dann reden wir.«

»Ich möchte, dass du jetzt gleich heimfliegst. Ich möchte jetzt reden«, sagte Helen.

»Morgen, Hellie. Ich kann hier nicht ohne die eidesstattliche Aussage weg.«

Helens Herz jagte wie das eines Vogels, in ihrer Nase und am Kinn kribbelte es, als sie auflegte. Sie spürte einen merkwürdigen Drang, loszufahren und Vorräte zu kaufen, Mineralwasser und Taschenlampen, Batterien, Milch und Eier wie bei den Hurrikanwarnungen. Aber sie blieb zu Hause. Sie aß etwas kaltes Huhn vor dem Fernseher und wartete darauf, dass ihr Mann zur Tür hereinkam.

9

In Maine färbten sich immer mehr Ahornbäume rot, die Birken bekamen erste gelbe Blätter. Die Tage waren warm, aber abends kühlte es stark ab, und wenn die Dunkelheit kam, holten die Leute ihre Wollpullover heraus. Heute Abend hatte Abdikarim seine weite Steppweste übergezogen. Vorgebeugt saß er da und hörte Haweeya und ihrem Mann zu; die Kinder waren im Bett. Die Älteste ging jetzt in die fünfte Klasse, und sie war eine gute Tochter, anmutig und gehorsam. Aber sie brachte Geschichten mit nach Hause, von zwölfjährigen Mädchen in so knappen Tanktops, dass man fast die ganze Brust sah, die sich auf dem Korridor oder hinter der Schule mit Jungen küssten. Haweeya hatte gewusst, dass dieser Tag kommen würde, aber sie hatte nicht mit ihren Gefühlen dabei gerechnet, dieser düsteren, drängenden Angst.

»Er kümmert sich um uns, bis wir uns eingelebt haben«, sagte sie nun schon zum x-ten Mal. Ihr Bruder lebte in Nairobi, wo es eine Somali-Gemeinschaft gab.

Omad wollte nicht nach Nairobi ziehen. »Da hassen sie uns doch auch.«

Haweeya nickte. »Aber du hast Rashid und Noda Oya dort, und viele Vettern und Kusinen, und unsere Kinder können Somali bleiben. Hier können sie Muslime bleiben. Aber sie können keine Somali bleiben. Sie werden zu Somali-Amerikanern, und das will ich nicht.«

Abdikarim würde nicht mit ihnen gehen, das wusste er.

Seine Kraft für Neuanfänge war erschöpft. Er hatte sein Café, seine Tochter in Nashville; seine Enkel würden ihn bald in Shirley Falls besuchen kommen, vielleicht würden sie sogar hierherziehen. Das war Abdikarims heimlicher Traum: dass seine Enkelsöhne kommen und mit ihm arbeiten würden. Was seine junge Ehefrau Asha und ihren gemeinsamen Sohn anging, so bekam er gelegentlich Fotos geschickt, und sein Herz blieb verschlossen. Der Ausdruck des Jungen war nie recht deutbar, auf den letzten Bildern schien er fast so hämisch zu lächeln wie manche *adano*-Jungen in der Gratham Street – als hätten sie niemanden, dem an ihnen lag oder der sie anleitete –, und Abdikarim verstand Haweeyas Ängste. Er bekam es ja mit, wie ihre Kinder den Eltern auf Englisch antworteten, wie sie untereinander die fürchterlichsten Wendungen gebrauchten. Voll cool. Megageil. Und je länger sie blieben, desto amerikanischer würden sie natürlich werden. Sie würden zu Bindestrich-Menschen. Somali-Amerikanern. Wie seltsam, dachte Abdikarim, sich derartig an ein Land zu binden, das sich jetzt in der Überzeugung gefiel, alle Somali seien Piraten. Im Frühjahr hatten somalische Piraten im Golf von Aden einen chinesischen Schiffskapitän getötet. Das sorgte für Bestürzung in der Gemeinschaft in Shirley Falls; niemand konnte das billigen. Aber die Nachrichtenleute hatten nicht den Ehrgeiz und vielleicht auch nicht die Fähigkeit, zu begreifen, dass die Küste dort von Giftmüll verseucht war, dass die Fischer nicht mehr fischen konnten wie früher – die Amerikaner begriffen einfach nicht, was Verzweiflung hieß. Viel einfacher und ganz sicher erfreulicher war es, den Golf von Aden als einen gesetzlosen Ort zu sehen, wo somalische Piraten regierten. Ein launischer Vater, das war Amerika. Einmal gütig und herzlich, dann wieder abschätzig und grausam. Bei dem Gedanken drückte sich Abdikarim die Finger an die Stirn; letzten Endes, so konnte man sagen, behandelte er seinen überlebenden Sohn, Ashas

Sohn, nicht viel anders. Diese Einsicht stimmte ihn vorübergehend milder, nicht gegenüber dem Sohn, aber gegenüber Amerika. Das Leben war verzwickt, Entscheidungen mussten gefällt werden …

»Ich sage es morgen Margaret Estaver«, sagte Haweeya. Sie sah zu Abdikarim hinüber, der nickte.

Margaret Estavers Büro war wie Margaret. Leicht unorganisiert, freundlich, gastlich. Haweeya saß da und beobachtete diese Frau mit ihrem ungebärdigen, aus seiner Spange rutschenden Haar, die ihr zu einer Vertrauten geworden war. Margaret starrte konzentriert aus dem Fenster, seit Haweeya ihr von ihren Plänen berichtet hatte. »Ich dachte, Sie mögen die Verkehrsampeln so gern«, sagte Margaret schließlich.

»Ja. Ich liebe die Verkehrsampeln. Die Menschen gehorchen ihnen. Ich liebe die Verfassung. Aber meine Kinder …« Haweeya hob die Hände. »Sie sollen Afrikaner sein. Und das werden sie nicht, wenn wir hierbleiben.« Seit einer halben Stunde wiederholte Haweeya diese Dinge nun schon. Ihr Bruder hatte sich in Kenia ein Geschäft aufgebaut, ihr Mann war einverstanden. Immer und immer wieder.

Margaret nickte. »Sie werden mir fehlen«, sagte sie.

Ein Windstoß ließ die Blätter draußen rascheln, und das halb geöffnete Fenster rutschte mit einem scharfen Knall herunter. Haweeya drückte die Schultern durch und wartete, bis ihr Herzschlag sich beruhigt hatte. Dann sagte sie: »Sie werden mir auch fehlen.« Sie spürte sehr deutlich, welchen Schmerz dieses Gespräch brachte. »Andere Menschen brauchen Ihre Hilfe, Margaret. Ihre Arbeit ist sehr wichtig.«

Margaret Estaver lächelte sie müde an und beugte sich vor, um das Fenster wieder hochzuschieben. »Tut mir leid wegen dem Knall eben«, sagte sie und klemmte ein Buch zwischen

Fenster und Fensterrahmen, bevor sie sich zurück zu Haweeya wandte, die im Stillen schockiert war, zu sehen, dass das Buch eine Bibel war.

Haweeya sagte: »In Amerika dreht sich alles um Einzelmenschen. Um Selbstverwirklichung. Im Laden beim Einkaufen, im Wartezimmer beim Arzt, in jeder Zeitung, die man aufschlägt – immer nur ich, ich, ich. Aber in meiner Kultur geht es um die Gemeinschaft und die Familie.«

»Das weiß ich, Haweeya«, sagte Margaret. »Sie müssen mir nichts erklären.«

»Ich will es aber erklären. Ich will nicht, dass meine Kinder denken, sie haben – wie heißt das Wort? – Anspruch. Die Kinder hier lernen, dass sie Anspruch auf alles haben. Wenn ein Kind etwas fühlt, dann spricht es das aus, auch wenn es beleidigend für die Älteren ist. Und die Eltern sagen: Oh, gut, es verwirklicht sich. Sie sagen: Ich will, dass mein Kind seine Ansprüche kennt.«

»Das stimmt so nicht ganz.« Margaret holte tief Luft, ließ sie langsam ausströmen. »Ich habe mit einer Menge Familien in dieser Stadt zu tun, und glauben Sie mir, viele Kinder hier, amerikanische Kinder, kennen weder ihre Ansprüche noch irgendeine Art von Zuwendung.« Als Haweeya nicht antwortete, räumte Margaret ein: »Aber ich weiß, was Sie meinen.«

Haweeya probierte es mit einem Scherz. »Ja, ich habe Anspruch auf meine Meinung.« Aber sie sah, dass Margaret nicht in der Stimmung für Scherze war. »Danke«, sagte Haweeya.

Margaret stand auf. Sie sah älter aus, als Haweeya sie eigentlich einschätzte. »Sie tun völlig recht daran, an Ihre Kinder zu denken«, sagte Margaret.

Haweeya stand ebenfalls auf. Sie hätte gern gesagt: Du wärst nicht allein, wenn du eine Somali wärst, Margaret. Du hättest immer Brüder und Schwestern und Tanten und Onkel um dich. Du müsstest nicht jeden Abend in deine leere Wohnung heimkehren. Aber vielleicht störte die leere Wohnung Margaret ja gar nicht. Haweeya war immer noch nicht dahintergekommen, was genau die Amerikaner wollten. (Alles, dachte sie manchmal. Sie wollten alles.)

10

Oh, Helen, Helen, Helen!

»Warum?«, flüsterte sie immer wieder, während sie zusah, wie ihr Mann redete. »Warum? Jim, warum?« Er sah sie hilflos an. Seine Augen waren klein und trocken.

»Ich weiß es nicht«, sagte er. »Hellie, ich weiß es nicht.«

»Hast du sie geliebt?«

»Nein.«

Der Tag war warm, und Helen stand auf und schloss ein Fenster nach dem anderen. Dann ließ sie die Rollläden herunter. »Und alle wissen Bescheid«, sagte sie leise, staunend, als sie sich wieder auf die Kante des Couchtisches setzte.

»Nein, Hellie, es ist unter Verschluss gehalten worden.«

»Unter Verschluss gehalten? Wie denn? Diese dreckige Schlampe tratscht es doch selber herum.«

»Nein, Hellie. Das ist Teil der Abmachung. Sie darf nicht darüber sprechen.«

»Wie naiv bist du eigentlich, Jim Burgess? Wie kacknaiv? So ein Mädchen hat Freundinnen. Frauen *reden*. Sie reden über die dumme Ehefrau. Habt ihr über mich geredet?«

»Wie kannst du so etwas denken?«

Aber sie sah es ihm an. »Hast du ihr erzählt, dass ich in Arizona beinahe gestorben wäre, weil du dich nicht gekümmert hast? Weil du einfach nein gesagt hast, als ich umkehren wollte?«

Er antwortete nicht, stand nur mit hängenden Armen da.

»Jeden Morgen bist du hier rausspaziert und in die *Bibliothek* gegangen? Tag für Tag eine solche Lüge?«

»Ich hatte Angst, Hellie.«

»Hast du dich mit ihr getroffen?«

»Nein. Großer Gott, nein.«

»Wo warst du heute Nacht?«

»In Atlanta, Helen. Wegen dieser eidesstattlichen Aussage. Für den Fall, den ich noch abwickeln muss.«

»Du lügst doch, wenn du nur den Mund aufmachst.«

»Hellie, bitte. Das ist nicht wahr. Bitte.«

»Wo ist sie?«

»Keine Ahnung. Ich weiß nicht mal, ob sie noch für die Kanzlei arbeitet. Ich rede mit keinem dort außer manchmal mit Alan, weil er meine Fälle zuteilt.«

»Das ist doch gelogen! Wenn du gestern Abend in Atlanta warst, musst du mit jemandem aus der Kanzlei da gewesen sein. Also warst du entweder *nicht* in Atlanta, oder du redest sehr wohl noch mit anderen Leuten außer mit Alan. Und du weißt ganz genau, wo sie ist!«

»Einer von den Kollegen war mit mir in Atlanta. Und wir haben nicht über sie gesprochen, weil er ja überhaupt keine Ahnung …«

»Ich muss spucken.« Im Bad hätte sie ihm fast erlaubt, ihr Haar zu streicheln, aber dann musste sie gar nicht spucken, darum stieß sie ihn weg. Ihre Gesten hatten etwas Theatralisches. Sie kamen aus tiefster Seele, so wie auch jedes ihrer Worte aus tiefster Seele kam. Aber diese Art, die Arme zu werfen, diese Art, bestimmte Worte zu sagen, war nie zuvor vonnöten gewesen und ihr deshalb fremd. Sie musste die Ruhe bewahren, um jeden Preis, sonst würde sie durchdrehen inmitten dieser Fremdheit – der Wildnis der Hysterie. Sie versuchte Zeit zu gewinnen.

»Ich versteh's nicht«, sagte sie immer wieder. Jim stand einfach da, und sie befahl ihm, sich hinzusetzen. »Aber nicht hier zu mir. Ich ertrage dich nicht in meiner Nähe.« Mit erhobener Stimme: »Ich ertrage dich nicht in meiner Nähe!« Sie drückte sich tiefer in die Sofaecke. Sie sagte das nicht, um ihn zu bestrafen. Sie ertrug ihn nicht in ihrer Nähe. Sie wollte weg sein, weit weg. Sie wollte sich zu einem Ball zusammenrollen wie eine Spinne. »O Gott«, flüsterte sie. Die Wildnis rückte näher.

»Was habe ich falsch gemacht?«, fragte sie ihn.

Er saß ganz vorn auf der Lederottomane, die Lippen fast weiß. »Nichts.«

»Das kann nicht sein, Jim. Irgendwas muss ich gemacht haben, das du mir nie gesagt hast.«

»Nein, nein, Hellie.«

»Bitte versuch es mir zu erklären.« Sie sagte es mit einer vernünftigen Stimme, die sie beide irreführte.

Er sah sie nicht an. Aber er begann stockend zu reden. Er sagte, der Besuch in Maine, um Zach zu helfen, was ihm ja gründlich misslungen sei und Bob gleich mit, habe ihn irgendwie furchtbar zornig gemacht, böse, ein Gefühl, als würde aus einem gebrochenen Rohr rostiges Wasser durch ihn hindurchströmen.

»Das verstehe ich nicht«, sagte sie wahrheitsgemäß.

Er verstehe es ja selbst nicht, sagte er. Aber am liebsten hätte er einfach abhauen und nie wieder zurückkommen wollen. Sehen zu müssen, was für ein hoffnungsloser Fall Zach war, und dazu noch Bob mit seinem leeren Leben …

»Bob mit seinem leeren Leben?« Helen kreischte es fast. »Wegen Bob und seinem leeren Leben fängst du eine schmierige kleine Affäre mit einer Angestellten an? Und wieso soll Bobs Leben leer sein? Was *redest* du da überhaupt?«

Seine kleinen, furchtsamen Augen sahen sie an. »Ich weiß es nicht, Helen. Ich war immer für alle verantwortlich. Von klein auf schon. Das war meine Aufgabe. Und dann bin ich nach Moms Tod einfach weggegangen und war nicht für Susan und Zach da, als Steve sie verlassen hat, und Bob …«

»Stopp. Stopp. Du warst immer für alle verantwortlich? Wo bleiben die Streicher, Jim? Was noch Abgedroscheneres fällt dir nicht ein? Denkst du, ich kenne das nicht in- und auswendig? Im Ernst, Jim, ganz im Ernst, ich finde es unglaublich, dass du mir in so einem Moment *damit* kommst.«

Er nickte, die Lider gesenkt.

»Aber rede weiter«, sagte sie schließlich. Etwas anderes fiel ihr nicht ein.

Er sah im Zimmer umher, dann wieder zu ihr. »Die Kinder sind alle weg.« Er streckte den Arm aus und schwenkte ihn durch die Luft, wie um die Leere im Haus sichtbar zu machen. »Es hat sich alles so – so grässlich angefühlt. Und bei Adri war ich plötzlich wieder wichtig.«

Und so schluchzte Helen endlich doch los, mit langen, krampfhaften Wimmer- und Würgelauten, und Jim kam und berührte sie zaghaft am Arm. Zwischendurch schrie sie Worte oder halbe Sätze heraus, nicht Bobs Leben sei leer, sondern Jims, und auch Helen habe getrauert, als die Kinder ausgezogen waren, ohne dass Jim sie in irgendeiner Weise getröstet hätte, aber niemals wäre sie deshalb auf die Idee gekommen, mit irgendwem ins Bett zu gehen, nur um sich wichtig zu fühlen, er habe alles kaputtgemacht, ob er denn nicht einmal das begreife? Er rieb ihren Arm und sagte, doch.

Und nie – nie – wieder solle er es wagen, den Namen dieses widerlichen Weibstücks in den Mund zu nehmen. Ihren Namen hier im Haus auszusprechen! Sie hatte keine Kinder, oder? Nein, so eine doch nicht! Eine Urinpfütze am Boden war so eine, nichts weiter! Und Jim sagte, Helen habe völlig recht, er würde den Namen nie wieder aussprechen, er habe nicht vor, ihn je wieder zu sagen, weder hier noch sonst wo.

Sie schliefen aneinandergedrängt ein, in ihren Nachtsachen, voller Angst.

Helen erwachte früh, es war noch nicht hell, das Licht grünlich. Ihr Mann lag nicht mehr neben ihr. »Jim?« Er saß auf dem Stuhl am Fenster, und er drehte sich um und sah sie an und sagte nichts. Sie flüsterte: »Jimmy, ist das wirklich alles passiert?« Er nickte. Unter seinen Augen waren dunkle Flecken.

Sie setzte sich auf und sah sich noch im selben Moment nach ihren Kleidern um. Sie lief ins Ankleidezimmer und zog die Sachen vom Vortag an, dann riss sie sich wieder vom Leib – sie würde sie wegschmeißen – und zog andere an. Wieder im Schlafzimmer, sagte sie: »Du musst es den Kindern sagen«, und Jim schaute waidwund und nickte. Sofort sagte sie: »Ich sage es ihnen«, weil sie nicht wollte, dass sie sich ängstigten, aber natürlich würde es sie schrecklich ängstigen, sie hatte ja selbst Angst wie nie zuvor.

Er sagte: »Bitte geh nicht.«

Sie sagte: »Ich gehe nicht. Du bist gegangen.« Aus dem Bett aufgestanden, meinte sie, von ihr weggegangen, während sie schlief. Aber sie sagte: »Verschwinde.«

Sie wollte nicht, dass er ging, nur wollte etwas in ihr es offenbar doch, denn sie wiederholte in einer Tour, auch noch, als er schon Sachen in einen Koffer zu packen begann: »Verschwinde! Ich will dich nicht mehr hier haben.« Sie konnte nicht glauben, dass er ihr das glaubte. Dieser abstoßende, unheimliche Mensch sollte verschwinden, das meinte sie. Als er stehen blieb und sie mit leerem, panischem Blick anstarrte, sagte sie: »Geh! Verschwinde! Du sollst verschwinden!« Sie sagte ihm, dass sie ihn hasste. Dass sie ihm ihr Leben geopfert hatte. Dass sie ihm blind vertraut hatte. Sie folgte ihm bis hinunter zur Tür, um ihm zu sagen, dass sie ihn nicht ein einziges Mal betrogen hatte. Sie befahl ihm nochmals, zu verschwinden.

Sie rannte die Treppe hinauf, um das Torgitter nicht einrasten zu hören. Und dann lief sie durchs Haus und rief: »Jim! Jim!« Sie konnte es nicht glauben, dass er so etwas tat, dass er einfach ging. Sie konnte nichts davon glauben, nichts. »Jim«, rief sie. »Jim.«

Der Hudson River war zu keiner Zeit ohne seine Kähne und Schlepper und Segelboote. Was Bob noch mehr fesselte, waren die Wandlungen, die der Fluss je nach Tageszeit und natürlich Wetterlage durchlief. Morgens lag das Wasser meist still und grau da, im Nachmittagslicht glitzerte es schwelgerisch, und an den Samstagen sahen die unzähligen Segelboote von Bobs Fenster im achtzehnten Stock aus wie eine Spielzeugflotte. Abends schlug die Sonne mächtige rosa und rote Funken, und das Wasser leuchtete wie ein zum Leben erwecktes Gemälde, dicke Pinselstriche, die zuckten und bebten, und die Lichter von New Jersey schienen einen anderen Kontinent zu markieren. All die Jahre, die er schon hier in New York lebte, hatte er sich (so empfand er jetzt) erstaunlich wenig für die Geschichte New Yorks interessiert. In Maine waren das große Heimatkundethema die Abenaki-Indianer gewesen, die jedes Frühjahr den Androscoggin River hinabpaddelten und unterwegs ihr Getreide pflanzten, das sie dann auf dem Rückweg ernteten. Aber hier floss der Hudson, und auf was konnte der erst alles zurückblicken! Bob kaufte sich Bücher, eins führte zum nächsten, bis er schließlich über Ellis Island nachlas, über das er natürlich Bescheid wusste, aber eben nicht richtig. (Niemand in Shirley Falls hatte Verwandte, die über Ellis Island ins Land gekommen waren.) Er sah sich Fernsehdokumentationen an, zum Bildschirm vorgebeugt, um diesen Menschen näher zu sein, die sich da in Scharen von Bord schoben, die an Land kamen mit solcher Hoffnung und solcher Bangigkeit, denn manche von ihnen – von den Ärzten für blind oder syphilitisch oder schlicht für verrückt erklärt – würde man wieder zurückschicken, und das wussten sie. Wenn sie passieren durften, wenn sie hereingelassen wurden, diese Menschen mit ihren ruckhaften Bewegungen in Schwarzweiß, empfand Bob für jeden Einzelnen von ihnen Erleichterung.

Bob tat selbst die ersten Schritte in einer Welt, in der alles machbar erschien. Das geschah unerwartet, schleichend, aber doch auch zügig. Als mit dem Herbst der Alltag in die Stadt zurückkehrte, bewegte Bob sich zunehmend unbehindert von den Selbstzweifeln, die ihm so sehr zur zweiten Natur geworden waren, dass er den Unterschied erst begriff, als sie nun wie eine Kruste von ihm abfielen. Der August existierte für ihn nur als vage Erinnerung an Großstadtstaub, Großstadthitze und einen Sturm, der in seinem Innern tobte. Das Unvorstellbare war eingetreten, Jim gehörte nicht mehr zu seinem Leben. Zwischendurch erwachte er in heller Verzweiflung und konnte nichts denken als: Jim. Aber Bob war kein junger Mann mehr, und dies war nicht sein erster Verlust. Er kannte die Stille, die unvermittelt herrschte, das wilde Gleißen der Panik, und er wusste auch, dass jeder Verlust ein seltsames, kaum eingestandenes Gefühl der Befreiung mit sich brachte. Er neigte nicht besonders zur Selbstbetrachtung, und so grübelte er darüber nicht oft nach. Aber ab Oktober häuften sich die Tage, an denen er sich im Reinen mit sich fühlte, leichtfüßig und zugleich sanft geerdet. Ein bisschen war es wie damals als Kind, als er plötzlich gemerkt hatte, dass er beim Ausmalen nicht mehr über den Rand hinausmalte.

In der Arbeit fiel ihm auf, dass man bei ihm lieber Rat suchte als bei anderen. Vielleicht war es ja immer schon so gewesen. Der Portier in seinem Haus begrüßte ihn mit »Hallo, Mr. Bob«, Rhoda und Murray öffneten ihre Tür: »Bobbele! Komm rein, trink ein Glas Wein mit uns!« Er hütete die kleinen Buben am Ende des Korridors, er führte den Hund einer Nachbarin aus, goss bei einer anderen während ihres Urlaubs die Blumen.

In seiner Wohnung hielt er Ordnung, und das – deutlicher noch als die Tatsache, dass er selten trank und nur eine Zigarette pro Tag rauchte – brachte ihm das Ausmaß seiner Veränderung zu Bewusstsein. Er hätte nicht sagen können, warum er seinen Mantel aufhängte, warum er das Geschirr wegräumte oder seine Socken in den Wäschekorb warf. Aber er verstand jetzt, warum er Pam mit seinem früheren Verhalten auf die Palme gebracht hatte – er sah die Dinge jetzt anders. Doch Pam war aus seinem Leben verschwunden. Zusammen mit Jim, so kam es ihm vor. Die beiden schienen in einen jener Winkel verräumt, in die die Seele dunkle, ungute Dinge wegzupacken weiß – und da kein Übermaß an Wein Bobs Gedanken auf Wanderschaft schickte, blieben sie vorerst auch dort.

Einmal die Woche rief er Susan an. Sie erzählte immer gleich als Erstes, was Zach machte (sie skypten, und er konnte ein paar Brocken Schwedisch). Sie fürchte, sagte sie Bob, dass Zachs neue Fröhlichkeit ein Beweis für ihre Unzulänglichkeit als Mutter sei, denn bei ihr habe er nie so fröhlich gewirkt, aber Hauptsache, sagte sie, er war in so guter Verfassung, wie es den Anschein hatte. Bob ging auf jede ihrer Sorgen ein, merkte dabei aber deutlich, dass ihr Ton alles andere als depressiv klang. Sie gehörte einem Strickkränzchen an – Brenda O'Hare, Gerrys Frau, sei wirklich unheimlich nett –, und sie und Mrs. Drinkwater aßen jetzt immer gemeinsam zu Abend; ob Bob meine, dass sie die Miete herabsetzen sollte? Nein, riet er ihr, schließlich hatte sie sie jahrelang nicht erhöht. Einmal war ihr Rick Huddleston vom Büro gegen Rassendiffamierung über den Weg gelaufen, im Lebensmittelladen war das, und er hatte sie angestarrt wie den Leibhaftigen. Sein Problem, sagte Bob. Das zeigt nur, dass er ein Arschloch ist. Das hab ich mir auch gedacht, sagte Susan. (Sie waren wie Bruder und Schwester. Sie waren wie Zwillinge.) Nur ein einziges Mal fragte sie, ob er etwas von Jim wisse; sie habe ihn anzurufen versucht, aber nichts von ihm gehört. Denk dir nichts, sagte Bob, bei mir meldet er sich auch nicht.

Wally Packer war wieder in Haft. Diesmal wegen unerlaubten Waffenbesitzes, aber er hatte sich der Festnahme widersetzt und einen Polizeibeamten bedroht, was eine Gefängnisstrafe wahrscheinlicher machte. Die Zwillinge unterhielten sich darüber; richtig überraschend komme es irgendwie nicht, sagte Susan mit Resignation in der Stimme, und Bob gab ihr recht. Jims Name fiel nicht bei diesem Gespräch, und ein Hauch von Freiheit wehte Bob an, als er sich klarmachte, dass er nun mit Jim nicht über Wally Packer (oder über sonst etwas) reden, sich nicht von ihm über den Mund fahren lassen musste.

Nichts hatte ihn darauf vorbereitet, dass er so etwas empfinden könnte.

Mitte Oktober wurde es plötzlich sehr warm in New York. Die Sonne strahlte vom Himmel wie im Sommer, und die Straßencafés füllten sich. Auf Bobs Weg zur Arbeit saßen die Leute mit ihrem Kaffee und ihrer Zeitung im Freien, und als jemand seinen Namen rief, dachte er sich erst nichts dabei. Aber es war Pam, die aufsprang und beinahe einen Stuhl an einem der Tische umgestoßen hätte. »Bob! Warte! Ach, Scheiße.« Sie hatte ihren Kaffee verschüttet. Er drehte sich um.

»Pam. Was machst du hier?«

»Neuer Therapeut. Ich komme gerade von ihm. Bitte, kann ich ein Stück mit dir mitgehen?« Sie knallte ein paar Dollarscheine auf den Tisch, beschwerte sie mit ihrer tropfenden Tasse und drängelte sich zu ihm durch.

»Ich bin auf dem Weg ins Büro.«

»Das weiß ich, Bobby. Aber ich hab grade im Moment an dich gedacht. Dieser Therapeut ist richtig gut. Er sagt, wir zwei haben noch ein paar offene Rechnungen.«

Bob blieb stehen. »Seit wann glaubst du an Therapien?«

Pam sah dünn und bekümmert aus. »Weiß auch nicht. Ich dachte, probieren kann ich's ja mal. Ich fühle mich so ein bisschen aus der Bahn geworfen. Du bist komplett auf Tauchstation … Hey, das muss ich dir erzählen.« Sie fasste ihn am Arm. »Vor diesem Therapeuten jetzt, der ziemlich gut ist, war ich bei einer Frau, und sie sagte statt Shirley Falls immer ›Shelly Falls‹, bis ich sie schließlich gefragt habe: Warum können Sie es nicht *einmal* richtig sagen? Worauf sie meinte: Oh, Pamela, ein kleiner Fehler, tut mir leid. Und ich darauf: Na, für die Leute in Shirley Falls ist es vielleicht kein ganz so kleiner Fehler. Wie fänden Sie's denn, wenn ich sagen würde, ach sooo, in der Flatbush Avenue ist Ihre Praxis, hab ich doch glatt mit der Park Avenue verwechselt, tuuut mir leid!«

Bob starrte sie an.

»Das war vielleicht eine Zicke. Sie hat mich immer mit ›Pamela‹ angeredet, und ich sagte, ich heiße Pam, und sie sagte, das ist ein Name für ein Mädchen und Sie sind doch eine Frau. Ist das zu fassen? So eine Dummschwätzerin mit rotem Blazer und einem Schreibtisch wie ein Tennisplatz.«

»Pam, warum bezahlst du einen Therapeuten, um über Shirley Falls zu reden?«

Sie sah ihn verblüfft an. »Na ja, ich rede ja nicht nur über Shirley Falls. Wir kommen nur ab und zu mal drauf, weil ich, keine Ahnung, weil ich es irgendwie vermisse.«

»Du wohnst in einem riesigen Stadthaus, du gehst auf Partys mit echten Picassos an den Wänden, und du vermisst Shirley Falls?«

Sie senkte den Blick auf das Pflaster. »Manchmal.«

»Pam. Hör mir zu.« Er sah einen Ausdruck der Furcht über ihr Gesicht huschen. Leute auf dem Weg zur Arbeit eilten an ihnen vorbei, Aktenmappen an langen Riemen quer vor der Brust, Absätze übers Pflaster klackend. »Eine Frage möchte ich dir gern stellen. Nach unserer Trennung – hast du da Jim abgepasst und zu viel getrunken und ihm gesagt, wie attraktiv du ihn findest, und ihm von irgendwelchen Abenteuern während unserer Ehe erzählt? Einfach nur ja oder nein.«

»Wie bitte?« Ihr Kopf ruckte leicht nach vorn, als versuchte sie Bob zu orten. »Wie bitte?«, fragte sie noch einmal. Aus der Furcht wurde Verwirrung. »Deinem Bruder gesagt, wie attraktiv ich ihn finde? *Jim?*«

»Habe ich noch mehr Brüder? Ja, Jim. Viele Menschen finden Jim attraktiv. Einer der attraktivsten Männer des Jahres 1993.« Bob trat ein paar Schritte zurück, heraus aus dem Strom der zum Bus oder zur U-Bahn Eilenden. Pam folgte ihm, sie standen jetzt fast auf der Straße. Er sagte ihr, was Jim in dem Hotel in Shirley Falls von ihr behauptet hatte, als sie für die Kundgebung dort gewesen waren. »Du hättest ein paar unbedachte Geständnisse abgelegt«, schloss er.

»Weißt du, was?« Pam fuhr sich mit gespreizten Fingern durchs Haar. »Und hör mir gut zu, Bob Burgess. Ich kann deinen Bruder nicht ausstehen. Willst du wissen, warum? Wir sind uns ähnlich, absolut. Nur ist er völlig anders als ich, weil er nämlich hart und erfolgreich ist und weiß, wie er sich immer neue Zuhörer verschafft. Ich dagegen bin unsicher und ein bisschen verkracht, und ich finde meine Zuhörerschaft nicht, was mit ein Grund ist, warum ich zu diesem Seelenklempner renne, auch wenn ich ihn fürs Zuhören bezahlen muss. Aber Jim und ich – wir durchschauen einander, seit dem ersten Tag schon, und jetzt hat er mich auf seine passiv-feindselige Art ausgebootet. Er ist so geil nach Aufmerksamkeit, dass einem schlecht werden kann, und die arme Helen macht gute Miene dazu, weil sie für alles andere zu blöd ist. Jim braucht Aufmerksamkeit wie die Luft zum Atmen, und sobald er sie hat, macht er dicht, weil Aufmerksamkeit brauchen nicht das Gleiche ist wie eine Beziehung aufbauen, was das ist, woran normale Menschen interessiert sind. Und ja, ich habe ein Glas mit ihm getrunken. Und ja, er hat ein paar Dinge aus mir herausgekitzelt, weil das seine Spezialität ist. Weil seine ganze Karriere darauf basiert, dass er den Leuten das entlockt, was er von ihnen hören will, egal, ob es ein Geständnis ist oder eine Lüge. Aber dass ich ihn *attraktiv* finde? Klingt das in irgendeiner Weise nach mir? Oh, Jim, ich hab dich schon immer so *attraktiv* gefunden? Sonst noch Wünsche! Helen könnte das sagen, so eine arme, reiche trübe Tasse wie Helen.«

»Er hat gesagt, du bist ein Parasit.«

»Reizend. Und reizend, dass du es mir weitersagst.«

»Ach, Pam. Wen interessiert schon, was Jim denkt?«

»Dich interessiert es! Sonst würdest du mich hier nicht so angehen.«

»Ich gehe dich nicht an. Ich wollte es einfach nur wissen.«

»Weißt du, was *ich* gern wüsste? Woher dein Bruder das Recht nimmt, dir solchen Scheiß in den Kopf zu setzen! *Er* ist hier der Parasit. Der sich an Wally Packer gemästet hat. Und sich jetzt an Wirtschaftskriminellen mästet. Oh, was für ein Samariter!«

Sie weinte nicht etwa. Nicht im Entferntesten. Sie war so sehr Pam wie seit Jahren nicht mehr. Er entschuldigte sich. Sagte, er werde ihr ein Taxi rufen.

»Scheiß auf ein Taxi.« Sie zückte ihr Handy. »Ich hab Lust, ihn jetzt auf der Stelle anzurufen. Darfst gerne zuhören.« Sie richtete das Handy auf Bobs Brustkasten. »Wobei Jim und ich gar nicht so sehr Parasiten sind, Bob. Wir sind Statistik. Einfach zwei Babyboomer mehr, die nicht ganz die Großtaten für die Gesellschaft vollbringen, die uns mal vorgeschwebt hatten. Und deshalb tun wir uns leid, huu-huu. Stimmt, ich gehe auf Dinnerpartys, wo an den Wänden echte Picassos hängen, und manchmal, Bobby – ja, ich geb's zu! –, werde ich traurig, weil mein eigentlicher Traum war, eine Wissenschaftlerin zu werden, die durch Afrika reist und Parasiten entdeckt und von der alle voll Ehrfurcht sprechen. Weil sie Halbtote ins Leben zurückholt. Weil sie ganz Somalia rettet! Alles eben eine Nummer zu groß, zu grandios. Ein stinknormaler Fall von Größenwahn, Bobby.

Nein, bleib schön hier. Ich wollte diesem Scheißkerl schon lang ein paar Dinge verklickern. Welche Nummer hat er? Egal, ich ruf die Auskunft an. Ja, hallo. Manhattan. Branchenbuch. Eine Anwaltskanzlei, bitte. Anglin, Davenport & Sheath. Danke.«

»Pam …«

»Was denn? Mein Therapeut hat mich vor einer halben Stunde gefragt, warum die ganze Familie nach Jims Pfeife getanzt hat. Und ich dachte, ja, warum eigentlich? Warum hat ihn nie jemand zur Rede gestellt, wenn er mal wieder auf dir rumgehackt hat? Er hat mir an dem Abend – ach, egal. Soll er dir selber erzählen, was er über dich gesagt hat. Dass du ihn schon dein ganzes Leben lang wahnsinnig machst … Ja, ich hätte gern Jim Burgess gesprochen. Pam. Pam Carlson.«

»Pam, warum belästigst du einen Therapeuten mit …«

Sie schüttelte den Kopf. »Ah, verstehe. Nicht zu sprechen. Schön, dann soll er mich zurückrufen.« Sie ratterte ihre Nummer herunter, wütend, mit eisiger Stimme. »Was?« Sie legte den Kopf schief, hielt sich das freie Ohr zu, sah Bob mit befremdetem Stirnrunzeln an. »Haben Sie gerade gesagt, Mr. Burgess ist nicht mehr für Sie tätig?«

Die Fahrt bis Park Slope war weder lang noch kurz, einfach eine Zeitspanne, für die Bob zwischen Menschen eingepfercht stand, während die U-Bahn erst unter den Straßen von Manhattan entlangrumpelte und dann unter dem East River hindurch. Sämtliche seiner Mitpassagiere kamen ihm arglos und rührend vor, versunken in Morgengedanken, die ihnen ganz allein gehörten, Worte vielleicht, die zu ihnen gesagt worden waren, oder Worte, die auszusprechen sie nur im Traum den Mut hatten; manche lasen die Zeitung, viele lauschten durch Ohrstöpsel ihrem privaten Soundtrack, doch die meisten starrten wie Bob abwesend vor sich hin, und er war ergriffen von der Einzigartigkeit und Rätselhaftigkeit eines jeden in seinem Blickfeld. In seinem eigenen Kopf, unsichtbar für die Umstehenden, jagten sich die sonderbarsten und schockierendsten Vorstellungen, aber gleichzeitig war er überzeugt, dass alle um ihn herum – all diese Menschen mit ihren Taschen über den Schultern, die es nach vorne warf, wenn der Zug bremste, die sich murmelnd entschuldigten, wenn sie jemandem auf den Fuß traten, und die gemurmelten Entschuldigungen mit einem Nicken quittierten –, dass sie allesamt Allerweltsdingen nachhingen, aber was wusste er, was wusste er denn schon; mit einem Ruck fuhr der Zug wieder an.

Sein erster Gedanke (oder Gefühlsimpuls, ein richtiger Gedanke war es nicht), nachdem er sich von Pam losgeeist und es ohne Erfolg erst auf Jims und dann Helens Handy probiert hatte, war, dass ein furchtbares Verbrechen verübt worden sein musste – dass Jim Burgess jemanden ermordet hatte oder selbst ermordet werden sollte und die Familie untergetaucht war, eins dieser undurchschaubaren Dramen, über die die Boulevardblätter auf ihren Titelseiten berichteten. So abwegig ihm die Idee auch erschien, erfüllte ihn seine Angst davor doch mit einer großen Zärtlichkeit (und leisem Neid) gegenüber all diesen normalen Menschen, denen es vor ihrem Arbeitstag grauen mochte oder nicht, aber die wenigstens nicht dastanden und über die Ermordung ihres Bruders spekulierten. Nicht ganz richtig im Kopf, das war er. Immer mehr Fahrgäste stiegen aus, und als sie schließlich Park Slope erreichten, war kaum noch jemand bei ihm im Abteil, und von seinem bangen Hochgefühl war nichts geblieben. Was immer mit Jim war – das sagte ihm sein Instinkt –, es war nichts Dramatisches, sondern deprimierend alltäglich. Bob stapfte missmutig vor sich hin; selbst in der Phantasie stattete er seinen Bruder mit der Grandiosität aus, die Pam gemeint hatte.

Aber Zweifel beschlichen ihn, und vier Ecken von Jims Haus entfernt rief er seinen Neffen Larry an, der zu seiner Überraschung abnahm und zu seiner noch größeren Überraschung sagte: Ach, Onkel Bob, uns geht's beschissen, Moment, ich ruf gleich zurück, und dann zurückrief und sagte: Ja, Mom ist daheim, sie sagt, du kannst vorbeikommen, aber sie haben sich getrennt, Onkel Bob, mein Vater hatte eine Affäre mit irgendeiner Frau in seiner Kanzlei. Und dann verfiel Bob in Laufschritt, und außer Atem bog er in die Straße ein, in der sein Bruder wohnte.

Bob spürte die Veränderung gleich, als er ins Haus trat, aber er brauchte ein paar Sekunden, um zu begreifen, dass es nicht einfach nur ein allgemeines Gefühl von Verlust war; Gegenstände fehlten. Die Mäntel zum Beispiel, die immer in der Diele gehangen hatten. Nur eine kurze schwarze Jacke von Helen hing noch da. Und aus den Wohnzimmerregalen war mehr als die Hälfte der Bücher verschwunden. Der große Flachbildfernseher war weg.

»Helen, hat er sein ganzes Zeug mitgenommen?«

»Nur die Sachen, die er anhatte, als er durch die Tür hier kam und mir das von dieser Kanzleinutte eröffnet hat. Alles andere habe ich weggeworfen.«

»Du hast seine Kleider weggeworfen? Seine Bücher?« Er spähte zu seiner Schwägerin hinüber. Ihr Haar war nach hinten gebunden, und die kürzeren Strähnen über ihren Ohren waren grau. Ihr Gesicht wirkte nackt, als hätte sie ihre Brille nicht auf, dabei trug Helen gar keine Brille, außer auf der Nasenspitze, wenn sie las.

»Ja. Ich habe diesen großen Fernseher rausgeschmissen, weil er den so gern mochte. Ich habe den alten aus dem Keller raufgeholt. Hier im Haus ist nichts mehr, was mit ihm zu tun hatte.«

»Puh«, sagte Bob langsam.

»Puh?« Helen, die auf der Couch Platz nahm, wandte ihm das Gesicht zu. »Keine Schuldzuweisungen, Bob.«

»Gott bewahre.« Er hob beide Hände. Der Schaukelstuhl war weg. Er setzte sich auf einen alten Ledersessel, an den er sich von früher nicht erinnerte.

Helen schlug die Knöchel übereinander. Sie kam ihm sehr klein vor. Ihre Schuhe hatten schwarze Schleifchen, wie Gymnastikschuhe. Sie trug keinen Schmuck, bemerkte er, keine Ringe, nichts. Sie bot ihm nichts zu trinken an, und er bat um nichts. »Wie geht es dir, Helen?«, fragte er vorsichtig.

»Darauf antworte ich nicht mal.«

Er nickte. »Versteh ich. Ähm – kann ich dir irgendwie helfen?«

»Wahrscheinlich denkst du, weil du selber geschieden bist, weißt du, wie mir zumute ist, aber du hast keine Ahnung.« Sie sagte es ohne Schroffheit.

»Nein, Helen, nein. Das ist mir klar.«

Sie saßen da. Helen fragte, ob es ihm etwas ausmachen würde, die Läden herunterzulassen. Sie habe sie vorhin hochgezogen, aber irgendwie fühle sie sich mit geschlossenen Läden wohler.

Bob stand auf und ließ sie herunter, dann setzte er sich wieder. Er knipste eine Lampe bei seinem Stuhl an. »Wo ist er?«

»Er unterrichtet an so einem kleinen Elitecollege. Irgendwo Upstate. Wo genau, weiß ich nicht, und es ist mir ehrlich gesagt gleichgültig. Aber wenn er da eine Studentin flachlegt, ist er den Job auch los.«

»So dumm ist Jimmy nicht«, sagte Bob.

»Sag mal, haben sie dir« – und hier beugte Helen sich vor und zischte – *»ins Hirn geschissen*?«

Aus Helens Mund klang der Ausdruck beinahe komisch.

»Kapierst du's nicht?«, fragte sie, Tränen in den Augen. »Er ist. Nicht der. Für den ich ihn. Gehalten habe.« Bob wollte etwas antworten, aber Helen redete weiter, immer noch zu ihm vorgebeugt. »Weißt du, wer sie war? Dieses Flittchen in seinem Büro? Das war die Kleine, die unter dir gewohnt hat, die ihren Mann rausgeschmissen hat. Sie hat gesagt, du hättest ihr geraten, sich bei Jim auf diese schwachsinnige, schwachsinnige Stelle zu bewerben.«

»Adriana? Adriana Martic? Soll das ein Witz sein?«

»Ein Witz?« Helens Ton wurde ruhiger, sie setzte sich wieder normal hin. »Schön wär's. Nein, Bob, das ist kein Witz, leider. Aber warum hast du sie zu Jim geschickt, Bobby? Warum machst du so was?« Sie sah Bob mit solcher Ratlosigkeit im Blick an, dass er schon zu einem »Helen ...« ansetzte. Aber sie sagte: »Erkennst du denn eine Nutte nicht, wenn du eine siehst? Nein, offenbar nicht. Ich fand ja auch immer, dass Pam etwas leicht Nuttiges hat. Du merkst das nicht, Bob. Wie auch, du bist ja keine Frau. Aber als Ehefrau ein Heim schön zu gestalten, Kinder großzuziehen, sich fit zu halten – das macht man nicht so nebenbei. Und dann sucht sich der Mann irgend so eine Witzblatt-Lolita, die ihn wahrscheinlich an seine Highschool-Zeit erinnert, was weiß ich. Aber es tut weh, Bob, du hast keine Ahnung, wie weh. Und natürlich glaubt jeder, dass ihm selber so was nie passieren wird. Deshalb gehe ich auch nirgends mehr hin. Ich habe Freundinnen, die liebend gern herkämen, um mir die Hand zu halten. Eher würde ich sterben, ganz im Ernst. Sie triumphieren, innerlich, weil sie denken, sie sind vor so was gefeit. Aber sie sind es nicht.«

»Helen ...«

»Bei ihr durfte er sich wichtig fühlen, hat er gesagt. Er hat sie bei ihrer Scheidung beraten. Dreiunddreißig, kaum älter als seine *Tochter*. Sie hat alles haarklein dokumentiert und ihn dann hingehängt. Aber meinst du, er beichtet mir das? Ach woher, lieber rutscht er noch tiefer hinein in die Gosse, immer schön weiter Richtung Abgrund – nein, halt, die Hölle, es ist die *Hölle*, hat er gesagt, ist das zu fassen, ich soll Mitleid mit Jim Burgess haben, dem armen Jim Burgess, der die Hölle durchmacht, er hat allen Ernstes so getan, Bob, als müsste ich Mitleid mit ihm haben, immer, immer, immer geht es ihm nur um sich selbst – also lacht er sich als Nächstes eine *Lebensberaterin* an, Bob, nur für den Fall, dass es dir noch nicht ungeheuerlich genug ist, und sie nimmt ihn mit nach Fire Island, ihr Mann ist verreist, und mir sagt er, er wäre in Atlanta. Ich weiß es nur, weil sie ihm hinterhertelefoniert hat. Hierher, als er schon weg war. Kannst du dir das vorstellen? Aber er hatte mich ja schon so lange belogen, was ist da eine Lüge mehr?« Helen starrte blicklos vor sich hin. »Nichts. Eine Lüge mehr ist gar nichts. Weil alles nichts ist.«

Dann Schweigen, lange. Schließlich sagte Bob mehr zu sich selbst: »Das hat Jim alles gemacht?«

»Das hat Jim alles gemacht. Und wahrscheinlich noch mehr. Die Kinder sind völlig durch den Wind. Sie sind alle heimgeflogen, um mir beizustehen, aber ich konnte doch sehen, dass sie Todesangst hatten. Man braucht *Eltern*, Bob, ganz egal, wie alt man ist. Ihr Vater ist von seinem Sockel gestürzt, was an sich schon beängstigend genug ist, da brauchen sie nicht auch noch ein Nervenbündel als Mutter. Also musste ich mich zusammenreißen und sie trösten und möglichst schnell wieder wegschicken, und das hat Kraft gekostet, du glaubst nicht, wie viel.«

»Ach, Helen, es tut mir so leid.«

Und das stimmte. Es tat ihm unendlich leid. Es machte ihn

auch unendlich traurig. Ihm war, als wäre das Universum in zwei Teile zerbrochen; Helen und Jim bildeten eine Einheit, als zwei waren sie gar nicht denkbar. Er empfand ein fast unerträgliches Mitleid mit ihren Kindern, ihm schien, als hätte er dasselbe verloren wie sie. Aber sie waren jünger, und bei ihnen waren es die Eltern, es musste so viel schlimmer für sie sein ...
»Oi«, sagte er. »Oi.«

Helen nickte. Nach einer Weile setzte sie versonnen hinzu: »Ich habe alles für ihn getan.«

»Ja.« Das sah Bob ganz klar. Hier in diesem Zimmer hatte Helen Jims Socken aufgehoben, den einen vom Boden, den anderen vom Couchtisch, an dem Tag, als Bob ihnen von Adriana erzählte, die ihren Mann von der Polizei abführen ließ. (Adriana! Die ihm so leidgetan hatte, wie sie am Morgen danach auf dem Gehsteig stand!) »Oh, Helen, das verzeih ich mir nie, dass ich dieser Frau gegenüber Jims Kanzlei erwähnt habe. Es ist mir einfach so rausgerutscht. Ich hätte wissen müssen, dass ihr nicht zu trauen ist. Weißt du noch, wie ich immer wieder gesagt habe, dass es mir nicht ganz koscher vorkommt, was sie der Polizei erzählt hat?«

Helen sah ihn mit leeren Blick an. »Was?«

»Adriana. Du hast recht. Ich hätte wissen müssen, dass sie nichts taugt.«

Helen lächelte betrübt. »Ach, Bobby«, murmelte sie. »Nimm das nicht auch noch auf dich. Er hätte eine andere gefunden. Wie die Lebensberaterin. Von denen liegen anscheinend Heerscharen auf der Lauer da draußen. Ich weiß nicht, für mich ist das alles eine völlig fremde Welt. Ich wüsste nicht mal, was man sagen muss, um eine Affäre anzufangen.«

Bob nickte. »Du bist ein guter Mensch, Helen.«

»Das hat er auch immer gesagt.« Helen hob eine schlaffe Hand, ließ sie in ihren Schoß zurückfallen. »Und mich hat es glücklich gemacht, das zu hören. Mein Gott.«

Bob sah sich langsam im Zimmer um. Helen hatte ihrer Familie ein schönes Heim bereitet, sie war eine liebe, geduldige Mutter gewesen, sie hatte nett mit den Nachbarn geplaudert, an denen Jim arrogant vorbeimarschiert war. Sie hatte das Haus mit Blumen und Topfpflanzen gefüllt, hatte Ana gut behandelt, sie hatte die Koffer für ihre teuren Urlaube gepackt, hatte auf ihn gewartet, während er Golf spielte, und ansonsten (damit hatte Pam recht) Jims endlosem Selbstlob zugehört: wie er heute bei Gericht wieder alle in die Tasche gesteckt hatte, dass er der Beste in der Branche war, das dürfte inzwischen auch der Letzte kapiert haben … Sie hatte ihm schubladenweise Manschettenknöpfe gekauft, eine aberwitzig teure Uhr, weil er sagte, die habe er sich schon immer gewünscht.

Trotzdem. Ein Heim durfte man nicht zerstören. Das verstanden die Menschen nicht: Ein Heim, eine Familie durften nicht zerstört werden. »Helen«, sagte er, »hat Jim dir erzählt, warum zwischen uns seit Monaten Funkstille herrscht?«

Eine vage Handbewegung. »Irgendeine Beziehung, die du hattest, keine Ahnung.«

»Nein. Wir haben gestritten.«

»Das interessiert mich nicht.«

»Doch, es muss dich interessieren. Hat er dir nichts von unserem Streit erzählt? Davon, was er mir gesagt hat?«

»Nein. Und es muss mich überhaupt nicht interessieren. Im Gegenteil. Ich muss alle diese Dinge abschütteln.«

Er berichtete ihr von seinem Gespräch mit Jim auf dem Balkon ihres Hotelzimmers, bevor Zachary wieder aufgetaucht war. »Damit hat Jim sein ganzes Leben leben müssen, Helen. Er hat seinen Vater getötet, oder glaubt ihn getötet zu haben, und er hatte zu viel Angst, um es irgendwem zu erzählen. Helen?«

Sie kniff mehrmals heftig die Lider zusammen. Sie sagte: »Und das soll es für mich besser machen?«

»Es soll dir klarmachen, warum er so verkorkst ist.«

»Es macht alles noch schlimmer für mich. Ich habe geglaubt, er hat irgendeine Art Midlife-Crisis, dabei war er sein Leben lang ein berechnender Lügner.«

»So was kannst du nicht lügen nennen, Helen. Das ist Angst.« Er plädierte jetzt, ganz Anwalt, um einen sachlichen Ton bemüht. »Welcher kleine Junge würde nicht versuchen, sich aus so einer Sache rauszuwinden? Er war acht, Helen. Ein Kind. Sogar vor dem Gesetz ist ein Achtjähriger ein Kind. Und er hat diese Tat begangen, oder bildet es sich wenigstens ein, und die Zeit vergeht, und er kann mit niemandem drüber reden, und je mehr Zeit vergeht, desto schwieriger wird es, darüber zu reden. Und so lebt er Tag für Tag mit dieser Angst, diesem Gefühl, jeden Moment durchschaut und bestraft werden zu können.«

Helen erhob sich. »Bob. Lass es. Du machst es nur schlimmer. Du nimmst mir auch noch die letzten Tage in meiner Ehe, die wirklich mir gehört haben, mit einem guten und ehrlichen Ehemann. Ich weiß nicht ein noch aus, ich habe keine Ahnung, wie ich durch den Tag kommen soll. Ganz ehrlich, Bob, ich beneide die Toten. Ich kann nicht mal weinen, weil mich die Laute anwidern, dieses jämmerliche, erbarmungswürdige Geschluchze nachts allein in meinem Bett. Ich lasse meine Anwälte die Vereinbarung ausarbeiten, und dann – keine Ahnung, irgendwo werde ich schon hinziehen. Bitte geh jetzt.«

»Helen.« Bob stand auf, streckte den Arm nach ihr aus. »Helen, bitte. Hab Mitleid mit ihm. Du kannst ihn nicht verlassen. Du darfst es nicht. Er ist völlig allein. Er liebt dich. Du bist seine Familie. Jetzt komm schon, Helen, du bist seine Frau. Herrgott noch mal. Dreißig Jahre. Die wirft man nicht einfach so weg.«

Oh, wie die arme Frau da zur Furie wurde. Sie verlor alle Beherrschung, oder gestattete es sich, sie zu verlieren, Bob war sich, wenn er später daran zurückdachte – was er oft tat –, nie ganz sicher, wie viel von dem Ausbruch gesteuert war. Denn sie sagte ein paar ziemlich unglaubliche Dinge.

Sie sagte (und Bob flüsterte »Oh, Mann«, sooft er sich erinnerte), im tiefsten Innern habe sie immer gedacht, dass die Burgess Gesocks seien. Fast schon asozial eigentlich, lumpiges Hinterwäldlerpack, allein schon diese elende kleine Bruchbude, in der sie alle großgeworden waren, und dann Susan mit ihrer Biestigkeit, abblitzen lassen hatte sie Helen, all die Jahre, von der Sekunde ihres Kennenlernens an. Ob Bob wissen wolle, was Susan Helen einmal zu Weihnachten geschenkt hatte? Einen Regenschirm!

Helen sagte, Bob solle gehen, also ging er zur Tür hinaus, und er war schon auf der Straße, als er Helen hinter sich herbrüllen hörte: »Einen *schwarzen* Regenschirm! *Nein, danke!*«

11

Bob fuhr und fuhr und fuhr. Das Auto rollte um eine Kurve, einen Hang hinauf, wieder hinab und über ein Flüsschen, durch eine Ortschaft mit einer Handvoll Häusern und einer Tankstelle. Er musste Stunden fahren, bis das erste Schild das College ankündigte. Über Meilen hinweg war die Straße nun schon gewunden und schmal, und zu beiden Seiten stiegen die Hügel an, golden in der Herbstsonne. Streckenweise führte sie einen der Höhenrücken entlang, und bis zum Horizont sah er die sanften Wellen, die die Erde schlug, die Felder mit ihren unterschiedlichen Braun- und Gelb- und Grüntönen und darüber ausgespannt einen endlosen blauen Himmel mit weißen Wolkentupfern darauf. Die Schönheit berührte Bob nicht.

»Du große Scheiße«, murmelte er, als er in das Städtchen Wilson kam, zu dem das College gehörte. Er sagte es laut, um es richtig zu begreifen: »Hier arbeitet Jim. So kann's kommen. Das ist kein Horrorfilm.« Aber genauso fühlte es sich an, Bob wurde die Empfindung nicht los. Es war etwas Ungutes an dieser kleinen Stadt mit der einen engen Hauptstraße – etwas extrem Ungutes. Fast meinte er all die verborgenen Blicke zu spüren, die dem roten Mietwagen auf seiner einsamen Fahrt durch die leeren Samstagnachmittagsstraßen von Wilson folgten.

Die Wohnung seines Bruders lag nicht weit vom Campus entfernt. Das Haus war in den Hang gebaut, und um zur Haustür zu gelangen, musste man viele steile Holzstufen hinaufsteigen. Bob drückte den Klingelknopf und wartete lange, ehe sich drinnen endlich Schritte näherten.

Jim öffnete die Tür nicht ganz und blieb dahinter stehen. Unter seinen Augen waren bläuliche Ringe, und er trug ein Sweatshirt ohne Hemd darunter; die Sehnen an seinem Hals zeichneten sich ab wie Stricke, das Schlüsselbein trat scharf vor. »Hi«, sagte Jim mit einem lakonischen Heben der Hand. Bob folgte ihm über die mit fleckiger Auslegeware bedeckten Stufen nach oben, den Blick auf die schmutzigen Socken seines Bruders gerichtet, seine schlackernde Jeans. Hinter einer Tür auf dem Treppenabsatz drang eine abgehackte fremdländische Stimme hervor und dazu ein beißend süßlicher Geruch nach Knoblauch und Gewürzen, der in jeden Winkel kroch. Jim sah über die Schulter und zeigte aufwärts: Noch weiter hoch!

In der Wohnung ließ sich Jim auf eine grünkarierte Couch fallen und nickte zu einem Stuhl in der Ecke hinüber. Bob setzte sich auf die Kante. »Bier?«, fragte Jim.

Bob schüttelte den Kopf. Die Wohnung wirkte lichtlos, trotz des großen Fensters hinter der Couch. Jims Gesicht sah grau aus.

»Scheußlich, was?« Jim klappte eine Hansaplast-Schachtel auf, die neben einer Lampe stand, und brachte einen Joint zum Vorschein. Er leckte sich über die Fingerspitzen.

»Jimmy ...«

»Wie geht's dir, Bruderherz?«

»Jimmy, du bist ...«

»Ich sag's gleich, ich hasse es hier. Falls du vorhattest zu fragen.« Jim hob einen Finger, steckte sich den Joint zwischen die dünnen Lippen, fischte ein Feuerzeug aus der Hosentasche und ließ es klicken, inhalierte, hielt den Rauch. »Ich hasse die Studenten«, sagte er, ohne auszuatmen, »und den Campus, und diese Hütte« – jetzt stieß er den Rauch aus –, »und ich hasse die – keine Ahnung, Vietnamesen im Zweifel – unter mir, die ab sechs Uhr früh diesen elenden Fett- und Knoblauchgestank absondern.«

»Jimmy, du siehst zum Fürchten aus.«

Das überging Jim. »Grusliges Kaff, dieses Wilson. Heute ist Football. Aber glaubst du, man sieht jemanden? Die Dozenten wohnen über die Hügel verstreut, die Studenten in ihren Wohnheimen oder Verbindungshäusern.« Er zog wieder an seinem Joint. »Dreckskaff.«

»Dieser Küchengeruch ist wirklich eine Zumutung.«

»Jep. Kannst du laut sagen.« Jim sah verfroren aus. Er rieb sich den Arm und schlug die Beine übereinander. Den Kopf auf die Rückenlehne gelegt, blies er Rauch aus, starrte einen Moment lang zur Decke hoch, hob den Kopf und sah seinen Bruder an. »Schön, dich zu sehen, Bobby.«

Bob beugte sich vor. »Verdammt, Jimmy. Hör mir zu.«

»Bin ganz Ohr.«

»Was machst du hier?« Der Grauschleier auf Jims Gesicht kam von den Bartstoppeln.

»Vor mir selbst weglaufen«, sagte Jim. »Nach was schaut's denn aus? Netter Campus, dachte ich, gute Studenten, neue Chance. Aber als Lehrer bin ich eine Niete, das ist die traurige Wahrheit.«

»Magst du gar keine von den Studenten?«

»Ich sag doch, ich hasse sie. Und weißt du, was? Sie wissen nicht mal, wer Wally Packer ist, nicht richtig. Ach, sagen sie, ist das der mit diesem Song? Für die ist er so eine Art Frank Sinatra, von dem Prozess haben sie nie gehört. Sie kennen nicht mal O.J. Simpson. Die meisten jedenfalls. Die haben damals noch in die Windeln geschissen. Sie wissen nichts, und es ist ihnen egal. Enorm privilegiert, diese Kids hier, Bob. Die Söhne der Industriekapitäne, das sind sie. Einer am Institut hat mir erzählt, die Wirtschaftsbosse schicken ihre Jungs nach Wilson, weil da Verlass drauf ist, dass sie gute Republikaner bleiben.«

»Wie bist du überhaupt an den Job rangekommen?«

Jim zuckte die Achseln, inhalierte. »Hat Alan mir verschafft. Er kennt einen von den Profs hier, der nach einer OP erst mal beurlaubt ist oder so.«

»Rauchst du viel von dem Zeug?« Bobby zeigte auf den Joint in Jims Hand. »Für einen Kiffer hast du bisschen wenig Speck auf den Rippen.«

Wieder zuckte Jim die Achseln.

»Wie – du nimmst noch was anderes? Du hast doch nie … großer Gott, Jim. Gehört das mit zu deinem neuen Selbstzerstörungsprogramm?«

Jim winkte müde ab.

»Aber von Koks lässt du hoffentlich die Finger, oder? Ich meine, denk an dein Herz.«

»Mein Herz. Stimmt. An das sollte ich denken.«

Bob stand auf und schaute in den Kühlschrank. Bier, ein Karton Milch, ein Glas mit Oliven. Er ging zu Jim zurück. »Tja, wer O.J. ist, dürften sie inzwischen wissen. Er ist wieder im Gefängnis. Das heißt, vorübergehend noch mal auf freiem Fuß. Aber diesmal ist er reif.« Er setzte sich vorsichtig wieder auf den Stuhl. »Genauso wie dein Freund Wally.«

»Richtig, ja.« Jims Augen röteten sich um die Ränder. »Aber den Wilson-Studenten geht das am Arsch vorbei.«

»Ich glaube, es geht allen am Arsch vorbei«, sagte Bob.

»Ja, so wird's sein.«

Nach einem Augenblick fragte Bob: »Und, hast du von Wally gehört?«

Jim nickte. »Diesmal muss er schauen, wie er zurechtkommt.«

»Meinst du, er wird verurteilt? Ich hab's nicht richtig verfolgt.«

Wieder ein Nicken. »Wird er.«

Es war ein trauriger Moment. Das Leben hält traurige Momente bereit, und dies hier war einer von ihnen. Bob dachte an seinen Bruder mit seinen Maßanzügen und teuren Manschettenknöpfen, wie er am Ende jedes Prozesstages auf der Treppe vor dem Gerichtsgebäude in die Mikrofone gesprochen hatte. An den Triumph des Freispruchs. Und jetzt wanderte der Angeklagte nach all den Jahren womöglich, höchstwahrscheinlich doch ins Gefängnis, weil er leichtsinnig gewesen war, fahrlässig, renitent. Und sein Verteidiger, Jim Burgess, saß abgemagert und unrasiert in einer engen Wohnung mitten in der Pampa, und durch die Wände kroch widerlicher, süßsäuerlicher Knoblauchgestank …

»Jim.«

Sein Bruder zog die Brauen hoch, drückte seinen Joint in einem Aschenbecher aus und wickelte ihn sorgsam in sein kleines Tütchen, bevor er ihn wieder in der Hansaplast-Schachtel verwahrte.

»Du darfst hier nicht bleiben.«

Jim nickte.

»Sag ihnen, dass du nicht bleiben kannst. Ich sag es ihnen.«

Jim sagte: »Ich hab nachgedacht.«

Bob wartete.

»Und was mir klargeworden ist, so was von glasklar – und glaub mir, mir ist nicht vieles klar, aber diese eine Sache ist es: Ich habe nicht die entfernteste Ahnung, wie man sich in diesem Land als Schwarzer fühlt.«

»Wie bitte?«

»Ganz im Ernst. Und du hast genauso wenig Ahnung.«

»Nein, wie denn auch? Mann! Hab ich das je behauptet? Hast *du* das je behauptet?«

»Nein. Aber das ist nicht der Punkt.«

»Was ist der Punkt, Jim?«

Jim schaute verwirrt. »Weiß nicht mehr.« Dann beugte er sich mit einem Ruck vor. »Jetzt pass auf, mein Bruder aus Maine. Jetzt pass auf. Wenn dir jemand vorgestellt wird, dann sagst du nicht: Nett, Sie kennenzulernen. Das ist vulgär. Zu vertraulich, niveaulos.« Er lehnte sich wieder zurück. »Du musst sagen: Angenehm.« Jim nickte. »Das wusstest du nicht, oder?«

»Nein.«

»Das kommt, weil wir Dumpfbacken aus Maine sind. Die wirklich niveauvollen Menschen in diesem Land wissen, dass man ›Angenehm‹ sagt, wenn einem jemand vorgestellt wird. Und sie *lachen* über die Leute, die sagen: Nett, Sie kennenzulernen. Das habe ich an diesem College gelernt.«

»Guter Gott, Jimmy«, sagte Bob. »Langsam machst du mir Angst.«

»Deshalb erzähl ich's dir ja.«

Bob stand auf und trat an die Tür von Jims Schlafzimmer. Kleider lagen wild verstreut, die Kommodenschubladen standen offen, das Bettlaken lag zerknautscht auf der halbnackten Matratze. Bob drehte sich wieder um. »Wie viele Wochen sind es noch bis Semesterende?«

Jim sah ihn mit seinen blutunterlaufenen Augen an. »Sieben.« Er lehnte den Oberkörper nach vorn. »Das mit der sexuellen Belästigung – das ist schlicht nicht wahr. Das mit dem Sex schon. Das stimmt. Aber es stimmt nicht, dass sie Angst vor mir hatte, oder Angst davor, ihren Job zu verlieren. Wenn einer Angst hatte, dann ich.«

»Wovor?«, fragte Bob.

»Wovor?« Jim warf die Hand in die Luft. »Vor dem hier! Davor, dass ich Helen verliere! Aber ich dachte nicht, dass Adriana es auf eine Million Dollar abgesehen hatte. Ich dachte nicht, dass ich rausfliege.«

»So viel hat sie gekriegt?«

»Fünfhunderttausend. Sie fordern alle erst mal eine Million. Zahlen muss ich es natürlich. Aus meinem Firmenanteil.« Jims Arme hingen seitlich herunter, sein Brustkasten sah eingefallen aus. Egal, schien sein leichtes Kopfschütteln zu sagen. »Sie hat in deinem Haus in Brooklyn gewohnt. Die Kleine, mit der du solches Mitleid hattest.«

»Ich weiß. Und den Tipp hatte sie auch noch von mir.«

Jim winkte ab. »Sie wäre so oder so gekommen. Sie war auf Geld aus, sie hat sich bei sämtlichen Großkanzleien beworben. Tja, eine zähe Verhandlerin, wie man sieht. Fünfhunderttausend, immerhin.«

»Und du hattest keine Angst um deinen Job? Darauf kamst du gar nicht? Wie kann das sein, Jim? Du als Anwalt!«

»Bobby, du bist wirklich rührend. Im Ernst, nimm's mir nicht übel. Du denkst wie ein Kind. Als müsste alles im Leben Hand und Fuß haben. So wie jeder sagt: Das war aber dumm von ihm, wenn ein Kongressabgeordneter auf dem Bahnhofsklo einen Stricher anbaggert. Klar. Klar war's dumm.«

Bob sah in den Kleiderschrank, fand einen Koffer und holte ihn heraus.

Jim schien es nicht zu bemerken. Er sagte: »Manche von uns sehnen heimlich den Untergang herbei. Das glaube ich ganz im Ernst. Und soll ich dir was sagen? In der Sekunde, wo ich das von Zach und diesem Schweinekopf gehört hab – in der Sekunde wusste ich im Prinzip schon, dass ich geliefert bin. *Your cheating heart will tell on you.* Das Lied hab ich nicht mehr aus dem Kopf gekriegt. Verdammt, aber mein ganzes Leben – und erst recht, als die Sache mit Zach kam und die Kinder alle weg waren, mit dem leeren Haus und diesem sinnlosen Scheißjob in der Kanzlei – hab ich gedacht: Sie erwischen dich. Nur eine Frage der Zeit.« Seine Rede schien Jim erschöpft zu haben. Er schloss die Augen, bewegte müde die Hand. »Ich konnte es nicht länger durchhalten.«

»Du musst hier raus, Jimmy.«

»Du wiederholst dich. Und wo soll ich deiner Meinung nach hin?«

Bobs Handy klingelte. »Susan«, sagte er. Er hörte zu. Dann

sagte er: »Das ist ja phantastisch. Das ist wunderbar. Klar komm ich da. Doch, auf jeden Fall. Und ich bring Jim mit. Ich bin grade bei ihm in Wilson. Ihm geht's beschissen, und er sieht zum Fürchten aus, mach dich auf was gefasst.« Er klappte das Telefon zu und sagte zu seinem Bruder: »Wir fahren nach Maine. Unser Neffe kommt nach Hause. Übermorgen. Er kommt mit dem Bus in Portland an, und wir holen ihn alle drei ab. Verstehst du? Die Familie.«

Jim schüttelte den Kopf, rieb sich das Gesicht. »Wusstest du, dass Larry mich immer gehasst hat? Weil ich ihn im Sommerlager gelassen habe, obwohl er lieber heimgekommen wäre.«

»Das ist doch ewig her, Jim. Er hasst dich nicht.«

»Nichts ist ewig her.«

»Wie heißt euer Chairman?«, fragte Bob.

»Kein Chairman«, sagte Jim. »Chairwoman. Chairperson. Chair-leck-mich-doch.«

12

Und so fuhren die Burgess-Brüder von Upstate New York Richtung Maine, über kurvenreiche Straßen, vorbei an heruntergekommenen Farmen und nicht so heruntergekommenen Farmen, kleinen Häusern und großen Häusern mit drei Autos oder auch einem Schneemobil oder einem mit Planen zugedeckten Boot davor. Sie tankten, fuhren weiter. Bob saß am Steuer, Jim neben ihm, auf seinem Sitz zusammengesackt, manchmal fest schlafend, ansonsten aus dem Beifahrerfenster starrend.

»Denkst du an Helen?«, fragte Bob.

»Immer.« Jim setzte sich gerader hin. »Und ich mag nicht drüber reden.« Einige Sekunden später fügte er hinzu: »Ich fass es nicht, dass ich mit dir nach Maine komme.«

»Wie oft willst du das jetzt noch sagen? Alles besser als dieses Loch, in dem ich dich gefunden habe. Und in Bewegung sein ist immer gut.«

»Wieso?«

»Weil uns das an das Schwappen des Fruchtwassers erinnert. Oder so.«

Jim sah wieder aus dem Fenster. Draußen glitten noch mehr Felder vorüber, Tankstellen, kleine Einkaufszentren, Antiquitätenläden. Jedes Haus, an dem sie vorbeifuhren, kam Bob einsam und trist vor, und als Jim sagte: »So ein Typ bei den Germanisten meinte, ich würde mich hier sicher wohlfühlen, weil Upstate New York wie Maine aussieht«, sagte Bob, er könne überhaupt keine Ähnlichkeit mit Maine feststellen, und Jim sagte: »Ich auch nicht.«

Sie überquerten die Grenze nach Massachusetts, wo die Wolken tiefer hingen und die Bäume kümmerlicher waren und die Felder zu beiden Seiten anheimelnd struppig. »Jim. Was für Erinnerungen hast du an ihn?«

Jim sah ihn an wie von weit weg. »An wen?«

»Unseren Vater. Der da ist im Himmel.«

Jim setzte sich so, dass seine Knie zu Bob hinzeigten, nicht mehr von ihm weg. Nach einigen Sekunden sagte er: »Ich weiß noch, dass er mich zum Eisfischen mitgenommen hat. Er hat mir aufgetragen, den kleinen orangen Ball im Auge zu behalten, der in diesem winzigen Wasserloch mitten im Eis schwamm. Wenn der Ball untertaucht, dann hat einer angebissen, sagte er. Es biss nie einer an. Sein Gesicht sehe ich nicht mehr vor mir, aber ich sehe diesen kleinen orangen Ball.«

»Was noch?«

»Wenn es im Sommer sehr heiß war, hat er uns manchmal mit dem Gartenschlauch abgespritzt, erinnerst du dich?«

Bob erinnerte sich nicht.

»Manchmal hat er gesungen.«

»Gesungen? Weil er betrunken war?«

»Guter Gott, nein.« Jim sah zur Decke hoch und schüttelte den Kopf. »Das denken auch nur Puritaner aus Neuengland, dass man zum Singen betrunken sein muss. Nein, Bob, er sang bloß manchmal ganz gern. *Home on the Range*, solche Sachen.«

»Hat er uns angeschrien?«

»Soviel ich weiß, nicht.«

»Das heißt, er war … Wie war er?«

»Ich glaube, er war ein bisschen wie du.« Jim sagte es nachdenklich, die Hände zwischen die Knie geklemmt. »Ich meine, so richtig kann ich es natürlich nicht sagen, dazu reichen meine Erinnerungen nicht aus, aber ich habe oft gedacht, diese – diese ganze spezielle Art von, na ja, Goofyhaftigkeit, die du hast, die könnte von ihm sein.« Dann schwieg Jim etliche Minuten, während Bob wartete. Schließlich sagte Jim: »Wenn Pam zurückgekommen wäre und dich gebeten hätte, sie zurückzunehmen – wenn sie dich angefleht hätte –, hättest du's getan?«

»Ja. Nicht, dass sie mich je gebeten hat. Aber wart lieber nicht zu lang.«

»Helen hat eine Mordswut auf mich.«

»Ja, das hat sie. Eine Mordswut. Was erwartest du?«

Jim sagte leise: »Falls du das noch nicht wusstest, man verhärtet sich gegen die Menschen, die man verletzt hat. Weil es sonst zu unerträglich wäre. Zu wissen, dass man jemandem so etwas angetan hat. Dass *ich* jemandem so etwas angetan habe. Also sucht man nach allen möglichen Gründen, um sich irgendwie zu rechtfertigen. Weiß Susan, was passiert ist?«

»Ich hab es ihr erzählt. Nachdem ich bei Helen war. Ich habe ihr gesagt, dass ich zu dir nach Wilson fahre.«

»Susan hat Helen nie gemocht.«

»Sie gibt Helen keine Schuld. Wieso sollte man Helen die Schuld geben?«

»Ich hab's versucht. Sie hat bergeweise Geld, weißt du. Von ihrem Vater. Und sie hat immer säuberlich die Hand drauf gehalten, damit es direkt an die Kinder geht. Damit ich nichts davon bekomme, falls sie vor mir stirbt. Sondern alles die Kinder. Ihr Vater hat das so gewollt.« Jim streckte die Beine aus. »Wobei das nicht unüblich ist bei Familienvermögen.«

»Eben.«

»Das war's«, sagte Jim. »Mehr an Vorwürfen gegen Helen konnte ich nicht ausgraben. Dass ich meinen blöden Job in dieser blöden Kanzlei mit diesen blöden Wirtschaftskriminalitätsfällen gehasst habe, ist nicht ihre Schuld. Sie hat mich seit Jahren gedrängt, da wegzugehen, sie wusste, dass es nicht das war, was ich machen wollte. Und ich habe keine Lust, darüber zu reden. Ich glaube, was ihr den Rest gegeben hat, war diese Nacht mit der Lebensberaterin.«

»Jim. Wenn du noch mehr zu beichten hast, behalte es für dich. Das ist mein Rat an dich, okay?«

»Was soll ich tun, Bob? Ich habe keine Familie.«

»Du hast eine Familie«, sagte Bob. »Du hast eine Frau, die dich hasst. Kinder, die stinksauer auf dich sind. Einen Bruder und eine Schwester, die dich wahnsinnig machen. Einen Neffen, mit dem nie viel los war, aber der sich jetzt langsam zu berappeln scheint. So was nennt man Familie.«

Jim schlief ein, den Kopf so weit nach vorn gekippt, dass er fast auf die Brust hing.

Susan kam aus dem Haus gelaufen, als sie in die Einfahrt einbogen. Sie umarmte Jim mit einer Zärtlichkeit, wie Bob sie ihr gar nicht zugetraut hätte. »Jetzt kommst du erst mal rein«, sagte sie. »Ich schlafe heute auf der Couch, Jim, du bekommst mein Zimmer. Du brauchst eine heiße Dusche, und rasieren musst du dich auch. Euer Essen steht schon auf dem Herd.«

Sie wuselte herum, dass Bob nur staunen konnte. Er versuchte Jims Blick einzufangen, aber Jim schaute stumpf vor sich hin, während Susan ihm Handtücher und einen alten Rasierer von Zach heraussuchte. Bob sollte in Zachs Zimmer schlafen, und Susan schickte ihn mit seinen Taschen nach oben. Als die Dusche zu rauschen begann, sagte er: »Bin gleich wieder da. Ich dreh nur kurz eine Runde.«

Margaret Estaver stand vor ihrer Kirche und sprach mit einem hochgewachsenen dunkelhäutigen Mann. Bob brachte den Wagen zum Stehen, stieg aus und sah die Freude auf ihrem Gesicht, als er auf sie zuging. Sie sagte etwas zu dem Mann, der nickte und der Bob aus der Nähe bekannt vorkam. »Das ist Abdikarim Ahmed«, sagte Margaret, und der Mann gab ihm die

Hand und sagte: »Ich freue mich. Ich freue mich sehr.« Seine Augen waren dunkel, wach; sein Lächeln entblößte schiefe, fleckige Zähne.

»Was hören Sie von Zachary?«, fragte Margaret. Bob schielte zu dem Mann hinüber; er hätte einer von den Männern sein können, die bei Zachs Anhörung ausgesagt hatten, Bob war sich nicht sicher.

Der Mann sagte: »Ist alles gut mit ihm? Ist er bei seinem Vater? Kommt er heim? Er kann jetzt heim, denke ich.«

»Er kommt morgen«, sagte Bob. Und fügte hinzu: »Aber keine Sorge. Er hat sich gebessert. Keine Dummheiten mehr.« Die letzten Worte hatte er in dem überlauten Ton gesagt, den man bei Ausländern oder bei Schwerhörigen anschlägt. Margaret verdrehte die Augen.

»Er kommt heim«, sagte der Mann mit hochzufriedenem Gesichtsausdruck. »Sehr gut, sehr gut.« Er schüttelte Bob noch einmal die Hand. »Es hat mich gefreut. Möge das Glück mit dem Jungen sein.« Er nickte und ging davon.

Als er außer Hörweite war, sagte Margaret: »Er war Zachs Fürsprecher.«

»Dieser Mann?«

Bob folgte ihr in ihr Büro. Sein Leben lang würde er sich erinnern, wie sie die Hand ausstreckte, um eine Lampe anzuknipsen, und den Raum mit dieser Bewegung in Licht tauchte, die Herbstdunkelheit nach draußen verbannte. Er konnte nie den genauen Moment benennen – obwohl es gut dieser Moment hätte sein können, mit seinem Lampenlicht, das die Wärme Abdikarims zu bewahren schien und irgendwie auch die Wärme von Shirley Falls –, in dem er begriff, dass seine Zukunft bei ihr lag. Sie redeten nicht lange, und sie redeten nicht von sich. Sie wünschte ihm das Beste für Jim und für Zacharys Ankunft, und er sagte, er würde ihr Bericht erstatten, und sie sagte: Tun Sie das, und begleitete ihn nicht zu seinem Auto.

»Er ist in einem furchtbaren Zustand«, murmelte seine Schwester mit einer Kopfbewegung in Richtung Wohnzimmer. »Er hat dreimal bei ihr angerufen, und sie hebt nicht ab. Aber Zach hat gerade gemailt, dass er sich schon riesig freut, auch auf euch. Und *das* ist doch schön, oder?«

Bob ging ins Wohnzimmer und setzte sich Jim gegenüber. »Weißt du, was du machst?«, sagte Bob. »Du fährst nach Park Slope und schläfst auf der Türschwelle, bis sie dich reinlässt.«

»Bis sie mir die Polizei auf den Hals hetzt, meinst du wohl.« Jim drückte die Faust gegen sein Kinn und starrte auf den Teppich.

»Soll sie doch. Es ist immer noch dein Haus, oder?«

»Dann erwirkt sie ein Kontaktverbot.«

»Du hast sie ja wohl nicht geschlagen. Oder? Mann!«

Jetzt schaute Jim doch auf. »Verdammt, Bob. Nein. Und ihre Klamotten hab ich auch nicht aus dem Fenster geschmissen.«

»Ist ja gut«, sagte Bob. »Ist ja gut.«

Am nächsten Morgen stand Mrs. Drinkwater auf der obersten Treppenstufe und lauschte. »So was«, formte sie mit den Lippen, denn es war sehr aufschlussreich, was sie da von den jungen Leuten – »junge Leute«, dachte sie, die Stimmen hatten so etwas Frisches, vor allem Susans, als machte die Trennung von Ehepartnern und Kindern sie selbst wieder zu Kindern – über ihre Pläne für Zacharys Zukunft erfuhr (vielleicht konnte er aufs College gehen) und über Jims Krise (er schien schwer in Ungnade gefallen zu sein, nur eine Tochter sprach noch mit ihm) und auch über Susan (es gab einen Malkurs einmal die Woche, den sie gern besuchen wollte – dieses Letzte überraschte Mrs. Drinkwater besonders, sie hatte keine Ahnung gehabt, dass Susan sich fürs Malen interessierte).

Ein Küchenstuhl schrammte über den Boden, und Mrs.

Drinkwater wollte schon den Rückzug antreten, aber dann wurde der Hahn an der Spüle auf- und wieder zugedreht, und sie redeten weiter. Bob erzählte Susan, ein Arbeitskollege von ihm kenne eine Frau, die arm aufgewachsen war und ihre Kleider immer nur bei Kmart gekauft hatte, und dann hatte sie einen steinreichen Mann geheiratet, und nach all diesen Jahren, die sie jetzt schon reich verheiratet war, kaufte sie ihre Kleider immer noch bei Kmart. »Wieso das denn?«, fragte Susan im selben Augenblick, als auch Mrs. Drinkwater sich diese Frage stellte. »Weil es etwas Vertrautes ist«, antwortete Bob.

»Wenn ich mit einem reichen Mann verheiratet wäre, würde ich mir ein paar richtig schöne Sachen leisten«, sagte Susan.

»Denkst du jetzt«, sagte ihr Bruder. »Aber weißt du's?«

Es wurde still, so lange, dass Mrs. Drinkwater den Rückzug zu erwägen begann. Dann Susans Stimme: »Jimmy, willst du Helen wiederhaben? Weißt du, als Steve mich verlassen hatte, haben mir alle diese ganzen üblichen Sachen gesagt: Ach, du bist viel besser dran ohne ihn, solches Zeug. Aber obwohl ich mir pausenlos seine sämtlichen Macken aufgezählt habe, hab ich ihn mir doch zurückgewünscht. Wenn du sie also wiederhaben willst, wäre mein Rat: Beknie sie.«

»Beknie sie«, sagte auch Bob.

Mrs. Drinkwater wäre fast die Treppe hinuntergefallen, so weit beugte sie sich vor. Beknien, unbedingt, hätte sie am liebsten nach unten gerufen, aber die Diskretion verbot es ihr. Diese Stunde gehörte ihnen allein.

»Du magst Helen doch gar nicht«, sagte Jim.

Und Susan erwiderte: »Mach das nicht, Jim. Sie ist schon in Ordnung. Gib nicht mir den schwarzen Peter. Vielleicht hattest du ein Problem damit, mit einer WASP-Prinzessin verheiratet zu sein, aber dafür kann Helen nichts.« Und sie schob nach: »Ich hab ja ewig nicht gewusst, dass ich auch als WASP zähle.«

Bobs Stimme: »Wann hast du's rausgefunden?«

»Mit zwanzig.«

»Was ist passiert, als du zwanzig warst?«

»Da hatte ich diesen jüdischen Freund.«

»Im Ernst?« Das war Jim.

»Ich wusste nicht, dass er Jude ist.«

»Uff, Glück gehabt. Es sei dir verziehen.«

Jim mit seinem Sarkasmus, dachte Mrs. Drinkwater. Ihr gefiel Jim. Er hatte ihr schon damals gefallen, als er jeden Abend im Fernsehen zu sehen gewesen war.

»Wie bist du dahintergekommen, dass er Jude ist?«, wollte Bob wissen.

»Das hat sich irgendwie ergeben. Er sagte, Soundso würde in ihm einfach nur den Judenbub sehen, und ich dachte, huch, dann ist er wohl Jude. Mir war es gleich. Warum hätte es mich stören sollen. Aber dann fing er an, Muffy zu mir zu sagen, und ich sagte: Warum sagst du immer Muffy zu mir?, und er sagte: Weil man zu WASP-Mädels eben so sagt. Da hab ich's dann endlich kapiert.«

»Was ist aus ihm geworden?«, fragte Bob.

»Er hat seinen Abschluss gemacht. Ist zurück nach Massachusetts, wo er herkam. Und im Jahr drauf hab ich Steve kennengelernt.«

»Susie hat eine Vergangenheit«, sagte Jim. »Wer hätte das gedacht?«

Wieder scharrte ein Stuhl, Teller wurden ineinandergestellt. »Mensch, ich bin so nervös, dass mir ganz schlecht ist. Was ist, wenn Zach mich nicht mehr mag?«

»Er liebt dich. Er kommt zu dir heim.« Das war Bobs Stimme, und Mrs. Drinkwater schlich zurück in ihr Zimmer.

13

Sie saßen im Busbahnhof, der nicht mehr der Portlander Busbahnhof ihrer Jugend war, sondern ein Neubau, um den sich rundherum ein gigantischer Parkplatz ausdehnte. Durch die großen Fensterscheiben sah man ein paar Taxis – keine gelben – auf die ankommenden Busse warten. »Warum hat Zach nicht einfach einen Bus nach Shirley Falls genommen?«, fragte Jim. Er saß zusammengesunken in seinem Plastikstuhl und stierte vor sich hin.

»Weil er hier umsteigen und dann stundenlang warten müsste, und der Bus kommt unheimlich spät in Shirley Falls an«, sagte Susan. »Deshalb habe ich gesagt, ich hole ihn hier ab.«

»Natürlich«, sagte Bob. Er dachte an Margaret, daran, wie er ihr von allem berichten würde. »Susie, nimm's nicht tragisch, wenn er stofflig ist und dich nicht umarmt. Er fühlt sich jetzt wahrscheinlich ungeheuer erwachsen. Ich könnte mir vorstellen, dass er mir die Hand schüttelt. Nur dass du nicht enttäuscht bist, meine ich.«

»Das hab ich mir auch schon überlegt«, sagte Susan.

Bob stand auf. »Ich hol mir an dem Automaten da drüben einen Kaffee. Soll ich irgendwem was mitbringen?«

Susan sagte: »Nein, danke.« Jim sagte nichts.

Falls einer von ihnen ihn zum Fahrkartenschalter gehen sah, erwähnten sie es nicht. Es gab Busse nach Boston, New York, Washington und auch einen nach Bangor. Bob kam mit seinem Kaffee zurück. »Habt ihr die Taxifahrer gesehen? Da sind auch

Somali dabei. In Minneapolis konnten ein paar nicht eingestellt werden, weil sie nicht bereit waren, Fahrgäste zu befördern, die Alkohol getrunken hatten.«

»Woher wollen sie wissen, ob jemand Alkohol getrunken hat?«, fragte Susan. »Und geht sie das überhaupt etwas an? Ich meine, wenn sie so dringend eine Arbeit suchen?«

»Susie-Q, Susie-Q. Behalte solche Ansichten lieber für dich. Dass dein Sohn heute heimkommen kann, verdankt er einem gewissen Abdikarim.« Bob zog die Brauen hoch und nickte. »Im Ernst. Der Mann, der bei der Anhörung ausgesagt hat. Er ist sehr angesehen in der Somali-Gemeinschaft. Er nimmt großen Anteil an Zachs Schicksal – er hat sich bei den Ältesten für ihn eingesetzt. Ohne ihn hätte die Staatsanwaltschaft den Fall wahrscheinlich nicht zu den Akten gelegt, und Zach würde der Prozess gemacht. Ich habe mich gestern mit ihm unterhalten.«

Susan schien sich mit der Vorstellung schwerzutun. Stirnrunzelnd sah sie Bob an. »Das hat dieser Somalier gemacht? Warum?«

»Ich sag doch, er mag Zach irgendwie. Offenbar erinnert er ihn an seinen Sohn, den er vor Jahren verloren hat, in seiner Heimat noch.«

»Ich weiß nicht, was ich sagen soll.«

Bob zuckte die Achseln. »Tja, dann. Behalt's einfach im Hinterkopf. Und es kann auch nicht schaden, wenn Zach es erfährt.«

Jim hatte während des ganzen Gesprächs geschwiegen. Als er aufstand, fragte Susan, wo er hinwolle. »Aufs Klo. Wenn du gestattest.« Er ging durch den Bahnhof, gebeugt und dünn.

Susan und Bob sahen ihm nach. »Ich mach mir schreckliche Sorgen um ihn«, sagte Susan, den Blick auf den Rücken ihres Bruders gerichtet.

»Äh, Susie …« Bob stellte sich den Kaffeebecher zwischen die Füße. »Jim sagt, dass er es war. Und nicht ich.«

Susan wartete, sah ihn an. »Dass er was war – *das*? Wirklich? Mein Gott. Aber das kann doch nicht sein, oder? Du glaubst doch nicht, dass das stimmt?«

»Ich fürchte, das werden wir nie erfahren.«

»Aber er glaubt, dass er es war?«

»So scheint es, ja.«

»Wann hat er dir das gesagt?«

»Als Zach verschwunden war.«

Sie beobachteten ihn, wie er durch die Halle zu ihnen zurückkam. Er wirkte nicht mehr groß, wie früher immer, nur alt und verhärmt in seinem langen Mantel. »Habt ihr über mich geredet?« Er setzte sich zwischen sie.

»Ja«, sagten sie im Chor.

Über die Lautsprecher kam der Aufruf für den Bus nach New York. Die Zwillinge wechselten einen Blick, sahen dann auf Jim. Jims Kiefer zuckte. »Steig ein, Jimmy«, sagte Susan sanft.

»Ich hab keine Fahrkarte. Ich hab mein Zeug nicht dabei, und die Linie ist zu …«

»Fahr, Jim.« Bob hielt seinem Bruder die Fahrkarte hin. »Los. Ich lasse mein Telefon an. Mach schon.«

Jim blieb sitzen.

Susan schob die Hand unter seinen Ellenbogen, Bob fasste Jims anderen Arm; alle drei standen auf. Wie einen Gefangenen führten sie ihn zum Ausgang. Als er die paar Meter von der Tür zu dem wartenden Bus zurücklegte, durchfuhr Susan ein jäher Stich der Verzweiflung – als ginge Zach aufs Neue von ihr fort.

Jim drehte sich um. »Grüßt mir meinen Neffen«, sagte er. »Und sagt ihm, wie froh ich bin, dass er wieder da ist.«

Sie sahen zu, wie er in den Bus stieg. Die getönten Scheiben nahmen ihnen die Sicht auf ihn. Sie warteten, bis der Bus abgefahren war, dann kehrten sie zu ihren Plastikstühlen zurück. Schließlich sagte Bob: »Willst du nicht doch einen Kaffee?«

Susan schüttelte den Kopf.

»Wie lange noch?«, fragte er, und Susan sagte, zehn Minuten. Er berührte ihr Knie. »Sorg dich nicht wegen Jimmy. Wenn alle Stricke reißen, hat er immer noch uns«, und Susan nickte. Er machte sich klar, dass sie wahrscheinlich nie wieder über den Tod ihres Vaters sprechen würden. Auf die Fakten kam es nicht an. Es kam auf ihre Geschichten an, und jeder von ihnen hatte seine Geschichte, die ihm ganz allein gehörte.

»Da kommt er.« Susan packte seinen Arm. Hinter dem Bahnhofsfenster schob sich der Bus ins Bild, wie eine übergroße freundliche Raupe kam er angekrochen. Die Wartezeit an der Tür schien endlos und dann zu kurz, denn mit einem Mal stand Zachary vor ihnen: Haarsträhnen in der Stirn, groß, mit verlegenem Grinsen. Zach.

»Hi, Mom.« Und dann trat Bob einen Schritt zurück, während seine Schwester ihren Sohn umarmte, sie hielten und hielten sich, leicht hin und her schwankend. Die Leute machten einen höflichen Bogen um sie, manche lächelten im Vorbeigehen kurz zu ihnen hin. Dann umarmte Zach Bob, und Bob meinte eine neue Robustheit an dem jungen Mann zu spüren. Als sie sich voneinander lösten, ließ er die Hände auf Zachs Schultern liegen und sagte: »Gut schaust du aus.«

Trotzdem sah er natürlich nach wie vor wie Zach aus. Frische Pickel punkteten seine Stirn oben am Haaransatz, gut sichtbar, weil er sich ständig die Haare nach hinten strich. Und obwohl er zugenommen hatte, wirkte er immer noch schlaksig und unbeholfen. Neu war die Lebhaftigkeit in seinem Gesicht. »Schon krass, Mann. Voll krass, oder?«, sagte er immer wieder, als sie zum Auto gingen. Worauf Bob nicht gefasst war – und Susan vermutlich auch nicht –, war die Tatsache, dass er redete. Und redete. Er erzählte von den hohen Steuern, die man in Schweden zahlen musste, sein Vater hatte ihm das erklärt, aber dafür gab es auch alles, was man brauchte, Krankenhäuser,

Ärzte, perfekt ausgerüstete Feuerwachen, saubere Straßen. Er erzählte, dass die Leute enger zusammenwohnten, sich viel mehr umeinander kümmerten als hier. Er erzählte, wie hübsch die Mädchen waren, das glaubst du gar nicht, Onkel Bob. Umwerfende Mädchen, wo man hinschaute, am Anfang hatte er sich als kompletter Loser gefühlt, aber sie waren alle nett zu ihm. Ob er zu viel redete? Das fragte er allen Ernstes.

»Himmel, nein«, sagte Susan.

Aber das Haus ließ ihn zögern, das sah Bob. Er stand da, kraulte dem Hund den Kopf, blickte hin und her und sagte: »Es ist alles wie immer. Aber irgendwie auch nicht.«

»Ich weiß«, sagte Susan. Sie lehnte sich an einen Sessel. »Du bist nicht verpflichtet, hierzubleiben, Schatz, du kannst zurückfahren, wann immer du willst.«

Zach fuhr sich mit den Fingern durchs Haar, grinste seine Mutter linkisch an. »Oh, aber ich will ja hier sein. Ich sag nur, dass es irgendwie *krass* ist.«

»Na, für immer bleibst du ja sowieso nicht«, sagte Susan. »Das wäre nicht normal. Und die jungen Leute gehen alle aus Maine weg. Es gibt keine Stellen.«

»Susie«, sagte Bob, »sei nicht so pessimistisch. Wenn Zach in die Geriatrie geht, kann er ewig hier arbeiten.«

»He, ihr zwei, was ist eigentlich mit Onkel Jim?«

»Der hat zu tun«, sagte Bob. »Schwer zu tun, hoffen wir.«

An der Ostküste war es schon lange Nacht geworden. Über der Stadt Lubec in Maine war die Sonne als Erstes untergegangen, dann über Shirley Falls und von da zügig die Küstenlinie hinab: Massachusetts, Connecticut, New York; dunkel war es, als der Bus, in dem Jim Burgess saß, in den Schlund des Port Authority Busbahnhofs einfuhr, dunkel schon seit Stunden, als Jim aus dem Fenster des Taxis starrte, das ihn über die Brooklyn

Bridge trug. Abdikarim hatte sein letztes Gebet für den Tag verrichtet und dachte an Bob Burgess, der jetzt gewiss daheim bei dem dunkeläugigen Jungen war – dem Jungen, der sich in diesem Augenblick zu seiner Mutter umdrehte und sagte: »Mann, das Zimmer hier gehört echt neu gestrichen.« Bob war nach unten gegangen, um den Hund hinauszulassen, und stand auf der Veranda in der Kälte. Der Himmel war mondlos, sternenlos. Unfasslich, wie dunkel es war. Er dachte an Margaret, verwundert und doch ganz einverstanden mit seinem Schicksal. Er hatte nie – nie – für möglich gehalten, dass er nach Maine zurückkehren könnte. Sekundenlang schauderte ihn bei der Vorstellung: dicke Pullover tagaus, tagein, Schneestollen unter den Stiefeln, klamme Zimmer. Er war davor geflohen, genau wie Jim. Und dennoch fühlte sich das, was ihn erwartete, nicht fremd an, und genau das machte das Leben ja aus, dachte Bob. An Jim dachte er weniger konkret – es schien eher ein inneres Aufwallen, so endlos wie die Schwärze des Himmels. Er rief den Hund und ging wieder nach drinnen. Als Bob auf Susans Couch einschlief, hielt er in beiden Händen – ganz fest, die ganze Nacht – sein Telefon, auf Vibrationsalarm geschaltet, falls Jim ihn brauchte, aber das Telefon brummte nicht und blinkte nicht und blieb auch dann noch still und stumm, als sich das erste blasse Licht ungerührt unter den Jalousien hindurchzwängte.

Danksagung

Die Autorin dankt folgenden Menschen, die ihr beim Schreiben dieses Buches eine große Hilfe waren: Kathy Chamberlain, Molly Friedrich, Susan Kamil, Lucy Carson, Benjamin Dryer, Jim Howaniec, Trish Riley und Peter Schwindt sowie Jonathan Strout und dazu all den vielen Leuten, die dabei geholfen haben, die vielfältigen Belange einer neu eingewanderten Bevölkerungsgruppe zu verstehen.

Elizabeth Strout

Bleib bei mir

Roman

336 Seiten, Hardcover, gebunden

Aus dem Amerikanischen von Sabine Roth

In einer Kleinstadt im einsamen Norden der USA hat Pastor Tyler Caskey nach dem tragischen Tod seiner Frau das Gefühl, den Boden unter den Füßen zu verlieren. Er hadert nicht nur mit sich und der Welt, sondern zweifelt auch an Gott und seinem Glauben. Und in der Gemeinde, in der er bis dahin geliebt und geachtet war, fragen sich immer mehr Leute ob Tyler sich nicht zu sehr gehenlässt …

»Poetisch, humorvoll, optimistisch.«

B5 aktuell

»Strout ist eines der großen amerikanischen Erzähltalente, was erneut aufs Schönste mit diesem Roman bewiesen wird.«

amazon.de

Luchterhand

www.luchterhand-verlag.de